Raben-Krimi Nr. 9

DAVID M PIERCE

Lob der Treue

EIN VICTOR-DANIEL-KRIMI

AUS DEM AMERIKANISCHEN
VON
RUTH KEEN

HAFFMANS VERLAG

Die Originalausgabe
»As She Rides By«
erschien 1996 bei St. Martin's Press, New York.

Für Freunde und Schriftstellerkollegen
Teddy,
Herby,
Donny & Ronny,
Derry & Jeff

Das Gedicht »Lob der Treue«
wurde von Gastübersetzer
Harry Rowohlt übertragen.

Deutsche Erstausgabe

Veröffentlicht als
Raben-Krimi Nr. 9, Januar 1999
Umschlagbild von Nikolaus Heidelbach
Umschlaggestaltung: Atelier Ursula Hiestand, Zürich

Gesamtherstellung: Ebner Ulm
ISBN 3 251 30109 8

Die Personen

Die Geschichte, die Sie gleich lesen werden, ist wahr. Sie ist direkt den lodernden Schlagzeilen unserer Zeit entrissen. Alle mitwirkenden Personen sind, unglaublicherweise, so real wie der Schauplatz, an dem sie ihren erbärmlichen Alltagsgeschäften nachgehen – Los Angeles und seine Vororte. Nur mein Name wurde geändert.

KING – ein Hund. Dargestellt von sich selbst.

V. (für VICTOR) DANIEL – sein brutales, schlecht gelauntes Herrchen.

EVONNE LOUISE SHIRLEY – ein wandelnder Traum. Außerdem Blondine.

BENNY DER JUNGE – V. D.s Mitkrimineller.

MEL (THE SWELL) – Rechtsverdreher, aber trotzdem okay.

ELROY – einziger Nichtraffke unter den Vermietern dieser Welt.

»FEEB« – einzige Nichtraffkeuse unter den Vermieterinnen dieser Welt, aber ...

TOM UND JERRY – einstmals großes Gesangsduo bei den Tommies.

L. R. »TEX« JONES – einziger ehrlicher Plattenproduzent dieser Welt?

MRS. »MARY« JONES – seine kleine Ehefrau.

SARA SILVETTI – unbestrittene Königin der Trantüten.

INDIANER-JOE – offenbar ein Indianer namens Joe.

ESKIMO-LIL – seine Teilzeitfreundin.

ZWEI-ZU-EINS-TIM – Hausbuchmacher bei Fred's Deli.

FRED – Besitzer eines Delikatessenladens.

JIM – belesener Kneipier.

DAVE – Analphabet von einem Kneipier.
MRS. MORALES – Taco/Burger-Budenbesitzerin.
MR. & MRS. NU – Gastwirte.
ERNESTO ROMERO – katholischer Padre.
PHINEAS – Edelflorist in Beverly Hills.
PHIL & TED – Vollstrecker.
SAUL GALL – Pornograph.
MS. GARRISON – sein Mädchen für alles. Auch fürs Grobe.
RICKIE SHARP – Klampfier und Gemäldemaler.
BIG RED – seine neueste Freundin.
LUMPI – eine räudige Katze.
ANNIE & DICK DISTLER – Mogule des Musikgeschäfts.
CURLY – Automechaniker mit Liebeskummer.
FRANK DOUGLAS – diplomierter Buchhalter mit einem menschlichen Touch.
CHRIS – ein Jugendlicher.
CHRIS – eine Jugendliche.
RALPH HOWIESON – Topmanager.
JOHN »TAFFY« CHANDLER – Indianerexperte.
WADE 'N WILLY – erfindungsreichcs Brüderduo.
SUZE UND CISSY – ihre Lebensabschnittbegleiterinnen.
KATY – Femme Fatale aus der achten Klasse.
POPEYE – ein alter Seebär.
DER MÄCHTIGE MARV, DER ALTE LOU, STREIFENBEAMTER O'CONNOR.
DON. SNEEZY. SERGEANT BRAV. ROTH. ANTHONY (TONY) DANIEL, Bruder v. V. D. – alle auf die eine oder andere Art mit einer gewissen offiziellen Agentur für Gesetzesvollstreckung verbunden.

Sowie . . .

Eine Ansammlung von Statisten, Komparsen, Passanten, Schaulustigen, Kibitzen, Stimmen auf Anrufbeantwortern, Sekretärinnen, Reinemachefrauen, Studenten, Blumenarrangeuren, Ehefrauen & Geliebten, Müttern, Komikern und einsamen Kerlen in Bars.

Zusätzliche Attraktionen

1 Witwe.
1 Leiche.
1 aufregende Rettung auf hoher See.

Erstes Kapitel

Ich sitz und schwitz in einer Bar am Rand der Welt,
Ein kaltes Carta Blanca für die Erinn'rung und für mich . . .

»Liebling«, murmelte Evonne Louise Shirley schläfrig.

»Ja, Schnuckel?«

»Er ist schon wieder oben.«

»Das kann doch nicht wahr sein«, sagte ich. »Woher weißt du das?«

»Weil irgendwas an meinem Fuß leckt«, sagte sie. »Und du kannst es nicht sein, weil du gerade an meinem Hals leckst.«

»Oh«, sagte ich. »Platz, King! Böser Junge!« Kurz darauf hörte man einen dumpfen Aufprall, als mein Welpe widerwillig auf den Fußboden sprang, dann noch einen, etwas sanfteren, als er sich auf den Bettvorleger plumpsen ließ.

»Findest du nicht, daß es langsam Zeit wird, ihn ordentlich zu erziehen?« brummte Evonne ins Kissen.

»Ich hab ihn ja schon bei der Hundeschule angemeldet«, sagte ich. »Aber er kommt morgens einfach nicht aus den Federn.«

»Liebling.«

»Ja, Schnuckel?«

»Manchmal glaube ich, du hast dir nur einen Hund angeschafft, um dauernd Hundewitze reißen zu können.«

»Deine Unterstellungen tun mir weh«, sagte ich. »Außerdem ist es nicht wahr. Du weißt genau, daß ich ihn mir aus einem viel ernsthafteren Grund angeschafft habe – damit er mir hilft, Mädels aufzugabeln.«

»Ha, ha«, sagte sie. »Also, was ist, können wir nun endlich schlafen oder nicht?«

»Laß mal schauen, was noch alles auf dem guten alten Programm steht, und dann sehen wir weiter«, sagte ich.

»Nix da«, sagte sie. »Ich schlafe jetzt, Victor. Also ein für allemal: Gute Nacht.«

»Holla!« raunte ich mir selbst zu, ratlos wie Jack Benny. »Was ist bloß plötzlich in Madame gefahren?«

Nachdem ich am nächsten Morgen Evonne an der High School abgesetzt hatte, wo sie sich als Sekretariats-Assistentin für den Vizedirektor abstrampelte, fuhr ich zu meinem Büro, das sich an der Ecke vom Victory und Orange Boulevard befand, parkte vor dem Gebäude und führte dann King auf dem unbebauten Grundstück nebenan aus, wo er seine morgendlichen Waschungen verrichten konnte. Indianer-Joe, ein im Viertel allseits bekanntes Strandgut, hatte sich bereits an seinem üblichen Plätzchen in der südwestlichen Ecke einquartiert, auf einer schmuddeligen Decke, gegen die Außenwand meines Büros gelehnt. Er trug, was er immer trug, weil es wahrscheinlich das einzige war, was er besaß – ein durchgeschwitztes Kopftuch, das seine ungestümen schwarzen Locken bändigte, ein paar zerrissene, abgelegte Pullis übereinander, die ihm zu klein waren, eine Leinenhose, die irgendwann in prähistorischen Zeiten vielleicht mal weiß gewesen war, und Armeestiefel ohne Schnürsenkel. Ich machte einen strategischen Bogen um ihn, so daß ich ihm auf der anderen Seite gegenüberstand, denn man hatte besser den Wind im Rücken, wenn man sich mit Indianer-Joe unterhielt, winkte ihm zu und sagte: »Morgen, Joe.«

Er schaute mich glasig aus seinen verwaschenen blauen Augen an, überdachte die Sache und beschloß dann, mich zu erkennen. Was auch so gut war; nicht nur hatten sich unsere Pfade seit dem letzten halben Jahr mindestens drei- oder viermal täglich gekreuzt, er erledigte auch hin und wieder ein paar kleine Aufträge für mich, und abgesehen von alledem war es der gute alte V. D. gewesen, der ihn letzten Monat aus dem Knast von North Hollywood rausgeboxt hatte.

Ein anderes Unikum aus der Nachbarschaft, die Plastiktüten-Lady Dreckige Gertie oder Gossen-Gertie, suchen Sie sich was aus, war in der Lieferanten-Zufahrt hinter meinem Büro mit zertrümmertem Schädel aufgefunden worden. Der Gegenstand, mit dem der Schlag verübt worden war, lag noch daneben – eine blutverschmierte, leere Literflasche Sherry, die ursprünglich Catawba Mad Dog enthalten hatte. Daraufhin hatte man der Flasche drei verschiedene Gruppen von Fingerabdrücken entnommen – wobei die einen von Indianer-Joe stammten, der von zwei unabhängigen Zeugen gesehen worden war, wie er zusammen mit Gertie einen abendlichen Aperitif zur Brust genommen hatte, kurz bevor sie getötet wurde.

Joe kreuzte am nächsten Morgen zur üblichen Stunde auf dem Grundstück neben meinem Büro auf, was ich zum Beispiel nicht getan hätte, wenn ich zwanzig Meter weiter jemanden umgebracht hätte, selbst wenn mir die beiden Streifenwagen verborgen geblieben wären, die am Tatort parkten. Sobald man Joe die Fingerabdrücke abgenommen und mit denen auf der Flasche verglichen hatte, wurde er natürlich von den gewieften Polizeibeamten verhaftet und in Erwartung einer Anklage festgehalten. Seine Probleme wurden auch dadurch nicht einfacher, daß er sich weigerte, auch nur ein Sterbenswörtchen mit den Gesetzeshütern zu sprechen. Ich habe nie herausgefunden, welche Episode aus seiner Vergangenheit für diese Haltung verantwortlich war, aber ich kann auch nicht sagen, daß ich sie ihm sonderlich verdenken konnte.

Als ich ihm meine Aufwartung machte, tat gerade ein

rotgesichtiger Oldtimer von Sergeant Dienst, dem ich hin und wieder schon begegnet war; er war so freundlich, mir den Bericht des Beamten herauszukramen, der die Verhaftung vorgenommen hatte, sowie eine Liste von Joes Besitztümern zum selbigen Zeitpunkt:

Kleiner Lederbeutel, m. Lederriemen um Hals d. Verdächtigen gebunden, Inhalt:
1 Satz Erkennungsmarken
1 Satz Papiere »Ehrenhafte Entlassung aus US-Navy«
1 blaue Perle
1 (zerbrochene) Muschel
21 1.00-$-Scheine m. Gummiband zus.gehalten
1 Empf.schreiben v. Aug. '62 des Inhalts, daß Verdächtiger 9 Monate bei Pete's Eats, 2 Meilen südl. von Fresno, als Tellerwäscher gearbeitet hat

Ich gab Lou (dem Sarge) das Schreiben wieder zurück und bemerkte: »Brustbeutel. So nennt man einen kleinen Lederbeutel, der um den Hals getragen wird.«

»Verklag mich doch«, sagte Lou. Das Telefon auf seinem Tresen klingelte. Er nahm ab, sagte, wer er war, hörte einen Moment zu und meinte dann: »Kumpel, du brauchst einen guten Seelenklempner und nicht die Bullen«, dann legte er wieder auf.

»Goldwäscher«, sagte ich. »Ein viel blumigerer Ausdruck als Tellerwäscher.«

»Dann geh in die zweite Instanz«, sagte Lou. »War noch was? Das Polizeipräsidium sieht's nämlich ganz gern, wenn ich hin und wieder was tue.«

Es war noch was. Nach ein bißchen Geplänkel sorgte er dafür, daß ich zu Joe rein durfte, was nett von ihm war, da ich weder Joes ausgewiesener Anwalt oder dessen Assistent, noch ein Verwandter war. Ich glaubte nicht, daß Joe die Dreckige Gertie getötet hatte. Joe war vielleicht nicht ganz da, aber wo immer der arme Teufel auch sein mochte, auf dem Kriegspfad war er bestimmt nicht. Einmal, zugegeben, war mir, als hätte ich ihn dabei erwischt, wie er eine Fliege zerdrückte, die sich seine Wurststulle vom Vortag mit ihm teilen wollte.

Ich fand Joe in einem erstaunlich sauberen und blankgeputzten Besucherzimmer vor. Man hatte ihn gebadet, ich weiß nicht, ob mit oder ohne Gewaltanwendung, ebenfalls entlaust, desinfiziert und shampooniert. Und so lautete Joes Geschichte:

Um halb sieben an jenem Abend hatte er an meine Bürotür geklopft. Den Teil kannte ich. Er hatte mir eine Liste von Autonummern überreicht. Auch den Teil kannte ich. Ich hatte ihm fünfunddreißig Dollar in Ein-Dollar-Noten gegeben, denn so ließ er sich gern bezahlen. Den Teil der Geschichte kannte ich natürlich auch. Was Joe für mich getan hatte, war, alle Wagen zu beobachten, die das Anwesen der Firma Scanlon & Scanlon, Meeresfrüchte, verließen, weil sich der Geschäftsführer besagter Firma zu Hause von einer dreifachen Bypass-Operation erholte und überzeugt war, daß seine Angestellten während seiner Abwesenheit die Firmenwagen für außerbetriebliche Aktivitäten zweckentfremdeten. Und wie recht er da hatte, sollte sich noch zeigen.

Egal. Von seinem Vermögen, so erzählte mir Joe, hatte er eine Flasche von Gerties Lieblings-Fusel erstanden, den er sich mit ihr teilen wollte, was denn auch geschah, sowie eine Flasche von Myer's Navy Rum, sowie eine Stange Kools. Dann hatte er sich zu Fuß auf den Weg gemacht, ungefähr bis zur Ecke von Magnolia Boulevard und Coldwater Canyon, wo er einen Weg kannte, der zu einem Viadukt führte, unter dem eine Wasserrinne namens Tijunga Wash verlief und wo er sich passenderweise gewaschen hatte.

»Ah, die Damen«, sagte ich an der Stelle.

»Was soll man machen, Häuptling«, meinte er. »Sie will mich gewaschen, also wasche ich mich.« Die bloße Erinnerung ließ ihn schaudern. Wieder einmal mußte ich darüber nachsinnen, wieviel Macht das schwache Geschlecht über die widerspenstigsten und entschlossensten Männer ausüben kann. Dann begab er sich auf der Woodman Avenue weiter gen Norden, wo er die Nacht mit seiner Herzensdame verbrachte, vermutlich dem Rum zusprechend und Kools paffend. Zwei ihrer Freundinnen hatten im Laufe des Abends hereingeschaut, eine mit den Resten eines Makkaroni-Auflaufs, die andere mit einer Flasche Brombeer-Likör. Dann kam die Morgendämmerung, und den Rest kannte ich schon.

Um es also kurz zu machen – oder zumindest kürzer: Ich setzte mich in den Wagen und stattete der Dame einen Besuch ab; sie wohnte in einem kleinen Zweizimmer-Haus mit Schindeln, das von Riesenkakteen umgeben, wenn nicht begraben war, mit einer beeindruckenden Sammlung von Leergut, das sich in der Garage stapelte. Sie war eine kurze, stämmige, mondgesichtige Frau, die mehr nach Eskimo als nach allem anderen aussah, und sie war nicht erfreut, mich zu sehen. Als ich mir die Bemerkung erlaubte, besser ich als die Bullen, sagte sie: »Gerade man so.« Sie unterschrieb mir aber eine Erklärung, ebenso die Makkaroni-Köchin zwei Häuser weiter, die Joes Aufenthaltsort in der fraglichen Nacht bestätigten, sowie die Uhrzeiten, um die es dabei ging. Diese Zeugenaussagen würden Joe zweifellos entlasten, insofern als der Zeitpunkt des Todes der armen Gertie auf die Sekunde genau feststand, da der Knabe aus der High School, der sie gefunden und die Bullen gerufen hatte, bei ihr war, als sie starb, und von der Brutalität her zu schließen, mit der auf sie eingeschlagen wurde, erklärte der Gerichtsmediziner, daß sie unmöglich länger als ein paar Minuten hätte überleben können. Zu welchem Zeitpunkt, wie ich nun beweisen konnte, der frisch geschrubbte Joe viele Meilen entfernt war.

So geschah es also, daß Indianer-Joe aus dem Knast herausgeboxt ward, und kein Sterbenswörtchen des Dankes erhielt na wer wohl. Da saß er also nun, in der Baulücke, und starrte verschwommen zu mir herauf.

»Morgen, Häuptling«, sagte er schließlich und nickte in meine ungefähre Richtung.

Dann fing er unmittelbar an, sich auf sämtliche Taschen zu klopfen, als würde er irgend etwas suchen. »Verdammt noch mal Vic, mein Copenhagen ist schon wieder alle, ist denn das zu fassen?«

Also ließ ich ihm zwei Scheinchen zukommen, die er sich in den Stiefel steckte, dann erhob er sich geschmeidig, sammelte seine Decke ein und steuerte zielstrebig auf den nächsten Schnapsladen zu, der, wer weiß, eventuell ja auch Pfriem der Marke Copenhagen im Angebot hatte, neben Literflaschen des miesesten und fiesesten Weins auf der ganzen weiten Welt.

Ich schaute mich nach King um. Er machte sein kleines Geschäft am Stamm eines abgewetzten Baumes, der es irgendwie geschafft hatte, die geballten Angriffe von L.A.-Smog, saurem Regen, Taschenmessern von Schuljungs und Ausscheidungsstoffen von Säufern zu überleben. Während er seinen nie enden wollenden Verrichtungen nachging, kam ein großer Lieferwagen angefahren und parkte direkt vor meiner Nase. An der Seite des Wagens stand die Aufschrift »Gilberts Einzäunungen und Eigenheimsicherung«. Zwei sehr große schwarze Gentlemen stiegen aus. Sie trugen beide braune Overalls mit der Aufschrift »Gilberts Zäune und Eigenheimsicherung«. Sie öffneten die Heckklappe des Lasters und begannen, verschiedene Materialien auszuladen – schweren Maschendrahtzaun, Aluminiumpfosten, Drahtrollen, einen kleinen Preßluftbohrer, einen Vorschlaghammer und so weiter. King und ich schauten ihnen mit beträchtlichem Interesse zu.

Entgegen gewissen Behauptungen einer gewissen Blondine war King nämlich sehr wohl schon – und zwar recht ordentlich – in die Grundlagen des großstädtischen Überlebenskampfes eingewiesen worden, von einem, wenn ich so sagen darf, Experten in diesen Dingen – einem V. (für Victor) Daniel. Obwohl King noch nicht mal acht Monate alt war, hielt er sich daher strikt von allen Straßen fern, es sei denn, er war in Begleitung, konnte Sitz und Platz machen, wußte, wann es sicher war, umherzustromern und wann nicht, außerdem, welche Katze er jagen durfte – ganz speziell nämlich dieses räudige, von Flöhen wimmelnde Exemplar, das seine Krallen auf dem Klappdach meines Kabrioletts zu schärfen pflegte. Aber nun nicht mehr, dank meines braven Jungen.

Was ich damit sagen will: Ich mußte ihn nicht jede Sekunde im Auge behalten, wenn wir draußen waren, was bedeutete, daß ich beide Augen frei hatte, um die Aktivitäten der Männer von Gilbert zu beobachten. Und im Nu folgerte ich, daß sie dabei waren, Kings Grundstück zu umzäunen. Ich schlenderte zum größeren der beiden hinüber, zu dem, der keine Baseballmütze trug.

»Morgen.«

»Was Sie nicht sagen!« Er glotzte mich erstaunt an. »Hast du das gehört, Amos?«

»Nein, was denn?« rief sein Freund.

»Der Mann hier meint, es wäre Morgen.«

»Was du nicht sagst!« sagte sein Freund.

Ich seufzte. »Sie stellen einen Zaun auf, wie ich sehe.«

»Oh«, sagte er. »Ach das tun wir hier also. Und ich dachte, wir errichten einen Vogelkäfig ohne Deckel, für Vögel, die nicht fliegen können. Für gebratene Hähnchen.«

»Sehen Sie da drüben?« sagte ich und zeigte mit dem Finger. »Das ist mein Büro. Darum habe ich natürlich ein Interesse daran, was mit dem Grundstück hier passiert, weil es so nah an meinem Büro ist.«

»Direkt daneben, könnte man sagen«, sagte er.

»Ich würde angrenzend sagen«, fiel sein Kumpel ein, der gerade mit einer schwer aussehenden Werkzeugkiste vorbeikam.

»Wenn es also kein Staatsgeheimnis ist«, sagte ich, »was wird hier gebaut, haben Sie eine Ahnung? Ein Park für Kleinkinder? Eine Tierhandlung? Das wäre schön, was King?« Aber King hörte nicht; er verfolgte gerade mit großer Konzentration eine unsichtbare Spur und wer weiß was für Hündchenträume.

»Amos, wo hast du das hübsche Schild hingetan?« rief der ohne Baseballmütze.

»Ist noch im Wagen«, rief sein Freund zurück.

»Im Wagen«, sagte der erste Kerl, »ist ein Schild. Es wird alles offenbaren.«

»Das bezweifle ich aufrichtig«, sagte ich. Ich ging die paar Meter zum Lieferwagen hinüber und schaute hinein. Tatsächlich befand sich darin ein Schild. Tatsächlich war es hübsch. Es lag mit der Schrift nach oben da, so daß ich keine Mühe hatte, es zu lesen. Goldene Lettern mit reichlich Schnörkeln verkündeten auf einem quietschrosa Hintergrund: »In Kürze Eröffnung! Das neue elegante Pussycat-Kino für Erwachsene!! Freigegeben nicht unter 18 Jahren!!! Jede Woche wechselndes Programm!!!! In Kürze Eröffnung!«

Nur über meine Leiche, dachte ich. Ich rief die Töle, schloß mein Büro auf und rief dann meinen guten Freund Elroy an, dem ich mehr oder weniger jeden Monat die Miete für das Büro zahlte, wie alle meine Nachbarn in dem kleinen, L-förmigen Ladenkomplex auch – die Nus; der Cousin der Nus, Mister Nu; Mrs. Morales; der, der den Waschsalon neben ihr besaß; und Mister Amoyan am anderen Ende. Elroy war zu Hause, und, obwohl es erst kurz nach neun war, schon bis unter die Haarwurzeln zugedröhnt. Nicht, daß das was Besonderes gewesen wäre, er war ja immer bis unter die Haarwurzeln zugedröhnt; wie er behauptete, schärfte es seine Sinne, wenn er Geschäfte machte. Wer weiß, irgendwas mußte es ja sein – er hatte seinen Grundbesitz verdoppelt, seit er ihn vor ein paar Jahren geerbt hatte.

Jedenfalls war Elroy da, wie ich schon sagte, und gleichzeitig total weg.

»Geliebter!« rief er aus, als er meine Stimme hörte. »Ihr seid es! Bleibet dran, bis ich mein Croissant gewendet habe.«

Ich blieb dran. Als er wieder auftauchte, fragte ich ihn, ob ihm die Parzelle nebenan gehörte.

»Nee«, sagte er. »Ein Typ namens Lewis Montgomery ist der Eigner jenes lieblichen Anwesens. Dieses ist mir geläufig, weil ich einst selbst geneigt war, besagtes Terrain käuflich von ihm zu erwerben. Er sagte: ›Zwei zwei fünf‹. Ich sagte: ›Treffen wir uns doch nächstes Jahrzehnt mal zum Lunch, nach dem Erdbeben zum Beispiel‹.«

»Also, Lewis gehört es nicht mehr«, sagte ich. »Jetzt gehört es der Firma Pussycat Adult Cinema Company, verflucht noch eins.«

Als Elroy zu Ende gelacht hatte, sagte er: »Wenigstens hast du's dann nicht mehr so weit ins Kino.«

»Hast du Lust, mir zweihundertfünfundzwanzigtausend zu leihen?« fragte ich. »Vielleicht kann ich es zurückkaufen und wieder in eine Pension für Alkies verwandeln.«

Eine Stunde später kochte ich immer noch vor Wut. King kochte auch; er hatte so viel Dampf abgelassen, daß er auf dem kleinen Läufer neben der Tür eingeschlafen war. Ich schaute zu ihm hinüber – was für ein Schätzchen.

Was für ein guter Junge. Er hatte auch genau die richtige Größe für einen Hund – mittel. Und genau die richtige Farbe – weiß, mit ein paar unregelmäßigen braunen Tupfern, die der Pinsel irgendeines Meisters hier und da verteilt hatte. Würden wir zulassen, daß die Pussycat Adult Cinema Company unseren Spielplatz zerstörte? Allein der Name war eine Zumutung. Ich versuchte mir gerade zu überlegen, wie ich am besten herausfinden könnte, wem die Scheiß-Firma gehörte, ohne in die Innenstadt fahren zu müssen, als das rote Tastentelefon auf meinem Schreibtisch Laut gab. Vielleicht war es ja die Pussycat Co., dachte ich, die sich erkundigen wollte, ob sie sich mein Büro abends als Massagesalon ausleihen dürfte. War es aber nicht, es war mein Freund Rick.

»Hallo Kumpel«, sagte er. »Lange nichts von dir gehört.«

»Was du nicht sagst!« sagte ich.

»Spielst du immer noch Detektiv?«

»Was denn sonst? Malst du immer noch Bilder von jungen Damen, die nichts anhaben?«

»Was denn sonst, aber immer«, sagte er. »Hör mal, hast du zur Zeit viel zu tun?«

»Na ja, also wahnsinnig viel nicht gerade«, sagte ich. »Um ehrlich zu sein, nicht mal viel. Um ganz ehrlich zu sein, im Moment hab ich nada am laufen.«

»Sehr gut. Dann kannst du ja am späten Nachmittag vorbeikommen«, sagte er. »Jederzeit nach fünf. Ich möchte, daß du ein paar Leute kennenlernst.«

»Abgemacht«, sagte ich. »Was für Leute?«

»Wirst schon sehen.«

»Hör mal, Amigo«, sagte ich. »Wenn du unter ›Leute‹ spärlich bekleidete, sinnlich weibliche Models verstehst, dann kannst du mich gleich von deiner Besucherliste streichen.«

Er lachte und sagte dann: »See you later, investigator«,

und legte auf. Ich tat dasselbe. Ich meine auflegen, natürlich. Selbstverständlich habe ich nicht gelacht und dann »See you later, investigator« gesagt, warum sollte ich?

»Gute Nachrichten, King«, sagte ich. »Gassi!« Er schaute auf, und sein Schwanz klopfte gegen den Boden. »Nicht jetzt, später.« Hhhm. Wen ich wohl bei Rick kennenlernen sollte? Die Chancen standen gut, daß es sich entweder um Musiker oder Maler handelte, denn er hing ausschließlich mit derartigen Typen herum; ich konnte mich eigentlich nicht erinnern, ihn jemals in Gesellschaft eines normalen Menschen gesehen zu haben. Rick war ein illegaler kanadischer Einwanderer, der in Laurel Canyon wohnte, nicht weit von mir entfernt auf der anderen Seite der Hollywood Hills, und er war sowohl Gitarrist als auch Maler, obwohl er heutzutage aus irgendeinem Grund mehr malte als klampfte. Vielleicht lag es daran, daß Gitarristen selten ihren Lebensunterhalt mit lebendigen Models verdienten, soviel ich weiß, obwohl sie es zweifellos tun würden, wenn man sie ließe. Außerdem war er ein gutaussehender Schwerenöter, der alte Rick, wenn einem dieser schlaksige Gregory-Peck-Look gefällt, den ich offen gestanden ein klitzekleinbißchen plump finde.

Jedenfalls hatte ich meinen Kumpel Rick angelogen – meine Einladungskarte zum Tanztee war nicht ein gar so unbeschriebenes Blatt, wie ich ihm vorgemacht hatte, ich hatte durchaus ein paar Dinge zu tun –, darum begab ich mich in Begleitung meines neuen Jagdhunds in die Welt hinaus, um sie zu erledigen: ließ mir bei Kingsley's zu einem unglaublichen Wucherpreis die Haare kürzen, aß dann bei Fred's zu Mittag, fachsimpelte anschließend mit dem bei Fred's ansässigen Buchmacher und schlug schließlich, als ich wieder im Büro war, im Telefonbuch die Nummer der Pussycat Co. nach. Danach wählte ich besagte Nummer. Die Bandaufnahme einer tiefen, rauchigen Frauenstimme sagte: »Hallo, liebe Pussycat-Fans. Bei uns sind Sie richtig. In unserem Sunset-Studio läuft *Die weniger Elenden* mit der unglaublichen Tracey Lord. Im Riverside *Schule der Sklaven*. In unserer neuen West-LA-Lounge *Ein heißer Herrenabend* mit dem verstorbenen großen Long Dong Silver persönlich. Und in unserem Westwood Classic zeigen wir den Filmklassiker *Sein oder Nichtsein* mit Jack Benny und Carole Lombard sowie drei Kurzfilme mit den Three Stooges. Vorstellungen in allen Kinos beginnen um elf, um vierzehn, um zwanzig und um dreiundzwanzig Uhr. Falls Sie unser Programm regelmäßig zugeschickt haben möchten, hinterlassen Sie bitte Ihren Namen und Ihre Adresse nach dem Piepton. Bis bald!«

Nach dem Piepton sagte dieser spezielle Fan: »Mein Name ist Reverend Michael Lendon, und ich bin Vorsitzender des Komitees ›Haltet Studio City sauber‹, und Sie werden garantiert bald wieder von mir hören. Lassen Sie mich Ihnen außerdem mitteilen, daß unsere erste Demonstration gegen Ihr Vorhaben, ein weiteres Ihrer Sündenbabel nicht nur hier in Studio City, sondern auch nur zwei Straßenecken neben unserer High School zu errichten, am Sonntag um vierzehn Uhr stattfinden wird. Die Presse ist informiert. Mag Gott Ihnen und all den anderen vom Pfad der Tugend Abgekommenen gnädig sein.« Ich hängte einigermaßen würdevoll ein und setzte mich dann mit einem Anwaltskumpel von mir, Mel (the Swell), in Verbindung, der sich vor gar nicht langer Zeit in einem hübschen alten Gebäude in der Nähe des MacArthur-Parks selbständig gemacht hatte. Nach dem üblichen anfänglichen Geschäker fragte ich ihn, ob es irgendeine Möglichkeit gebe, daß ein privater Bürger (z. B. ich) die Errichtung eines öffentlichen Ärgernisses (z. B. eines Pornokinos) direkt neben der Arbeitsstätte dieses besagten Privatbürgers verhindern könne.

»Haben die eine Baugenehmigung?« fragte Mel, nachdem er sich erst mal an seiner Nachtisch-Praline verschluckt hatte.

»Würde ich mal annehmen«, sagte ich. »Wer stellt denn heutzutage auch nur eine Hundehütte ohne Baugenehmigung auf?«

»Hör auf, anzunehmen«, sagte er. »Stell es fest. Weißt du, wie?«

»Ich weiß, wie«, sagte ich. »Und wo. Und wieviel.«

»Dann nehmen wir einmal an«, sagte er, »daß da jemand eine Baugenehmigung hat – wem gehört die Firma eigentlich, nebenbei gefragt?«

»Weiß ich nicht«, gestand ich.

»Stell es fest«, sagte er. »Weißt du, wie?«

»Ja, Mel«, sagte ich. »Ich weiß, wie. Und wo. Und wieviel. Und dann können wir diesen Arschgeigen eine einstweilige Verfügung vor den Latz knallen, ja?«

»Nein«, sagte Mel. »Weißt du, was eine einstweilige Verfügung ist, juristisch gesehen?«

»Nein«, sagte ich.

»Das ist eine gerichtliche Anordnung«, sagte er, »von einem Richter ausgestellt, der einer bestimmten Partei entweder untersagt, etwas zu tun, oder ihr untersagt, etwas zu tun, was sie zu tun beabsichtigt.«

»Klingt mir ganz wie das Gelbe vom Ei«, sagte ich.

»Nein«, sagte er. »Mit der Ausnahme von offensichtlichen Fällen, wie einer Verletzung des Urheberrechts eines etablierten Namens, wenn du zum Beispiel ein neues Erfrischungsgetränk Seven-einhalb-up nennst, wird eine einstweilige Verfügung im allgemeinen als die letzte juristische Taktik angewendet, wenn gar nichts anderes mehr geht.«

»Oh«, sagte ich.

»Was wir hier anstreben«, sagte er, »ist eine *vorläufige* einstweilige Verfügung.«

»Oh«, sagte ich.

»Und die bewirkt, daß Leute daran gehindert werden, etwas zu tun, was sie gerade tun – oder gerade zu tun beabsichtigen –, bis ein Gericht für Zivilsachen eine Anhörung abhält, in der entschieden wird, ob eine einstweilige Verfügung begründet ist oder nicht.«

»Ah«, sagte ich.

»Und das Gute daran ist«, sagte Mel, »daß eine vorläufige einstweilige Verfügung *ex parte* erlassen werden kann.«

»Tatsache!«

»Was bedeutet«, erklärte er geduldig, »daß die Leute bei der Anhörung nicht anwesend sein, beziehungsweise nicht einmal darüber informiert werden müssen, daß eine stattfindet. Natürlich wird man es den Leuten früher oder später mitteilen müssen, weil sie ja das Recht haben, ihre Position beim Verhandlungstermin zu verteidigen.«

»Aa-ha«, sagte ich. »Man lernt doch immer wieder was dazu. Hör mal, Mel, ich frage mich schon die ganze Zeit, worauf wir unseren Antrag auf eine vorläufige einstweilige Verfügung stützen könnten?«

»Gründe«, sagte mein Kumpel.

»Ich kannte ein Mädchen namens Melody«, sagte ich versonnen. »Ihr Kaffee, der war Scheidungsgrund.«

»Patentverletzung«, sagte Mel. »Unlautere Arbeitspraktiken. Beeinträchtigung des zwischenstaatlichen Handels. Verstoß gegen Umweltschutzverordnungen, etwa Schadstoffemissionen – vielleicht könnten wir das mal probieren.«

Ich grinste.

»Sind irgendwelche bedrohte Arten betroffen?« überlegte er weiter. »Das kommt heutzutage immer gut.«

»Nur Alkies«, sagte ich. »Aber wer weiß, vielleicht lebt dort irgendeine seltene Mottenart, obwohl ich vom Zustand des Grundstücks her eher auf Killermutanten tippe.

Sag's nicht – ich stell's fest, nur für den Fall. Wie steht's mit moralischen Gründen, Mel, oder religiösen? Ich meine, ist es eigentlich erlaubt, einen Pornoschuppen direkt neben eine Kirche hinzustellen?«

»Keine Ahnung«, sagte er. »Interessant. Aber für deinen Fall nicht relevant, da sich nebenan keine Kirche befindet.«

»Ah«, sagte ich. »Aber was ist, wenn ich mich bei so einer Postversand-Kirche einschreibe und denen meine fünfundzwanzig Piepen überweise, oder was immer die heute nehmen, dann bin ich innerhalb einer Woche ein waschechter, rechtmäßiger Priester, der Ehen schließen kann und so weiter. Dann brauch ich nur noch ein Schild an meiner Tür anzubringen, auf dem steht, daß ich eine Kirche bin, und dann wär ich ja wohl eine Kirche, oder?«

»Genial«, sagte Mel. »Ja, rechtlich gesehen, wärst du's wahrscheinlich. Der Haken ist nur – die waren zuerst da. Nicht sie haben einen Pornoschuppen direkt neben einer Kirche hingestellt, sondern du – zweifellos aus gutem Grund – hast beschlossen, eine Kirche direkt neben einen zukünftigen Pornoschuppen hinzustellen. Was vielleicht gar keine schlechte Idee ist, aber deine Gründe, die du gegen deren Gegenwart geltend machen könntest, die sind leider nichtig. Wahrscheinlich könnten sie eher dich verklagen, weil du versuchst, ein bißchen Gottesfurcht und Anstand in der Nachbarschaft zu verbreiten.« Ich mußte schon wieder grinsen. »Jedenfalls, mein Freund, weißt du ja wohl genug über das Gesetz, um dir über eins im klaren zu sein – vermeide es, wo du kannst, weil es teuer ist. Sie mit der einen oder anderen gerichtlichen Verfügung dranzukriegen, das geht in Ordnung, ich hab die eidlichen Erklärungen und könnte sie ausfüllen, während du mich einmal abends zum Essen einlädst, und bitte nicht wieder bei diesem Billig-Italiener, aber im Prinzip geht's hier um komplizierte Dinge, hier geht's um Scheiße bis hinauf zum Supreme Court des Bundesstaats. Darum hast du entweder sehr haltbare Gründe für deinen Widerspruch, oder du versuchst es mit Plan B.«

»Und was beinhaltet der, o du Quell der Weisheit?«

»Such dir ein neues Büro«, sagte er. »Hab ich auch gemacht, warum nicht du?« Wonach er einhängte, und wonach ich es ihm gleichtat.

»Niemals«, sagte ich zu King. »*No paserán.* Wir kämpfen bis zum letzten Mann und bis zum letzten treuen Kumpan.« Der Hund öffnete ein Auge, gähnte, und schloß es wieder; er würde ganz sicher eine große Hilfe sein. Wie sich herausstellte, war er es auch. Ha, ha. Und jetzt lesen Sie weiter.

Zweites Kapitel

... Manches Bier hat mir der dicke Barmann hingestellt,
Und mal gibt er einen aus, und mal zahl ich.

Es ging schon eher auf sechs zu, als wir rechts vom Laurel Canyon Drive abbogen und die Wonderland Park Avenue zur Hausnummer 8751 hinauftuckerten, wo Rick und wer weiß welche hübsche Lady lebten, mit der er im Moment herumscharwenzelte. Ich hatte eben noch genug Platz, um meinen geliebten Nash hinter ein Prachtstück von einem Mercedes-Coupé zu quetschen, der vor einem Mietwagen-Ford parkte, welcher wiederum neben Ricks riesigem, klapprigen alten 66er Pontiac stand. Ricks Heim sah aus wie ein Baumhaus – sechseckig, aus gebeiztem Holz und mit bunten Fensterscheiben und einem Holzbalkon, der einmal ringsrum verlief, das Ganze inmitten von herabhängenden Zweigen einiger Kiefern. In besagten Bäumen tummelte sich wachsam das, was seine blutrünstige Katze – spaßigerweise Lumpi genannt – von der örtlichen Eichhörnchen-Bevölkerung noch nicht abgeschlachtet hatte.

Musikalische und anderweitig fröhliche Klänge drangen aus der bescheidenen Hütte ins Freie, als wir, der angeleinte King und ich, die gewundene Holztreppe zur Eingangstür hinaufstiegen. Bevor ich klopfen konnte, wurde sie von meinem Kumpel Rick aufgerissen. Ich erholte mich erst mal von der Wolke Haschischqualms, die mir unmittelbar aus dem Zimmer entgegenschlug, während Rick auf die Knie fiel, sich dann auf den Rücken rollte und rief: »Und wer ist diese reinrassige Schönheit? Und wo kommst du her, du Hund, du?« King fing natürlich sofort an, ihm wie wild das Gesicht abzulecken. »Nein, nein, bitte nur das nicht!« bettelte Rick. »Gnade,

Gnade! Nicht den Tod der tausend Zungen, alles andere!«

»Wenn ihr beide fertig seid«, sagte ich, »wäre es vielleicht möglich, eintreten zu dürfen, sich unters Volk zu mischen, die anderen Gäste kennenzulernen. Kann ich ihn übrigens von der Leine lassen? Wie verträgt sich deine Katze mit Hunden?«

»Sie liebt Hunde«, sagte Rick und rappelte sich wieder auf seine Mokassins. »Verspeist jeden Morgen einen zum Frühstück, wenn sie des Waschbären-Tatars überdrüssig ist.«

»King, suchen und vernichten!« sagte ich und ließ den Karabiner seiner Leine aufschnappen. Mein Freund führte uns in sein Wohnzimmer. Außer den Mokassins trug er nur noch das farbbekleckste Unterteil eines limonengrünen Jogging-Anzugs, das in der Taille von einem Stromkabel zusammengehalten wurde. Vier Personen befanden sich im Raum, von denen keine die geringste Notiz von mir nahm. Eine von ihnen war ein äußerst hübsches Mädchen, das nichts weiter anhatte als zwei Tücher und ein Amulett, und mit geschlossenen Augen auf dem Sofa ausgestreckt war. Dann war da noch ein großer, dünner Typ in blauer Arbeiterkluft und dazu passender Proletariermütze, der an Ricks Synthesizer saß und darauf dröhnend die alte Stones-Nummer »Because I used to love her – but it's all over now« zum besten gab. Der dritte war ein kürzerer, pummeliger Typ mit einer riesigen runden Hornbrille in einem ausgebeulten weißen Anzug, der ihm drei Nummern zu groß war; er saß auf einem Hocker neben dem Pianisten und begleitete ihn auf einer E-Gitarre.

Das verbleibende Individuum, scheinbar in Trance, stand in einer Ecke, wie böse Jungs in der Schule (und ich will da keine Namen nennen) es früher tun mußten; alles, was ich von seiner Rückenansicht erkennen konnte, war, daß er klein war und braune Leinenhosen trug, die er sorgfältig in exquisit verarbeitete, hochhackige Cowboystiefel gestopft hatte, sowie ein cremefarbenes Cowboy-Hemd und einen mindestens sechzig Liter fassenden, blaßgrauen Stetson mit einer Reihe glänzender Silberdollar, die das Hutband zierten.

Auf dem Cocktailtisch vor dem Sofa lag eine angebrochene Unze Gras; daneben eine Packung Zigaretten-Blättchen, die wie Dollarscheine aussahen, eine Packung Zig-Zags und eine Packung Blättchen mit Lakritzgeschmack. Offenbar war hier für jede Neigung etwas im Angebot. Daneben lagen zwei Haschpfeifen – eine von der nordafrikanischen Sorte aus Holz mit einem kleinen Lehmkopf, und eine raffinierte, verschlungene Angelegenheit aus Glas. Daneben stand ein gigantischer Plastikkrug, der eigentlich nur Bloody Marys enthalten konnte beziehungsweise deren Bodensatz. Davor stand ein ungeöffneter Flachmann mit Wild Turkey. Und neben dem Schnaps lag eine fast leergegessene Schachtel dieser Pralinen, die man »Schildkröten« nennt, denn so sind sie geformt.

Ich erfaßte die Situation mit einem einzigen scharfen Blick und bemerkte zu meinem Gastgeber: »Ah, der Bridge-Damenabend. Gut, daß ich es rechtzeitig geschafft habe.«

Die Musik, die die Jungs veranstalteten, war an sich schon ohrenbetäubend, aber als sich Rick seine Gitarre griff und anfing mitzugrooven, wurde es für mich alten Spießer doch zuviel des Guten. Darum zog ich mich auf den Balkon zurück, um zu warten, daß sie ihr Stück beendeten oder, was wahrscheinlicher war, ihre Verstärker explodierten. Der Hund folgte mir auf den Fersen. Ich hatte beschlossen, King keine Kunststückchen beizubringen – na schön, mit Ausnahme von »hol's Stöckchen« –, da ich immer fand, daß ein Hund, der Kunststückchen macht, fast genauso jämmerlich wirkt wie Delphine und Killerwale, wenn die welche vorführen. Imitationen jedoch ... das war natürlich etwas völlig anderes. Er konnte bereits Lassie in der Szene nachmachen, wo er an der Küchentür kratzt und immer wieder überdeutlich hinter sich schaut, bis Mutti ihren Lockenwickler weglegt und sagt: »Weißt du was, ich glaube, dieser Hund will, daß wir ihm folgen!« Und können Sie sich noch an die Szene erinnern, wo sich Rin Tin Tin durch die feindlichen Linien schlagen muß und Geheimkassiber im Maul transportiert? In der Art etwa, dachte ich. Aber ein Kunststück würde ich ihm vielleicht doch noch beibringen: Auf ein verstecktes Zeichen von mir, wenn zum Beispiel der Dezibel-Pegel hoch genug war, daß Vampir-Fledermäuse vor Schreck im Flug erstarren, sollte er seine Pfoten über die Ohren legen und erbärmlich zu heulen anfangen.

Egal. Ich nahm jedenfalls draußen auf dem Balkon Platz und blätterte eine Publikation aus der Musikbranche durch, bis den Jungs endlich der Dampf oder die Refrains oder die Riffs oder was immer auch ausgegangen waren, dann winkte mich Rick herein. Und hinein ging ich. Der Hund, trotz seiner Jugend bereits ein gewiefter Musikkritiker, blieb eisern draußen. Dann folgten die Vorstellungen. Mir wurde mitgeteilt, daß die beiden Musiker, die mit meinem Kumpel gejammt hatten, Tommies waren, obwohl ich das als hochqualifizierter Detektiv vermutlich selbst herausbekommen hätte, da der Schlaksige in der Arbeiterkluft, als ich ihm vorgestellt wurde, meine Hand fest mit seinen beiden ergriff und ausrief: »Alter Knabe! Du bist also Victor. Ich bin Jerry, der Gutaussehende. Hocherfreut, hocherfreut. Rickie hat schon so viel von dir erzählt, nicht wahr, Tom?«

»So viel nun auch wieder nicht«, sagte der mit der Hornbrille verdrießlich und gab mir schlapp die Hand. »Aber ich habe in letzter Zeit vielleicht nicht immer so genau zugehört.«

»Wißt ihr was«, sagte ich, »ihr kommt mir irgendwie bekannt vor. Wart ihr nicht mal die Beatles oder Gerry and the Peacemakers oder Peter and Gordon oder sowas in dem Dreh?«

Eine tödliche Stille legte sich über den Raum. Ein frostiger Blick legte sich über Jerrys Antlitz. Tom machte ein kehliges Kotzgeräusch und sagte dann: »Oh, schluchz, schluchz. Tränenkuller. Mir schwinden die Sinne.«

»Herrje«, sagte ich. »Hab ich was Falsches gesagt?«

»Victor«, sagte Rick, mir zu Hilfe eilend, »du stehst vor den beiden Originalen, nicht irgendeinem billigen Abklatsch.«

»Oh.«

»Du stehst vor den regelmäßigen Gästen der Patti-Page-Show, vor Millionen verkaufter Schallplatten.«

»Oh.«

»Du stehst vor triumphalen Tourneen, du stehst vor den feuchten Höschen sämtlicher amerikanischen High-School-Mädchen, persönlich und in Fleisch und Blut.«

»Okay, Kumpel«, sagte ich, »plötzlich ist mir wieder eingefallen, wer ihr wirklich seid, und wenn ich mich auch nicht mehr exakt an euch erinnere, so doch mit einer Art nachhaltiger Zuneigung. Das Problem ist nur, daß die zwei Leute, die ihr tatsächlich seid, nicht Tom und Jerry heißen.«

»Ah, aber für Rickie heißen wir so«, sagte Jerry.

»Und für mich auch«, warf der Typ in der Ecke ein, ohne sich umzudrehen. Ich warf einen fragenden Blick in seine Richtung.

»Das ist L. R. Jones«, erklärte Ricky und leckte ein letztes Mal liebevoll an seinem frischgedrehten Joint, bevor er ihn anzündete. »Ich hab vor ein paar Tagen eine Session bei ihm gemacht, und in einer Pause haben wir uns eine Folge von ›Miami Vice‹ angesehen. Da habe ich nebenbei erwähnt, daß mein Kumpel Vic sich darüber totlachen würde, und da fragte er warum, und ich hab ihm erzählt, warum, naja, und da meinte er, daß er dich gern kennenlernen würde. Geld wie Heu. Sammelt frühe Schallplatten. Wahnsinns-Hütte. Hat nach seiner wilden und heißen Jugendzeit ein Vermögen mit sprudelnden texanischen Ölquellen gemacht, darum ist er auch jedermann als Tex bekannt. Stimmt's, Jonesy?«

»Das verdanke ich alles der kleinen Ehefrau«, sagte Tex. »Sie ist diejenige mit dem Grips in der Familie.«

»Warum steht er da in der Ecke?« flüsterte ich Rick zu. »Hat er irgendwas Schweinisches in den Biologieunterricht mitgebracht?«

»Nee«, sagte Rick laut. »Er kann am besten denken, wenn er in der Ecke steht. Denkt er jedenfalls.«

»Oh«, sagte ich. »Also okay, Jungs, was steht an?«

»Genau«, sagte Jerry, von dem jede Spur stoffinduzierter Dumpfheit mit einem Schlag wich. »Kommt, Jungs, ab an die frische Luft.« Er setzte seine Schiebermütze ab und fuhr sich durch seine länglichen, weizenfarbenen Locken; mit seiner schmalen Visage und dem etwas hohen Zinkenrücken ähnelte er entfernt einem durch den Wind gewehten Sherlock Holmes. Dann ging er zur kleinen Küche voran. »Wir sind oben«, sagte er zu Tex.

»Gebt mir eine Viertelstunde«, sagte Tex. »Ich komm dann nach.«

Tom und ich folgten Jerry in die Küche. Ich angelte mir eine Coke aus dem Kühlschrank, dann gingen wir durch die Hintertür hinaus und stiegen einen Halbkreis abgetretener Steinstufen hinauf, die zu einer gebrechlich wirkenden Sonnenterrasse führten, wo ich mich vorsichtig in einem Liegestuhl niederließ und Tom und Jerry sich gegenüber an einen ausgeblichenen Picknicktisch setzten, einen von der Art, wo die beiden Bänke am Tisch selbst angebracht sind. Kurz darauf kam King heraufgesprungen, um uns Gesellschaft zu leisten.

Es war ein lauer Abend, und noch genügend Sonne vorhanden, daß meine Hälfte der Terrasse noch etwas davon abbekam und die Holzdielen sich angenehm warm anfühlten. Rickies fette, schildpattfarbene Katze döste gleich neben uns auf dem Schindeldach des Hauses; sie machte ein glänzendes Auge einen Schlitz weit auf, registrierte uns drei, dann King, dann machte sie es wieder zu.

»Das Musikgeschäft«, sagte Jerry. »Gott segne es und alle, die darin herumschwirren. Weißt du eventuell irgendwas darüber, alter Knabe?«

»Zuviel und zuwenig«, sagte ich.

Jerry seufzte. »Okay«, sagte ich und machte den Reißverschluß meiner Windjacke auf. »Über die geschäftliche Seite weiß ich soviel wie null. Ich weiß nicht, wie Verträge abgeschlossen werden und welche Parteien genau daran beteiligt sind. Ich habe noch nie einen Musikvertrag oder einen Aufnahmevertrag gesehen, oder wie immer man das nennt, aber ich hab den Verdacht, daß sie extrem langatmig sein dürften.«

»Denn je langatmiger sie sind, desto geringer die Chance, daß der arme alte Tropf von einem Musiker ihn versteht«, sagte Tom.

»Ich weiß, was Tantiemen sind«, sagte ich, »aber ich weiß nicht, wie deren Prozentsatz festgelegt wird, oder von welchem Prozentsatz sie ein Prozentsatz sind.«

»Ich weiß es«, sagte Jerry sauer. »Schade, daß ich es nicht schon vor fünfzehn Jahren gewußt hab.«

»Außerdem weiß ich«, sagte ich, »daß es so etwas wie Musikverlage gibt, von denen ein veröffentlichter Musiker oder Songtexter Einnahmen bezieht; wahrscheinlich ist das so eine Art Relikt aus der Prä-Schallplatten-Ära, wo die Einnahmen eines Typen hauptsächlich vom Verkauf seiner Notenblätter stammten, was heute selbstverständlich nicht mehr der Fall sein kann.«

»Kann nicht, und ist nicht, Mann«, sagte Tom. Er griff sich einen herumliegenden Kiefernzapfen und rollte ihn über den Tisch zu seinem Partner, der ihn prompt zu ihm zurückrollte.

»Was weiß ich noch nicht ...«, überlegte ich. »Weiß nichts über Agenten und Manager und persönliche Manager, geschweige denn Leute, die mit den Songs ihrer Klienten Klinken putzen gehen; weiß nicht, wie Platten eigentlich aufgenommen werden und dann auf Vinyl oder Kassette oder CDs gepreßt werden, abgesehen von dem, was ich beim Betrachten meiner Traumfrau Sandra Dee und ihrer drallen Freundin Anette Funicello und Fabian in all den ›Beach Party‹-Epen aufgeschnappt habe.«

»Weißt du, wen ich mal getroffen habe?« fragte Jerry mit einem entrückten Blick in seinen großen blauen Augen. »Ann-Margaret.«

»Na und«, sagte ich. »Ich hab mal Tuesday Weld getroffen, deshalb laufe ich noch lange nicht überall herum und geb damit an.«

»Ich hab mal David Bowie getroffen«, sagte Tom wehmütig. »Ist aber leider nichts draus geworden.«

»Aber ich war mal Laufbursche bei einem Popstar«, sagte ich. »Drüben an der Ostküste, in Evanston, wo ich aufwuchs, als ich kein Jugendlicher mehr war, aber auch noch kein Mann. Bodyguard trifft es eigentlich besser. Er kam aus der Gegend. Ich kannte seine Schwester Chris flüchtig, weil sie mit meinem Bruder ging, auf die Weise habe ich ihn kennengelernt. Ich hab ein Jahr, anderthalb für ihn gearbeitet, erst in Evanston und dann in Chicago, dann kam für uns beide die Sintflut.«

»Wieso?« fragte Jerry.

»Erzähl ich euch irgendwann mal, vielleicht«, sagte ich. Und vielleicht auch nicht; es gibt ein paar Erinnerungen, die ich gern hin und wieder hervorkrame, aber es gibt auch ein paar, die ich gern in der Versenkung ruhen lasse, vielen Dank auch. Wie zum Beispiel, kurz umrissen, dieses charmante Szenario: Konzert. Biker, zwei Stück. Schwarze Lederkluft, Hakenkreuze, Ketten, Bärte, Handschuhe, Idioten voll auf Droge. Nicht erfreut über die Wendung »Speed ist für Schlaffis« in einem Text, erklimmen die Bühne. Zertrümmern Schlagzeuganlage. Bodyguard eilt zur Rettung herbei, da die beim Gig einsatzbereiten städtischen Polizeitruppen entweder vor dem Saal stehen und Freikarten verhökern oder hinter der Bühne sitzen und Schwarzer Peter spielen. Kühner Bodyguard ringt einen Biker zu Boden. Drummer, Lead-Gitarrist und Bassist türmen sich obenauf. K. B. schleudert Biker Nummer zwei von der Bühne und zieht sich eine Messerwunde und ein gebrochenes Handgelenk zu. Biker Nummer zwei landet auf dem Kopf, bricht sich das Genick und nippelt später ab. K. B. sitzt knappe zwei Jahre im Kittchen von Evanston ab und lernt, beim Schach zu verlieren, mehrsilbige Wörter zu lesen, wie man es vermeidet, jemandes Schätzchen zu sein, und an einer Metalldrehbank zu arbeiten, ohne allzu viele Finger einzubüßen.

»Wovon ich allerdings was verstehe«, sagte ich, »ist Botengänge zu erledigen. Stoff organisieren. Brathähnchen und Schnaps kaufen. Millionen Pfund schwere Verstärker und Lautsprecher durch die Gegend asten, mit vollgekifften, verkaterten Roadies mit Dreitagebärten und verschwitzten T-Shirts, und mit Gürteln, die erfolglos versuchen, Bierbäuche in Schach zu halten, und an denen Hunderte von Schlüsseln baumeln. Und das waren nur die korrekt gekleideten Herrschaften. Verbotenerweise eine verdeckte Waffe tragen. Beim Gin Rummy verlieren. Eine Ente nach hinten frisieren und auf Hochglanz halten.«

Jerry sagte: »Victor. Was du nicht weißt, kannst du schnell dazulernen. Ich versteh ein bißchen was davon und, obwohl der Anschein dagegen spricht, unser guter Thomas hier auch, und Rickie desgleichen. Unser alter Manager ist in L. A. ansässig; er weiß alles über den Management-Aspekt der Sache, und sein Frauchen ist Anwältin, das heißt, sie kennt sich in diesen Dingen aus. Es ist alles gar nicht so kompliziert, was zum Beispiel die Zahl der extrem reichen Hirnamputierten in dem Geschäft nahelegt.«

»Ganz ruhig«, sagte Tom. »Du weißt doch, Bitterkeit hinterläßt Stirnfalten.«

»Sieh mal, Victor«, sagte Jerry, »Thomas und ich sind zur Zeit außerordentlich auf der Hut. Oder auf der Lauer, wenn du so willst.«

»Oder hochgradig mißtrauisch, wenn du so willst«, sagte Tom.

»Als wir uns das letzte Mal in den musikalischen Amüsierbetrieb warfen, da haben wir gar nicht so übel abgesahnt, wenn ich es mal selbst so sagen darf«, meinte Jerry. »Aber als alles vorüber war, als das Karussell knirschend zum Stillstand kam und der Zirkus ohne uns weiterzog, kehrten wir mit der imposanten Endsumme von neuntausend Dollar nach England zurück, für beide zusammen.«

»Und zwanzig Cents«, sagte Tom.

»Das, nachdem wir uns fünf Jahre lang den Arsch aufgerissen hatten, mußt du wissen«, sagte Jerry. »Als wir dann der Touristenklasse des Eindeckers entstiegen, schworen wir einander: Nie wieder.«

»Okay«, sagte ich. »Also was ist das Problem?«

»Zu dem Punkt komme ich später«, sagte Jerry. »Wir gingen erst mal getrennte Wege. Ehen und Kinder – in seinem Fall eine Menge von beidem – sollten bald folgen. Dann klingelte eines schicksalschweren Tags das Telefon. Hollywood war dran. Hast du auch schon gemerkt, daß es gar nicht so leicht ist aufzulegen, wenn Hollywood am Apparat ist?«

»Ist mir nie schwergefallen«, sagte ich. King winselte kurz im Schlaf. Die Katze in der Dachtraufe rollte sich auf den Rücken und öffnete vorsichtig ein gelbes Auge, dann das andere. Als sie sah, daß King weiterschlief, pirschte sie sich zentimeterweise auf ihrem dicken Bauch über die Regenrinne vor und setzte zum Sprung an. Mein Junge ließ aus den Tiefen seines Halses ein Knurren vernehmen, ohne die Augen aufzumachen. Das Katzenwesen setzte sofort eine Unschuldsmiene auf und fing an, sich eine Pfote zu putzen. Was wieder einmal den Nachweis der Überlegenheit von Hundewesen über Katzenwesen erbringt – Katzen können vielleicht im Dunkeln sehen, aber Hunde sehen mit geschlossenen Augen.

»Hollywood hat ja gar nicht angerufen, ihr Nappel«, sagte Tex, noch ein wenig von dem Aufstieg schnaufend. »Norwalk hat angerufen.« Er kam die letzten paar Stufen herauf und ließ sich neben Tom auf die Bank fallen. »Ich hatte da unten dieses kleine Sechsunddreißig-Spur-Studio, das allmählich verödete. Wissen Sie, was ein Sechsunddreißig-Spur-Studio heutzutage kostet?«

»Ein paar hundert Piepen bestimmt, mindestens«, sagte ich. »Was ist ein Sechsunddreißig-Spur-Studio?«

»Ein Tonstudio«, sagte Tom, »in dem sich ein kompliziertes Stück elektronischen Instrumentariums befindet, das man allgemein auch Mischpult nennt und das in der Lage ist, sechsunddreißig verschiedene Tonspuren, oder Bänder, aufzunehmen und zu speichern, die der Toningenieur dann auf ein Masterband reduziert, von dem Millionen von Platten hergestellt werden können.«

»Alles klar«, sagte ich. »Ich selbst habe ein Ein-Spur-Gerät in meinem Büro. Ein Sony. Cleveres kleines Kerlchen.«

»Das wahrscheinlich jede Menge cleverer und hinterhältiger Manöver ausführt, wie durch Wände aufnehmen oder in Cocktail Lounges, ohne daß die Person, die dir gegenübersitzt, etwas merkt«, sagte Tom.

»Aber Kinder, was für Unterstellungen!« sagte ich und versuchte gekränkt auszusehen. Tatsächlich hatte er den Nagel auf den Kopf getroffen, es konnte genau das, und noch viel mehr. Phil the Freak hatte mir kürzlich draußen in Glendale einen parasitären Sender demonstriert, da wir gerade von Wanzen und dergleichen sprechen, den man noch vor ein paar Jahren als reine Science fiction abgetan hätte. Aufgesucht hatte ich ihn in einer anderen Angelegenheit, im Auftrag eines Klienten, der eine fast paranoide Angst davor hatte, daß seine Büroräume abgehört wurden, besonders da sie, dem modernen Trend in der Architektur folgend, fast ausschließlich aus Glas gebaut waren. Und wir wissen ja heutzutage alle über Fenster Bescheid – ein Laser wirft einen Lichtstrahl dagegen und fängt dabei selbst die schwächsten Schwingungen auf, die Menschen produzieren, wenn sie sprechen, und der Strahl, bis zur Halskrause mit Geräuschen gefüllt, prallt wieder zu einem Computer zurück, der die Geräusche analysiert und den Dialog rekonstruiert. Und wenn dieser Strahl per Streuspektrum gesendet wird, was nichts anderes bedeutet als über ein breites Band von Radiofrequenzen, dann ist er praktisch unmöglich aufzuspüren. Was tut man also, abgesehen davon, alle Wände und Fenster von außen mit schweren Stoffgardinen zuzuhängen, was wahrscheinlich sowieso nicht funktionieren und außerdem ziemlich albern aussehen würde? Ganz einfach, denn Phil the Freak weiß immer eine Lösung. Er hat mir einen Haufen klitzekleiner Elektromotoren verkauft, die man an allen Außenwänden anbringt, und diese erzeugen ihre eigenen Schwingungen, so daß der arme alte Computer die und die der Unterhaltung nicht auseinanderklamüsern kann. Noch nicht.

Als ich mich wieder in unsere Unterhaltung einschaltete, sagte Jerry gerade: »Was uns geradewegs zum Kern der Sache führt.«

»Also, ich hab euch zugehört, Jungs«, sagte ich. »Ich glaube, daß ich alle Puzzleteilchen zusammenfügen kann. Freund Tex möchte sein Sechsunddreißig-Spur-Pult vom Staub befreien und will, daß ihr wieder anfangt aufzunehmen.«

»Wie macht er das nur!« sagte Tom ehrfürchtig.

»Und ihr beiden seid, in Anbetracht vergangener Erfahrungen, auf der Hut, auf der Lauer, beziehungsweise hochgradig mißtrauisch gegenüber den Mogulen in der Musikszene; ob zu Recht oder Unrecht, kann ich natürlich nicht beurteilen.«

»Ich aber«, sagte Tom. »Zu Recht, Kumpel.«

»Daher«, sagte ich, »liegt die Folgerung nahe, daß ihr den Wunsch habt, ein erstklassig ausgebildeter, diskreter Ermittler von exklusiver Professionalität – dessen Honorare, nebenbei gesagt, erstaunlich günstig sind – möge die Geschäftsmoral des guten alten Tex untersuchen, ohne ihm zu nahetreten zu wollen.«

»Fast«, sagte Jerry. »Nur daß es der gute alte Tex ist, der den Wunsch geäußert hat, daß du die Geschäftsmoral des guten alten Tex untersuchst, falls vorhanden.«

»Beim Jupiter!« rief ich aus, nur damit Sie wissen, daß ich es, wenn's hart auf hart kommt, in der Tommy-Sprache allemal mit den Besten aufnehmen kann. »Den kannte ich noch nicht. Obwohl ich mich an eine Zeit erinnere, als ein argwöhnischer Ehemann einmal versuchte mich anzuheuern, um herauszufinden, wer mit seiner anbetungswürdigen, geheimnisumwitterten Ehefrau turtelte und schnäbelte, aber ich mußte ihm einen Korb geben.«

»Warum?« fragte Jerry.

»Ich war derjenige, welcher«, sagte ich. »Das nenne ich einen echten Interessenkonflikt.«

Drittes Kapitel

Weiß nicht, worauf er wartet, vielleicht nur auf mañana
Und den besoffnen Millionär im Flossenheck –

Wir plauderten noch eine Zeitlang so weiter, dann bat ich, da ich mich bald verabschieden müßte, die Runde um Verständnis, wenn ich jetzt einen Hauch geschäftlich würde. Alle außer Tom bekundeten ihr Verständnis. In mein praktisches Notizbuch – überreicht von M. Martel, Schreibwaren – trug ich den Namen und die Adresse des Ex-Managers der Jungs ein, ebenso Tex' Privatanschrift, den Ort, wo sich sein Sechsunddreißig-Spur-Studio befand, sowie Namen, Adresse, Telefonnummer und Zimmernummer des Hotels, wo Tom und Jerry vorläufig abgestiegen waren; dann entnahm Tex einer Geheimtasche seines Gürtels einen Scheck, den er bereits auf mich ausgeschrieben hatte, und überreichte ihn mir schwungvoll. Ich warf einen kurzen Blick darauf und murmelte »zufriedenstellend«, was eine von vielen Arten ist, einen Scheck zu beschreiben, der auf zweitausend Dollar und keine Cents ausgestellt ist. Daraufhin gab er mir noch einen dicken braunen Ordner, der mit rotem Klebeband umwickelt war.

»Artikel über die amtliche Eintragung meiner Firma«, sagte er. »Verträge mit Textern, Aufnahme-Verträge, halbjährliche Tantiemenabrechnungen, was Sie wollen, schauen Sie sich alles in Ruhe an. Die kleine Ehefrau ist Buchhalterin; sie kümmert sich um den ganzen Kram.«

»Sie sind gut vorbereitet hergekommen«, sagte ich.

»Was hab ich zu verlieren?« sagte er.

Rickies Freundin erwachte gerade, als wir wieder ins Wohnzimmer marschierten. Sie wurde mir als Big Red vorgestellt. Da sie eine winzige und blonde Person war, vermutete ich, daß der Kosename eine weitere Ausgeburt des launigen Musikerhumors sein mußte. Nachdem sie sich bei mir erkundigt hatte, wie die Luft da oben sei, eine Frage, die ich nicht zum ersten Mal im Leben hörte, da ich mannhafte zwei Meter komma anderthalb Zentimeter aus meinen Socken herausragte, lud sie mich ein, noch zu bleiben und einen Happen Chinesisch mit ihnen zu essen. Ich bedankte mich höflich, mußte aber aufgrund einer früher getroffenen Verabredung leider ablehnen, rief den Hund, klopfte liebevoll auf die Tasche, in die der Scheck eingebettet war, und Hund und ich nahmen unseren Abschied.

»Wenn das nicht alles sehr merkwürdig war«, sagte ich zu meinem Begleiter, als wir über die Hollywood Hills zurück zu meinem Stadtviertel fuhren. King wedelte zustimmend mit dem Schwanz. »Betrachten wir die Sache doch mal logisch. Tom und Jerry sind auf der Hut. Das ist logisch. Tex weiß, daß sie auf der Hut sind. Das ist logisch. Sie werden so lange nicht bei ihm unterschreiben, bis sie keinen Grund mehr haben, auf der Hut zu sein. Das ist logisch. Darum heuert er mich an, damit sie nicht mehr auf der Hut sein müssen. Das ist fast logisch. Offensichtlich würde er mich nicht anheuern, ihnen die Behutsamkeit zu nehmen, wenn es irgendwas in seinem Hintergrund, Vordergrund oder auch nur Tannengrund gäbe, was sie veranlassen könnte, noch mehr auf der Hut zu sein. Was jedoch nicht logisch ist: Warum bewirkt das alles, daß ich so auf der Hut bin?«

King hatte die perfekte Antwort parat, wie üblich – erst trinken, dann denken. Was wir denn auch taten. Er trank zu Hause ein bißchen Wasser aus seinem Peter-Rabbit-Napf, warf mir einen gekränkten Blick zu, als ihm klar wurde, daß ich noch mal ausgehen würde, ohne ihn, und streckte sich dann neben seinem luxuriösen Weidenkörbchen in meiner Küche aus, das mich finanziell um einiges zurückgeworfen hatte, das kann ich Ihnen flüstern, drüben bei »Ritas Rollige Racker«. *Neben* dem Körbchen, wie Sie richtig bemerkt haben, nicht darin. Als wäre mir das nicht völlig egal. Dann schlenderte ich um die Ecke und die Straße entlang zu Jims Kneipe, dem Two-Two-Two, wo ich Evonne Louise Shirley treffen sollte. Ich hatte es mir bereits in der Ecknische bequem gemacht, mit meinem zweiten Brandy und Ginger und einer alten Ausgabe von *Cosmopolitan*, die ich mir zuvor von dem Stapel Zeitschriften am Ende der Bar gegriffen hatte, als sie eintraf.

Sie begrüßte Jim, kam dann zu mir herüber und sagte: »Hi, Schätzchen«, alsdann zerzauste sie einmal ordentlich mein lockiges Nackenhaar.

»Selber hi, Schätzchen«, sagte ich. »Entschuldige bitte, daß ich die Augen geschlossen halte, aber ich darf dich nicht angucken, bis ich hiermit fertig bin.«

»Womit?«

»Mit diesem Fragebogen hier im *Cosmo*, den ich gerade beantworte – ›Wie gut kennen Sie Ihren Partner? Bitte ausfüllen, ohne mit Ihrem geliebten Menschen Rückfrage zu nehmen oder Blickkontakt zu halten‹, steht da. Einige der Fragen sind übrigens ziemlich knifflig.«

»Ja, das glaub ich«, sagte sie und riß mir unhöflich die Zeitschrift aus der Hand, während sie neben mich auf die Bank rutschte. Jims atemberaubendes Barfräulein Lotus brachte den Rum Collins, den Evonne an der Bar bestellt hatte; sie nahm einen tiefen Schluck und las:

Geboren: Hinterm Mond im Mittelwesten, in irgendeinem staubigen Kaff
Sternzeichen: Waage
Alter: 35 – und sieht keinen Tag älter aus
Größe: Einseinundsiebzig einhalb
Gewicht: 56
Hüfte: 90

Taille: 66
Büste: 86-B
Augen: primelblau
Haarfarbe: seidig maisblond
Hobbies: Mich. Gemüsezucht, hauptsächlich grünes. Bridge. Töpfern (kurze Phase).
Mag: Schlechtes Italienisch. Muffins mit pochierten Eiern und gebratenem Schinken im Bett. Magnum. Alle Schriftstellerinnen einschließlich Shirley Collins.
Mag nicht: Ihren Schuldirektor. Rhabarber. Psychiatrie-Jargon. Mein Berufsfeld. Daß ich Westernhefte lese. Nierchen.
Besondere Kennzeichen/Schönheitsflecken: 3 Sommersprossen im Gesicht, 43 auf Schultern und Rücken
Lieblingsfarbe: gelb
Lieblingssänger/in: Madonna
Auto: 2 Jahre alter Celica, ungewaschen
Wichtigste Fehler: Grobe Wurschtigkeit beim Lidschatten ziehen. Tanzt gern zu Discomusik. Mag Kinder und Jugendliche. Brät Bratkartoffeln mit Pelle.
Wichtigste Tugenden: Sagenhafte Beine. Sagenhafte Figur. Bewundert V. D. Sagenhaftes Gesicht. Herzzerreißende Lippen. Keine Stirnfalten. Sonnenverwöhnte Epidermis.

Sie ließ das Magazin auf den Tisch fallen, als hätte es Fleischvergiftung, und blickte mich durchdringend an.

»Natürlich«, sagte ich hastig, »bin ich noch gar nicht zu deinen inneren Werten vorgedrungen, es waren so viele, daß ich ein gesondertes Blatt dafür benötigte.«

»Weißt du was?« sagte sie und rutschte ein bißchen näher an mich heran. Ich schloß die kleine Lücke, die noch da war.

»Was?«

»Manchmal frag ich mich.«

»Das ist alles?«

»Das ist alles.« Sie beehrte mich mit einem viel zu flüchtigen Kuß, der nach Zahnpasta mit Rum schmeckte, mit nur einem Soupçon Frau beigemischt; können Sie mich hören, Colgate? Der Tip ist umsonst.

Als wir später bei Mario unsere Cannelloni aßen, erzählte sie mir von ihrem Tag, und ich revanchierte mich mit einem Bericht über meinen. Sie beschwerte sich, und nicht zum ersten Mal, daß meine Tage immer irgendwie interessanter klängen als ihre. Ich antwortete, wie ich das regelmäßig tat, indem ich darauf hinwies, daß sie a) dafür aber ein festes Einkommen bezog, b) niemand je versucht hatte, sie zusammenzuschlagen, und daß c) meine Tage eigentlich genauso langweilig wären wie ihre, nur daß ich der begabtere Geschichtenerzähler sei.

Als wir bei den Schokoladen-Eclairs angelangt waren, fragte sie mich, ob mir schon in den Sinn gekommen sei, daß Tex eventuell wirklich etwas zu verbergen hätte, dies aber so gut kaschiere, daß er darauf vertrauen könnte, ein so großer Dummbeutel wie ich wäre viel zu blöd, um es rauszukriegen. Ich log sie einfach an und behauptete, das wäre ja wohl das allererste gewesen, woran ich gedacht hätte. Was ich nun unternehmen wollte? Was schon, Puppe, sagte ich, ich könnte ja wenigstens so tun als ob, und mit zwei Riesen bekäme man in meinem Milieu eine Menge »als ob«.

»Und da wir gerade von als ob sprechen«, schlug ich hoffnungsvoll vor.

»Nach Hause bitte, Victor«, sagte sie, »und zwar nicht als ob.«

»Ah«, sagte ich. »Natürlich, Liebling. Ich verstehe vollkommen.« Ich bezahlte die exorbitante Rechnung, und wir begaben uns hinaus in die Nacht.

Und ich tat allerdings so als ob, beginnend am nächsten Tag, der ein Montag war, ein heißer, hochsommerlicher Montag, an dem das Quecksilber schon um zehn Uhr früh die 25-Grad-Marke erreichte und stetig weiter hochkletterte und der Smog dick genug war, um als Orangen-Milchshake serviert werden zu können. Bevor ich mich auf den Weg machte, um meinen Elf-Uhr-Termin mit Dick Distler, dem Ex-Manager der Tommies, einzuhalten, den ich vereinbart hatte, gleich als ich an jenem Vormittag im Büro eintraf, ließ ich King noch hinten raus, damit er sein Morgen-Gassi machen konnte, da ich fand, er solle lieber Gassi gehen, solange noch Gelegenheit dazu war. Amos 'n Andy hatten sich noch nicht blikken lassen, aber Joe war wie üblich da und döste an meiner Bürowand. Ich stellte erfreut fest, daß sie noch keine Umzäunung hochgezogen hatten, aber ungefähr die Hälfte der Zaunpfähle war schon in den Boden gerammt worden. Nun, wer weiß, ob sie nicht in einer finsteren Nacht wieder herausgerammt werden würden, dachte ich finster, während mein Welpe eifrig am Fuße eines Baumes zu buddeln begann. Kurz darauf warf er mir einen schuldbewußten Blick zu und fing dann an, auf irgend etwas herumzukauen. Ich ging zu ihm und drehte ihm das Ding aus dem Maul, für den Fall, daß es sich um einen Hühnerknochen oder etwas noch Schlimmeres handelte, was ihm schaden könnte, wie zum Beispiel ein paar uralte Chicken McNuggets. War es aber nicht, es war nur ein alter Pappteller, auf dem etwas Rotes – hoffentlich nur Ketchup – verschmiert war.

»Wenn du schon buddeln mußt, warum gräbst du nicht mal was Nützliches aus?« sagte ich zu ihm. »Ein Artefakt von unschätzbarem Wert zum Beispiel.« Dann sagte ich zu mir: »Bingo, mein Lieber. *Bingo*! Was für ein kluger Hund. Was für ein guter Junge.« King wedelte mit dem Schwanz. Und mir war auch ganz danach.

Distlers Büro befand sich auf dem Sunset Boulevard, kurz hinter der Western Avenue; die Ausfahrt vom Hollywood Freeway ließ mich gleich eine Straßenecke weiter raus. King genoß die Fahrt mehr als ich, sehr viel mehr. Warum wohl Hunde immer ihre dummen Köpfe aus dem Fenster fahrender Autos halten müssen? Natürlich gab es keinen Parkplatz in der Nähe, nicht mal einen mit Parkuhr, darum suchte ich mir schließlich einen bewachten Parkplatz, stellte meinen Nash unter einem Tupfer Schatten ab, ließ für King alle Fenster ein Stückchen offen, goß ihm etwas Wasser in seinen Zweitnapf, ermahnte ihn, aus dem Fenster zu pinkeln, wenn er den Drang verspürte, befahl ihm, beim ersten Anzeichen eines Eindringlings demselben an die Kehle zu springen, und ging dann zu Fuß zu der roséfarbenen Ansammlung von Flachbauten zurück, in der sich Dick Distlers Büro befand. Und wo, von den Klingelschildern her zu schließen, ebenfalls eine Menge anderer Leute aus dem Musikgeschäft schufteten, falls »schuften« in diesem Zusammenhang das richtige Wort ist. Tom hätte zweifellos ein paar andere vorgeschlagen, wie plündern, rauben, plagiieren, ausbeuten, rechtswidrig nutzen, stibitzen, klauen und, wer weiß, sogar shanghaien.

Ich arbeitete mich gerade zum Distler-Namenszug vor, als ich ein Stöhnen vernahm, das aus einem schmalen Gang drang, der zwei dieser Gebäude trennte. In meinem Stadtteil hätten wir ihn eine Gasse genannt. Ein paar Mülltonnen mittendrin taten ihr Bestes, den Durchgang ziemlich vollständig zu blockieren; hinter der einen erspähte ich etwas, das mir ganz wie ein hervorschauendes Bein aussah. Ich begab mich in den Gang, mit einiger gebotener Vorsicht. Es war tatsächlich ein Bein, das an einem dünnen Jugendlichen hing, der zusammengekrümmt neben der Hausmauer aus nachempfundenen Ziegelsteinen lag. Außerdem hing an ihm, genauer gesagt an seinem bloßen Oberarm, lose baumelnd, eine leere Spritze. Der Knabe war bewußtlos. Ich fühlte seinen Puls; er hatte noch einen. Ich öffnete sein Augenlid, woraufhin mich vorwiegend Weißes anstarrte. Direkt vor meiner Nase befand sich ein Fenster. Im Raum dahinter sah ich einen Kerl mit einem Bart, der sich auf dem Fußboden wälzte. Irgendein Schriftsteller, vermutete ich. Ich klopfte gegen die Scheibe. Der Typ robbte auf den Knien zum Fenster und öffnete es.

»Rufen Sie die Bullen«, sagte ich. »Sagen Sie ihnen, daß sie einen Krankenwagen brauchen.«

»Kommt sofort«, sagte er. »Regen Sie sich nicht auf, versuchen Sie sich zu entspannen, sie werden sicher gleich da sein.«

»Es geht nicht um mich«, sagte ich, »es geht um den da.« Aber der Typ war schon dabei zu telefonieren.

Der Junge war noch am Leben, als Verstärkung eintraf, aber sein Puls war sehr schwach. Solange er noch atmete, glaubte ich nicht, daß ihm Mund-zu-Mund-Beatmung helfen würde, darum hielt ich ihn einfach irgendwie im Arm und wartete. Und auch nicht besonders lange, vielleicht sechs oder sieben Minuten, mehr nicht.

»Scheiße«, sagte einer der Sanis, der ihn auf die Krankenbahre hob. »Der wiegt ja nicht mehr als hundert Pfund mit nassen Klamotten, armes Schwein.«

»Genau«, sagte ich. Dann sagte ich einem Streifenbullen mein Sprüchlein auf, dann auch der mit dem Bart, und dann zogen sie alle wieder ab.

»Das war's Leute«, sagte ein Bulle aus seinem Wagenfenster zu ein paar Gaffern, die sich versammelt hatten.

»Mußten Sie unbedingt die Polizei einschalten?« fragte der Bart durchs Fenster und starrte mich böse an.

»Wenn ich's nicht getan hätte, hätte es irgendwann jemand anders gemacht«, sagte ich.

»Trotzdem«, sagte er.

»Nichts trotzdem«, sagte ich. »Vielleicht sind Sie Tourist, vielleicht ist das der Grund, vielleicht wissen Sie nicht, daß einen die meisten Krankenwagen hier gar nicht erst mitnehmen, wenn man nicht im voraus in bar oder Plastik oder mit einer gültigen Krankenversicherungskarte bezahlt, selbst wenn man gerade am Verbluten ist. Glauben Sie im Ernst, daß der Junge irgendwas in der Art bei sich hatte?«

Er zuckte die Schultern.

»Wenn die Bullen dabei sind«, sagte ich und klopfte mir ein paar trockene Blätter von meiner Leinenhose, »dann können sie die Ambulanz zwingen, ihn mitzunehmen. Oder wir hätten 'ne Münze werfen können, kostet ja nur vierzig oder fünfzig Piepen.«

»Okay, okay«, sagte er. »Dann bin ich eben ein Tourist. Und komme aus einer halbwegs zivilisierten Gegend.«

»Na, na, na, redet man so über Süd-Miami?« sagte ich. »Was würden Ihre Stadtväter dazu sagen?« Er grinste, salutierte scherzhaft und machte das Fenster wieder zu. Ich ging weiter den Gang entlang, fand die entsprechende Büronummer und trat ein. Ein umwerfender Rotschopf mit Kopfhörern und einem rückenlosen Oberteil mit Halsträgern tippte gerade heftig, aber geräuschlos auf einer elektrischen Schreibmaschine, die fast so groß wie mein Auto war. Mit ihren perfekten Augenbrauen warf sie mir einen fragenden Blick zu.

»Dick Distler«, formte ich mit den Lippen. »Termin mit.«

Sie betätigte ein Knöpfchen auf ihrem Schreibtisch und sagte mir dann, ich solle den Flur entlang zur ersten Tür links gehen. Was ich prompt tat.

Dick Distler war ein kleines, glatzköpfiges Bündel voll sprühender Energie. Er war auch zwanzig Jahre zu alt für seine Garderobe, die aus legeren gelben Hosen, einem limonengrünen kragenlosen Hemd, das ihm bis zu den

Knien offenstand, keinen Socken und Wildleder-Reeboks mit dicken Sohlen bestand. Aber Dick Distler, soviel wurde schnell klar, war auch ein ziemlich schlaues Bürschchen, außerdem ein hartes Bürschchen, härter noch als jene trockenen Haferflockendinger, die mir einst eine gewisse hoffnungslose Poetin aus meinem Bekanntenkreis in dem verzweifelten Versuch, mir irgendwas unterzubuttern, stolz präsentiert hatte. Die Butter hätte sie sich für ihre albernen Kekse aufheben sollen.

Das erste, was Dick tat, war eine Frage zu beantworten, die ich noch gar nicht gestellt hatte. »Sie werden wissen wollen«, sagte er, »wieso wir immer noch Saufkumpane sind, obwohl ich doch ihr Manager war und es in einer langen, langen Liste von diversen Umständen unter anderem das Management war, das den Jungs das Hemd ausgezogen hat. Stimmt's?« Er hopste auf seinen Schreibtisch und begann, geschäftig mit den Beinen zu baumeln.

Ich sah mir den Schreibtisch näher an. Er erinnerte mich an den Schreibtisch meines Kumpels John D. Der besaß und leitete die Kegelbahn Valley Bowl unweit meiner Wohnung und hatte sich, als er ein paar von seinen Bahnen erneuern ließ, einige von den Holzplanken gesichert und sich daraus ein prima Möbelstück gebaut. Dicks Schreibtisch sah aus wie ein halber Shuffleboard-Tisch aus dem Casino, und als ich noch näher hinsah, stellte ich fest, daß er genau das war. Um daran arbeiten zu können, war eine der Randleisten, die normalerweise verhindern, daß der Puck ins All hinausschießt, entfernt worden.

Ob ich neidisch war?

Seien Sie nicht kindisch.

Ich saß ihm in einem alten Friseurstuhl gegenüber. Einem fantastischen Art-Deco-Stuhl aus den Dreißigern, mit grün-orange schattiertem Leder und eingebauten Aschenbechern. Ob ich neidisch war? Extrem, da bin ich doch der erste, der so was zugibt. Ansonsten muß ich sagen, war sein Büro eine Überraschung – nirgendwo gab es auch nur ein einziges Foto von ihm, auf dem er mit einem Klienten oder anderen Prominenten zu sehen war und unter dem eine liebevolle Widmung stand, wie es sonst im Showbusiness an der Tagesordnung ist, aus meiner Erfahrung jedenfalls. Mir waren an den Fingerspitzen des Jungen mit der Überdosis Schwielen aufgefallen, in der Art, wie die Finger von Gitarristen nach einer Weile immer aussehen; es war aber unwahrscheinlich, daß sein lächelndes Konterfei irgendwann mal an der Wand eines Moguls hängen würde. Seins und das von Millionen anderer. Wissen Sie, was die Bullen bei ihm fanden, als sie die Taschen seiner falschen Uniformhosen aus dem Restbeständeladen durchsuchten? Ein paar Plektren und ein Päckchen Monopoly-Geld.

»Was starren Sie da an?« fragte Dick Distler.

»Nackte Wände«, sagte ich.

Er lachte. »Die Idee stammt von meiner ersten Frau. Ich hab ihren Namen vergessen. Ich glaube, er endete auf ›i‹, es könnte also Bambi oder Bobbi gewesen sein. Sie fand das spießig, alles mit Hochglanzfotos zuzukleistern, meinte, dadurch würde ein Büro aussehen wie ein zweitklassiger Delikatessen-Schuppen; sie schlug mir vor, immer unmittelbar vor jeder Besprechung das Foto desjenigen an die Wand zu hängen, mit dem die Besprechung stattfindet. Auf diese Weise bin ich kein Spießer, und der Typ bildet sich ein, mein bester Klient zu sein.«

Ich lachte.

»Na und«, sagte er und winkte ab. »Also, die Frage lautete: Wa-rum? Darum: Weil ich viel zu spät ihr Manager wurde, da war es alles schon mehr oder weniger gelaufen, da saßen sie schon zu tief in der Scheiße und hatten praktisch bis auf die amerikanische Unabhängigkeitserklärung alles unterschrieben, die Dummköpfe. Wir haben getan, was wir konnten, ich und die gegenwärtige Amtsinhaberin da nebenan« – er zeigte mit dem Daumen auf die Tür, die zum Büro seiner Frau führte – »aber sie wird Ihnen die Einzelheiten erläutern, falls es Sie interessiert und falls sie noch nicht die Thermoskanne mit Martini ausgetrunken hat, die sie jeden Tag in einer braunen Tüte ins Büro mitbringt, von der sie glaubt, daß ich glaube, daß sie Preiselbeersaft enthält. Was Sie von mir erfahren wollen, sofern ich Sie heute früh, als Sie anriefen, richtig verstanden habe, ist alles Erhellende über die Art und Weise, wie Jonesy, Präsident und Alleininhaber von Western Records, Inc., seine Geschäfte betreibt.«

»Sie würden einen alten Mann sehr glücklich machen, wenn Sie dies täten«, sagte ich, »und ihm außerdem dabei helfen, ein paar läppische Scheinchen zu verdienen.«

»Da wir gerade von Scheinchen sprechen«, sagte er, »die hat er. Penner-Annie da nebenan kann wahrscheinlich herausfinden, wie viele, falls sie es nicht sowieso schon weiß; sie weiß jedenfalls, wieviel ich habe, bis zur sechsten Stelle hinter dem Komma.«

»Der da hilft vielleicht«, sagte ich und zeigte auf den schweren braunen Ordner. »Enthält reichlich Kontoauszüge und ähnliches Zeugs, ich hab vorhin schon mal reingelugt.«

»Annie wird ihn sich vornehmen«, sagte er. »Und wenn schon. Glauben Sie etwa, daß Jonesy Ihnen ein paar getürkte Rechnungen gibt, damit dann Annie ihren Röntgenblick darüber schweifen lassen kann? Vergessen Sie's. Was mich betrifft, ich kann nur sagen, ich hab noch nie was anderes gehört, als daß Jonesy ultra-sauber ist, was man nicht von allzu vielen Typen in diesem schmutzigen Geschäft sagen kann.«

»Oder in irgendeinem anderen«, sagte ich.

Er zuckte die Schultern. »Wissen Sie was? Er läßt nicht mal große, gut gekleidete Typen mit Taschen voller Hundertdollarnoten und reichlich Vorrat an Koks auf die Radiosender los. Er versucht nicht, irgendwelche DJs oder Programmdirektoren zu bestechen, weder direkt noch indirekt in Form von teuren Weihnachtsgeschenken; denken Sie gar nicht erst an Zweihundert-Dollar-Callgirls, die vor ihrem Hotelzimmer stehen, verdammt noch mal, er versucht ja nicht mal mit unlauteren Machenschaften die Top Ten zu beeinflussen, womit ich nicht die Tennis-Weltrangliste meine. Ach herrje, wie ich schon wieder aus dem Nähkästchen plaudere! Was Sie von uns halten müssen!«

Ich grinste, fand den richtigen Hebel und ließ meinen Stuhl noch ein Stückchen weiter nach hinten kippen. »Nur mal so aus Neugierde gefragt«, sagte ich, »wie beeinflußt man eigentlich die Charts?«

»Passen Sie auf«, sagte er. »Airplay, also Sendezeit, gleich Position in den Single-Charts gleich verkaufte Platten, kinderleicht, oder? Die Sache ist nur, wie bekommen Sie Airplay? Die Klinkenputzer können sie Ihnen besorgen, die meiste bekommen Sie aber, indem Sie herausfinden, welche Singles in den Plattenläden laufen. Wenn sie gut laufen, werden sie auch im Radio gespielt. Und obwohl das ja angeblich ein so großes Geheimnis sein soll, hat jede Plattenfirma auf der Welt eine Liste derjenigen Outlets, die auf der Checkliste stehen – so was wie die Gallup-Umfragen – und aus deren Verkäufen die Charts bestimmt werden. Daher bezahlt die Plattenfirma entweder den Manager einer dieser Outlets – Plattenläden für Sie –, um ihre täglich gespielten Titel zu ihren Gunsten zu schönen, oder, was auch keine schlechte Idee ist, sie schickt ein äußerst mobiles Team von Käufern in alle Plattenläden auf ihrer Liste. In England ist das leichter, da muß man nicht so viele Läden abdecken, Scheiße auch, für ein paar Riesen klettert Ihre Scheibe nur so die Verkaufslisten hoch und springt unweigerlich in die Singles-Chart, dann wird sie natürlich gespielt, und schon schließt sich der Kreis. Nach meinen letzten Informationen reichen denen da drüben wöchentlich zweitausendfünfhundert verkaufte Platten, um in die Top 75 zu kommen, und vielleicht sieben- bis achttausend, um in die Top 40 einzusteigen, was sie automatisch in die Mehrzahl der wichtigsten Listen gespielter Titel katapultiert. Begreifen Sie allmählich, wo's langgeht?« Er bummerte laut mit seinen Füßen gegen ein Tischbein.

Ich nickte.

»Wissen Sie, auf was sich der Umsatz in der Plattenindustrie letztes Jahr belief?«

Ich schüttelte den Kopf.

»Auf sechs komma drei Milliarden verkaufte Scheiben. 1955 waren es nur 277 Millionen. Vielleicht können Sie sich jetzt ungefähr vorstellen, was da bei dieser Größenordnung alles gedreht wird. Alan Freed, erinnern Sie sich noch an den?«

Ich nickte.

»Gerüchte über Schmiergelder wurden laut! Skandale drangen an die Öffentlichkeit! Er verschwand. Das war damals, 1960. Schmiergelder in der einen oder anderen Form, um Airplay zu bekommen, gibt es immer wieder. Haben Sie mal was von dem Network gehört?«

Ich schüttelte den Kopf.

»Ende der siebziger Jahre«, sagte er. »Ein paar unabhängige Werbefritzen taten sich zusammen, unterstützt von einigen der großen Plattenfirmen. Fünf Jahre später verfügten sie schon über ein jährliches Budget von fünfzig Millionen aufwärts und konnten reichlich Druck machen. Die anderen waren machtlos gegen sie, Warner und CBS haben's probiert; sie haben es nicht mal geschafft, daß ihre großen Stars auf Radio Grönland gespielt wurden.« Er schüttelte den Kopf und betrachtete dann eingehend seine Fingernägel.

»Und was ist passiert?«

»Ich glaube, es war NBC«, sagte er. »Die haben sie schließlich hochgehen lassen. Sie behaupteten, daß das Network mit dem organisierten Verbrechen verbandelt wäre und daß sie es beweisen könnten. Adios, Network.«

»Aber unser Freund Jonesy hat nie etwas mit solchen krummen Dingern zu tun gehabt, sagen Sie«, sagte ich.

»Sagen alle«, sagte Dick. »Warum atmen Sie jetzt nicht einfach tief durch und besuchen die kleine Ehefrau, sie wird Ihnen alles weitere erklären. Es ist Zeit für meinen Mittagsschlaf.«

»Klar, klar«, sagte ich und rappelte mich auf. »Ein Kerl wie Sie braucht wahrscheinlich zwanzig Stunden Schlaf am Tag, mindestens.«

»Da durch«, sagte er. »Klopfen Sie an und treten Sie ein. Wenn sie im Koma liegt, will ich's lieber nicht wissen.« Er hopste vom Tisch herunter, schüttelte mir überschwenglich die Hand und gab mir dann einen Schubs in Richtung Tür.

»Was ich gern noch wüßte«, sagte ich, »was ist mit der anderen Spieltischhälfte passiert?«

»Billi«, sagte er, »oder war es Bunni, war eine eingeschworene Anhängerin des staatlichen Gütergemeinschaftsgesetzes, das, wie Sie wissen werden, Halbe-Halbe besagt. Wenn du ihn haben willst, kannst du ihn durchsägen, habe ich zu ihr gesagt. Was sie daraufhin auch getan hat. Die erste anständige Arbeit, die sie in unseren fünf Ehejahren verrichtet hat.«

»Gut, daß Sie keine Katze hatten«, sagte ich.

»Wem sagen Sie das«, sagte er. »Ich mit meinem Pech hätte wahrscheinlich die Hälfte bekommen, die nicht Whiskas frißt.«

Ich grinste, klopfte an Annies Tür und trat ein. Annie war eine stark gebräunte Frau, die mindestens dreißig Zentimeter größer war als ihr Mann; sie arbeitete mit einer Hand an einem PC und telefonierte mit der anderen.

»Sitz, großer Junge, sitz«, sagte sie, sobald ich eingetreten war, und machte mir mit dem Kinn ein Zeichen, auf einem Stuhl ihr gegenüber Platz zu nehmen. Ich machte Sitz wie ein braver großer Junge. Ich sah mich um; auch ihre Wände waren so leer wie die Augäpfel eines Zombies, bis auf eine altmodische Stickerei, auf der »Fassen Sie sich kurz, ich habe Durchfall« stand.

Als sie damit fertig war, den unglückseligen Vertreter von Artist & Repertoire, was immer das auch war, durch die Leitung anzuschreien, knallte sie den Hörer auf, blickte kurz auf den Computer-Bildschirm, runzelte ärgerlich die Stirn, schaute mich durch einen zotteligen grauen Pony an und sagte dann: »Wie wär's mit einem Drink, Kleiner?«

Ich lehnte höflich ab und deutete an, daß es vielleicht doch noch ein wenig zu früh am Tage für mich sei, vielen Dank.

Sie schnaubte laut und verächtlich und schenkte sich einen großen Becher Flüssiges aus einer dieser riesigen Thermoskannen ein, die sogar eine Tülle haben. Sie nahm einen ordentlichen Schluck und schnalzte dann anerkennend ihre orange bemalten Lippen.

»Was hat Ihnen der Einstein da drin eigentlich erzählt, was diese Kanne enthält, Labor-Alkohol?«

»Martini«, sagte ich.

»Schön wär's«, sagte sie. »Seit 1976 hab ich nichts Stärkeres als Grabbelwasser angerührt. Hi. Ich bin Annie.«

»Hi. Ich bin V. – für Victor Daniel. Was ist Grabbelwasser?«

»Weit rumgekommen sind Sie anscheinend nicht«, sagte Annie. »Das gibt man den Heranwachsenden in Somerset. Damit sie nicht soviel grabbeln, schätze ich.«

»Oh«, sagte ich.

»Was soll's«, sagte sie und fuhr sich mit ihren zehn Zentimeter langen, mattiert-rosa Fingernägeln durch ihren verhedderten Mop. »Der arme alte Knacker. Soll er doch seinen Spaß haben, finde ich, das ist so ungefähr der einzige Spaß, den er heutzutage noch kriegt. Und was pressen Sie da so fest an Ihre männliche Brust, Ihr Pausenbrot von gestern?«

»Von Jonesy an mich für Sie«, sagte ich und überreichte ihr den prall gefüllten Ordner.

»Bin gleich wieder da«, sagte sie und zog sich eine mit Straß verzierte Brille von ihrem Kopf herunter. Sie schlug den Ordner auf, leckte sich den Daumen, blätterte den Inhalt durch, wie eine Bankangestellte am Auszahlungsschalter ein Bündel Dollarnoten zählt, nahm dann eine Seite heraus und ließ flink ihre Augen darüber schweifen. Nach etwa fünfzehn Sekunden warf sie das Blatt in meine ungefähre Richtung und vertiefte sich in ein weiteres Formular oder einen Vertrag oder was es war. Ich schaute mir das Schriftstück an, mit dem sie fertig war.

»AGAC/Songwriter-Gilde, POP-SONGWRITER-VERTRAG« stand oben drauf. Danach wurde es kompliziert, als wäre das ohnehin schon unverständliche, juristische Doppeldeut-Sprech ins Urdu übertragen und anschließend ins Jurinesische rückübersetzt worden. Die Zahlen konnte ich jedoch lesen, und kleine Informationshäppchen begreifen, daß zum Beispiel das Copyright über fünfunddreißig Jahre lief, daß die Komponisten für jede verkaufte Pianoforte-Ausgabe fünf Cents erhielten, daß sie fünfzig Prozent dessen bekamen, was der Musikverlag aus der elektrischen Umsetzung einnahm, was ich mir als Aufnahme vorstellte, sowie zwei Cents für eine Ausstrahlung bei dem kleinen Sender um die Ecke.

»Ähm«, sagte ich. »Entschuldigen Sie, daß ich unterbreche, aber was macht ein Musikverlag eigentlich genau?«

»Schießt Ihnen sowenig Geld wie möglich vor und hofft, daß Sie ihm eine Million einspielen«, sagte Annie, ohne aufzuschauen. Sie schob mir ein weiteres Blatt rüber.

»Wie?«

Sie seufzte und beugte sich über ein weiteres umfangreiches Dokument. »Für seinen Vorschuß bekommt er was von Ihrer Erfolgsbeteiligung ab.«

»Wie hoch?«

Sie seufzte noch einmal. »Kurz und knapp«, sagte sie. »Nehmen wir an, Sie schreiben einen Song.« Sie warf mir einen kurzen Blick zu. »Unwahrscheinlich in Ihrem Fall, aber tun wir mal so. Wie durch ein Wunder wird er aufgenommen. Ebenfalls wie durch ein Wunder bekommt er Airplay. Entgegen jeder Hoffnung und jedem gesunden Menschenverstand schaffen Sie es sogar, ein paar Scheiben zu verkaufen. Von da an fangen Sie an, zu verdienen. Ein paar Cents von jeder Radio-Ausstrahlung. Ein paar Dollar von einer Fernseh-Ausstrahlung. Vielleicht einen Vierteldollar von jeder verkauften Platte. Verkaufen Sie die Rechte ans Kino oder irgendeine Seifenoper-Produktionsfirma, dann machen Sie richtig Kohle. Und dann, da Sie zahlendes Mitglied bei ASCAP oder BMI sind, was wiederum nicht-profitorientierte Verwertungsgesellschaften sind, die alle Radiosender und Fernsehstationen und dergleichen überwachen, damit gewährleistet ist, daß ihre Mitglieder auch jedesmal bezahlt werden, wenn einer ihrer Songs gespielt wird, sahnen Sie automatisch noch bei ein paar anderen Leistungen ab. Kaufhaus-, Fahrstuhl- und Supermarktgedudel zahlen eine jährliche Summe ein. Fluglinien ebenfalls. Und Rollschuhbahnen. Sowie jeder, der eine Lizenz hat, an öffentlichen Orten Musik zu spielen. Das geht alles in den Einsatz-Topf. Nehmen Sie Musikautomaten zum Beispiel.«

»Behalten Sie sie«, sagte ich. »Es sei denn, sie spielen

›Sophisticated Lady‹. Oder vielleicht die Andrew Sisters.«

»Okay, lassen wir die Musikautomaten«, sagte sie und ließ einen Finger hurtig über eine lange Reihe von Ziffern gleiten. »Liederbücher. Noten. Man kann durchaus Geld damit verdienen, mein großer Freund.«

»Wie ich soeben erfahren habe.«

»Die Hälfte all dessen, was Ihr Meisterstück einspielt, gehört Ihnen, per Gesetz. Die andere Hälfte, die sich Verlagserlös nennt, wird noch mal geteilt, was auch normalerweise passiert, und zwar zwischen Ihnen und dem oben erwähnten Musikverlag, der Ihnen irgendeine erbärmliche Summe vorgeschossen hat. Die Teilung könnte fifty-fifty erfolgen, oder fünfundsiebzig-fünfundzwanzig, beliebig nach beiden Seiten, je nachdem. Und falls wider Erwarten irgendein Megastar Ihr Meisterstück aufnehmen will, wird er, sie oder es, oder deren Manager, so viel von den fünfzig Verlags-Prozent einsacken wollen, wie er kann, und Sie werden sie denen auch übertragen, da Sie kein Idiot sind, wie ich stark hoffe, und zwar alles, ob nun legal oder illegal, weil Sie nämlich auf jeden Fall genug daran verdienen. Hiermit endet Ihre erste und letzte Lektion.«

»Vielen herzlichen Dank, Ma'm«, sagte ich bescheiden. »Jetzt bin ich im Bilde.«

»Und was diesen Schrott hier angeht«, sagte sie und machte eine wegwerfende Handbewegung, »so bestätigt es mir auf den ersten Blick nur, was ich von vornherein erwartet habe, und ich wette, ein zweiter Blick nach einem Monat würde zum selben Ergebnis kommen. Das einzig Auffällige daran ist, daß Jonesy bei jeder sich bietenden Gelegenheit dem Künstler mehr Rechte eingeräumt hat, als unbedingt nötig war; er muß total bescheuert sein.« Sie sammelte die Unterlagen ein, stapelte sie ordentlich und verstaute sie wieder in dem Ordner. »Falls

Sie also in diesen Dokumenten nach Beweisen suchen, um Jonesy wegen schweren Diebstahls vor den Kadi zu bringen, dann können Sie es gleich wieder vergessen.«

»Genau das, was Ihr werter Gatte sagte«, sagte ich. »Sie glauben also nicht, daß es unbedingt erforderlich wäre, wenn sich ein hochkarätiger Buchprüfer die Unterlagen noch mal vornehmen würde?«

»Schätzchen, ich bin eine hochkarätige Buchprüferin«, sagte Annie milde lächelnd. »Unter anderem – als da wären eine mit allen Wassern gewaschene Pokerspielerin, treue Ehefrau und Mutter zweier Kinder sowie Hobby-Züchterin von reinrassigen Boxerhunden.«

»Tatsache?« sagte ich und erhob mich. »Ich hab auch einen Hund, ein Prachtstück, erinnert mich zum Teil auch an einen Boxer.«

»Zum Teil?« fragte Annie und goß sich noch ein paar Vitamine ein.

»Sein blaues Auge«, sagte ich. Woraufhin ich meine Habseligkeiten einpackte, mich bei Annie bedankte und ging.

Viertes Kapitel

Caddie, und eine blonde Gringa hört im Radio Sha Na Na,
Sagt »¡Vamos amigos!«, und sie fahren alle weg.

Genau wie King und ich; er aufrecht stehend, das Kinn auf meine Schulter gelegt, ich mit dem Gefühl, so ziemlich alles aus den Distlers herausgeholt zu haben, was ich erwartet hatte, aus ihnen rausholen zu können, nämlich nada, außer daß ich jetzt mehr oder weniger wußte, was ein Musikverlag tat. Was ich sonst noch unternehmen konnte, um den Nachweis zu erbringen, daß Jonesy ein pünktlich zahlendes Mitglied im Engel-des-Monats-Klubs war, wußte ich auch nicht. Vielleicht sein Sechsunddreißig-Spur-Studio unter die Lupe nehmen, nur um guten Willen zu zeigen. Und vielleicht sein Lagerhaus und seinen Vertrieb, falls er so etwas hatte. Mich mit ein paar Bandmitgliedern unterhalten, die schon bei ihm Aufnahmen gemacht hatten, das könnte ich tun. Mich bei ASCAP und BMI erkundigen, ob sie ihn jemals auf ihrer Liste der zu meidenden Personen geführt hätten – aufgrund seiner Abneigung, seine Schulden zu zahlen oder wegen seiner Angewohnheit, die hübscheren unter seinen Klienten, insbesondere reine Damen-Tanzensembles, in zwielichtige Nachtlokale im Nahen Osten zu schicken, falls nicht noch weiter weg, von wo noch kein reines Damen-Tanzensemble je wieder in der ersten Blüte jugendlicher Unschuld zurückkehrte. Ich wußte, daß zumindest BMI so eine Böse-Buben-Liste veröffentlichte, ich hatte sie ja oben bei Rickie in deren Jahrbuch abgedruckt gesehen, gleich hinter der Liste ihrer Mitglieder, die bei diversen Agenturen Außenstände hatten, und unmittelbar vor der Liste, deren Mitglieder kürzlich verstorben waren. Ich wußte, daß die Chancen minimal waren, aber ich hatte mich trotzdem vergewissert – mein Name tauchte auf keiner der Listen auf.

Die Frechheit dieser Frau zu behaupten, ich wäre nicht in der Lage, einen Song zu schreiben. Das sollte schwer sein? Lächerlich. Ich beschloß an Ort und Stelle, während ich an der Ecke Sunset und Western auf Grün wartete, mich noch am selben Abend dranzusetzen. Dann dauerte es eben ein, zwei Stunden, na und?

Später und bei passender Gelegenheit würde ich Tom und Jerry lässig meinen Song zustecken, woraufhin diese völlig aus dem Häuschen geraten und ein paar einfache Griffe hinzufügen würden, und ich bräuchte mich nur noch zurückzulehnen und in Ruhe abzuwarten, wie die dicke Kohle anrollte. Puppig; ich war erstaunt, daß ich nicht schon vorher auf die Idee gekommen war. Warten Sie mal . . . was reimt sich auf »Flossenheck«? . . . »Letzter Dreck« vielleicht . . . na bitte, genial, Daniel.

Ich parkte nach unserer Rückkehr direkt vor dem Büro, führte den Hund spazieren und ging dann in die Kirche. Eine katholische Kirche. In meiner unmittelbaren Nachbarschaft gab es zwei, wie ich wußte, da mir Mrs. Morales dies einmal erzählt hatte. Die entzückende Señora Morales besaß und führte die Taco/Hamburger-Bude drei Läden weiter, und als ich vor einiger Zeit einmal wissen wollte, wo sich die nächste katholische Kirche befand, hatte ich mich ratsuchend an sie gewendet, weil ich a) den Verdacht hegte, daß sie Katholikin war, da sie aus Mexiko stammte und immer ein goldenes Kreuz um den Hals trug und b) wußte, daß sie in der Nähe wohnte, weil ich einmal ihre Tochter nach Hause gefahren hatte. Sie hatte mich damals informiert, daß es gleich um die Ecke eine gab, für Anglos, wohin ich mich auch schließlich gewandt hatte, und eine andere ein paar Häuserblocks weiter am Victory Boulevard, wo alle Latinos und Latinas hingingen, St. Barnabas.

Zur letzteren lenkte ich mein Schuhwerk Größe 47. Während des kurzen Spaziergangs erspähten meine stets alerten Augen die blutigen Überreste zweier Tauben, einen nadellosen Weihnachtsbaum, der in einem Eimer Sand steckte, eine gutgekleidete Frau, die auf einer Bank an einer Bushaltestelle saß und weinte, eine Katze, die über den Boulevard flitzte und mit knapper Not dem Aussterben entging, und eine lange Reihe von Radfahrern, die alle für die Tour de France gekleidet waren und Doktormasken vor dem Mund trugen.

Die Kirche selbst war ein schlichter, weiß getünchter Flachbau, ein wenig von der Straße zurückgesetzt, mit einem Glockenturm am hinteren Teil und einem Holzkreuz, das vorn angebracht war. Ein paar Stufen führten zum Eingang hinauf, der offen stand. Ich trat ein und wurde von gesegneter Kühle empfangen. Keine Kreatur regte sich, darum setzte ich mich ganz hinten in die letzte Kirchenbank und sinnierte. Zeit verging. Eine alte Lady in Schwarz tauchte kurz hinter dem Altar auf, schaute sich um und verschwand wieder, bevor ich mich bei ihr bemerkbar machen konnte. Zeit verging. Schließlich trat ein Gentleman in einer langen schwarzen Robe aus einer Seitentür. Er trug einen Stapel Zettel im Arm, die er sodann in regelmäßigen Abständen auf allen Bänken verteilte. Nachdem er die ganze Kirche versorgt hatte, steckte er die restlichen Papiere unter seine Soutane, staubte sich energisch die Hände ab, kam auf mich zu, lächelte und sagte: »Guten Tag.«

»Ihnen auch, Sir«, sagte ich und erhob mich.

»Bitte«, sagte er. »Nehmen Sie wieder Platz. Ich setze mich zu Ihnen.« Wir setzten uns.

»Victor Daniel«, sagte ich.

»Pater Romero«, sagte er. Wir gaben einander die Hand, extrem fest, was ihn anging. Dem Anschein nach war er um die Vierzig; er sah sehr fit aus, hatte ein braunes, pockennarbiges Gesicht, trug eine Nickelbrille und sein schwarzes Haar streng hinter den markanten Geheimratsecken zurückgekämmt. Was er sah, war ein Mann ebenfalls um die Vierzig (gerade mal), einigermaßen fit, wenn man alles bedachte, mit einer Visage, die hastig aus ein paar Ersatzteilen und etwas überschüssigem Narbengewebe zusammengeschustert war, und eine mehrfach gebrochene Nase. Da ich meine vermaledeite Brille nur zum Lesen aufsetzte, traf ihn die volle Wucht meiner melancholischen haselnußbraunen Augen, dieser einstmals so wachen Glubscher, die alles schon einmal gesehen hatten, einmal zu oft.

»Und was kann ich für Sie tun, Mr. Daniel? Wenn Sie nur hergekommen sind, um ein wenig inneren Frieden zu finden, dann lassen Sie sich bitte nicht stören.«

»Nun ja, ich habe etwas auf dem Herzen, Pater«, sagte ich. »Ein Stückchen weiter die Straße runter ist der Bau eines Pornoschuppens geplant, gleich neben meinem Büro, vielleicht haben Sie davon gehört?«

»Das habe ich in der Tat«, sagte er und faltete die Hände. »Ich kann nicht gerade sagen, daß mich die Aussicht überglücklich stimmt.«

»Mich auch nicht«, sagte ich. »Und auch mein Hund wedelt nicht gerade vor Freude mit dem Schwanz.«

Er lächelte. »Die Frage ist«, sagte er, »kann man etwas dagegen unternehmen?«

»Nun«, begann ich in aller Bescheidenheit, »heute vormittag kam mir da eine kleine Idee, als mein Hund etwas ausbuddelte, von dem ich befürchtete, daß es Hühnerknochen sein könnten. Ich dachte mir, was wäre, wenn er einen Knochen ausbuddeln würde, der kein Hühnerknochen wäre, sondern ein Menschenknochen? Was wäre, dachte ich, wenn er die Überreste einer, sagen wir mal, Begräbnisstätte oder eines alten Friedhofs ausgraben würde? Dann wäre dieses leerstehende Grundstück nämlich geheiligtes Territorium, und dann könnten wir vielleicht ein Bauvorhaben darauf verhindern.«

»Hmh«, sagte der Pater. »Ausgesprochen interessant.«

»Also dachte ich weiter«, sagte ich, »wer könnte dort begraben sein? Wer war schon da, bevor wir weißen Tunichtgute eintrafen? Wer, wenn nicht Mexikaner, dachte ich, die nicht nur überall in der Gegend hier Missionen errichteten, und wo man eine Mission hat, hat man wahrscheinlich auch gleich nebenan einen Friedhof, oder könnte man jedenfalls gehabt haben.«

»Könnte man in der Tat«, sagte er. »Und häufig war das auch der Fall. Leider können Sie aber gerade an dem Ort keine Mission haben, wo Sie gern eine Mission haben würden.«

»Ach ja?« sagte ich.

»Weil die erste Mission, die unsere Kirche erbaute, in San Diego war«, sagte er sanft, »im Jahre 1796, und die letzte 1823 in Sonoma, falls ich mich recht entsinne.«

»Was ist mit zwischendurch?« fragte ich.

Er schüttelte den Kopf. »Ich bin zwar kein Experte, aber selbst ich kenne alle Orte unserer kalifornischen Missionen, und bedauerlicherweise gab es keine einzige innerhalb von fünfzig Meilen jener Stelle, wo Ihr Hund seinen Lieblings-Spielplatz hat.«

»Unter anderem«, sagte ich.

»Das alles wurde schriftlich festgehalten«, sagte er, »weil unsere Mutterkirche jedes Detail dieser frühen Missionen überwachte; was sie übrigens immer noch tut, darüber kann man denken, was man will, jeder Peso, der ausgegeben wurde, mußte belegt werden, Einzelheiten der Baupläne mußten zwecks Freigabe vorher eingereicht werden, alle Geburten, Taufen, Erstkommunionen, Konfirmationen, Eheschließungen und Todesfälle wurden registriert, und diese Dokumente existieren noch, das kann ich Ihnen versichern.«

»Mist«, sagte ich. »Na ja, soviel zu dieser glorreichen Idee.«

»Aber ich weiß nicht«, sagte Pater Romero und glättete das Vorderteil seiner Robe. »Unsere Völker waren ja nicht die einzigen, die sich in dieser Gegend niederließen.«

»Wie wahr«, sagte ich. »Denken Sie an all die Chinesen, die man ins Land geholt hat, um die Deiche und Eisenbahnen zu bauen. Und dann natürlich die Armenier.«

»Ich dachte eher an die indianischen Ureinwohner Amerikas«, sagte er. »Waren die nicht vor uns da?«

»Na klar«, sagte ich.

»Haben nicht auch sie ihre Toten bestattet? Einige Stämme taten das mit Sicherheit.«

»Da können Sie ihre perlenbestickten Mokassins drauf wetten«, sagte ich. »Zumindest in dem Film, den ich gesehen habe, taten sie es.«

»Und wie mir scheint, steht heutzutage ziemlich viel darüber in den Zeitungen, daß die Indianer ihre Rechte geltend machen und Anspruch auf ihren alten Grundbesitz und dergleichen erheben, ist dem nicht so?«

»Pater«, sagte ich, »und wie dem so ist. Gerade gestern habe ich was über diese Mohawks in Kanada gelesen, die aus Protest so eine Brücke verbarrikadiert haben, weil da irgendein Golfklub noch ein paar zusätzliche Löcher anbauen wollte, mitten auf Mohawk-Gebiet.«

»In der Tat«, sagte Pater Romero.

»Darum bräuchte ich für den Anfang nicht mal einen Knochen«, sagte ich, »ein Stück authentischer indianischer Keramik würde vollkommen genügen, oder ein alter Flitzebogen, oder was immer sie früher zusammen mit ihren Toten begraben haben, was ich nicht habe, und einen billigen Anwalt, den ich sehr wohl habe.«

»Ich würde zudem einen freundlich gesinnten Indianer

vorschlagen«, sagte der Pater. »Es würde Ihrer Protestbewegung mehr Nachdruck verleihen, wenn sie von einem amerikanischen Ureinwohner angeführt würde.«

»Ja, einen späten Abkömmling«, sagte ich. »Und ich kenne genau den Mann.« Und ob ich ihn kannte – Indianer-Joe. Vorausgesetzt, es gelänge mir, ihn für ein paar Tage vom Knast fern- und relativ nüchtern zu halten und ihn zu überreden, zwei, drei Federn und ein Lendentuch aus Birkenrinde zu tragen.

»Ein Komitee«, sagte der Pater, »das sich aus entrüsteten Bürgern zusammensetzen könnte« – hier nickte er zu mir herüber – »einem Sprecher für das indianische Volk, und vielleicht einem Bezirksabgeordneten, der sich besonders für die Rechte von Minderheiten stark macht, oder wenigstens gern so gesehen wird.«

»Und, möglicherweise«, sagte ich und nickte zu ihm hinüber, »vielleicht einem religiösen Würdenträger?«

»Glänzender Gedanke, Sir«, sagte er. »Warum auch nicht.«

Und in diesem freundschaftlichen Einvernehmen trennten wir uns. Der Pater brachte mich noch zur Tür, wobei er unterwegs einen Besen einsammelte. Als ich ihn verließ, fegte er die Treppe zum Eingangsportal, während ich über Dinge wie indianische Reliquien nachdachte, und wie man eins erbetteln, leihen oder klauen könnte; über indianische Geschichte, nur um sicher zu gehen, daß einstmals auch wirklich Indianer auf meinem leeren Grundstück kampiert hatten; über Komitees und wie man eins organisierte; und – jetzt ging's aber los – über Pressekonferenzen, und wie, wann und wo man eine abhielt. Das würde erst mal ein paar Steinchen ins Rollen bringen, dachte ich. Hüte dich, Pussycat Adult Cinema Co., dachte ich, wir kommen, und zwar ehe noch allzu viele Monde vergangen sind.

Leider vergingen noch zwei Tage, ehe ich auch nur

eines der oben aufgeführten Ziele in Angriff nehmen konnte, denn als ich wieder in meinem Büro eintraf, saß bereits ein Klient auf dem Kotflügel eines riesigen, auf Hochglanz gewienerten weißen Mercedes Baujahr ’74, mit getönten Scheiben und allem Drum und Dran, und wartete auf mich. »Mr. Daniel?« fragte er, als ich das letzte der drei Schlösser entriegelte.

»Leibhaftig.« Ich entfernte das Schild von der Tür, auf dem »Bin kurz weg, vielleicht sogar noch kürzer« stand, das von Ihrem stets Ergebenen säuberlich auf Pappe gepinselt worden war, sagte: »Vorsicht, Hund«, und winkte den Mann herein. Ich bedeutete ihm, sich auf den Stuhl gegenüber meinem Schreibtisch zu setzen, auf dem er spröde Platz nahm. King kam angesprungen, um Guten Tag zu sagen, und wurde mit einem zimperlichen Tätscheln belohnt. Als sich der Hund einigermaßen abgeregt hatte, schickte ich ihn auf seine Decke zurück, knipste die Schreibtischlampe an, schloß die Schublade links oben auf, entnahm ihr einen Notizblock, wählte einen Kuli aus dem Sortiment, das in einem Becher neben meinem roten Tastentelefon stand, setzte einen geschäftsmäßigen Gesichtsausdruck auf und erkundigte mich dann, wie ich ihm zu Diensten sein könne.

»Meine Karte«, sagte er überflüssigerweise und entnahm einer schmalen und teuer aussehenden Brieftasche eine blutrote Visitenkarte.

»Danke«, sagte ich und nahm sie ihm ab. Auf der Karte stand: »Floristik von Phineas«, gefolgt von einer Telefonnummer und einer Adresse in Beverly Hills. Ich gab sie ihm nicht zurück. Ich sammle Visitenkarten, unter anderem. Ich besitze einen ansehnlichen Stapel, der in meiner untersten linken Schreibtischschublade liegt. Ein Kerl in meiner Branche weiß ja nie, ob er eine Karte, auf der »C. A. Wigram, Städtische Bewässerungswerke Los Angeles« steht, nicht noch mal gebrauchen kann, obwohl ich ernsthaft bezweifelte, daß mir je ein blutrotes Teil nützlich sein würde, das mich als »Floristik von Phineas« auswies.

»Um zwölf Uhr mittags, in zwei Tagen«, sagte mein Besucher und rückte sich einen gelben, gebauschten Ärmelaufschlag zurecht, »wird meine Anwesenheit in der Strafkammer Nummer vier verlangt, um dort eine Zeugenaussage zu machen. Ich schaudere bei dem bloßen Gedanken, aber was kann man machen? Entweder ist man ein guter Bürger, oder man ist es nicht.«

»Sehr löblich«, sagte ich. »Eine Zeugenaussage in welcher Angelegenheit, wenn ich fragen darf?«

»Erpressung nennt man es wohl«, sagte er mißfällig. »Zwei Rohlinge in den unsäglichsten Gabardineanzügen, die Sie je gesehen haben, verschufen sich vor mehreren Monaten gewaltsam Zutritt zu meinem Privatbüro, das im hinteren Teil meiner bescheidenen Boutique gelegen ist, als ich gerade dabei war, das Blumenarrangement für die Hochzeit der Kretzmers zu konzipieren, Gottchen, von diesem Ereignis haben Sie doch sicherlich in den Zeitungen gelesen.«

»Ich glaube, mir ist da irgendwas untergekommen«, sagte ich.

»Und diese beiden Heteros hatten nichts Besseres zu tun, als zu versuchen, mich zu erpressen«, fuhr er fort.

»Inwiefern?«

»Nicht nur«, sagte er, »nicht nur wollten sie, daß ich meinen Haupt-Lieferanten wechsle, nein, sondern auch die Importfirma, von der ich meine holländischen Blüten beziehe. Drohungen wurden ausgestoßen!«

»Nein!« sagte ich.

»Was wahrscheinlich nur zu erwarten war«, sagte er und befingerte vorsichtig die Locken seines Nackenhaars. »Ich meine, da standen sie nun, zwei große brutale Kerle, denen die Bedrohlichkeit nur so aus jeder Pore troff, und auf der anderen Seite stand ich, nichts als eine arme, zitternde Schwuchtel.«

»Ich glaub's«, sagte ich und lenkte zum ersten Mal meinen Blick auf ihn als Person – anstatt auf seine pastellfarbene Garderobe und die darauf abgestimmten Accessoires. Nachdem ich mich an den manikürten und hochgradig polierten Fingernägeln sattgesehen hatte, fiel mir auf, daß die Handkanten beider Hände dicke Schwielen aufwiesen, und die bekommt man nicht, indem man die abgestorbenen Ästchen von Zwergdahlien abschnippelt, die bekommt man, indem man auf japanisch schreit und mit einem gezielten Abwärtsschlag Stapel von Ziegelsteinen in ihre Bestandteile auflöst. Wie seine Manschetten waren auch seine Ärmel aufgebauscht; wahrscheinlich hatten sie die Funktion, seine schwellenden Muskelpakete zu kaschieren.

»Obwohl ich vor elender Panik hemmungslos schlotterte«, sagte er, »dachte ich doch daran, meinen lieben kleinen Taschenrecorder einzuschalten, den ich mir angeschafft habe, um jene flüchtigen Geistesblitze zu bannen, die einem hin und wieder kommen und die sonst für die Nachwelt auf ewig verloren wären. Nach einer Weile gingen sie glücklicherweise wieder, da ich behauptete, erstens zu erschüttert zu sein, um sofort eine Entscheidung treffen zu können, und zweitens auf gar keinen Fall eine Geschäftsentscheidung von einer derartigen Tragweite fällen dürfte, ohne meinen stillen Teilhaber ins Vertrauen zu ziehen.«

»Ihren zweifellos ebenso stillen wie nichtexistenten Teilhaber«, sagte ich.

»Nun ja, man ist ja kein kompletter Idiot, nicht wahr«, sagte er, »wenn es nicht gerade um Liebe und frühe Leidenschaft geht.« Hier ließ er seine Augenbrauen gen Himmel wandern.

»Ich gehe mal davon aus, daß Sie die Bullen gerufen haben«, sagte ich. »Und ich gehe auch davon aus, daß die beiden zurückgekommen sind.«

»Wie verabredet, eine Woche darauf«, sagte er. »Selbstverständlich verspäteten sie sich um fast eine Stunde, vermutlich, um mir noch mehr Zeit zu geben, vor Angst so richtig in meinen Guccis zu schlottern.«

Ich grinste. »Ja, ich glaub's«, sagte ich wieder. »Und auch, daß unsere Freunde und Helfer diesmal wahrscheinlich ihre eigenen Wanzen mitbrachten.«

»Ich kann Ihnen gar nicht sagen«, meinte er, »wie peinlich es war, mich vor völlig fremden Männern bis zur Hüfte zu entblößen, und dann dieses ... Gerät an jener süßen kleinen Stelle gleich oberhalb meines Derrières befestigen zu lassen, von wo aus die kribbligsten Drähte in praktisch alle Richtungen verliefen. Ich habe seitdem kaum noch ein Auge zugetan. Ich bin nur dankbar, daß ich an jenem Morgen die Geistesgegenwart besessen hatte, ein frisches Bikiniunterteil anzuziehen, genau wie Muttern mir immer angeraten hat.«

»Haben Sie seitdem Ihre Besucher wiedergesehen oder von ihnen gehört?«

»Bitte nicht!« sagte er. »Gehört, ja. Gestern abend, als ich mich gerade mit einem lieben, lieben Freund zu einem Abendessen bei Kerzenschein niederlassen wollte – gedünsteter Steinbutt *avec trois sauces,* mit einem kleinen *salade endive* hinterher – als das Telefon doch plötzlich klingeling, klingeling macht. Eine Stimme, die klang, als würde sie durch ein schmutziges Taschentüchlein gepreßt, fragte mich, ob ich Lust hätte, meine Beine weiterhin zum Spazierengehen zu benutzen. Auch zum Tanzen, sagte ich, und außerdem würde ich jedes Jahr in den Skiurlaub fahren. Warum bis zum Winter warten? fragte er. Jetzt wäre doch ein äußerst günstiger Zeitpunkt zum Verreisen. Kapiert? Ich sagte, daß er sich verständlich gemacht hätte, falls das seine Absicht gewesen sei. Dann legte er auf, und ich konnte gerade noch den Steinbutt retten.«

»Da hatten Sie aber Glück«, sagte ich. »Ich nehme mal an, daß Ihre Freunde bis zur Verhandlung auf Kaution frei sind?«

»Sie nehmen richtig an«, sagte er. »Das ist hübsch.« Er zeigte auf eine teuer gerahmte Zeichnung, die neben dem Feuerlöscher an der Wand hing. »Ein Dufy, nicht wahr?«

»Eine Reproduktion«, sagte ich, eventuell unnötigerweise. »Und was geschah dann?«

»Nach dem Brie«, sagte er, »der vielleicht ein klitzekleines bißchen überreif war, rief ich die Gendarmen an und sagte *au secours*! Sie teilten mir mit, daß sie meine Rettung nur garantieren könnten, wenn ich in ein Hotel ziehen und es bis zum fraglichen Zeitpunkt nicht verlassen würde. Ich erwiderte, daß ich nicht die Absicht hätte, in einer drittklassigen Flohkiste abzusteigen und mich von Roomservice und billigem, angeliefertem Chinesen-Fraß zu ernähren und meine kostbare Zeit damit zu verbringen, entweder mit einem bierbäuchigen Polizisten Gin Rummy zu spielen, oder, was noch schlimmer wäre, Vorabendserien zu gucken, obwohl ich gestehen muß, daß ich eine heimliche Schwäche für *Queen for a Day* habe.«

»Ich auch«, sagte ich.

»Und abgesehen von alledem«, sagte er, »muß ich dreißig gemischte Bouquets aus Rumba, Susan, Hollywood, Sonja-Mailand, Pecoubo, Ana und Versillia für einen Empfang morgen mittag zusammenstellen, ganz zu schweigen von meinen normalen Geschäften. Und natürlich mußte sich Lauren Hutton, diese Zicke, ausgerechnet den morgigen Abend für die Premiere ihres deprimierenden Stücks aussuchen, Sie wissen schon, welches ich meine, das mit dieser braven Hausfrau, die den Spieß umdreht und ihren Möchtegern-Schänder im Kamin einmauert.«

»Was ist eine Versillia?« erkundigte ich mich.

»Eine Rose, mein Schatz, was sonst?« sagte er. »Ein traumhaft zarter Apricot-Ton, in den Spitzen intensiv orange zulaufend: betörender Duft.«

»Wie viele Rosen bestellen Sie, sagen wir, im Monat? Nur mal aus Neugierde gefragt.«

»Das kommt natürlich sehr auf den Monat an«, sagte er, »aber im Schnitt um die zwölf- bis fünfzehnhundert.«

»Langsam verstehe ich, warum Ihre Besucher bei Ihnen vorgesprochen haben«, sagte ich. »Es geht also um ganz hübsche Summen, besonders, wenn man noch all die Nelken und Stiefmütterchen dazurechnet. Haben die Bullen Ihnen erzählt, wer die beiden Typen waren?«

»Ein ganz spezieller hat es mir erzählt«, sagte er. »Wir waren nämlich einmal kurzfristig verbandelt. Ich frage mich, ob es wohl auch schwule Privatdetektive gibt?«

»Von einem weiß ich ganz sicher«, sagte ich. »Er hat mich mal angeheuert, um etwas zu tun, was er selbst nicht tun wollte.«

»Was das wohl war, frage ich mich.«

»Nichts Aufregendes«, sagte ich. »Ich sollte den Mann seiner Schwester überprüfen.«

»Was geschah?«

»Falscher Alarm, aber wenigstens redet der Typ, der mich engagiert hat, immer noch mit seiner Schwester. Wer waren nun die zwei?«

»Ein Phil Soundso und ein Ted Weißnichtmehr, die beide ursprünglich aus Pittsburgh kommen, auch das noch. Mein Freund hat mir auch die Kopien ihrer Polizeiakten geschickt, beziehungsweise ihre ›Register‹, wie ihr Insider es wohl nennt, die ungefähr so sauber waren wie die Bettlaken in einer Pension in Piräus. Schmalspur-Einschüchterer, wie mein Freund sie nannte. Allerdings keine Vorstrafen wegen unerlaubten Waffenbesitzes, keine aktenkundigen Belege, daß sie je mit Sprengstoffen herumgealbert hätten, wie ich nur allzu freudig berichten kann. Und das ist ganz reizend«, sagte er und zeigte auf eine Nadelspitzenarbeit, die neben dem Dufy hing und auf der nichts Vulgäres über Verdauungsprozesse stand, sondern die in einer bewußt kindlichen Art einen Flughafen bei Nacht darstellte.

»Hhm«, sagte ich. »Der Knabe, der es mir geschenkt hat, wohnt in einer Eigenheimsiedlung in Sacramento.«

»Noch reizender«, sagte er und warf einen Blick auf ein elegantes Chronometer, das sein gebräuntes Handgelenk zierte. »Also, wie steht's, Mister Daniel? Würden Sie erwägen, mir bis Mittwoch zwölf Uhr enger auf die Pelle zu rücken als eine zweite Haut, oder finden Sie die Vorstellung grauslig, so viel Zeit mit einer kreischenden Tunte verbringen zu müssen?«

»Kreischen Sie, soviel Sie wollen«, sagte ich. »Ich finde die Vorstellung überhaupt nicht grauslig. Warten Sie, bis ich Ihnen erzähle, worauf sich mein tägliches Honorar beläuft, die Vorstellung könnten *Sie* grauslig finden.« Sie erschütterte ihn nicht im geringsten. »Wer hat Sie übrigens auf mich gebracht?«

»Sie sind der Detektiv«, sagte er. »Kombinieren Sie, Maestro.«

»Nun«, sagte ich, »wenn Sie nicht gerade meine raffinierte kleine Anzeige in der letzten Ausgabe der *Gay News* gesehen haben, dann folgere ich, daß Sie kürzlich getrunken haben.«

»Richtig.«

»Ich folgere, daß Sie kürzlich in einer Bar namens Green Flamingo getrunken haben, die sich an der Ecke Santa Monica Boulevard und South Tangerine befindet, keine zehn Minuten von Ihrer Wohnung entfernt.«

»Treffer, Sir«, sagte er. »Ein echter Treffer.«

»Wo Sie sich zweifellos mit dem Geschäftsführer Richard unterhalten haben, auch als Miss Peggy bekannt, wenn er arbeitet, der ein alter Freund von mir ist. Hat er

Ihnen erzählt, daß er mir mal meinen Arsch gerettet hat, und wer weiß, vielleicht auch mein Leben?«

»Kein Sterbenswörtchen«, sagte Phineas.

»Na ja, hat er aber«, enthüllte ich. »In voller Montur, inklusive blonder Bienenstockfrisur und Pfennigabsätzen. Egal. Sie haben sich soeben, Sir, einen Bodyguard gemietet, der ab sofort im Dienst ist, beziehungsweise in dem Moment, da Sie die Hälfte meines Honorars im voraus abdrücken. In meinem Honorar sind ebenfalls ein Dutzend Versillia für das Frauchen enthalten. Wenn Ihnen bis Mittwoch mittag die eine oder andere Kniescheibe fehlen sollte, verzichte ich auf die andere Hälfte meines Honorars.«

»Wie rücksichtsvoll«, sagte er. Er zog einen Scheck aus seiner Brieftasche, lieh sich einen meiner Kulis – der, auf dem »Willkommen im Papageien-Paradies« stand –, kritzelte los und schob dann den Scheck in meine ungefähre Richtung.

»Auf wen soll ich die Quittung ausstellen?« fragte ich und setzte die Lesebrille auf.

»Phineas genügt«, sagte er. Dann kritzelte ich los.

»Selbstverständlich sind Kings Dienste im Preis inbegriffen«, sagte ich. »Er ist ein hochgradig trainierter Wachhund – er bewacht jeden Bissen, den ich esse.«

Als ich Phineas die Quittung überreichte, sagte ich: »Und was mich betrifft, Victor genügt.« Dann besiegelten wir die Sache per Handschlag und standen beide auf. »Eins noch. Tu mir bitte einen Gefallen, Phineas. Setz mich keinem unnötigen Druck aus. Keine schwulen Dampfbäder, falls es die noch gibt. Keine Transvestitenbälle oder Demonstrationen für die Schwulenbefreiung, ich empfange da zu viele gemischte Botschaften, die mich erstens verwirren und zweitens nervös machen.«

Er schaute mich an und nickte dann. »Abgemacht«, sagte er.

»Laß mich nur noch kurz ein oder zwei Anrufe erledigen«, sagte ich. »Und versuch, bei den schweinischen Stellen wegzuhören.«

»Ich warte im Auto«, sagte er.

»Nein, tust du nicht«, sagte ich. »Du bleibst schön hier, wo King und ich ein Auge auf dich werfen können.«

Also tätigte ich meine Anrufe, einen bei Evonne, der ich mitteilte, daß ich mich weder an diesem noch am Dienstagabend mit ihr treffen könne, nicht ohne gleichzeitig meiner heftigen Verzweiflung darüber Ausdruck zu verleihen. Ich teilte ihr nicht mit, daß ich statt dessen mit »Floristik von Phineas« schummrige Abendessen bei Kerzenschein teilen würde, von seinem Gästezimmer ganz zu schweigen. Dann hinterließ ich Tom und Jerry eine Nachricht in ihrem Hotel, daß alles soweit koscher aussah. Dann hinterließ ich auf dem Anrufbeantworter eines meiner Klienten, dessen Sicherheitssystem ich regelmäßig kontrollierte, eine Nachricht des Inhalts, daß ich die monatliche Inspektion einen oder zwei Tage später vornehmen würde. Dann packte ich eine .32er Police Positive in ihren Leichtgewicht-Halfter, schnallte mir diesen um die rechte Schulter, da ich Linkshänder war (und immer noch bin), dann räumte ich alles vom Schreibtisch, das von Wert war, Telefon, Apple 2, Disketten und Matrixdrucker inbegriffen, und schloß alles in dem geräumigen Safe ein, der fast das gesamte kleine Bad im hinteren Bereich des Büros einnahm, sagte »Gassi« zu King, schnappte mir seinen Napf, und los ging's, um Hollywood, Pecoubo und Versillia zu arrangieren. Ich konnte es kaum erwarten.

Fünftes Kapitel

Ich brauche keinen Traum; mit Traum ist man verratzt.
Ich brauch 200 Dollar von meinem Kumpel Samuel D.

Wie sich herausstellte, mußte ich nicht sonderlich viel arrangieren, genauer gesagt arrangierte ich gar nichts, stattdessen saß ich vorwiegend herum und tat mein Bestes, um auffällig zu wirken. Und zahlreiche Blicke wurden da in meine Richtung geworfen, obwohl Phineas' Angestellte, die ihn alle offensichtlich abgöttisch liebten, zu höflich oder zu diskret waren, um direkt zu fragen, was meine Anwesenheit zu bedeuten hätte. Sie machten auch kein großes Aufheben um King, zumal sein würdevolles Verhalten von Anfang an klarstellte, daß er nicht permanent durch die Boutique tollen und Töpfe mit tibetischem Bambus umhauen würde. Und überhaupt, »bescheidene« Boutique war gut – erst mal gab es da den Laden als solchen, der riesig war, und zwar auf drei Etagen, mitsamt Wasserfall und kleinem Teich, dann Phineas' geräumiges Büro nach hinten raus, hinter dem sich wiederum ein großer Arbeitsraum befand, und dahinter noch ein langes Gewächshaus. Auf dem Parkplatz hinter dem Gebäude standen neben einer Auswahl von Fahrzeugen, die uns und den Angestellten gehörten, drei geschmackvoll gestrichene Lieferwagen. Die Angestellten beliefen sich insgesamt auf acht, soweit ich sehen konnte – zwei Mädchen in grünen Kitteln, die vorn bedienten, ein Typ in einem grünen Overall, der sich um Bargeld, Verpackung und telefonische Bestellungen kümmerte, zwei grün livrierte junge Fahrer, die zwischen ihren Touren hin und wieder hereinschneiten, zwei Mädchen, die an den Blumenarrangements im Werkraum arbeiteten, und ein steinalter japanischer Gentleman, der sich ausschließlich im Gewächshaus aufhielt und es sich strikt verbat, daß mein Hund auch nur mit seiner feuchten Nasenspitze in sein Reich eindrang.

Der Tag verging. Ich sah zu, wie die beiden Mädchen, Susan und Melody, und ihr Boß liebevoll dreißig Weidenkörbe aus Rumba, Pecoubo, Sonja-Mailand und so weiter zusammenstellten. Obwohl ich mich bis ins kleinste Detail mit dem ganzen Prozedere vertraut machen konnte, werde ich an dieser Stelle lediglich ein paar Tricks aus der Blumenbranche weitergeben, da wir Profis immer gern einen kleinen Rest unseres hart erworbenen Wissens für uns behalten. Darum, liebe Damen, entfernen Sie stets sämtliche Dornen sowie alles Blattwerk unterhalb des Feuchtigkeitspegels, um Fäulnisbildung zu vermeiden. Schneiden Sie Ihre neuen Stengel in einem so spitzen Winkel wie möglich an. Um Langlebigkeit zu gewährleisten, tauchen wir Insider den Stiel sodann in heißes Wasser, und nachdem sie abgekühlt ist, wandert die Blüte ein paar Stunden in den Eisschrank. Wenn Sie natürlich »Blumen-Fit« verwenden, denken Sie daran, Ihren Strauß vorher gründlich zu tränken. Und mein letzter Tip lautet: Versuchen Sie's mit einem Schuß Seven-Up oder Sprite im Blumenwasser.

Mit dem Aufsaugen derlei esoterischer Sahnestückchen verbrachte ich Stunde um Stunde. Ebenfalls mit mehreren Gassigängen mit King, was mir eine gute Gelegenheit bot, mich intensiv umzuschauen. Ich sah nichts, was speziell beängstigend wirkte, mit Ausnahme der Preise in einigen Schaufenstern und einem weißen Pudel mit einem diamantbeschlagenen Halsband und schreiendlila Fußnägeln, passend zum Farbton der seiner Besitzerin. Hinreißend. Ein paar der einkaufslustigen Passanten sahen auch ziemlich furchterregend aus, aber vielleicht war ich nur neidisch. Vielleicht. Zuerst entdeckte ich niemanden, der so aussah, wie ich mir Ted und Phil vorstellte, dann fing ich an, jedes männliche Wesen, an dem ich vorbeikam, zu verdächtigen, selbst solche in knielangen Shorts, aber das schrieb ich abwechselnd meiner Paranoia oder der Tatsache zu, daß ich mich schließlich in Beverly Hills befand, dessen Einwohner man zu Recht fast jeder Schandtat verdächtigen durfte.

Die Boutique schloß um sieben; kurz darauf schaltete Phineas alle Sicherheits-Apparaturen ein, über die er verfügte, was nach meiner Expertenmeinung nicht gerade viele waren, aber ich wußte auch, daß in Beverly Hills die Polizei notorisch aufmerksam patrouillierte, und außerdem, wer bricht schon ein, um ein paar Dutzend *Hypericum patuluma* zu klauen? (Johanniskraut für Sie.)

Ich konnte nicht feststellen, daß uns irgend jemand folgte, als wir im Konvoi um die Ecke fuhren, wo Phineas eine nächtliche Einzahlung bei seiner Bank tätigte – eine stattliche Summe, wie ich hinzufügen möchte, ich hatte nämlich zugesehen, wie er seine Tageseinnahmen zusammenaddiert hatte –, noch fiel mir jemand auf, der uns in nördlicher Richtung den Rodeo Drive hinauf folgte, dann in den Hartford Way und schließlich zum Pamela Drive, wo Phineas residierte, und schließlich in seine Ein-Wagen-Garage neben dem Haus.

Wir speisten daheim, jedoch nicht bei Kerzenschein und nicht mal im Speiseraum, sondern auf Barhockern in der Küche. Allerdings erst, nachdem ich mich wieder hochgradig auffällig gemacht hatte, indem ich den Hund mehrmals ums Haus spazieren führte und dann mit ihm den Pamela Drive ein paar hundert Meter in beiden Richtungen auf und ab ging. Und Amigos, ich rate euch, einen Hund dabeizuhaben, wenn ihr in dieser Gegend flanieren wollt, sowie eine Adresse vor Ort, bei der ihr entweder gemeldet oder zu Besuch seid, denn so sicher wie das Amen in der Kirche werden euch die dortigen Bullen anhalten und höflich, aber bestimmt bitten, euch vorzubeugen und die Hände an die Knöchel zu legen, und Fragen werden hinterher gestellt.

Ähnlich mißtrauisch verhalten sich die Gesetzeshüter übrigens gegenüber jedem Automobil, in dem zwei Männer sitzen und das stundenlang auf der Straße parkt, aber ungünstigerweise gab es einen legitimen Parkplatz mit Blick auf Phineas' Anwesen, den King und ich während unseres Spaziergangs geortet hatten. Beverly Hills besteht nicht nur aus dem Rodeo Drive und Villen von Filmstars, es besteht auch aus Hügeln. Daher der Name, könnte man sagen. Phineas' Straße führte auf den Gipfel eines solchen Hügels, auf dem sich ein kleiner Park befand, mit einem Aussichtstürmchen aus Holz auf einer Art kleinem Ausguck-Plateau, und da die Anlage der Öffentlichkeit zugänglich war, durfte die Öffentlichkeit dort so lange parken, wie sie wollte, vorausgesetzt, daß sie keine Abfälle auf den Rasen warf oder laute Musik spielte, und die Finger von der Flora ließ, so jedenfalls stand's auf dem Schild.

Wie dem auch sci. Unser Abendessen bestand aus Resten. Solche Reste hätte ich auch gern in meinem Kühlfach – Lachsmousse, Hühnchen à la Irgendwas mit grüner Mayonnaise und weißem Spargel, eine Auswahl von sechs Sorten Häagen-Dazs, und anschließend Kaffee und einen zwölf Jahre alten Armagnac für die, die wollten, und wir wollten beide. Der arme King mußte sich mit einem Teller kalten Roastbeefs begnügen. Selbstverständlich ließen wir die dreckigen Teller für die Putzfrau im Abwasch stehen.

Danach guckte ich mit gedämpfter Lautstärke Sportschau, auf einem dieser Fernseh-Bildschirme, die ungefähr einen Meter hoch und einsdreißig breit sind und die man vorwiegend in Bars sieht, während Phineas sich gleich daneben in ein dünnes Bändchen vertiefte, bei dem es sich nicht nur um ein Theaterstück handelte, sondern das auch noch in französischer Sprache abgefaßt war, unglaublich. Er mußte aber einmal ein Wort nachschlagen, wie mir auffiel. King döste währenddessen zu meinen Füßen. Von Zeit zu Zeit bimmelte das Telefon. Ich hatte vorgeschlagen, alle Anrufe entgegenzunehmen, nur für den Fall, daß sich Phil oder Ted meldeten, was ich denn auch tat, aber sie riefen nicht an.

Bevor wir uns zurückzogen, führten wir eine kurze Diskussion darüber, wo ich schlafen würde. Immer mit der Ruhe, Leute, nicht was ihr denkt, es ging um die Frage, ob ich und King aus dem rauhen Norden uns lieber auf einer Matratze vor Phineas' Schlafzimmer zusammenrollen oder, sagen wir mal, unten auf der Couch schlafen, oder aber die ganze Nacht in den Lilienbüschen im Garten hinter dem Haus kauern sollten. Ich war jedenfalls nicht glücklich.

»Ich bin nicht glücklich«, sagte ich.

»Worüber?«

»Darüber, daß wir hier wie die Lockvögel rumhokken.« sagte ich. »Daß wir völlig in der Defensive sind. Wir müssen ein paar Entscheidungen fällen.«

»Au fein«, sagte er. »Nichts, was ich lieber täte.« Er gähnte, klappte sein Buch zu, stand auf und stellte es wieder ins Regal, wo er es her hatte, und sank dann wieder in seinen Sessel.

»Du bist einfach zu verwundbar«, sagte ich. »Das ist dein Problem, wenn ich es mal so sagen darf.«

»Also wirklich!«, rief er. »Hat ein Schwuler keine Augen? Hat ein Schwuler keine Hände, Gliedmaßen, Sinne, Bedürfnisse, Leidenschaften? Wenn ihr uns stecht, bluten wir nicht?«

»Zitier aus deinen Franzmann-Stücken, soviel du willst«, sagte ich. »Ich meine dein Geschäft. Ebenso deine Bleibe. Dein Auto. Dich, trotz meiner strengen Aufsicht. Es ist ganz unmöglich, daß dich ein einziger Mann bewacht, ganz gleich, wer er ist, während du von hier nach dorten schwirrst, wenn der Gegner wirklich entschlossen ist. Na schön, deine ach so bescheidene Boutique in die Luft zu jagen würde nicht gleich bedeuten, daß du fortan am Stock gehen müßtest, besonders, wenn du nicht drin warst, aber erschrecken könnte es dich schon.«

»Wenn die wüßten«, sagte er.

»Okay«, sagte ich, »aber sie könnten es zumindest denken. Woran ich andauernd denke: Wie können wir sicher sein, daß du, deine Immobilien und ganz nebenbei auch deine Angestellten, bis Mittwoch nachmittag heil bleiben?«

»Wenn ich eine Reise machen würde«, sagte er nach kurzem Nachdenken, »könnten wir sicher sein.«

»Eben«, sagte ich. »Du möchtest aber nirgendwohin reisen, außer zum Gerichtsgebäude in der Innenstadt. Was wäre jedoch, wenn sie *denken,* daß du auf eine lange, lange Reise gehst? Zum Beispiel Mittwoch früh? Und es tatsächlich so aussieht, als würdest du fahren?«

»Voilà!« sagte er und warf mir eine Kußhand zu. »Weißt du was? Ich wette, das ist die Stelle, wo wir uns alle um dich scharen und du zu uns sagst: ›Hört zu, Jungs, ich hab da einen Plan . . .‹ «

»Hört zu, Jungs, ich hab da einen Plan . . .«, sagte ich. »Schart euch um mich.«

King und ich schliefen schließlich bei offener Tür im Gästezimmer, ich in schokoladenfarbener Seidenbettwäsche, er unter dem Bett. Ich hielt es für relativ sicher: Phil und Ted hatten keine Veranlassung, gewalttätig zu werden, bis sie sich nicht absolut dazu genötigt sahen, weil das für sie ein gewisses Risiko bedeutet hätte, darum war es aus ihrer Sicht sinnvoller, bis zur letzten Minute zu warten, oder jedenfalls bis zur vorletzten.

Wie sich zeigte, verging die Nacht vollkommen friedlich. King weckte mich früh am nächsten Morgen, um herausgelassen zu werden. Ich ließ ihn raus. Als ich ihn wieder reinließ, tauchte Phineas in einer Badehose auf, die aus einem Stück Schnur und einer Augenklappe bestand, von der Art, wie sie Bodybuilder für ihre Auftritte tragen. Er musterte mich kurz in meinen Jockeyshorts, schüttelte traurig den Kopf und sagte dann: »Folge mir, so du es wagst.« Ich legte die Morgenzeitung zur Seite, in die ich mich gerade vertieft hatte.

»Weise mir den Weg, o Muskelmann«, sagte ich. Ich folgte ihm an dem kleinen Swimmingpool vorbei zu einer hölzernen Cabana, die eine Rumpelkammer für Gartengeräte, Reinigungsutensilien für den Pool, Liegestühle und zwei Surfbretter enthielt, daneben einen Fitnessraum mit ausgesuchten Gewichten und Hanteln und einem Hometrainer, und daneben eine Sauna. Wir machten uns erst fit, dann saunaten wir, dann schwammen wir, dann aßen wir – gesund, bis auf den starken Espresso –, und dann gingen wir nach oben, um uns anzukleiden. Als Phineas wiederkam, trug er, unter anderen schmucken Dingen, eine weiße Ledermütze, die er verwegen über ein Auge gezogen hatte, sowie eine riesige Sonnenbrille, die einmal rundum verlief. Dann trat der Schlachtplan von V. D. in Kraft.

Phase eins: Ich rief meinen Produzenten-Kumpel Lew Lewellen an – der übrigens gar nicht weit den Hügel hinunter wohnte. Seine entzückende Gattin teilte mir mit, daß er schon im Studio sei und ob sie mir helfen könnte?

»Ich weiß noch, wie ich einmal Lew babysittete«, sagte ich, »und wir ungefähr um drei Uhr morgens zu einem Grundstück rausfuhren, das er gerade gekauft hatte, und wir der hereinkommenden Flut lauschten. Er hat mir erzählt, daß ihr dort einen Bungalow bauen wollt, und vielleicht auch ein Gästehaus, und ein paar Stufen, die zum Wasser runterführen und vielleicht so einen kleinen Steg, von dem aus man losschwimmen und an dem man ein

Boot festmachen kann, falls ihr euch je eins anschafft. Wie weit sind die Bauarbeiten gediehen, meine Liebe?«

Sie lachte. »Na ja, die Stufen stehen schon«, sagte sie. »Und das Fundament und ungefähr ein Meter Grundmauer, der Teil, der aus Naturstein ist, und damit hat sich's. Lew versucht natürlich, das Geld dafür zusammenzukratzen, aber bis jetzt gab's nur eine Verzögerung nach der anderen. Oh, hatte ich erwähnt, daß der Weg schon asphaltiert ist?«

»Nein«, sagte ich. »Klingt ausgesprochen ideal für mich. Kann ich es mir in ein paar Tagen für ein paar Stunden borgen?«

»Schätzchen, für $ 2.95 könntest du es wahrscheinlich kaufen«, sagte sie. »Borg es dir, soviel du willst, obgleich Gott allein wissen möge, wofür.«

»Ich gehe nicht davon aus«, sagte ich, »daß ihr schon ein großes Tor am Eingang errichtet habt oder sowas?«

»Um *was* zu schützen?« sagte sie. »Wir sind letzte Woche mit dem Architekten draußen gewesen, da steht nur so ein Dings am Weg, weißt du, was man runterläßt, wenn ein Zug vorbeifährt.«

»Perfekt«, sagte ich. »Gruß an Lew, Dank an dich, und eurem extrem wohlerzogenen Sohn ein herzliches ›Weiter so‹.«

»Wir mögen ihn auch«, sagte sie und legte auf.

Phase zwei, unmittelbar darauf: Phineas hinterließ auf seinem Anrufbeantworter die folgende Nachricht: »Hi! Phineas am Apparat, ihr Lieben. Ratet mal, wer jetzt auf Fischfang geht, und ich meine nicht in West-L.A., ich meine die sieben Meere, Matrosen, ich meine immer dem Wind nach, ich meine salzige Gischt, die mir die heißen Bäckchen kühlt, fremde Häfen und ferne Länder, beginnend am Mittwoch und endend ... aber wer kann schon die Zukunft vorhersagen? Nicht mal ich, euer Phineas ...«

»Perfekt«, sagte ich, als er fertig war. »Ich hätte auch gern so ein Talent für Worte wie du, aber ich bin auf eine Schule gegangen, wo sogar die Lehrer geschwänzt haben.« Wir grinsten uns an, sagten dann der hübschen mexikanischen Putzfrau guten Tag, die gerade hereingekommen war (ich sagte »Buenos días«), dann fingen wir King ein, den man nicht groß einfangen mußte, da er schon neben meinem Wagen wartete, und fuhren dann zur Arbeit.

Weitere Phasen: Sobald wir in der Boutique eingetroffen waren, führte ich ein kurzes Gespräch mit dem Kassierer-Verpacker-Telefonisten, dessen Name sich als Derrone entpuppte. Ich bat ihn a) gegenüber allen Betroffenen, Anrufern und Angestellten verlautbaren zu lassen, daß Phineas vorhatte, für ein paar Tage den Anker zu lichten, und ob er bitte ein entsprechendes Schild für die Tür anfertigen könnte, was er dann auch tat, wobei er sich einer wesentlich eleganteren und künstlerisch ausgefeilteren Kalligraphie bediente, als mir je gegeben sein wird. In zehn Minuten hing das Schild ordnungsgemäß an der Ladentür. Darauf stand: »Obwohl der Boß ab Mittwoch eine ausgedehnte Seereise unternimmt, werden wir hinterbliebenen, bescheidenen Sklaven uns bemühen, ohne ihn weiterzuschuften und jeden Ihrer (floralen) Wünsche zu erfüllen.« In der Zwischenzeit telefonierte Phineas auf meinen Vorschlag hin mit dem Polizisten, der für den Fall zuständig war, und versicherte ihm, daß er, Phineas, trotz allen gegenteiligen Verlautbarungen zur vereinbarten Stunde vor Gericht erscheinen würde.

Da mir nun nichts weiter einfiel, wie ich die Botschaft sonst verbreiten konnte, außer einen Flieger zu mieten, der das Ganze noch mal groß am Himmel in Rauchwölkchen ausbuchstabierte, zog ich mich danach in die Arbeitsräume zurück, wo Susan, Melody und Phineas sieben Körbe in der Größe von Antennenschüsseln mit derlei Blüten wie Fleißigen Lieschen, Lappenblumen und jenem immergrünen Schlager, Hängendem Ampelkraut, füllten. Nachdem ich ihnen den einen oder anderen nützlichen Tip gegeben hatte, verabschiedete ich mich, und zwar laut Schlachtplan sehr ausgedehnt, von Phineas vor dem Eingang, nur für den Fall, daß irgend jemand interessiert war. Ich sah niemand, der sich speziell für mich interessierte, aber ein schlanker junger Herr in Goldlamé-Jeans, der zufällig vorbeiging, beäugte Phineas mit beträchtlichem Interesse. Na ja, er war ja auch ein verdammt hübscher Kerl, mit einem herrlich muskulösen Körper, die Ratte, und intelligent obendrein. Unsere gemeinsam verbrachte Zeit hatte mir Spaß gemacht, er hatte mir erzählt, daß er ursprünglich Architekt werden wollte, sich aber nach reiflicher Überlegung dafür entschieden hatte, Blumensträußchen zu arrangieren, weil er zu der Ansicht gelangt war, daß dies genau der Beruf war, der seinen Vater am meisten ärgern würde. Wer konnte einem solchen Charme widerstehen?

Als ich wieder im Büro eintraf, war es eben zehn geworden, just die Zeit und Stunde, die das Schild an meiner Tür als meine Öffnungszeit für Mo. – Fr. angab, darum öffnete ich, nachdem ich einen Blick um die Ecke geworfen hatte, ob Amos und Andy während meiner Abwesenheit Fortschritte gemacht hatten. Hatten sie: Die gesamte Baulücke war inzwischen durch einen zwei Meter fünfzig hohen Maschendrahtzaun rundum abgeriegelt worden. Ich machte mir im Geiste einen Knoten ins Taschentuch – pronto robuste Blechschere erstehen.

Da ich dem Hund nebenan keinen Auslauf mehr bieten konnte, ließ ich ihn hinten an der Lieferantengasse raus, während ich die Sportseiten der *L.A.-Times* durchsah, die ich mir unterwegs besorgt hatte. Die Dodgers lagen sechseinhalb Spiele zurück und hatten mit den ewig hoffnungsfrohen Giants gleichgezogen, hinter den Reds, ausgerechnet dieser Versager-Mannschaft. Pittsburgh lag im Osten vorn; ich konnte nur hoffen, daß Phil und Ted Baseballfans waren, denn bald würden sie jede frohe Botschaft bitter nötig haben, wenn V. D. ein Wörtchen mitzureden hatte.

Wir schrieben den 27. August. Die Temperatur war bereits sengend, schadstoffgeladen die Atmosphäre, und die Vereinigten Staaten von Amerika bereiteten sich auf den Krieg vor. Gut so. Desgleichen V. Daniel, lassen Sie es sich gesagt sein. Krieg gegen Ted und Phil, erst mal zum Aufwärmen, dann gegen die popelige Pussycat Adult Cinema Co. Ich hatte allerdings meine Reserveeinheiten noch nicht zusammengetrommelt, im Gegensatz zu den USA, die dies soeben getan hatten, aber es bedurfte nur eines einzigen Anrufs meinerseits über die Hotline, um all meine fähigen Helfer, meine treue Truppe, zu alarmieren. Und was für eine Truppe, amigos. Da war ganze hundertsiebenundsechzig Zentimeter hoch: Benny, der Junge, gerissener Scharlatan und Mann der tausend Gesichter, die alle ziemlich seinem eigenen ähnelten. Da war Sara, die total Zurückgebliebene, das wandelnde, zum Himmel schreiende Elend, mager wie eine Salzstange und schlechteste Dichterin seit Barry Goldwater.

Wobei mir einfiel – auf meinem Schreibtisch lag ein ungeöffneter Umschlag, der zweifellos einen ihrer »Berichte« enthielt, da drauf eine handgemalte Briefmarke prangte, eines ihrer vielen kindlichen Erkennungszeichen, und auf der linken Ecke stand auch noch in dicken roten Lettern: »GEHEIM!!!«. Nicht ohne einen inneren Stoßseufzer machte ich ihn auf.

Bericht Nr. 43
24. August 1990.
Für: V. D. (ha ha). Von: Agentin S. S.

Wenn der Westwind kreischt,
Feucht wie des Abiturienten gier'ger Kuß,
Die Agentin schleicht
An den Rand von Jammer und Überdruß

Und ferner noch! Bis Inglewood gar!
Wohin nicht mal bei höchster Gefahr
Diese Maid würde lenken ihre Schritte –
Was ist nur geworden aus Anstand und Sitte?

Ein Motel, in Inglewood, im schlickigen Regen –
Der Himmel so düster wie graue Saumägen –
Trostloser Ort für ein Liebesrendezvous
Außer für Sadomasochisten, ganz entre nous.

Wenn man mich fragt. Aber wer fragt schon so'n Stuß.
Okay. Ich bestätige, attestiere auch,
Um 12:20 Eintreffen des Omnibus,
Ein kriechender Wurm, ein schleimiger Schlauch.

Verdächtige B trifft um 12:30 ein
In Klamotten von Frederick's fühlt sie sich piekfein –
Ein zaghaftes Klopfen, ein verstohlener Blick
Derweil lauert deine Spionin im Dornengestrüpp.

Okay! Ich versich're, attestiere desgleichen
Den ganzen Klimbim, einschließl. amtl. Kennzeichen –
Wann beide verschwanden, er mitsamt falschem Namen –
Ich kann dir flüstern, mein Schatz, das war nix für die Damen.

(Mit gesonderter Post kommen Rechnung und Spesen) –
Ich bin noch zu matt und noch gar nicht genesen –

Zu arm an Verstand zu addieren die Kosten
Von Mittagsmenüs auf verlorenem Posten.

Verlorener *Posten*, herrje, wahrscheinlich wußte sie nicht, wie man »Pfosten« schreibt, denn die haben wenigstens was mit Dornengestrüpp zu tun. Aber immerhin hatte sie keine amateurhaft aufgebauschten »Spesen« nebst überhöhter »Rechnung« hinzugefügt – das war mal was Neues, Kameraden. Manchmal frage ich mich, warum ich mich überhaupt mit ihr herumschlage. Obwohl, eigentlich frage ich mich das gar nicht, ich weiß es ja. Sie hat doppelt soviel Grips und dreimal soviel Mumm wie ich, als ich in ihrem Alter war. Aber aus reiner Menschenfreundlichkeit würde ich nicht im Traum daran denken, ihr das jemals zu sagen. Sie bezog ja so ungemein viel Genugtuung aus ihrer aneckenden Haltung, wer war ich denn, sie milde stimmen zu wollen. Egal. Wo war ich stehengeblieben? Ach ja – bei meiner Elitetruppe. Da war Willy, der verrückte Erfinder, der einmal ein Spiel erfunden hatte, das sogar patentiert und auf den Markt geworfen wurde und für das man 58 Millionen Jahre braucht, bis man damit fertig ist. Wenn man natürlich einen Fehler macht, dauert es noch länger. Dann war da Wade, sein lebender Leichnam von einem Bruder, der einzige Fotograf, den ich je kennengelernt habe, der im Tiefschlaf Farbbilder entwickeln konnte. Und da war der diensteifrige Bursche, das Schlitzohr unter den Stadtboten, ein Adonis auf einer Honda, aber aufgrund seines schändlichen Verhaltens damals in Montreal, wo er nicht nur Saras Herz gebrochen, sondern auch noch die Einzelteile im Schneematsch der Gosse verstreut hatte ... aber warum alte Geschichten aufwärmen? John D. natürlich, blendend aussehender Besitzer und Betreiber der Valley-Bowl-Kegelbahn, war zu jedem Unfug bereit, ganz gleich, ob es seine oder meine Sorte Unfug war, und war da nicht auch Phil der Freak, der draußen im tiefsten Glendale in den Startlöchern saß, bis an die grindigen Ellenbogen in fortgeschrittener Elektronik und Bomben-auf-Bestellung versunken. Und wenn Sie alle Barkeeper mitzählen, die ich kannte, dann war die Liste fast endlos.

Der letzte Neuzugang in der Bande trottete in diesem Moment herein, trank etwas Wasser, drehte sich ein paarmal im Kreis und brach dann auf seiner Decke neben der Tür zusammen. Ich hätte mich gern dazugelegt, zweifellos wegen der ungewohnten frühmorgendlichen Leibesübungen bei Phineas, aber ich setzte mich statt dessen an die Arbeit, da bis zur Mittagspause nur noch wenig Zeit blieb, und nach dem Mittagessen würde mir auch nicht allzuviel Zeit bleiben, bevor mich der Lieferwagen abholen wollte.

Apropos Lieferung, als nächstes machte ich meine richtige Post auf, nicht irgendeinen Dreck, der mir in tiefster Nacht von Dumpfbeuteln in den Briefkasten gesteckt wurde. Die Sendungen wanderten alle in den Papierkorb, bis auf ein Schreiben auf teurem Büttenpapier, von einem Anwalt-Freund von Mel (the Swell); er hieß James Callahan und wollte wissen, ob ich grundsätzlich zur Verfügung stünde und ob ich grundsätzlich auch kurzfristig zur Verfügung stünde? Er schrieb ferner, daß er gern meinen Honorarsatz erfahren würde, stündlich, täglich sowie wöchentlich, und daß er sich darauf freue, bald von mir zu hören, ganz zu schweigen davon, mit mir zusammenzuarbeiten, da ich ihm von Mel wärmstens empfohlen worden sei. Ich antwortete Mr. Callahan, indem ich seine Fragen mit ja und ja bestätigte und meinen Honorarsatz aufführte. Na ja, jedenfalls meinen Honorarsatz für Anwälte. Der Sie, mit Verlaub, überhaupt nichts angeht. Ich verlange nie eine Gefahrenzulage, wenn der Job nach Gewalt riecht, sei es gegen mich oder gegen Dritte; andererseits gebe ich auch keinen Rabatt, wenn die Klientin umwerfend hübsch ist. Ein Mensch braucht schließlich ein paar Prinzipien.

Dann verschickte ich zwei Rechnungen, bezahlte drei, dann ließ ich meinen Mini-Staubsauger über den Teppich laufen, dann setzte ich meine Brille wieder auf und machte eine kurze Liste:

V. D. vs. P. C. A. C. Co.

Zu kontaktieren:	Indianer-Joe
	Pater Romero
	Reporter des lokalen Käseblatts
	Benny (den Jungen)
	Evonne Louise Shirley
	Örtlichen Politiker?
	Örtlichen Wohltäter?
	Historiker/Museumskurator?
	Mel (the Swell)
	Hohes Tier bei P. C. A. C. Co.
Zu besorgen:	Blechschere
	Kultgegenstand
	Indianische Klamotten
Außerdem zu kontaktieren:	Elroy, meinen Vermieter und Grundbesitzer/Bauunternehmer

»Hhm«, dachte ich und überflog die Liste. Mit Joe müßte ich mich als erstes in Verbindung setzen, weil er Dreh- und Angelpunkt des Ganzen war, aber Joe war ja nicht in der Nähe, stimmt's, jetzt da ihn der Große Weiße Mann wieder einmal um einen weiteren Teil seines Landes beraubt hatte, und wer wußte, wo er im Moment seine Tage verbrachte? Seine Freundin könnte es wissen, dachte ich, zumindest wäre es möglich, daß er in naher Zukunft auf einen Nachschlag Makkaroni bei ihr vorbeischaute, und waren mir nicht ihr Name und ihre Adresse bekannt?

Also schlug ich ihre Nummer im Telefonbuch nach und rief sie an. Klar erinnerte sie sich an mich, sagte sie. Danke für das, was Sie für Joseph getan haben. Nein, sie hatte ihn ein paar Tage nicht gesehen, aber wenn er vorbeikäme, würde sie ihm gern bestellen, daß er mich anrufen sollte, warum nicht? Ich gab ihr sowohl meine Büro- als auch meine Privatnummer und hängte dann ein.

Ich musterte noch einmal die Liste. Ein Historiker – ich könnte problemlos mit einem von ihnen reden, bis Joe sich bei mir meldete, aber wo trieben sich Historiker eigentlich herum, wenn sie nicht gerade in der Negev waren und mit Löffeln Gräben aushoben, und waren das überhaupt Historiker?

Dann dämmerte mir – etwas spät, aber besser als gar nicht –, daß wenn Historiker eins tun, dann Geschichte unterrichten. An High Schools zum Beispiel, was eine gute Ausrede bot, als wenn ich eine bräuchte, mein Schnuckelchen anzurufen, das, wie Sie wissen, nur ein paar Straßen weiter in einer solchen Lehranstalt tätig war. Ich erwischte sie im Büro, wo sie, wie sie sagte, gerade ihren Schreibtisch aufräumte, um gleich zum Mittagessen in die Kantine runterzugehen, und ob ich ihr auf einen schnellen Happen Gesellschaft leisten wollte? Da ich schon einmal in der Schulkantine gegessen hatte, lehnte ich bedauernd ab und sagte, daß ich bereits eine Verabredung hätte, leider, mit einem Pastrami-Roggenbrotsandwich in Fred's Deli, aber ich würde bei jedem Bissen an sie denken.

Sie lachte, dann plauderten wir ein Weilchen, dann erkundigte ich mich bei ihr nach Historikern. Sie sagte, daß sich die Schule vor Historikern praktisch nicht retten könne, welche historische Epoche mich denn interessiere?

»Geschichte der amerikanischen Indianer«, sagte ich.

»Warum das denn, um Himmels willen?«

»Ich brauch jemanden, der mir ein paar anständige Rezepte für gedörrtes Eichhörnchen-Kebab verrät«, sagte ich.

»Versuch's noch mal«, sagte mein Liebling.

»Mit dem größten Vergnügen«, sagte ich. »Weißt du noch vorgestern abend, als ich dir mein letztes Schokoladen-Eclair abgegeben habe?«

»Wie könnte ich das vergessen!«

»Als ich dir erzählt habe, was sie mit Kings Baulücke vorhaben? Damit hat das was zu tun, ich erzähl dir die Einzelheiten, wenn ich dich sehe, ich werd versuchen, dich morgen von der Schule abzuholen.«

»Gut«, sagte sie. »Du darfst mir dann auch den Ranzen nach Hause tragen. Dein Mann ist John Chandler. Er ist ein walisischer Historiker und Archäologe, ein bißchen schräg, aber die Kids sind ganz verrückt nach ihm. Vielleicht gerade deshalb. Er ißt normalerweise in der Kantine, ich werd ihm Bescheid sagen.«

»Ich stehe heute nachmittag mehr oder weniger zwischen eins bis sechs zur Verfügung«, sagte ich. »Es wäre schön, wenn ich ihn besuchen und ungefähr eine Stunde ausquetschen könnte.«

»Ich werd mich drum kümmern, Boß, und melde mich dann wieder. Over and out, Schätzchen.« Sie schickte mir ein Küßchen durchs Telefon und trennte die Verbindung.

Dann räumte auch ich meinen Schreibtisch auf und ging hinaus, um mein Mittagsmahl einzunehmen. In Begleitung des Hundes, obwohl man ihn natürlich bei Fred's nicht reinließ, wie auch in sonst kein Restaurant der Stadt, was ich schon immer ziemlich hirnrissig fand. Wenn dies aus Gründen der Hygiene geschieht, werfen Sie mal bei Gelegenheit einen Blick in eine durchschnittliche Restaurantküche. Die Franzosen sind ja meines Wissens dafür bekannt, ein ganz kleines bißchen vom Essen und dem Servieren desselben zu verstehen, trotzdem habe ich mal irgendwo gelesen, ich glaube, es war in einem dieser Bordmagazine, die man im Flugzeug liest, wenn man schon alles durchhat, einschließlich der Instruktionen für die Notlandung auf dem Wasser und dem, was unten auf der Kotztüte steht, jedenfalls habe ich da gelesen, daß sie in Frankreich nicht nur Hundewesen in ihre Restaurants reinlassen, sondern man ihnen auch einen eigenen Stuhl anbietet. Und wahrscheinlich dürfen sie auch Vino ordern.

Ich ließ meinen Hund im Schatten angebunden an der Hintertür von Fred's zurück, wie ich es schon so häufig getan hatte, wogegen King nicht im geringsten protestierte. Aus den unschuldigen Mienen zu schließen, die sowohl er als auch der Koch aufsetzten, wenn ich ihn nach meinem Mittagsmahl wieder abholte, hegte ich den tiefen Verdacht, daß ihm jemand gelegentlich ein gedünstetes Bruststück zukommen ließ, aber ich habe weder den einen noch den anderen jemals dabei erwischt. Und habe ich mich sonderlich angestrengt? Müssen Sie noch fragen?

Ich bestellte dann doch nicht die Pastrami, ich aß einen Teller Corned Beef mit ein paar Kartoffelpuffern als Beilage, bestellte danach ein stattliches Stück Rosinenkuchen und ein Glas Milch, um alles hinunterzuspülen. Auf meinem Weg nach draußen machte ich auf einen kurzen Plausch bei Zwei-zu-Eins-Tim Station, dem Haus-Buchmacher, der gerade in seiner kleinen Nische neben der Tür, die zu besetzen ihm unbefristet gestattet war, auf einem Taschenrechner ein paar Zahlen addierte.

»Ich hab da dieses Buch gelesen«, sagte ich und schlüpfte auf die Bank ihm gegenüber. »Und in diesem Buch gab es einen Buchmacher in einer Bar, der einen kleinen tragbaren Computer benutzte, was den Vorteil hatte, daß er nicht nur Aufgaben der höheren Mathematik damit lösen konnte, wie zum Beispiel rauszukriegen, was vier zu fünf bedeutet, sondern er hatte auch noch jeden Gaul im Land gespeichert und was seine letzte Form war und auf welcher Bahn, und überhaupt.«

»So, so«, sagte Tim, ohne aufzuschauen. »Wenn das mal nicht unser Ich-wett-eine-Million-Dösbattel ist. Worauf willst du heute deine zwei Dollar setzen?«

»Zehn Dollar, wenn's recht ist«, sagte ich indigniert. »Auf die Dodgers, die, wie du vielleicht weißt, *ce soir* in einem Heimspiel gegen die Mets antreten.«

»Ich glaube, ich hab da was läuten hören«, sagte er und machte sich eine Notiz in dem kleinen Block, den er seiner Brusttasche entnahm. »Auf Sieg oder Platz?«

Ich grinste und begab mich dann auf den Heimweg. Ich war kaum ein, zwei Minuten im Büro, als Evonne anrief und sagte, daß John Chandler ab vierzehn Uhr Zeit hätte und mich jederzeit danach erwartete, daß sein Büro im zweiten Stock des B-Flügels lag, daß der Sicherheits-Typ vorn am Empfang bereits über meinen Besuch instruiert worden sei und daß ich mich wenigstens dieses eine Mal von den Umkleidekabinen der Mädchen fernhalten sollte. Ich erwiderte, daß ich versuchen würde, stark zu sein.

Dann fragte ich sie, ob sie erwägen würde, den Hund für nur eine Nacht zu hüten; sie könnte ihn aus meinem Auto vom Schulparkplatz abholen. Kein Problem, Baby, sagte sie.

Da ich gute anderthalb Stunden bis zu meinem Termin totzuschlagen hatte, ging ich einkaufen. Im Haushaltswarenladen drüben auf der Orange erstand ich eine robuste Drahtschere mit langen Griffen. Außerdem einen neuen grünen Ausstech-Spaten für Evonne, da ihr alter verrostet war, außerdem einen unechten Knochen aus getrockneter Rinderhaut für raten Sie mal wen. Dann schnell mal zur Post um die Ecke gehopst, um Briefmarken zu kaufen und die Post abzuschicken, die abgeschickt werden mußte, dann ging ich auf einen Sprung und um guten Tag zu sagen bei Mrs. Martel und ihrem Schreibwarenladen vorbei, wo ich all meinen Bürobedarf einkaufte, und deren klapperdürrer Sohn mir im Hinterzimmer alles druckte, ohne Fragen zu stellen, außer wieviel Blatt mit dem Briefkopf »Eins-A Inkasso-Service (gegr. 1978). P. Campbell, Geschäftsleitung« ich haben wollte, und bis wann?

Auf dem Nachhauseweg sagte eine freundliche Dame in einem fünf Zentimeter langen Minirock und einem durchsichtigen BH zu mir, daß ich einen süßen Hund hätte. Sie informierte mich außerdem, daß sie Zeit hätte, wenn ich fünfzig Piepen hätte. Mist, sagte ich, ich hätte wohl die fünfzig Piepen, aber die Zeit war es, die mir fehlte. Sie lächelte mich süßlich an und legte mir dann etwas Akrobatisches nahe. »Seien Sie froh, daß wir Männer das nicht können«, bemerkte ich. »Denn sonst würden Sie ganz schnell pleite gehen.« Ich verbeugte mich höflich und ging weiter meines Wegs.

Sechstes Kapitel

Und ich kann füglich davon ausgehen, daß sein Scheck nicht vorher platzt,
Denn seit '63 kennen wir uns eh.

Es war gerade zwei geworden, als ich auf dem Parkplatz der Schule einfuhr, der mir bestens vertraut war. Nicht nur, weil ich häufig dort herumsaß und wartete, daß meine Liebste endlich Feierabend machte, sondern weil mich, einst im Mai, der Vizedirektor der Schule, ein netter Gentleman namens Lowenstein, angeheuert hatte, um alles, was in meiner Macht stünde, gegen das rapide anwachsende Problem zu tun, das die Schule mit Drogen, Konsumenten und Dealern derselben hatte. Darum tat ich alles, was in meiner Macht stand, das Ganze endete für die einen zufriedenstellend und traurig für die anderen, wie die meisten Affären enden, denke ich mal. Traurig für Artie, dem die Hamburger-Bude auf der gegenüberliegenden Straßenseite gehörte, die unerklärlicherweise eines Nachts in die Luft flog und sich in lauter klitzekleine Teilchen auflöste. 1996 kann er ja mit dem Wiederaufbau beginnen – vorausgesetzt, er kommt auf Bewährung frei. Traurig für Dev Devlin, den ehemaligen Leiter des Sicherheitsdienstes an der Schule, traurig für ein halbes Dutzend Kids und ihre Eltern, aber höchst zufriedenstellend für V. Daniel, und, wie ich mir gern einbilde, auch für E. Louise Shirley, da es im zweiten Stock des A-Flügels der Schule an einem schicksalsschweren Vormittag um 11:25 geschah, daß sich Amors Pfeil einen Weg durch den Smog bahnte und uns beide voll erwischte.

Aus diesen Gründen fiel es mir nicht schwer, den Abschnitt des Parkplatzes zu finden, der Besuchern vorbehalten war. Ich ermahnte King, brav zu sein, sagte ihm, daß ich ihn bald wiedersehen würde und er ein beneidenswerter Hund sei, weil er bei Evonne übernachten durfte, und wie gern ich mit ihm tauschen würde. Ich ließ den Spaten auf dem Sitz neben ihm liegen, wo sie ihn bestimmt finden würde; ich habe festgestellt, daß es diese kleinen aufmerksamen Gesten sind, die Frauen so sehr schätzen.

Vor dem Haupteingang begegnete ich ein paar Athleten, die zum Sportplatz unterwegs waren, auf dem American Football, Baseball und Fußball gespielt werden konnte. In den Fluren des Schulgebäudes herrschte Ruhe, da die Kids bereits zur letzten Unterrichtsstunde des Tages ihre jeweiligen Klassenzimmer bezogen hatten. Ich fand Mr. Chandlers Büro mühelos oben im zweiten Stock des naturwissenschaftlichen Flügels, genau dort, wo es sein sollte, ohne daß mir jemand am Empfang irgendwelche Fragen gestellt hatte, da dort niemand anwesend war. Die Tür stand offen, darum fragte ich: »Hallo, ist irgendwer zu Hause?« und trat ein.

»Komme gleich«, rief eine Stimme aus den Tiefen eines begehbaren Schranks zu meiner Rechten. »Nehmen Sie schon mal Platz.« Es gab nur ein Möbel, auf dem man Platz nehmen konnte – abgesehen von dem alten Polstersessel hinter dem Schreibtisch, der offensichtlich J. Chandler vorbehalten war –, ein klappriges, schmales Teil, das zwischen zwei Bücherregalen eingekeilt war, und darauf ließ ich mich vorsichtig nieder. Der Schreibtisch selbst war, wie ich erfreut bemerkte, bis zum Überschwappen zugemüllt, und das nicht nur von Papierstapeln, Heften, Büchern, Zeitschriften und dergleichen, sondern auch noch von einem grandiosen handbemalten Entenköder aus Holz, in Lebensgröße, einem Schiff in einer verstaubten Flasche und einem Berg von Knöpfen, Keramikscherben und Pfeilspitzen – mit anderen Worten, Amigos: Kultgegenständen!

Nach einer Minute kam der Lehrer J. Chandler aus dem Schrank heraus und klopfte sich den Staub von den Händen. Er war ein kleiner, drahtiger Kerl mit einer dichten braunen Mähne und einem hängenden braunen Schnurrbart; er trug braune Kordhosen und eine weite braune Strickjacke. Ich stellte mich vor, wobei ich mich erhob, und er schüttelte mir herzlich die Hand, hüpfte dann zu seinem Sessel hinüber und federte hinein.

»Sie sind also der Mann im Leben meines Lieblingsmädchens!« sagte er. »Schau mal einer an! Setzen Sie sich, machen Sie sich's bequem, erzählen Sie mir, was ansteht, Mann.«

Also setzte ich mich und erzählte ihm die Geschichte, soweit sie bisher gediehen war, während er sich seine langstielige Lehmpfeife anzündete, von der Sorte, die, wenn ich mich richtig entsinne, scherzhaft »Kirchenvorsteher« genannt wird.

»Ein Plan ganz nach dem Geschmack eines jeden Walisers, mein Freund«, sagte er aufgeregt, nachdem ich geendet hatte. »Seien Sie meiner vollständigen, uneingeschränkten und absoluten Unterstützung gewiß. Schön. Falls mir meine Ohren keinen Streich gespielt haben, läßt sich Ihr Problem in vier verschiedene Elemente zerlegen: Element Nummer eins – hat es tatsächlich Siedlungen indianischer Völkergruppen in dem von Ihnen stipulierten Kulturareal gegeben? Element Nummer zwei – wenn ja, entsprechen deren Bestattungsrituale Ihren Anforderungen? Element Nummer drei – wenn ja und ja, könnte man physischer Beweismittel derselben habhaft werden? Element Nummer vier – wenn ja und ja und ja, wäre eine geeignete Autorität auf dem Gebiet bereit, die Authentizität besagter physischer Beweismittel offiziell zu bezeugen?« Hier fuhr er sich mit der Hand durch seine Tolle und strahlte mich durch den Raum an. Ich strahlte zurück.

»Eine beeindruckende Zusammenfassung, Mr. Chandler, wenn ich so sagen darf«, sagte ich.

»Im übrigen und vertraulicher auch Taffy gerufen«, sagte er.

Er legte seine Pfeife in einem Gefäß ab, das wie eine Müslischale aussah, verknotete seine Finger und begann dann, mir eine kurze, präzise und hochinformative Lektion über den amerikanischen Indianer zu erteilen, deren interessanteste und potentiell nützlichen Abschnitte ich jetzt an Sie weitergeben werde. Nützlich für meine Zwecke, meine ich, nicht nützlich in dem Sinne, daß Sie hinterher in der Lage wären, sich Ihr eigenes Kanu aus Birkenrinde zu bauen oder sich einen kegelförmigen Wigwam zu basteln, oder wüßten wie man die Gerbsäure aus Eicheln extrahiert, um sie eßbar zu machen.

Darum also in Kürze: Ein Kulturareal ist ein geographisches Gebiet, das von Völkergruppen bewohnt wird, deren Kultur sich im großen und ganzen ähnelt, sich aber von derjenigen anderer Völker unterscheidet, die im großen und ganzen andere Gebiete bewohnen. Nordamerika, so konnten sich Historiker schon vor ein paar Jahren einigen, wird jetzt der Einfachheit halber in siebzehn solcher Kulturareale aufgeteilt. Das, welches uns betrifft, wird passenderweise Kalifornien genannt, und umfaßt etwa zwei Drittel der Fläche des jetzigen Bundesstaats.

Ungefähre Bevölkerungszahl der amerikanisch-indianischen Ureinwohner im Jahre 1492 von Alaska bis runter nach, sagen wir mal, Costa Rica: 30000000.

Ungefähre Einwohnerzahl heute: 142 (meine Schätzung).

Anzahl der unterscheidbaren und verschiedenen Sprachen damals (beide Kontinente): 1000–2000.

Anzahl der Schriftsprachen damals (beide Kontinente): 3, alle in Zentral- oder im nördlichen Südamerika.

Kalifornisches Kulturareal: Zeichnete sich durch eine große Mannigfaltigkeit von Volks- und Sprachgruppen aus. Wenig oder kaum Ackerbau. Ein bißchen Küstenfischerei. Wenig Jagd. Auf dem Speiseplan standen vorwiegend siebenundzwanzig verschiedene Sorten von Eicheln, Samen, Nagetieren, Vögeln, Würmern, Heuschrecken und Raupen-Sandwiches, was mehr oder weniger dem Speiseplan vieler zeitgenössischer Kalifornier entspricht. Allgemein konsumierte Narkotika waren unter anderem Tabak, der Gemeine Stechapfel oder auch Datura stramonium, und später Peyote, was mehr oder weniger den Lastern entspricht, denen die Kalifornier von heute frönen. Die Kalifornier jener Zeiten waren wegen ihrer sanften Umfangsformen und ihres friedfertigen Gemüts bekannt, womit die Übereinstimmungen von damals und heute schon aufhören.

Die Einwohnerzahl des Gebiets von Los Angeles Anfang des 18. Jahrhunderts betrug etwa 150–375 auf hundert Quadratkilometer, eine für damalige Verhältnisse mäßig dichte Besiedlung. Der Bevölkerungsrückgang setzte mit dem Eintreffen der Spanier im Jahre 1770 ein, und der Goldrausch von 1849 war der Anfang vom Ende, was unsere rothäutigen Brüder betrifft. Zu den großen Stämmen in Kalifornien zählten die Miadu, die Miwok, die Pomo und die Jokuten, alles unvertraute Namen, die folglich auch nie von Jeff Chandler, Burt Lancaster und selbst Susan Peters im Film verkörpert wurden.

Auch so eine traurige Geschichte. Wo sind sie alle hin, die fünfzigtausend Jokuten zum Beispiel? Zurück über die Berge, um von den aggressiveren Prärie-Indianern niedergemacht zu werden? Sicherlich blieben auch viele, nur um von den frühen christlichen Missionaren niedergemacht zu werden. Egoistischerweise hoffte ich, daß ein paar widerspenstige Mini-Stämme versucht hatten, die

Stellung zu halten, da es die Missionare gewesen waren, die sie von der Einäscherung ihrer Toten zur Bestattung derselben bekehrt hatten.

Nachdem Taffy seinen Vortrag beendet hatte, setzte er genüßlich ein neues Pfeifchen in Gang und sagte dann zu mir: »Knochen. Ich würde Ihnen liebend gern ein paar Knochen besorgen; wen kenne ich, der Knochen haben könnte?« Er überlegte einen Augenblick und seufzte dann. »Zu schwierig. Wir werden auf Magie zurückgreifen müssen.«

»Werden wir das?«

»War damals an der Tagesordnung«, sagte er und nickte. »Magie gleich Medizinmann gleich religiöser Führer jener Zeit, mal so ausgedrückt. Also, wenn ich ein Jokute wäre, der von besserwisserischen Nervensägen dahingehend genötigt wird, die sterblichen Reste des Medizinmannes meines Stammes zu beerdigen, würde ich dann nicht ein paar seiner wertvollsten Besitztümer – sein Handwerkszeug sozusagen – mit in sein Grab schummeln, die er im Jenseits so dringend benötigt?«

»Unbedingt«, sagte ich.

»Seine Stock-Klapper, zum Beispiel«, sagte er. »Aber, da diese aus Holz ist, hätte sie vermutlich bis heute nicht überlebt. Oder seine Raspel. Aber ich sag Ihnen, was hundertfünfzig Jahre unter der Erde überleben könnte – abgesehen von einem walisischen Bergarbeiter in einer Zinngrube –: seine Hirschhuf-Schelle, eine Art Rassel. Sie könnte durchaus hübsch verziert gewesen sein, mit dem für seinen Stamm typischen Muster, wodurch man sie geographisch orten könnte.« Er schaute unschuldig zu mir herüber. Ich blickte ihn im Gegenzug mit erwartungsvoll aufgerissenen Augen an.

»Wird wahrscheinlich ganz schön schwierig sein, so etwas aufzutreiben, wette ich«, sagte ich.

»Wie viele wollen Sie haben, mein Freund?« sagte er.

»Ich hab zu Hause ein Dutzend davon an der Wand hängen.«

»Ich denke, eine würde reichen«, sagte ich. »Man möchte ja nicht übertreiben.«

Er grinste, wodurch eine Reihe weißer Zähne unter seinem buschigen Schnurrbart aufblitzte.

»Dann will ich mal versuchen, dran zu denken, morgen eine mitzubringen und sie Ihrer Herzensdame zu geben, wäre Ihnen das recht?«

»Wunderbar«, sagte ich und erhob mich. »Vielen Dank. Es war mir ein Vergnügen, Ihnen zuzuhören, und Sie haben mir enorm geholfen.«

»Je weniger Lügen, desto besser vielleicht«, sagte er und erhob sich seinerseits. »Womit ich meine, daß es besser, wenn auch etwas umständlicher wäre, wenn Ihre Herzensdame Ihnen die Rassel gibt, Sie sie begraben, diese sodann wieder ausbuddeln, dann mir im verdreckten Zustand zurückgeben, so daß ich sie reinigen und beglaubigen kann, damit Sie auch der Wahrheit entsprechend sagen können, daß Sie sie ausgegraben und dann mir gegeben haben, und ich dann der Wahrheit entsprechend bestätigen kann, daß ich sie gereinigt habe und als das, was sie ist, identifiziert habe, ferner, wem sie gehörte und ihr ungefähres Alter. Dann werde ich Ihnen ein offizielles Schreiben zukommen lassen, in dem meine Qualifikationen als Experte im einzelnen aufgeführt sind, gefolgt von der Beglaubigung, gefolgt von allem anderen, was mir dazu noch einfällt.«

»Wenn ich irgend etwas für Sie tun kann, um mich erkenntlich zu zeigen«, sagte ich, »lassen Sie es mich einfach wissen.«

»Sie könnten mich vielleicht auf dem laufenden halten«, sagte er und hielt mir die Hand entgegen. »Dafür wäre ich dankbar.«

»So gut wie getan, mein Freund«, sagte ich. »Das nenne

ich billig davongekommen.« Wir besiegelten die Sache per Händedruck, und ich entfernte mich, wobei ich mir im Geiste befriedigt die Flossen rieb.

Obwohl ich es während der regulären Schulzeit streng genommen nicht durfte, schlüpfte ich auf dem Weg nach draußen kurz in Evonnes Büro, aber sie war nicht da. Ich folgerte, daß sie nebenan im Büro von ihrem Boß sein müßte, was nicht schwer war, da ich beider Stimmen durch die Tür hören konnte, darum ging ich wieder zum Auto runter und fand dort natürlich immer noch King vor, da meine Geschichtsstunde nicht so lange gedauert hatte, wie ich ursprünglich angenommen hatte. Also schnappte ich mir ihn und den Spaten, und dann schlenderten wir zum Sportplatz hinüber, wo wir zwanzig entspannte Minuten damit verbrachten, anderen Leuten zuzusehen, die sich in der heißen Sonne zu Tode rannten und andauernd von älteren Männern mit Trillerpfeifen angeschrien wurden.

Evonne kam ein paar Minuten nachdem sich der Schwall von Schülern, die in die Freiheit hinausstürzten, zu einem gelegentlichen Tröpfeln reduziert hatte, auf den Eingangsstufen heruntergetrippelt. Ich gesellte mich zu ihr, schaute sie lüstern an und fragte: »Darf ich deinen Ranzen tragen, Baby?«

»Ich hab keinen«, sagte sie. »Und jetzt hau ab, sonst ruf ich die Bullen.« Sie beugte sich hinunter, um King zu tätscheln, dann stellte sie sich auf die Zehenspitzen, um mich zu tätscheln. Ich tätschelte hemmungslos zurück, was uns ein paar Pfiffe von einem vorbeigehenden Komiker einbrachte. Dann setzten wir uns ein Weilchen in ihr Auto und sahen zu, wie die letzten Kids mit quietschenden Reifen davonfuhren. Als ich ihr den grünen Spaten gab, sagte ich: »Nur eins. Ich mußte beim Kauf eine Bestätigung unterschreiben, daß er nie bei roten Beten oder Spinat zum Einsatz kommt.«

»Aber große Dummbeutel darf man doch damit auf den Kopf hauen, oder?« sagte sie und versetzte mir dabei einen Hieb auf den Schädel, der nicht von schlechten Eltern war. Ich teilte ihr mit, daß sie nicht einmal im Traum daran denken dürfe, mir die Sache, die J. Chandler ihr morgen in die Schule mitbringen würde, über meine arme alte Birne zu hauen, weil sie sonst beschädigt werden könnte. Sie bemerkte dazu, daß meine Birne nicht mal beschädigt werden könne, wenn man einen zwei Tonnen schweren Safe aus größter Höhe darauf abwerfen würde. Ich entgegnete, daß einer ihrer Möhrenkuchen das wahrscheinlich spielend bewerkstelligen könnte, ich aber den Gegenstand meinte, der eventuell beschädigt werden könnte. Welchen Gegenstand, wollte sie dann natürlich wissen. Ich erzählte ihr also welchen, und dann wandte sich das Gespräch anderen Themen zu, und dann kam der Hausmeister angedackelt und sagte, es täte ihm leid, aber er müsse jetzt zumachen, aber wenn wir weiter rumknutschen wollten, sollten wir's im Park neben dem Reservoir probieren; da würden die meisten Kids auch hingehen. Wenn ich der Typ wäre, der für derlei Dinge Zensuren verteilt, dann würde ich Evonne eine Eins im Knutschen geben. Lässig. Es gab da noch ein, zwei weltmännische und raffinierte Feinheiten, die ich ihr noch nicht beigebracht hatte, aber die hob ich mir für spätere Gelegenheiten auf, wenn ich sie wirklich brauchte.

Also fuhr ich hinter ihr und King vom Parkplatz raus, wir hupten uns zum Abschied noch mal zu, und dann rauschte sie davon, ohne daß King sich auch nur ein einziges Mal umschaute, wie ich erwähnen möchte, und ich rauschte in die entgegengesetzte Richtung davon, zu meiner Wohnung auf der Windsor Castle Terrace, um mich kurz frisch zu machen und die Garderobe zu wechseln.

Die Windsor Castle Terrace hatte nichts an sich, was

im entferntesten englisch oder königlich wirkte, ebensowenig gab es in der Nachbarschaft ein Schloß, das mir irgendwie aufgefallen wäre, und ich bin mir nicht mal sicher, daß es sich bei der Straße um eine Terrasse handelte. Was ist überhaupt eine Terrasse? Erinnern Sie mich, das gelegentlich nachzuschlagen. Ich parkte auf der Auffahrt hinter der alten Karre meiner Vermieterin; sie guckte wie üblich fern, ich konnte sie durch ihr geöffnetes Fenster sehen. Sie erspähte mich ebenfalls, winkte, kam ans Fenster und rief: »Victor, mein Guter, hast du eine Minute Zeit?«

»Kann es noch ein bißchen warten, Herzchen?« sagte ich. »Ich hab's eilig, ich muß in einer Dreiviertelstunde wieder im Büro sein, und so lange brauche ich allein, um mich zu frisieren.«

»Kein Problem«, sagte sie. »Dann eben bis später, aber eher wäre besser.« Hhmm. Was sie wohl wollte, fragte ich mich, als ich zwei Stufen auf einmal nehmend die Treppe erklomm. Sie sah einen Tick besorgt aus, aber wenn ich wie sie ein leidenschaftlicher Fan der San Diego Padres wäre, wäre ich wahrscheinlich auch besorgt, wenn nicht geradezu gelähmt vor Angst.

In meinem Apartment tat ich, was getan werden mußte, packte ein paar Sachen in die Reisetasche einer Fluggesellschaft, schüttete ein eiliges Glas Buttermilch hinunter und schaffte es gerade noch, kurz vor meinem Termin am Büro einzutreffen. Ich fuhr in die Auffahrt und parkte direkt neben dem lila-grün gestrichenen Lieferwagen, der auf beiden Seiten den geschmackvoll kalligraphierten Schriftzug »Floristik von Phineas« trug. Der Fahrer setzte sich wieder seine grüne Mütze auf, steckte den Kopf zum Fenster raus und fragte: »Victor Daniel?«

»Jawoll.«

»Ich bin Jesse. Können wir los?«

»Jawoll.«

»Die Tür ist offen, also springen Sie rein.«

Ich machte die Hecktüren, die hauptsächlich aus Fenstern bestanden, auf und kletterte hinein – mehr als daß ich sprang –, während Jesse mir mit einem Blick über die Schulter zusah. Ich setzte mich auf eine Bank, die eine der Seitenwände einnahm, und Jesse fuhr los. Nach ungefähr fünfundzwanzig Minuten sagte er zu mir: »Wir sind jetzt bald da«, daher streckte ich mich flach auf dem Imitationsrasen aus, mit dem der Lieferwagen ausgelegt war, so weit unter die Bank, wie mir nur möglich war, dann bedeckte ich den Rest meines Körpers mit drei Säcken, die jeweils fünfzig Pfund Blumendünger enthielten und mich praktisch unsichtbar machten. Etwa zehn Minuten später spürte ich, wie der Wagen in die Einfahrt der Boutique fuhr, ein oder zwei Minuten später kurz wendete und dann anhielt. Einen Augenblick darauf wurde eine der Hecktüren gerade so weit geöffnet, daß ich hindurchgleiten und in den hinteren Teil des Gewächshauses schlüpfen konnte. Der ältere japanische Pflanzenpfleger machte die Tür hinter mir zu und zeigte auf einen hölzernen Schemel, der etwas abseits stand; als ich darauf Platz genommen hatte, schirmte mich das Grünzeug drumherum erfolgreich vor etwaigen Blicken ab.

Etwa vierzig Minuten später öffnete derselbe ehrenwerte Gentleman die Tür des Gewächshauses ein paar Zentimeter, spähte hinaus und machte mir mit einem Finger ein Zeichen, zu ihm zu kommen. Ich vollführte abermals meine Schlüpf- und Gleitnummer, nur in die entgegengesetzte Richtung, und hinein ging's in den zum Glück geräumigen Kofferraum von Phineas' Benz. Der Deckel wurde von unsichtbarer Hand sanft geschlossen, aber nicht ganz, weil ich vorher ein Stückchen grünen Gärtnerdraht zwischen die Lücke gesteckt hatte, um zu gewährleisten, daß dies nicht geschah, und ich benutzte ein anderes Stückchen des Drahts, um den Deckel festzubinden und auf diese Weise sicherzustellen, daß a) der Deckel während der Fahrt nicht aufspringen und ich b) am Ende derselben noch atmen würde.

Und dann ging's los. Wir mußten ein oder zweimal halten, an roten Ampeln, wie ich vermutete, dann noch einmal etwas länger, als Phineas die übliche Einzahlung seiner Tageseinnahmen in der Bank tätigte, während der er, sofern er meinem Ratschlag folgte, die Autotür weit offenstehen ließ, damit jeder Neugierige auch sehen konnte, wie leer der Wagen war.

Und bald darauf fuhren wir in Phineas' Auffahrt ein und hielten dann in seiner an den Seiten offenen Garage, nur daß er diesmal rückwärts einparkte. In den ein, zwei Minuten, die er benötigte, um seine Haustür aufzuschließen, sodann einzutreten und danach die Außenbeleuchtung anzuschalten, krabbelte ich aus dem Kofferraum und schlich mich zum Hintereingang. Er zog die Küchengardinen zu, nur für alle Fälle, ließ mich dann herein, und ich blieb den ganzen Abend in der Küche, nur für alle Fälle, während Phineas weitere Punkte unseres Schlachtplans abhakte. Er machte Licht im Wohnzimmer, zog dann die Vorhänge zu, wobei er sie unachtsam einen Spalt aufstehen ließ, so daß seine und nur seine Gestalt klar und deutlich von der Straße aus erkennbar war, wann immer er in den Raum hinein- und wieder hinaushuschte. Und der Grund, warum er diesmal rückwärts in die Garage eingeparkt hatte, erschloß sich bald jedem, der sich eventuell für ein solches Detail interessierte. Nachdem wir einen Imbiß, bestehend aus noch unglaublicheren Resten eingenommen hatten, unter anderem gestopfter Ente, ob wohl Gott weiß wie (oder warum) man eine Ente stopft, begann er, sperrige Gegenstände, die er aus dem entsprechenden Schuppen hinter dem Pool holte, in den Kofferraum seines Wagens zu laden, und da sein Mercedes riesig und seine Garage klein war, hätte er, wenn er nicht rückwärts geparkt hätte, seine schier endlose Ansammlung wichtiger Ferien-Utensilien – seine Hanteln und sein Fahrrad und was sonst noch – entweder durchs Haus oder von der anderen Seite her den weiten Weg außen herum schleppen müssen. Bevor er die Außenbeleuchtung für die Nacht ausschaltete, gab er der Aktion noch den letzten Schliff, indem er sorgfältig eines seiner Surfbretter auf dem Gepäckträger des Wagens festschnallte, wobei er sich etwa eines Dutzends dieser dehnbaren Gummidinger bediente. Und er hatte bemerkt, hoffnungsvolles Zeichen Nummer eins, wie ein und derselbe dunkle Sedan zweimal am Haus vorbeifuhr, als er mit dem Festzurren beschäftigt war, einmal in jeder Richtung. Hoffnungsvolles Zeichen Nummer zwei war, daß unter den fünf Anrufen, die an jenem Abend auf seinem Gerät eingingen, zwei der Anrufer unhöflich nach dem Piepton eingehängt hatten, anstatt *»Bon Voyage«* oder eine ähnlich angebrachte Nettigkeit draufzusprechen. Einer dieser Anrufe erfolgte am frühen, der andere am späten Abend, und keiner von beiden während der halben Stunde, als der dunkle Sedan vorbeifuhr.

Zum zweiten – und bedauerlicherweise wahrscheinlich zum letzten – Mal in meinem von Kinkerlitzchen diktierten Leben, schlief ich in seidener, schokoladenbrauner Bettwäsche, und viel zu früh dämmerte der Morgen heran. Und Frühstück im Bett gab es auch – aufgewärmten Rosinenkuchen, ungesalzene Butter, Erdbeermarmelade mit mehr Erdbeeren als Marmelade drin, im Unterschied zu der Sorte, die ich kaufte, und natürlich eine große Kanne Espresso –, der mir auf einem Tablett und stilvollendet von meinem Kumpel serviert wurde.

Mein Kumpel aß den letzten Happen von etwas, das vielleicht ein Croissant gewesen war.

Mein Kumpel setzte sich ans Fußende meines Bettes und goß sich etwas frischen Kaffee ein.

Mein Kumpel zog den Gürtel seines leichten Baumwollkimonos noch etwas straffer um seine Wespentaille.

Mein Kumpel war nicht glücklich.

Mein Kumpel sah nicht ein, warum von jetzt an nur ich den ganzen Spaß haben durfte.

Ich sagte zu meinem Kumpel, daß es nicht von jetzt an sei: genau genommen hätte er noch eine Rolle zu spielen und Dinge zu erledigen.

»Statisten-Scheiß«, brummte mein Kumpel.

»Außerdem«, sagte ich, »wenn dein Wasserhahn tropft, rufst du den Klempner, nicht den Tierarzt.«

»Und was genau soll das heißen, als könnt ich's nicht erraten?« fragte er griesgrämig.

»Verstehst du was von Knarren?« fragte ich zurück.

»Igitt«, sagte er und schnipste verächtlich einen Krümel von der Bettdecke.

»Eben.« Ich nahm meine Waffe vom Nachttisch und ließ sie ein paarmal gekonnt rotieren. »Die Kugel kommt an diesem Ende hier raus und fliegt noch schneller als Superman, trotz aller Beteuerungen seiner Pressefritzen. Da wäre außerdem das Sprachproblem.«

»Was für einer Sprache?«

»Der Sprache, die Ted und Phil sprechen«, sagte ich und schmierte großzügig Butter auf eine weitere Scheibe Kuchen. »Ich spreche sie auch. Das ist ungefähr das Gegenteil von Körpersprache.«

»Ich weiß, ich weiß«, preßte er durch seine perfekten Zähne. Er sprang auf und fing an, unruhig im Gästezimmer auf und ab zu gehen. »Es ist nur so, daß wenn man direkt angegriffen oder direkt beleidigt oder direkt beschimpft oder direkt bedroht wird, man dieses drängende Bedürfnis verspürt, direkt zu reagieren.« Er nahm Karatehaltung an und ließ eine furchterregende Serie von akrobatischen Fußtritten, Wirbeln, Sprüngen und Hieben los.

Als er fertig war, verbeugte er sich vor mir. Ich zeigte

mit meinem Finger auf seinen Bauch und sagte: »Bumm, bumm. Du sein tot. Zweimal schon.« Dann machte ich eine kleine Verbeugung zu ihm hin. Er schmollte zu mir herüber. Dann seufzte er, dann grinste er leicht.

»Ich springe jetzt ins Becken«, sagte er. »Ein bißchen Frust abbauen. Vielleicht mache ich hinterher im Vorgarten ein paar Tai-Chi-Übungen, das wird die Nachbarn aus den Söckchen hauen und alle anderen, die vielleicht gerade um die Ecke lugen.«

»Soll auch sehr gut für den Teint sein, habe ich gehört«, sagte ich.

»Trotzdem«, sagte er im Türrahmen. »Trotzdem.«

»Ja doch, ich weiß«, sagte ich. »Es ist hart, nicht beweisen zu dürfen, was für ein großer Schlappschwanz man nicht ist. Vergiß bitte das Tablett nicht.«

Siebtes Kapitel

Wir jobbten nahe Tucson am Highway 104.
Da zapften wir Benzin aus einem Schlauch.

Timing.

Wer hat mal gesagt, daß alles eine Frage des richtigen Timings ist? Jack Benny natürlich, und William »Bill« Bulova . . . ach ja, und Soufflé-Köche.

Um Phil und Ted ein Maximum an körperlichem Unbehagen und finanzieller Bredouille zufügen zu können, mußte das Timing genau stimmen, was ein bißchen Mühe und ein bißchen Glück erforderte. Aber eins nach dem anderen.

Ich verließ das Bett. Duschte ausgiebig und bediente mich dabei eines jungfräulichen Stücks irgendeiner Schickimicki-Seife, die Pears hieß und übrigens vollkommen durchsichtig war, rasierte mich danach sorgfältig, zog mich an, packte die paar Sachen, die ich am Vorabend ausgepackt hatte, wieder ein, und schlich mich dann nach unten in die Küche. Die Uhr an der Wand, die in Form einer großen halben Apfelsine daherkam, teilte mir mit, daß es halb acht war, was bedeutete, daß mir noch eine halbe Stunde blieb, bis der Vorhang zum letzten schaurigen Akt meines machiavellischen Schlachtplans aufgehen konnte. Die eine Hälfte dieser Zeit verbrachte ich mit dem Versuch, einem alten Kumpel hinterherzutelefonieren und ihn schließlich zu erwischen, die andere Hälfte mit der Durchsicht der Sportseiten des Morgenblatts – die Dodgers lagen fünfeinhalb Spiele zurück, die Giants siebeneinhalb, wieder mal völlig abgeschlagen –, und den Rest der Zeit sah ich zu, wie Phineas unzählige Gänge zum Wagen machte, um noch auf den letzten Drücker dem Berg seiner bereits verstauten Freizeitausrüstung diverse dringend benötigte Utensilien hinzuzufügen. Er trug einen grellgelben Jogginganzug und Turnschuhe.

Genau wie ich, zufälligerweise. Bei seinem letzten Abstecher zum Auto hatte er außerdem seine weiße Lederkappe und die Sonnenbrille aufgesetzt, die ich mir beide für meinen ersten (und einzigen) Ausflug zum Auto von ihm auslieh, der um exakt acht Uhr und außerdem von der Küchentür aus erfolgte, da sie der Garage am nächsten war. In einer Hand hielt ich eine große Landkarte, in die ich mich auf dem kurzen Weg vertiefte, in der anderen meine Fluglinien-Reisetasche, in der meine Feuerwaffe untergebracht war. Ich stieg in den Mercedes und startete, wobei ich mich vergewisserte, daß alle Türen fest verriegelt waren. Obwohl, wie ich schon erwähnte, die Fensterscheiben tief getönt waren, so daß man von außen fast unmöglich etwas erkennen konnte, war ich nervös. Ich hatte eine mehr als einstündige Fahrt vor mir, während der alles passieren konnte, unter anderem das Schlimmste – gar nichts. Wenn Phil und Ted es unterließen, sich an meine heiße Spur zu heften, um sich eben mal zu versichern, daß Phineas – den sie am Steuer vermuteten und nicht V. Daniel, wie ich inständig hoffte – in die brandende See stach, dann würde ich in einer anderen Art von Gewässer sitzen, nämlich dick in der sprichwörtlichen Tinte.

Ich fuhr auf dem Pamela Drive in der entgegengesetzten Richtung davon, welche ich (Phineas) wählen würde, wenn mein Ziel die Innenstadt wäre. Als ich mich auf halber Höhe der Lexington Road befand, atmete ich erleichtert auf, denn sie waren aufgekreuzt, in einem neueren Ford-Modell, das sich ungefähr fünfzig Meter hinter mir harmlos eingefädelt hatte. Zumindest hoffte ich, daß sie es waren. Als sie mir den Zickzackweg zum Sunset hinunter folgten, war ich mir ziemlich sicher.

Nach einer halben Stunde auf den sanft abfallenden

Kurven des Sunset entspannte ich mich allmählich, da die Jungs ihren Abstand beibehielten und offenbar nur beabsichtigten, mir fröhlich zum Abschied zu winken, wie man so schön sagt, was von mir aus völlig in Ordnung ging. Sogar hervorragend war. Der berühmt-berüchtigte Sunset Strip endet an der Stelle, wo er in den Pacific Coast Highway mündet, auf dem ich die westliche Richtung einschlug und erst an der Topanga Beach, dann an der Las Tunas Beach vorbeifuhr, die sich, für alle unter Ihnen, die auf alte Marmorbrocken ohne Arme stehen, in der Nähe des J.-Paul-Getty-Museums befindet. Ein scharfer Haken ins Landesinnere hinein, dann ein weiterer nach links, dann noch ein letzter, abermals nach links, führte mich wie geplant zum Anfang des frisch asphaltierten, hügeligen und gewundenen Privatwegs, der nach etwa fünfeinhalb Kilometern vor dem unvollendeten Groschengrab der Lew Lewellenschen Ferienresidenz endete; allein die Straße instand zu setzen mußte sie ein Vermögen gekostet haben.

Ich atmete zum zweitenmal erleichtert auf, als die Jungs hinter mir einbogen und keine Anstalten machten, außer Sichtweite zu bleiben; und warum sollten sie sich auch die Mühe machen? Der dritte Stoßseufzer entfuhr mir, als ich bemerkte, daß es in der Tat kein Tor gab, das geöffnet werden oder hochgehievt oder sonst irgendwie bedient werden mußte, denn um dies zu tun, hätte ich aussteigen müssen, und obwohl Phil und Ted aus Pittsburgh stammten, wäre ihnen der Unterschied zwischen mir und Phineas auf zwanzig Schritt im strahlenden Sonnenlicht kaum entgangen, selbst wenn ich mir einen gewagteren Gang zugelegt hätte.

Ich fuhr den schmalen Weg weiter hinunter. Und hinunter folgten sie mir. Mein Problem war folgendes: Ich wollte sie so weit wie möglich vom Gerichtsgebäude in der City weglocken, ihnen aber andererseits genügend

Zeit lassen, theoretisch jedenfalls, bis zwölf Uhr mittags gemütlich in die Innenstadt zurückkehren zu können. Da es noch nicht mal ganz zehn war, und da sie etwas weiter nördlich den Ventura Freeway nehmen und dann zum Hollywood Freeway wechseln, somit in etwa einer Stunde die Innenstadt erreichen konnten, rechnete ich mir aus, daß mein Timing ungefähr stimmte. Bis jetzt.

Nach einer kleinen Weile nahm ich zwanglos meine Waffe aus der Reisetasche und überprüfte sie. Dann setzte ich die Mütze ab, ebenfalls die Sonnenbrille, und schälte mich aus der Jacke meines Jogginganzugs. Die Waffe wanderte in mein Kreuz, zwischen Haut und Hose; ich wußte, daß sie nicht rausrutschen würde, eine Zeitlang jedenfalls, da ich zu eben diesem Zweck meine Hosenschnur besonders fest zugezogen hatte, außerdem hatte ich das vorhin in meinem Zimmer ausprobiert. Als letzte Note, nur um noch harmloser zu wirken, schob ich die Hosenbeine bis zu den Knien hoch, wie das alte Trottel so tun, wenn sie ein bißchen am Strand planschen. Schon eine oder zwei Minuten später fuhr ich vor dem zukünftigen Wochenend-Refugium der Lewellens vor, und genau wie Mrs. Lew es mir beschrieben hatte, war es im jetzigen Zustand kaum mehr als das hoffnungsvolle Gekritzel eines Architekten; die hüfthohen Steinmauern, die sie erwähnt hatte, standen schon, ein paar Fensterrahmen aus Aluminium und ein einsamer Türrahmen waren eingesetzt, und das war soweit alles.

Gut. Ich parkte den Wagen so, daß er in die Richtung zeigte, aus der ich gekommen war, auf diese Weise mußte ich nämlich nicht, nachdem ich ausgestiegen war und mich verdienterweise erst mal ordentlich geräkelt hatte, irgendwelche akrobatischen Kunststückchen vollführen, um meine Rückenansicht vor den Jungs zu verbergen, die ein paar Minuten später eintrafen. Ich fragte mich kurz, warum sie so lange gebummelt hatten. Das schwache

Nervenkostüm vielleicht, und infolgedessen ein kleiner Abstecher in die Büsche zum Pinkeln. Ich warf mir meine Tasche um und stieg sofort aus, für den Fall, daß sie meinten, sie hätten genug des Guten getan und könnten nun wieder davonfahren, ohne mir einen ausgelassenen Abschiedsgruß oder auch nur einen liebevollen, letzten Blick hinterherzuschicken.

Ich räkelte mich noch mal und ließ die Tasche lässig baumeln. Aus dem Ford, aus jeder Seite einer, stiegen Phil und Ted. Beide waren groß. Beide trugen Sporthosen und kurzärmelige Hemden und Sonnenbrillen.

»Hallo Jungs«, rief ich ihnen fröhlich zu. »Mann, habt ihr dieses Jahr ein Wahnsinns-Außenfeld – Van Slyke, Bonilla, und dieser Bonds-Knabe, der reine Killer.«

»Was'n das für'n Scheißclown?« sagte der, der am Steuer gesessen hatte. Sein Kumpel zuckte die Schultern. »Sollten wir verdammt noch mal rauskriegen, und zwar schnell, Scheiße noch mal«, sagte der Fahrer. Sein Kumpel warf ihm einen Blick zu und fing dann an, unschuldig zur Seite zu driften.

Ich ließ die Tasche fallen, zog meine Waffe, nahm die klassische Haltung ein – Beine auseinander, Knie leicht gebeugt, mit der freien Hand das Handgelenk der Schußhand stützend – und sagte dann, aus vielleicht dreieinhalb Metern Entfernung: »Schön stehenbleiben, Jungs.« Die beiden erstarrten einen Moment, dann drückte der Gesprächige fast unmerklich die Schultern durch und setzte ein breites Grinsen auf.

»Scheiße, Mann, was soll das?« sagte er. »Bist du durchgeknallt? Wir wollen uns nur ein bißchen unterhalten, mehr nicht.« Er versuchte, einen weiteren Schritt auf mich zuzugehen, während sein Kumpel bewegungslos verharrte. Ich setzte eine Kugel in den Kies, genau zwischen seine beiden teuren Sandalen; er blieb wie angewurzelt stehen.

»Hände auf den Kopf, Jungs«, sagte ich. Sie gehorchten. »Und jetzt du«, sagte ich zu dem Geschwätzigen. »Knöpf dein Hemd auf, schön langsam. Nimm dafür die linke Hand, falls du weißt, welche das ist.«

»Was soll der Scheiß?« fragte er.

»Zeit für deinen Röntgentermin«, sagte ich. Als das Hemd aufgeknöpft war, sagte ich: »Jetzt zieh's aus und wirf es hinter dich.«

»Wer bist du überhaupt? Scheiße noch mal.« Das Hemd fiel zu Boden; alles was es darunter zu sehen gab, war eine behaarte Brust.

»Interflora«, sagte ich. Fünf extrem vorsichtige Minuten später hatte ich sie bis auf die Haut, die totale Haut übrigens, entblättert, und da standen sie nun, ohne ihre Sachen, zu denen unter anderem ein Jagdmesser gehörte, das die große Klappe in einer Lederscheide um ein Bein gebunden hatte, sowie zwei Uhren, vier Ringe, zwei Sonnenbrillen und eine Goldmünze an einem Halskettchen. O ja: ein Gürtel, aus Leder, war auch darunter, mit Luxusschnalle, in dem ich, in einem sogenannten Geheimfach hinten dran, dreißig 100-$-Noten fand, die jeweils der Länge nach gefaltet waren. Als ich sie andersherum faltete, quetschten sie sich wie von selbst in meine abgetragene alte Brieftasche aus Schweinsleder. Ich verwendete dann den Gürtel, um ein festes Bündel all ihrer Besitztümer zu schnüren, weil ich mir dachte, daß man sie auf diese Weise später leichter wieder loswerden könnte. Dann ließ ich die Jungs in etwa einem Meter Abstand auf dem Kies Platz nehmen, Rücken an Rücken, an die unvollendete Vorderwand des Hauses gelehnt.

Während all dies geschah, schwieg der Stumme beharrlich. Sein Geschäftspartner tat es nicht. Sein Geschäftspartner schien über irgend etwas ungehalten zu sein. Er bediente sich unflätiger Sprache. Er empörte sich und tobte. Als ich mich erhob, um ihre Sachen in den Mercedes zu werfen, schrie er: »Scheiße, Mann, nicht auch noch meine Rolex, die ist mindestens vier Riesen wert!«

»Wetten, daß die Belohnung dafür fünf Riesen ist«, sagte ich. Ich ließ sie sitzen, während ich ihren Wagen auscheckte: Wo konnten sie schon groß hingehen, selbst wenn sie nur herausfinden wollten, wie genau ich mit einer Handfeuerwaffe aus, sagen wir mal, zehn Metern zielen konnte? Sie hatten die Wahl zwischen mir oder dem Meer oder einer Klettertour mit nacktem Hintern auf eine der Klippen, die zu beiden Seiten aufragten. Wie sich herausstellte, blieben sie hocken. Ich fand keine Artillerie im Ford (an ihnen hatte ich auch keine gefunden), statt dessen einen Satz Golfschläger auf dem Rücksitz – dagegen gab's kein Gesetz, und für Jungs in ihrem Alter wirkten diese denn auch etwas überzeugender als Baseballschläger. Drei von den Dingern gingen kaputt, als ich alles zertrümmerte, was man an dem netten, starken V-8-Motor, den ich unter der Haube fand, zertrümmern konnte. Ich geriet dabei ganz schön ins Schwitzen. Und Quasselstrippes Jagdmesser mit echtem Elfenbeingriff glitt ja wie Butter durch die Radialreifen! Als ich fertig war, steckte ich die Zündschlüssel des Ford in meine Hosentasche und schlenderte zu ihnen zurück.

»Kann mir einer sagen, wie spät es ist?« fragte ich. Der Schweigsame lächelte fast. »Ach herrje, hab ich ganz vergessen«, sagte ich und schaute auf meine eigene Uhr, die übrigens keine Rolex Oyster war, sondern ein Miß-Piggy-Chronometer, das mir der Weihnachtsmann letzten Noël in den Strumpf gesteckt hatte. »So spät schon? Wie die Zeit vergeht, was Leute? Wann habt ihr eure Verabredung? Um zwölf, stimmt's? Laßt mal schauen. Jetzt ist es halb elf. Ich frage mich, wie lange ihr verzärtelten Stadtkinder wohl braucht, fünfeinhalb Kilometer über heißen Schotter zu laufen? Dann ist da natürlich noch der Sandweg, auf dem ihr noch ein paar weitere Kilometer gehen müßt, bevor ihr das erste Haus erreicht. Ich wette, daß die kleine Hausfrau mächtig überrascht sein wird, wenn zwei nackte Männer an ihre Tür klopfen und fragen, ob sie bitte ihr Telefon benutzen könnten. Ich wette, daß sie in null Komma nichts die Bullen ruft. Mist, ich wette, daß sie gleich auch noch die Nationalgarde ruft, wenn sie euch beide sieht.«

»Hauptsache du amüsierst dich gut, Arschfresse«, sagte raten Sie mal wer.

»Mach dir um mich keine Sorgen«, sagte ich. »Hab mich in meinem jungen Leben schon lange nicht mehr so wohlgefühlt. Klar, ihr könntet's auch mit Schwimmen probieren, sind ja nur ein paar Meilen bis zum nächsten Nachbarn, und soweit ich weiß, gibt's in diesen Gewässern zu dieser Jahreszeit keine menschenfressenden Haie, aber ich bin natürlich kein Experte.«

»Tot, das bist du«, sagte der Fahrer.

»Riecht doch mal die Seeluft!« sagte ich und atmete tief ein. »Lauscht nur dem Gesang der Möwen! Seht doch mal auf die Sonnenseite des Lebens. Denkt positiv, Jungs. Euer Boß – und ich frage mich, wer das ist, nebenbei bemerkt?« Diesmal kam keine Antwort. »Er wird nicht gerade erfreut sein, wenn ihr beiden euren Auftritt vor Gericht verpaßt, denn da könnt ihr euch auf den Kopf stellen, den schafft ihr nie und nimmer, nicht mal, wenn man euch eine Stunde Verspätung zugesteht, wie manche Richter das tun. Damit geht wohl euer Kautionsgeld den Bach runter, Jungs, oder besser gesagt, höchstwahrscheinlich das von eurem Boß. Wieviel mag es betragen, zehn-, fünfzehntausend vielleicht, für jeden? Und was dann? Entweder heißt es wieder zurück nach Pittsburgh, gerade rechtzeitig zu den Playoffs, oder ihr laßt mañana euren Winkeladvokaten ein Schreiben bei Gericht vorlegen, vielleicht von eurer Mutter, in dem steht, daß ihr Kleiner gestern zu krank war, um zur Schule zu gehen, oder wie wär's mit einem Brief von einem gutgläubigen Arzt, der euch irgendeine medizinische Erklärung für eure Abwesenheit attestiert? Das würde vor Gericht eventuell anerkannt werden. Und darum kümmern wir uns am besten jetzt gleich.« Ich kramte die heutige Zeitung aus meiner Reisetasche, rollte sie zusammen und warf sie dem Stummen zu. Dann kramte ich meine Canon Prima mit Autozoom heraus, die schon geladen und aktionsbereit war, und sagte: »Bitte recht freundlich, Jungs! Einmal lächeln!«

Als ich fertig war, verstaute ich die Kamera wieder. »Was ich hier habe«, sagte ich, »sind mehrere wunderhübsche Schnappschüsse von euch beiden, wie ihr die heutige Zeitung lest und es euch in der Sonne gut gehen laßt. Seht ihr diesen Fensterrahmen direkt über euch? Ihr werdet feststellen, daß er einen Schatten auf den Kies vor euch wirft, mit anderen Worten, Amigos, er funktioniert wie eine Sonnenuhr. Falls irgendwer jemals den genauen Zeitpunkt überprüfen möchte, an dem diese entzückenden Fotos gemacht wurden, bräuchte er nur herzukommen und zu warten, bis der Schatten auf dem Kies mit dem der Fotos übereinstimmt. Oder, anders ausgedrückt«, sagte ich, »was ich hier habe, ist der eindeutige Beweis, daß ihr beiden am 29. August, gegen elf Uhr vormittags, nicht auf der Kinderstation irgendeines Krankenhauses an den Masern laboriertet, sondern gleich hinter Las Tunas Beach ein bißchen Sonne getankt habt. Alles in allem«, endete ich, »würde ich's mit Pittsburgh versuchen. Oh. Dürfte ich bitte meine Zeitung wiederhaben? Wer weiß, ob nicht einer von euch ein Origami-Meister ist und sich einen Dreireiher plus Hut daraus falten kann. Und übrigens, in eurem Wagen ist nichts mehr übrig, woraus man eine legere Garderobe zaubern könnte, es sei denn, ihr habt Lust, die Autositze mit den bloßen Zähnen zu zerfetzen. Irgendwelche Kommentare?«

Es gab welche, die ich aber hier nicht wiederholen möchte. Dann sagte ich: »Adiós, die Herren. Viel Spaß bei eurem Spaziergang«, und glitt in den Mercedes.

»Das kriegst du wieder, Wichser«, rief mir der Fahrer zum Abschied hinterher.

»Gern, jederzeit«, rief ich aus dem Fenster zurück. »Ich steh im Telefonbuch.«

Eine Spur von heißem, splitterndem Kies hinter mir lassend, düste ich ab, mit einem Lächeln auf den Lippen und einem Frohlocken im Herzen. Das nenne ich eine geschliffene Operation. Daniel, sagte ich zu mir, als ich elegant die erste Kurve nahm. Geschliffen – ganz wie du selbst, Baby. Hundert Meter weiter schlingerte der Wagen plötzlich nach links, dann nach rechts, und kam dann allmählich und geschliffen zum Stillstand. Daß ich kein Benzin mehr hatte, konnte nicht sein; ich überprüfte den Anzeiger, und der teilte mir mit, daß reichlich vorhanden war. Und Phil und Ted waren auch nicht in der Nähe der gottverdammten Karre gewesen, also was zum Teufel war hier los?

Ich hopste raus und sah, was zum Teufel hier los war. Kein Wunder, daß der Stumme relativ unbeteiligt gewirkt und sein Kumpel mehr heiße Luft abgelassen als mörderischen Zorn an den Tag gelegt hatte. Was den Wagen zum Halten gebracht hatte, waren drei Reifen ohne Luft. Ich weiß nicht, wie die Dinger heißen, die die Platten verursacht hatten, aber ich glaube, daß sie so ein fanatischer Wissenschaftler im Zweiten Weltkrieg ausgetüftelt hat. Sie bestehen aus einer Reihe von nadelspitzen Eisennägeln, die rundherum an einer zentralen runden Spule befestigt sind, so daß ganz gleich, wie sie nun zum Liegen kommen, mindestens ein paar von den Dingern immer den größtmöglichen Schaden anrichten. Kennen Sie noch das Spiel aus Ihrer Kindheit, bei dem man diese komischen Metall-Sporen werfen mußte? Etwas in der Art in groß, aber mit scharfen Spitzen. Ich hatte auch schon mal eine Handvoll von ihnen benutzt, genauso erfolgreich, wie sie andere schon mir gegenüber zum Einsatz gebracht hatten. Eins von den Dingern, das dabei übriggeblieben war, hatte mir so lange als Briefbeschwerer gedient, bis es eines Nachmittags mysteriöserweise verschwand, nur um dann zwei Tage später wieder aufzukreuzen, da baumelte es am linken Ohr von Sara dem Schwachkopf.

Ein weiterer Blick in die Runde klärte mich darüber auf, daß die Jungs gekonnt drei Reihen ausgelegt hatten, insgesamt vielleicht dreißig Stück, ungleichmäßig verteilt, damit es auch ja keinen Weg an ihnen vorbei gab. Na ja, zumindest wußte ich jetzt, warum sie ein paar Minuten zu spät bei unserer Strandparty erschienen waren.

Ich richtete mich auf und dachte, okay, was jetzt, o Geschliffener? Da ging von irgendwoher, zu nah, um beruhigend zu wirken, eine Kanone los – na gut, also meinetwegen ein Colt Magnum. Die Windschutzscheibe des Autos zerbarst in lauter kleine Fragmente, wie auch das Rückfenster. Ich duckte mich, oder sollte ich lieber »ließ mich fallen« sagen? Zum Glück für mich war der Wagen mehr oder weniger quer über die Straße zum endgültigen Stillstand gekommen, so daß er mir ein bißchen Schutz gewährte. Vor mir erstreckte sich die Straße gute hundert Meter weiter, ohne jede Kurve, und leicht bergauf. Das bot schon mal keinen Fluchtweg, jedenfalls keinen, den ich ausprobieren wollte, solange mich die Dicke Bertha im Visier hatte. Der Hügel auf der einen Straßenseite sah unbezwingbar aus, der Steinschlag auf der anderen nur fast unbezwingbar. Ich machte vorsichtig die Wagentür an meiner Seite auf, griff mir meine Tasche und das Zeugs der Jungs, fummelte meine Knarre heraus, legte sie über die Motorhaube und ballerte ein paarmal, damit sie ihre Köpfe unten ließen, watschelte in der Hocke zum Ende des Wagens und machte dann zum ersten und letzten Mal im Leben eine Kraxeltour. Mit nur einer Hand, müssen Sie bedenken, da die andere ja eine Reisetasche, ein Bündel und einen Revolver hielt, und von keinem der drei wollte ich mich trennen.

Ich hatte den halben Weg zu einer Ansammlung dicker Felsbrocken zurückgelegt, die ich mir als Etappe ausgeguckt hatte, als sie wieder das Feuer eröffneten. Der Steinsplitter einer abprallenden Kugel riß mir eine klaffende Schramme in die Wange, aber mehr war für sie nicht drin; man muß schon Clint Eastwood sein, um ein bewegliches Ziel, ganz zu schweigen von einem verzweifelt krabbelnden, aus einer Entfernung von über sechs Metern mit einer dieser .475er zu treffen, es sei denn, man schießt von einer erhöhten Bastion. Oder man hat Glück. Oder man ist mit Waffen aufgewachsen. Oder man war mal Scharfschütze in der Army ...

Jedenfalls schaffte ich es. Ich quetschte mich hinter den größten der Felsbrocken, schleifte mein Gepäck hinter mir her, und versuchte, meine Atmung wieder auf normal zu bringen. Meine Gedanken waren alles andere als angenehm. Der geschliffene alte Daniel hatte ihnen kein Fünkchen Verstand zugebilligt. Hatte keinen Gedanken an die Vorstellung verschwendet, daß sie sich vielleicht vorher abgesichert hätten, für den Fall eines Falles. Hatte sich nicht mal die Mühe gemacht, den Ford anständig zu filzen: Scheiße auch, sie hätten eine Bazooka in dem Ding verstecken können, ohne daß ich sie bemerkt hätte. Vielleicht hatten sie noch ein paar Handgranaten in der Seitenverkleidung untergebracht, wirklich zu komisch. Evonne hätte mir ruhig ein bißchen doller mit ihrem Spaten auf den Kopf hauen sollen, vielleicht hätte das ein paar Gehirnzellen an die Oberfläche befördert.

Nach einer Minute riskierte ich einen Blick, sah nichts und zog den Kopf wieder ein. Nach einer weiteren Minute entnahm ich meinem Kulturbeutel einen kleinen runden Spiegel – und es geht Sie gar nichts an, was er da zu suchen hatte – und stellte ihn vorsichtig auf einen kleinen Felsvorsprung, damit ich den Wagen unten im Auge behalten und desgleichen sehen konnte, ob sich irgend jemand an ihn heranschlich. Was nicht der Fall war.

Ein paar weitere Minuten verstrichen. Dann noch ein paar. Ich fragte mich, was Ted und Phil gerade ausheckten, nachdem sie sich erst mal gründlich ausgelacht hatten. Vielleicht fragten sie sich, was ich ausheckte. Nach einem Weilchen Grübeln beschloß ich, daß sie dasselbe ausheckten wie ich – gar nichts. Vielleicht hatten sie mich im Griff, aber ich hatte auch sie im Griff. Wollte ich mehr oder weniger die nächsten neun Stunden hinter einem Felsbrocken kauern und warten, bis es dunkel wurde, mich dann hinunterschleichen und einen langen, langen Spaziergang machen?

Nicht unbedingt, offen gestanden. Wenigstens war ich im Schatten, aber ich konnte mir ausrechnen, daß die Jungs sich dabei abwechseln würden, die Straße zu bewachen, während der andere sich irgendwo Schatten suchte. Hhm. Das nennt man wohl eine gute alte Pattsituation, glaube ich; tatsächlich weiß ich, daß man es so nennt. Warum eigentlich ... Erinnern Sie mich, gelegentlich unter Patt und Patachon im Filmlexikon nachzuschlagen. Jedenfalls so sah die Lage aus, als ich nach weiteren ein, zwei Minuten, in denen absolut nichts geschah, ausrief: »Huhu, irgendwer zu Hause?«

»Kannste drauf wetten«, rief die Quasselstrippe zurück.

»Möchtet ihr verhandeln, oder wollt ihr lieber warten, bis ihr verbrutzelt seid?«

»Red schon, Arschloch.«

»Ich werf euch eure Klamotten und ein paar Dollar runter, und dann braucht ihr nur noch von dannen zu gehen. Ich geb euch eine Stunde Vorsprung.«

»Was springt dabei für dich raus?«

»Ich hab euch vom Hals«, sagte ich. »Und außerdem die Chance, noch die nächste Morgenröte erleben zu dürfen.«

Eine längere Pause trat ein. Ich zwinkerte einer Eidechse zu, die mit dem Kopf aus einem Felsspalt hervorlugte. Sie tat, als würde sie mich nicht sehen. Dann rief der Fahrer: »Woher wissen wir, daß du keine Mätzchen probierst?«

»Wie denn?« rief ich zurück. »Ich hab doch schon, was ich wollte, weißt du noch? Ich hab meinen Kumpel vor Gericht, und ihr beide sitzt hier in der tiefsten Walachei fest. Wozu brauch ich ein Duell im Morgengrauen?«

Noch eine Pause. Dann rief er: »Okay, Schwuchtel. Schmeiß uns die Sachen runter.«

»Vorsicht da unten«, sagte ich. Es dauerte ein Momentchen, bis ich ihre Brieftaschen um alles bis auf einen Zehndollarschein geleert, ihre Schuhe aus dem Bündel befreit und in meine Reisetasche gepackt, die Rolex mit Geschützlegierung neben Miß Piggy befestigt, das Bündel wieder zugeschnürt und es dann über meinen Lieblings-Felsbrocken gewuchtet und hinuntergeworfen hatte. Es landete auf dem Weg, ein paar Meter vom Wagen entfernt, wie mir das Spieglein, Spieglein an der Felswand verriet.

Wieder vergingen eine oder zwei Minuten. Plötzlich kam ein emsig robbender Fahrer in Sicht, griff sich das Bündel und verschwand wieder.

Weitere hundertzwanzig Sekunden oder so verstrichen, um nie mehr zurückzukehren, ganz wie die goldenen Locken meiner Knabenzeit. Dann rief der Fahrer zu mir herauf: »Hey, Fotzenfresse, wo sind unsere verdammten Schuhe?«

»So ein Mist«, sagte ich. »Ich wollt's euch noch sagen, ich hab sie bei meinem Aufstieg verloren.«

»Und meine Rolex, verdammt?«

»Ist leider in tausend kleine Stückchen zerborsten«, sagte ich, während ich sie voller Bewunderung in der strahlenden Mittagssonne betrachtete und mich fragte, ob der Tiefenmesser auch unter meiner Dusche funktionieren würde.

»Ja, und ich wette, daß deine Scheiße grün ist«, lautete die unartige Antwort. Nach einem letzten, kurzen Gedankenstrich tauchten Ted und Phil wieder auf, vollständig bekleidet, und hielten sich so weit zu meiner Straßenseite hin, wie nur eben möglich war – um mir weniger Sicht auf sie, aber wiederum die größere Chance zu gewähren, ihnen einen Stein auf den Kopf zu werfen, woran sie nicht gedacht hatten –, und arbeiteten sich vorsichtig zum Mercedes vor, dann dran vorbei.

Als der Fahrer, der mit der Kanone, stehenblieb und sich einen Moment umdrehte, rief ich schnell, nur für alle Fälle: »Hat überhaupt keinen Zweck, es am Auto auszulassen, ist nur ein Leihwagen.« Ich hielt dabei die Finger gekreuzt, darum war's keine richtige Lüge, Kinder.

In der Sekunde, wirklich haargenau in der Sekunde, als sie hinter der nächsten Biegung außer Sichtweite verschwanden, schlüpfte ich aus meinem kleinen Versteck und rutschte so lautlos wie ich konnte wieder in Bodennähe zurück. Ich folgerte wie folgt: Wenn sie nur einen Hauch Verstand besaßen, und es war bereits überzeugend bewiesen worden, daß dies bei zumindest einem von beiden der Fall war, dann, folgerte ich, würden sie wie folgt folgern:

Erstens: Jetzt haben wir ihn in der Falle, ohne daß er uns in der Falle hat, weil er nähmlich blöhd ist.

Zweitens: Darum machen wir jetzt, was er gerade gemacht hat – wir suchen uns ein verborgenes Plätzchen und warten, bis er mit seiner doofen Visage um die Ecke dackelt, und dann peng!

Drittens: Auf diese Weise kriegt er nicht nur, was ihm zusteht, sondern wir kriegen auch unsere ganze Knete und unsere Rollie und dann noch die Knete, die er selbst dabei hat, plus sein Pusterohr plus unsere Scheißschuhe zurück; und wenn's nicht unsere sind, wetten, daß die Schwuchtel mindestens zwölf Paar eingepackt hat; außerdem bringt uns der Benz vielleicht bis zur Hauptstraße, scheiß doch auf die Kackfelgen.

Viertens: Vergiß nicht, die Arschgeige muß ja irgendwann rauskommen, woanders kann er ja nicht hin.

Ha, aber V. (für Victor) Daniel konnte durchaus woanders hin, nur wußten sie das nicht. Er hatte sogar die Wahl – er konnte entweder ein paar Runden auf dem Heimtrainer drehen, oder er konnte mit dem Surfbrett in See stechen.

Wofür er sich entschied?

Nun, die Brandung schäumte verlockend, meine Strandhäschen. Darum ...

Hinein ins kühle Naß!

Achtes Kapitel

Jetzt hat er schon zwei LKWs, eine Cherokee
namens Running Deer,
Und wenn er weiß, ich brauch Dinero, schickt er's auch.

Einen Tick später hatte ich das Surfbrett vom Dachgepäckträger gelöst und hastete Richtung hoher See, wobei ich gleich noch eine Handvoll von diesen dehnbaren Elastik-Dingern mitnahm, ebenso Phineas' teuer aussehenden, stabilen Tennisschläger, dessen Oberteil durch eine Plastikhülle geschützt war. Obwohl ich zu dem Zeitpunkt nichts gesagt hatte, war es mir schon ein bißchen seltsam vorgekommen, daß er zum Segeltörn einen Tennisschläger einpackte, aber ich dachte mir, daß er vielleicht etwas über Kreuzfahrten wußte, was mir entgangen war; jetzt fand ich die Idee hervorragend.

Ich blieb kurz vor dem Gerippe der Lewellschen Villa stehen, um nach Luft zu schnappen, und kletterte dann die Betonstufen hinunter, die zu der kleinen Anlegestelle führten. Dort angekommen, spitzte ich die Ohren – nichts als das sanfte Geräusch sich kräuselnder Wellen und brechender Dünung vernahm ich da, was mir sehr recht war. Dann öffnete ich den Reißverschluß meiner Tasche, vertraute Phils und Teds Schuhwerk den Fluten an, entfernte meine Toilettenartikel aus ihrem vermeintlich wasserdichten Plastikbeutel, ersetzte sie durch Kamera, Waffe und meine Brieftasche, zog wieder sämtliche Reißverschlüsse zu und schnallte dann die Tasche mit Hilfe der dehnbaren Elastik-Dinger auf dem Surfbrett fest. Dann ließ ich das Brett ein paar Fuß tief ins Wasser, ergriff entschlossen den Tennisschläger, holte tief Luft, zog meine durchnäßten Hosenbeine wieder so weit über die Knie, wie es überhaupt ging und begann dann, mich selbst auf dem Brett niederzulassen. Etwas erregte meine Aufmerksamkeit – meine Schuhe und Socken. Ich ließ ab von dem Tennisschläger. Ich schob das Brett wieder auf die glitschige Anlegestelle, machte die dehnbaren Elastik-Dinger ab, öffnete die Tasche, stopfte Schuhe und Socken hinein, schloß Tasche, schnallte Tasche fest, ließ Brett erneut zu Wasser, ergriff abermals Tennisschläger und ließ mich sodann ein weiteres Mal auf Brett nieder. Brrrrr! Kalt! Und endlich, mit Hilfe des Tennisschlägers, paddelte ich los, auf einen fernen, unbekannten Horizont zu ...

Nicht ganz so fern, nicht ganz so unbekannt, wie ich euch Surfern und Strandhäschen da draußen an dieser Stelle gestehen muß. Ich hatte es nämlich in der Eile unterlassen, Phil und Ted, den Nieten, zu erzählen, warum sich die Lew Lewellens ausgerechnet dieses Grundstück ausgeguckt hatten: weil nämlich ihre besten Freunde zwei Buchten weiter ein Ferienhäuschen besaßen, das sie liebten und extrem regelmäßig frequentierten. Und da diese denselben Hausbauprozeß mitgemacht hatten, waren ihnen alle örtlichen Bestimmungen und Handwerker und Vorschriften und was auch immer bestens vertraut. Zwei Buchten ... wie weit konnte das schon sein? Ich paddelte und warf hin und wieder einen verstohlenen Blick zurück. Paddeln war nicht so einfach; das gottverdammte Brett wollte sich immer nur im Kreis drehen, darum mußte ich alle paar Stöße die Hand wechseln. Außerdem fällt es einem grundsätzlich nicht besonders leicht zu paddeln, wenn Schultern und Rücken vor lauter nervöser Erwartungshaltung aufs äußerste verkrampft sind, weil jede Sekunde ein großes Loch in die eigene Anatomie gesprengt werden kann. Was jedoch nicht geschah; nach ungefähr fünf Minuten energischen Kraftaufwands hatte ich die Landspitze umschifft und mich außer Sichtweite des Lewellenschen Docks manövriert, woraufhin ich mich etwas zu entspannen begann. Dieses war die erste Bucht. Und die zweite folgt sogleich, Daniel. Eigentlich gar kein so schlechter Tag für eine Paddeltour. Eintauchen. Stoßen. Hochziehen. Wieder eintauchen. Den Horizont nach Schaumkronen absuchen, nach Windböen, schweren Brechern, die alles vor sich hertragen, Blauwale, enterhakenschwingende Piraten – ha, ha! Nichts dergleichen in Sicht. Überhaupt nichts in Sicht, genau genommen, mit Ausnahme von ein oder zwei Segelbooten und, weit, weit weg, hinten am Horizont, einer Rauchspur, die ein vorbeiziehender Frachter hinterließ. Wohin geht die Reise, Schiffskameraden? Nach Panama, zu den Inseln vor dem Wind, zu den Inseln unter dem Wind, nach Sumatra, Java? Ha, ha!

Ungefähr um diese Zeit bemerkte ich, daß der Wellengang etwas kabbeliger wurde. Meine Beine waren eiskalt; desgleichen mein Hintern, weil ständig Wasser über das Brett schwappte, und sowohl Arme als auch Beine fingen an, zu ermüden – die Arme vom Paddeln, die Beine vom Festklammern. Was juckte mich das – nur noch eine Bucht und eine kleine Landzunge, die zwischen mir und dem wohltuenden Klingeln von Eiswürfeln in einem hohen Glas lag, dargereicht von den besten Freunden der Lewellens, nicht mehr als etwa fünfzig Meter weiter. Ich wechselte wieder die Hand und paddelte. Ich tröstete mich mit tröstlichen Gedanken, wie zum Beispiel Evonne Louise Shirley nach drei Drinks, wie zum Beispiel Phil und Ted, die Phineas' edle, farblich abgestimmte Koffer öffneten und verzweifelt nach Schuhwerk suchten, um dann festzustellen, daß sie alle leer waren, denn wozu noch echte Sachen packen, wenn man ohnehin nur eine vorgetäuschte Seereise unternimmt?

Um diese Zeit, als ich mich leicht auf die offene See hin hielt, um mich an dem letzten verbleibenden Hindernis vorbeizubugsieren, das noch zwischen mir und einem ausgedehnten heißen Bad stand, fiel mir auf, daß die Strömung beträchtlich zunahm, aufgrund welcher Laune der Gezeiten-Bewegung auch immer. Und obendrein zu meinen Ungunsten zunahm. Ich fing an, wie ein Verrückter dagegen anzupaddeln und hatte fast schon die letzte Ecke umschifft, als irgendwas an einem meiner Zehen knabberte, ich schwöre, es hat geknabbert. Ich schrie auf und ließ dabei natürlich den ver*!!%?!!en Tennisschläger fallen, der wie eine Bowlingkugel absoff, bevor ich auch nur nach ihm greifen konnte. Ehe ich es mich versah, hatte mich die Strömung gute zweihundert Meter aufs offene Meer hinausgetragen, und sie war noch nicht mit mir fertig. Jetzt konnte ich auch das Haus der Lewellen-Freunde deutlich erkennen, wenn auch von fern. Ich sah sogar ein Mädchen in einem Bikini auf der Veranda. Ich winkte ihr wie wahnsinnig zu. Sie winkte einmal halbherzig zurück und verschwand dann im Haus, zweifellos, um sich ein Erdnußbutter-Traubengelee-Sandwich mit Vollkornbrot zu schmieren, oder irgend etwas gleichermaßen Lebensnotwendiges zu tun. Sie kam nicht wieder heraus.

Fünf Minuten später ging ich zum ersten Mal unter. Die Tasche mit meinen Habseligkeiten, die vor mir festgeschnallt war, begann nämlich wegzurutschen. Da machte ich eine ruckartige Bewegung, um das Gleichgewicht wieder herzustellen, das Brett kippte um, und ich tauchte kopfüber in das eisgekühlte Naß, mit weit geöffnetem Mund natürlich. Als ich mich wieder an die Oberfläche kämpfte, mit fest geschlossenen Augen natürlich, stieß ich mir den Kopf einmal heftig an der Unterseite des Surfbretts, aber das machte mir nicht soviel aus, da ich nun wenigstens wußte, wo es war. Als ich damit fertig war, Meerwasser zu spucken, brachte ich das Brett wieder in Position und schob mich zentimeterweise wieder hinauf. Vorsichtig verteilte ich mein Gewicht, rückte die

Tasche zurecht, schaute mich nach einem rettenden Eiland um, sah keins, und fing dann wieder an, so gut ich konnte mit den Händen zu paddeln.

Zehn Minuten später kenterte ich erneut, um zum zweitenmal in die ewigen Meeresgründe einzugehen. Ich trieb mehr oder weniger in einem ruhigen Wellental und versuchte, mich mit einem Knie auf das Brett zu rappeln, um zu erkunden, wo zum Teufel eigentlich inzwischen die Küste war, als eine japanische Flutwelle oder was zum Henker auch immer über mich schwappte und mir die Sicht nahm, so daß ich schon wieder erst nach oben, dann nach unten, und dann mit dem Kopf zuerst in die Tiefe schoß. Diesmal behielt ich aber die Augen auf, nicht wahr, damit ich mir beim Auftauchen nicht noch mal meinen dröhnenden Schädel stieß. Was dann auch tatsächlich nicht passierte, denn als ich mich wieder an die Oberfläche kämpfte, stieß ich mir nicht nur nicht noch mal den Kopf am Brett, es war auch gar kein Brett mehr da. Das Brett war verschwunden. Ich paddelte wie ein Hündchen im Kreis herum. Das Brett blieb verschwunden. Ich hätte gern gelacht, aber ich hatte mittlerweile schon genug Salzwasser geschluckt. Ich drehte mich auf den Rücken und ließ mich einen Augenblick treiben. Oben in der Stratosphäre zog ein Düsenflugzeug vorbei und hinterließ einen bogenförmigen Dunstschweif. Vielleicht war es eins von diesen Aufklärungs-Schnuckelchen, die in der Lage sind, Präzisionsfotos von einem verdreckten Nummernschild aus fünfzehntausend Metern Höhe zu machen, dachte ich versonnen. In welchem Fall irgendein Schreibtischhengst vom Geheimdienst der Air Force ein paar Tage später erstaunt einen Stapel Bilder in der Hand halten würde, die letzten Schnappschüsse, die jemals von V. (für Victor) Daniel gemacht worden waren, der einfach so dahintrieb, während dann und wann eine kleine Welle über sein geheimnisvolles Lächeln schwappte, eine Hand zu einem letzten (ironischen?) Adieu erhoben.

Etwas stieß sachte an meine Füße: »Nimm mich, großer weißer Hai«, sagte ich. »Ich gehöre dir.« Noch ein Stoß. Ich riskierte einen kurzen Blick. Es war das Surfbrett, das irgendwie, wie eine treue Dogge, zu seinem Meister zurückgekehrt war.

Ein Teenager rettete mich schließlich, ungefähr eine halbe Stunde später und nachdem ich ein paar weitere hundert Meter aufs Meer hinausgetrieben war. Inzwischen hatte ich auch noch Schüttelfrost, meine Wange blutete wieder, und ich war völlig erledigt von der Anstrengung, mit den Händen zu paddeln. Der Knabe befand sich in einem putzig aussehenden, etwa einsachtzig Meter langen Skiff, mit seinem Mädchen und einem Sechserpack Bier, und am Mast hing eins von diesen wasserdichten Transistorradios, die für all die vielen swingenden Soundfreaks hergestellt werden, die auf ihr Gedudel nicht mal unter der Dusche verzichten können. Die Musik hörte ich als erstes; ich wußte nicht, daß irgend jemand innerhalb der nächsten Meile in der Nähe war, da ich flach auf dem Brett lag, mit dem Kopf auf der Tasche, verzweifelte Dreschbewegungen mit den Händen vollführte und eine Zeitlang nicht aufgeschaut hatte.

Da rief der Junge: »Hey, Mister, alles in Ordnung? Sie sind ein bißchen weit draußen.«

»Ach nee«, brachte ich mühsam hervor und nahm dabei meinen letzten tiefen Schluck Salzwasser. »Haben Sie Platz für einen weiteren Passagier? Ich wäre für eine Mitfahrgelegenheit zu festeren Gefilden ausgesprochen dankbar.«

»Klar Mann, springen Sie rein«, rief der Junge mir zu. Er vollführte ein elegantes Wendemanöver, fuhr genau an meiner Seite vor, das Mädchen reffte das Segel, und ich kletterte so gut ich konnte an Bord. Dann schlängelte der

Knabe ein Seil um das Surfbrett, zog es fest, das Mädchen setzte Segel, und los ging die Fahrt, wobei das Brett hinter uns hertrudelte. Das Mädchen sah, wie ich schlotterte, und warf mir ein riesiges Badehandtuch zu, in das ich mich dankbar einwickelte, dann warf sie mir ein Bier zu, dann machte sie auch eins für sich und den Jungen auf. Es war Coors Light, wie mir auffiel, nicht gerade meine Lieblingsmarke, aber es fiel mir trotzdem überhaupt nicht schwer, es in drei tiefen Zügen auszutrinken.

»Also, was ist passiert, Mann?« fragte der Knabe nach einer Weile. »Hat Sie die Strömung erwischt? Die ist auf diesen paar Meilen ziemlich kraß, die meisten Surfer wissen das, darum sieht man hier auch nie welche. Wir gehen durch den Wind«, sagte er dann. Das Mädchen duckte sich; so auch V. Daniel, gerade noch rechtzeitig, und wir gingen durch den Wind, das heißt änderten die Richtung, ihr Landratten.

»Bekloppte Surfer sieht man hier schon«, sagte ich. »Alte, bekloppte, durchgefrorene, lebensmüde Surfer.«

»Die auch ein bißchen komisch angezogen sind«, sagte das Mädchen und musterte meinen gelben Jogginganzug. »Zum Surfen, meine ich.« Sie hingegen trug eine Augenweide von einem schwarzweiß gestreiften Spandex-Einteiler, der Knabe eine ausgefranste und sonnengebleichte Jeans-Shorts. »Hi. Ich bin Chris. Der da heißt auch Chris, nur steht das für Christopher.«

»V. Daniel«, sagte ich. »V. steht für verdammt, verdammt dankbar, euch allen beiden.«

»Ein Glück, daß wir nicht mit meinen Eltern nach Malibu gefahren sind, wie wir eigentlich vorhatten«, sagte das Mädchen.

»Wie *du* eigentlich vorhattest«, sagte der Knabe und grinste. Sie schnitt ihm eine Fratze.

Wir näherten uns in zügigem Tempo der Küste und gingen hin und wieder durch den Wind. Wie angenehm, zur Abwechslung mal zu segeln anstatt zu paddeln. Was für eine geniale Erfindung – Wind. Fast so genial wie am Leben bleiben anstatt zu ertrinken. Nach meiner märchenhaften Rettung ist vielleicht verständlich, daß ich vor lauter Erleichterung ein bißchen schallaschalla war. »Nach überstandener Gefahr ist Gott vergessen«, hat jemand mal gesagt. Ich bestreite das. Und irgend jemand anders hat mal gesagt: »Ein gefahrenreiches Leben verringert des Todes Schrecken«. Auch dies bestreite ich, Konfuzius.

Wir waren etwa hundert Meter vom Land entfernt, als der Junge mich fragte: »Wollen Sie an irgendeiner speziellen Stelle an Land gehen, Sir?«

»Gleich da drüben, mein Sohn«, sagte ich und zeigte zum nächstgelegenen Strandabschnitt, »wäre mir sehr recht.«

»Bitte sehr, haben wir gleich. Warten Sie 'ne Sekunde.« Ich wartete. Er ging ein letztes Mal durch den Wind und ließ uns dann voll auf dem Sand einlaufen, woraus ich schloß, daß sein Boot weder einen Kiel noch ein Mittelschwert hatte.

»Ich war in meinem ganzen Leben noch nie so glücklich, Sand zu sehen«, sagte ich und stieg mit etwas wackeligen Beinen aus, während das Mädchen Chris das Surfbrett an Land zog und sich dann damit zu schaffen machte, meine Tasche abzuschnallen. Ich schaute nach, wie spät es war; beide Chronometer gingen noch, und beide zeigten auf ein Uhr dreißig – ich hatte fast zwei Stunden auf dem verdammten Brett verbracht. Chris kam angetrabt und überreichte mir meine Tasche. Ich machte den Reißverschluß auf und stellte erleichtert fest, daß kein Wasser eingedrungen war.

Dann sagte Christopher: »Also, war wirklich nett, aber wir sollten uns langsam auf den Weg machen, falls bei Ihnen jetzt wieder alles in Ordnung ist, Sir.«

»In Ordnung?« fragte ich. »Kinder, ich bin besoffen vor Freude. Wartet 'ne Sekunde.« Ich nahm die Rolex ab und übergab sie ihm. »Ein winziges, klitzekleines Zeichen meiner Dankbarkeit.« Ich kramte in der Tasche, fand einen Notizblock und einen Filzstift, schrieb meinen Namen und meine Telefonnummer auf und überreichte ihm den Zettel. »Falls Sie irgendwelchen Ärger mit Ihren Eltern bekommen, Chris, soll mich einer von beiden anrufen, ich stell die Sache dann klar. Und was Sie betrifft«, sagte ich zu Chris dem Mädchen, »so haben Sie soeben dieses Surfbrett mit dem niedrigen Seemeilenstand und nur einem Vorbesitzer geerbt, das ich in meinem Leben nicht mehr wiedersehen möchte. Ihre höflichen Proteste können mich in keinster Weise umstimmen.« Ich schüttelte Christopher die Hand, küßte Chris onkelhaft auf eine weiche, gebräunte, salzige Wange, wuchtete die Tasche hoch und schritt in Richtung Las Tunas Beach von dannen, der nächsten Bar entgegen.

Übrigens rief mich Christophers Mama tatsächlich an, zwei Tage später im Büro. Ich versicherte ihr, daß die Uhr wirklich ein Geschenk sei, daß mir ihr Sohn und Chris wahrscheinlich das Leben gerettet hatten, und sagte, daß sie zu Recht stolz auf ihn sein könne. Es entstand eine kleine Pause, dann lachte sie und sagte: »Na, jedenfalls stolzer als letzten Samstag, als ich in seinem Schrank eine Tabakdose randvoll mit Hasch und eine volle Flasche Black Label aus den Beständen seines Vaters gefunden habe.«

»Kinderkram«, sagte ich abfällig. »Und außerdem, wenn er nicht insgeheim gewollt hätte, daß Sie sie finden, hätte er es nie im Schrank versteckt, das ist ja wohl der erste Ort, wo eine Mutter sucht.« Sie lachte wieder und erkundigte sich dann etwas umständlich nach meinem Beruf, indem sie nämlich fragte, was ich denn tat, um so reich zu sein, daß ich Rollies und Surfbretter an Teenager verschenken könnte? Ich hielt es nicht für ratsam zu erwähnen, daß das ganz leicht war, da nichts von beidem mir gehörte, darum sagte ich statt dessen etwas Ominös-Orakelhaftes wie: »Erzählen Sie mir mal, ob sich eine Uhr und ein Surfbrett aus zweiter Hand gegen ein Menschenleben aus zweiter Hand aufwiegen lassen«, was sie zweifellos für totales Gesabber hielt, jedoch den Anstand besaß, es als Erklärung durchgehen zu lassen.

Egal. Auf der anderen Seite der hölzernen Strandpromenade fand ich eine spärlich beleuchtete, nach Sägespänen riechende Kneipe namens Peggy's Pub, in die ich dankbar und schleunigst meine Schritte lenkte.

»Was haben Sie denn gemacht, Hüne, Ertrinken geübt?« fragte mich die hübsche Bardame, nachdem sie eingehend meine allgemein triefende Erscheinung betrachtet hatte.

»Vergessen Sie das ›geübt‹«, sagte ich. »Ich bin doch tatsächlich« – und hier setzte ich einen einfältigen Gesichtsausdruck auf – »ins Planschbecken der Kinder gefallen, glauben Sie das?«

»Nicht eine Sekunde«, sagte sie. »Trinken Sie?«

»Sobald Sie mit Einschenken fertig sind«, sagte ich. Während sie mir einen großen Brandy mit Ginger Ale braute, verzog ich mich kurz in die Herrentoilette, zog mir trockene Sachen an, wrang die nassen aus, wickelte sie in Zeitungspapier, nahm meine Brieftasche wieder an mich, wischte mir die Blutspur von der Wange, ging wieder hinaus, erklomm einen Hocker an der langen, hölzernen Bar, sprach einen stummen Toast auf die Schicksalsgöttin aus, und ab und in den leeren Hals ging der erste, köstliche Schluck. Ihm folgte unmittelbar ein zweiter, dann ein dritter. Bald darauf folgte dem Drink als solchem ein zweiter, dann ein dritter, wobei der dritte in Begleitung einer Errungenschaft daherkam, die sich sogar mit der Erfindung des Windes messen kann – einem Chilidog, an dem weder mit Zwiebeln noch mit Fett gegeizt worden war: Ich fühlte mich langsam wieder wie der alte Vic Daniel, und der alte Vic Daniel hatte Dinge zu erledigen, darum fing er lieber mal gleich damit an. Ich mußte mich natürlich um den Mercedes kümmern, und ich mußte mich darum kümmern, wieder in die Zivilisation zurückzukehren, und wenn nicht gleich Zivilisation, dann zur Not Beverly Hills. Darum fragte ich die hübsche Bardame, ob sie mir eine gute Werkstatt in der Nähe empfehlen könnte.

»Fragen Sie mich doch mal was Schweres«, sagte sie und goß einem anderen Klienten mit Schwung einen Bananen-Daiquiri ein. Nicht, daß der Klient den Schwung gehabt hätte – obwohl er einen großen Anstecker trug, auf dem »Ich bin zu jung, um schon so alt zu sein« stand –, nein, das Eingießen, das hatte den Schwung. »Der da drüben arbeitet in einer Werkstatt, vorausgesetzt, er arbeitet«, fuhr sie fort und zeigte auf einen schlaksigen Typ in einem Overall, der hinter einem Krug Bier in der Ecke saß. »Hey, Curly«, rief sie ihm zu. »Vortreten und Achtung!!«

Curly schenkte sich noch ein Glas Bier ein, betrachtete es, trank einen Schluck, betrachtete es abermals, stand dann auf und kam gemächlich angeschlendert.

»Ich hab ein Problem«, sagte ich.

»Wer nicht?« fragte er verdrießlich.

»Eigentlich hab ich sogar zwei.« Ich erzählte ihm, worin sie bestanden.

»Das nennen Sie Probleme?« fragte er mit einem wehmütigen Blick auf die hübsche Bardame.

»Hör mal, Curly«, sagte sie, »fang bloß nicht wieder damit an.« Sie begab sich mit einer Handvoll 25-Cent-Stücke zur Musicbox. Curly schaute ihr nach, seufzte dann schwer, wandte sich wieder mir zu und kratzte sein fülliges Lockenhaar.

»Was ich machen könnte«, sagte er, »ich könnte Mel anrufen, das ist der Boß, wissen Sie, und er könnte den Abschleppwagen über Funk rufen, falls der gerade unterwegs ist, und schon mal an dem Ende anfangen, und was ich dann machen könnte, ist, Sie in die Stadt fahren, falls er einverstanden ist.«

»Großartig«, sagte ich. »Danke, Curly.«

»Rex ist der Name«, sagte er. »Sie ist die einzige, die mich so nennen darf.« Hier trat ein langes Schweigen ein.

Schließlich brach ich es, indem ich sagte: »Ich hab vergessen, worauf wir jetzt noch warten, Rex.«

»Keine Ahnung, worauf Sie warten«, sagte er, »aber ich warte auf eine Kreditkartennummer, die Mel wahrscheinlich haben will, ich warte darauf zu erfahren, in was für einem Zustand Ihr Wagen ist, weil Mel das wahrscheinlich wissen will, und ich warte außerdem darauf, daß wir zwei uns einigen, wieviel für die Fahrt, und ist Benzin inbegriffen oder nicht?«

»Oh«, sagte ich. Weitere Konversation wurde gemacht. Details wurden ausgetauscht. Ein Preis in beidseitigem Einvernehmen wurde ausgehandelt. Rex schlurfte davon, um Mel anzurufen. Ich trank meinen Drink aus. Die Musicbox fing an, einen Loretta-Lynn-Song über zwielichtige Frauen zu spielen. Weitere Wochen vergingen. Dann kam Rex zurück.

»Okay, machen wir uns auf den Weg«, sagte er. »Man sieht sich, Debs.«

»Klar, Curly«, sagte Debs fröhlich. »Sie auch, Cousteau«, sagte sie zu mir. Ich folgte Rex zur Hintertür hinaus und zum Parkplatz, dann stieg ich neben ihn in seinen Halbtonner von einem abgewrackten alten Dodge, und dann fuhren wir los.

Vierzig Minuten später, ohne daß ein weiteres Wort zwischen uns gewechselt worden war, außer daß er mich fragte, wo ich hin wollte und ich ihm sagte, zu Floristik von Phineas, gleich am Rodeo Drive, stieg ich wieder aus, zahlte ihm seine fünfzig ($ 50) Piepen, legte noch einen Fünfer drauf, bedankte mich bei ihm, wünschte ihm alles Gute und sah ihm nach, wie er wieder die Richtung einschlug, aus der wir gekommen waren.

Während unserer Fahrt auf dem Santa Monica Freeway, damals noch die Bundesstraße 405 – die San Diego –, war ich ein oder zwei Mal nahe dran gewesen, dem armen Schwein ein paar hilfreiche und brüderliche Worte des Beistands und des Trostes auszusprechen.

Mir fielen keine ein. Leider ist alles, was ich über das Thema weiß, etwas, was dieser Wie-heißt-er-noch-gleich einmal so treffend zu Papier gebracht hat: Sich einen Ratschlag über die Gesetze der Liebe holen zu wollen ist nicht besser, als sich einen Ratschlag über die Gesetze totaler Beknacktheit holen zu wollen. Was ich nicht bestreiten möchte, ihr Freizeitsurfer mit zwei linken Füßen, ihr.

Neuntes Kapitel

So bleibt mir nur das Warten, hurra, in Treue fest,
Denn ich weiß, daß mein Freund und Amigo Sammy D...

Ich fand Phineas in der Werkstatt, wo er telefonierte und an einem Bagel mit Frischkäse mampfte. Er warf mir eine Kußhand zu und machte mir ein Zeichen, daß er sich mir gleich widmen würde. Ich sagte den Mädchen guten Tag, die bis zu den Knien in einem Dickicht standen, das mir ganz nach Farn aussah, und ließ mich in einen Regiestuhl fallen, auf dem Phineas' Name stand. Sobald er aufgelegt hatte, sagten wir beide gleichzeitig: »Wie ist es gelaufen?«

»Erzähl ich dir gleich«, sagte ich, »wenn ich vorher dein Telefon benutzen darf.«

»Aber immer«, sagte er. »Erst die Neun vorwählen.« Ich drückte auf den Knopf mit der Neun, bekam ein Freizeichen, rief das Büro des County Sheriff an und fragte nach demselben Deputy, den ich scheinbar vor Ewigkeiten, an jenem längst vergangenen, fernen Morgen von Phineas' Küche aus angerufen hatte. Marvin Morrison lautete sein Name, allgemein als Mächtiger Marv bekannt, da er riesig und schwarz war und Ehrgeiz sein Markenzeichen. Ich brauchte einen Beamten des County Sheriff, weil sich der Zuständigkeitsbereich des Los Angeles Police Department nicht bis nach Orten wie Topanga Canyon und Las Tunas erstreckte; diese gehörten zu dem etwa dreitausend Quadratmeilen großen Gebiet, für das das Sheriff's Department zuständig war.

Der Mächtige Marv war zur Abwechslung mal an seinem Arbeitsplatz. Er verfaßte gerade einen Bericht, teilte er mir mit.

»Einen zufriedenstellenden Bericht?« fragte ich.

»Hochgradig, Bruder«, sagte er. »Sie hatten recht, ich hab heute wahrscheinlich Geschichte geschrieben. Die Einzelheiten erzähle ich Ihnen mal bei einem Drink, ich muß hier weitermachen. Und darf ich meinen tief empfundenen Dank hinzufügen?«

»War mir ein Vergnügen«, sagte ich. Ich schnalzte ihm ein Küßchen zu und legte auf. Phineas zog anzüglich die Augenbrauen hoch. Die Mädchen kicherten. Dann legte er seine lange grüne Schürze ab.

»Ich, *moi*, habe eine Idee«, sagte Phineas zu mir. »Ich fahre dich nach Hause, und unterwegs können wir einander auf den neusten Stand bringen; wäre das nach deinem Geschmack?«

»Hochgradig, Bruder.«

Er ging voraus, durch den Hintereingang. Wir stiegen in einen der Lieferwagen, und er fuhr los, aber nicht, ohne vorher noch die normale Fahrermütze, die auf dem Sitz lag, aufgesetzt und vorsichtig zurechtgerückt zu haben, bis sie richtig saß.

Sobald er sich mit dem Transporter geschickt in den Verkehrsstrom draußen auf der Hauptstraße eingefädelt hatte, sagte er: »Alter vor Schönheit, also fängst du an.«

»Okay«, sagte ich. »Grundsätzlich hab ich erst mal einen Fehler gemacht.«

»Was für einen Fehler?«

»Den Feind zu unterschätzen, weshalb auch das, was von deinem Mercedes noch übrig ist, in genau diesem Moment zu Mels Autowerkstatt da unten im schönen Las Tunas abgeschleppt wird.«

Er zuckte ein bißchen zusammen. Ich erzählte ihm, wie es dazu gekommen war und sagte, daß ich selbstverständlich die Rechnung für sämtliche Reparaturen übernehmen würde, nicht ohne selbst innerlich ein bißchen zusammenzuzucken, da wir es hier mit drei neuen Reifen, zwei Windschutzscheiben sowie Abschleppkosten zu tun hatten, sowie für alle zusätzlichen Schäden, die eine wütende, knarreschwingende große Klappe sonst noch angerichtet haben könnte. Zum Glück für mich wies Phineas mein heldenhaftes Angebot mit einer großzügigen Handbewegung zurück.

»Phineas mag hin und wieder promiskuitiv sein, aber pingelig ist er nie«, sagte er.

»Gut«, meinte ich. »Weil du außerdem noch um einen Tennisschläger und ein Surfbrett ärmer bist.« Und ich erzählte ihm, wie es zu all dem gekommen war. Er pfiff durch die Zähne und warf mir einen Blick zu.

»Lieber du als ich«, sagte er und bog rechts in den Coldwater Canyon ein. »Langsam begreife ich, was du damit meintest, daß man dieselbe Sprache wie diese beiden entsetzlichen Widerlinge sprechen muß.«

»Und wie war dein Tag?« fragte ich ihn kurz darauf.

»Wesentlich ruhiger als deiner«, sagte er. »Mein Anwalt kam gegen halb elf in seinem nagelneuen BMW vorgefahren, und dann brausten wir in Richtung Innenstadt. Wir fanden den richtigen Gerichtssaal und warteten. Ungefähr Viertel nach zwölf wurde unser Fall vom Gerichtsdiener aufgerufen. Wir waren anwesend. Die Bullen waren anwesend. Die Staatsanwältin, eine ziemlich attraktive junge Dame in einem nilgrünen Hosenanzug, war anwesend. Der Anwalt der Angeklagten war anwesend. Rate mal, wer die beiden einzigen waren, die gefehlt haben.«

»Ich komm nicht drauf«, sagte ich.

»Richter D. Sharp, der den Vorsitz führte, war nicht gerade entzückt. Er gewährte dem Anwalt der Angeklagten eine Stunde, um seine Klienten aufzutreiben. Es gelang ihm nicht. Er mußte zerknischt bekennen, daß er hinsichtlich ihres Aufenthaltsorts völlig im dunkeln tappte. Der vorsitzende Richter D. Sharp verkündete den Verlust der Kaution seitens der Angeklagten und wies sodann den Gerichtsdiener an, den zuständigen Polizeibeamten über das beklagenswerte Verhalten der Angeklagten zu instruieren. Da sich der zuständige Polizeibeamte gerade im Gerichtssaal aufhielt, tat der Gerichtsdiener dies unverzüglich. Besagter Polizeibeamter zog prompt in unbekannte Gefilde ab und ward nicht mehr gesehen, genau so, wie es sich wahrscheinlich im Fall meiner Lieblings-Penner verhalten wird.«

»*Au contraire, mon ami*«, sagte ich, als der Mercedesbus soeben den Gipfel der Hügel erklommen hatte, die Phineas' Stadtteil von dem meinen trennten, und seinen Abstieg auf North Hollywood und Studio City begann. »Deine Lieblings-Penner sitzen in diesem Augenblick, zu just diesem präzisen Zeitpunkt, wieder im Kittchen, wo sie hingehören. Und diesmal werden sie nicht auf Kaution freigelassen, selbst wenn jemand so blöd wäre, sie für sie stellen zu wollen.«

»Also darum ging's bei all diesen mysteriösen Anrufen«, sagte er und nickte. »Der ›zufriedenstellende Bericht‹ und so weiter.«

»Aber Phineas«, sagte ich, »daran war doch ganz und gar nichts Mysteriöses. Ich hab ja nur einen alten Kumpel, den Mächtigen Marv angerufen, einen mir bekannten Deputy des Sheriffs, und ihm gesagt, wenn er Lust hätte, die schnellste Verhaftung in der Geschichte der Gesetzesvollstreckung vorzunehmen, was natürlich der Fall war, weil er schon seit Jahren auf eine Beförderung zum Lieutenant giepert, müsse er sich nur zu der und der Zeit an dem und dem Ort einfinden. Ich sagte ihm, wenn alles gut ginge, würde er einen seltsamen Anblick erleben. Zwei sogar; hoffentlich nackt. Und was er zu tun hätte, bestünde darin, sie bis ungefähr ein Uhr im Auge zu behalten. Und was er anschließend zu tun hätte, war lediglich, ihnen eine Mitfahrgelegenheit anzubieten, mit oder ohne Androhung von Gewalt.«

»Und ich dachte immer, der durchtriebene Typ wäre ich«, sagte Phineas. »Da sieht man mal wieder.«

»Und dann«, fuhr ich fort, »wenn alles gut ginge, würde er die schnellste Verhaftung aller Zeiten vornehmen können, denn was dein Polizeibeamter unmittelbar tat, nachdem er das Gerichtsgebäude verlassen hatte, war eine Großfahndung nach Phil und Ted rausschicken, was bedeutet, daß alle Einsatzwagen unverzüglich nach ihnen Ausschau halten und sie verhaften sollten. Was Marv und seinem Partner nicht sonderlich schwergefallen sein dürfte, da sich Ted und Phil in der Sekunde, als die Großfahndung über Polizeifunk rausging, auf dem Rücksitz ihres Streifenwagens befanden, und, so wie ich Marv kenne, komplett entwaffnet, gebündelt, verschnürt, geknebelt und mit Handschellen ans Wagendach gefesselt waren. Und solcherart wird Geschichte geschrieben.«

»Durchtrieben und verschlagen«, sagte er und bog elegant auf den Magnolia Boulevard ein. Ich lotste ihn von da an weiter, und ein paar Minuten später hielt er auf dem kleinen Parkplatz vor meinem Büro. Ich bedankte mich freundlich fürs Mitnehmen und stieg aus. Er grinste mich an und zog sich das Käppi tief über ein Auge.

»*Moi* hat zu danken«, sagte er. Zur Abwechslung machte jetzt ich eine großzügige Handbewegung.

»Ich werd mich auch bei Derrone melden«, sagte ich, »damit er weiß, wohin er das Dutzend Versillia hinschicken soll, weißt du noch? Ich werd außerdem die Adresse von Mels Werkstatt rauskriegen und sie ihm auch geben.«

»Ungemein anständig von dir, alter Knabe«, sagte er. »Jetzt muß ich aber wirklich abrauschen. Schau mal wieder vorbei, wenn du in der Nähe bist.«

»Ebenfalls«, sagte ich. Er salutierte scherzhaft und fuhr davon. Also, ich weiß genauso gut wie Sie, daß man so etwas andauernd sagt, vor allem in Hollywood. »Laß uns nächste Woche zusammen zum Lunch gehen«, sagt man, oder: »Meine Sekretärin ruft Ihre Sekretärin an, damit sie was vereinbaren«, oder: »Wir bleiben in Verbindung, ja?« Und natürlich sieht man die Person im Leben nie wieder, man hat auch gar nicht die Absicht. Aber Phineas habe ich wirklich wiedergesehen, weil er nämlich nach der Arbeit – und manchmal auch anstatt – einen langen coolen Drink genauso gern hatte wie ich. Ich hab ihn sogar mal zum Schießen mitgenommen, rauf in die felsige Wüstenlandschaft im Norden der Stadt; er hat sich revanchiert, falls das das richtige Wort ist – »heimgezahlt« trifft es besser –, indem er mich zum Reiten mitnahm. Offen gestanden ziehe ich es dann doch vor, ohne Paddel zu surfen, vielen Dank auch. Natürlich hab ich ihn ja gleich die Woche darauf wiedergesehen, aber darüber später.

Ich schloß das Büro auf, pflückte die Post vom Teppich, schmiß sie auf den Schreibtisch, holte das Telefon aus dem großen Safe in meinem kleinen Waschraum im rückwärtigen Teil, wo es, wie alles andere, das irgendwie von Wert war, hauste, wenn ich nicht im Büro war, und kümmerte mich um die verbleibenden Einzelheiten im Falle Floristik von Phineas. Mels Werkstatt stand im Telefonbuch, das war also leicht, sowie mein Anruf bei Phineas' Empfangsherrn, dem ich Mels Adresse und die meiner Geliebten durchgab. Auf der Karte, die mit den Rosen geliefert werden sollte, würde meinem Wunsch entsprechend einfach nur »Von einem heimlichen Verehrer« stehen. Das würde ihr ein Weilchen ganz schön die Sprache verschlagen. P. S.: Da er kein Knauser war, schickte ihr Phineas zwei Dutzend Rosen, nicht nur eins, und an Weihnachten gleich noch einmal. Wissen Sie, was er mir zu Weihnachten schickte? Nichts, nicht mal eine billige Karte. Aber King schickte er einen einsachtzig Meter hohen Baum, einen, laut Schild, Ficus (Feigenbaum für Sie), der noch heute mein Büro ziert.

Das nenne ich echte Klasse – ich mag vielleicht selbst keine haben, aber ich erkenn sie doch allemal, wenn sie mir über den Weg läuft.

Okay. Das war erledigt. Dann blätterte ich die Briefe durch. Der einzige interessante Posten, der sich darunter befand, war eine mit Bleistift gekritzelte Nachricht auf einem gebrauchten, dreckigen Umschlag, von Indianer-Joe – es sei denn, Sie halten ein Flugblatt, das die Eröffnung einer neuen, ultra-schnellen Autowaschanlage in der Nachbarschaft verkündet, für einen interessanten Posten, was ich nicht tat.

Indianer-Joe hatte offenbar mit seiner derzeitigen Freundin gesprochen, denn auf dem Zettel stand: »War da. Komme Mittw. nachm. wieder«, was genau jetzt war, was mir sehr recht war; je früher, desto besser, fand ich nämlich. Ich schloß meinen Schreibtisch auf und wühlte darin herum, bis ich die Liste der zu erledigenden Dinge im Fall *V. D. vs. P. C. A. C. Co.* fand.

»Indianer-Joe«, das war schon mal erledigt, beziehungsweise sollte bald erledigt sein. »Pater Romero« – war erledigt. »Historiker Schrägstrich Museumskurator« – auch das war erledigt. »Blechschere« – erledigt. »Kultgegenstand« – hoffentlich in den sanften, mit Nivea eingecremten Händen meiner mit Abstand liebsten Lieblingsblondine. Dann erstellte ich eine neue, überarbeitete Liste, die aussah wie folgt:

V. D. vs. P. C. A. C. Co.

Zu erledigen:
- Kultgegenstand abholen
- Loch in Zaun schneiden.
- Kultgegenstand begraben.
- Ausgraben & beglaubigen lassen.
- Indianer-Joe rekrutieren.
- Passende Klamotten für selbigen erstehen.

PK für Abend in naher Zukunft organisieren.

Für PK zu kontaktieren (telefonisch): Reporter (evtl. Plural).
Mel (the Swell).
Benny (den Jungen).
Evonne Louise Shirley.
Den Mächtigen Marv.
S. (Spatzenhirn) Silvetti.
Pater Romero.
Elroy.
Wohltäter aus der Nachbarschaft?
(per Einschreiben): Vertreter der P. C. A. C. Co.

Zu erledigen für/bis Pressekonferenz: 6 Stühle von den Nus nebenan borgen.
Erfrischungsgetränke? Cocktailwürstchen?

Schauen wir mal ... sagen wir, ich würde die Hirschfußrassel, oder wie zum Deibel das Ding hieß, abends bei Evonne in Empfang nehmen und mich, sehr viel später, von ihren warmen und vertrauten Liebkosungen lange genug lösen, um die Untat mit dem Teil zu vollbringen, dann könnte ich sie Taffy Chandler am Donnerstag zurückgeben. Geben wir ihm einen Tag, um damit herumzueiern, das Ding zu beglaubigen und so weiter, dann bekäme ich es am Freitag mit dem nötigen Papierkram zurück. Aber dann mußte es noch bei Mel vorbeigebracht werden, damit er sich das Ganze ansehen konnte, dann mußte er seinerseits den nötigen Papierkram erledigen, und dann ginge alles wieder an mich zurück. So, und wenn ich jetzt der Besitzer der Pussycat Co. wäre und irgendein Irrer mich anriefe und zu einem Treffen von

Leuten einladen würde, die daran interessiert sind, die Verbreitung meines Imperiums zu verhindern, würde ich dann hingehen, oder eher ein schlimmes Wort benutzen und auflegen? Wer weiß. Ich würde aber auf jeden Fall hingehen, wenn mir schon eine irgendwie geartete einstweilige Verfügung zugestellt worden wäre oder man mir zumindest mitgeteilt hätte, daß eine solche Verfügung beantragt worden sei, und warum. Was eigentlich nur lästig war, nicht wahr, denn es bedeutete, daß noch mehr Zeit verstreichen würde, bevor ich zum Appell blasen konnte.

Schauen wir mal ... selbst wenn es mir gelang, das Zeugs bis Freitag zu Mel zu schaffen, wollte er vielleicht das Wochenende freinehmen; er ist mehr oder weniger auch nur ein Mensch, trotz seines Berufs. Damit wären wir schon bei Montag oder Dienstag nächster Woche, und dann müßte noch kopiert und versandt werden ... wie lange dauert es, ein Einschreiben quer durch die Stadt zu befördern? Und abermals: Wer weiß. Verdammt. Es sah so aus, als würde ich frühestens Freitag in einer Woche loslegen können. Mist.

In diesem Moment wurden meine Ränke vom Klingeln des Telefons unterbrochen, gleichzeitig von einer Art Kratzgeräusch, das von der Tür her kam. An der Tür stand Indianer-Joe; ich winkte ihn herein. Am Telefon war King. Er keuchte ein Weilchen, dann sagte Evonnes Stimme: »Hallo Schätzchen. Das war King.«

»Was will er denn?«

»Er wollte nur Tach sagen, wie ich.«

»Furchtbar nett von euch beiden«, sagte ich. Indianer-Joe lungerte unschlüssig im Türrahmen herum, darum zeigte ich auf meinen Zweitstuhl auf der anderen Seite des Schreibtischs und sagte zu ihm: »Sitz. Platz.« Er setzte sich.

»Oh«, sagte sie. »Hätte ich fast vergessen. Weißt du noch, dieses Knochen-Dingsda, das mir John für dich mitgegeben hat? King hat es aufgefressen.«

»Ha, ha«, sagte ich. »Da wir gerade von Essen sprechen, möchtest du vielleicht heute abend für einen Traum von einem Mannsbild kochen?«

»Klar«, sagte sie sofort. »Kennst du einen?« Wir einigten uns auf gegen sieben, bei ihr, und legten auf.

»Das war mein Hund«, sagte ich zu Joe. »Er läßt grüßen.«

»Ach ja?« sagte er und kratzte sich ausgiebig unter dem Arm. »Wie wählt er, Häuptling?«

»Er läßt einen Kumpel für sich wählen«, sagte ich.

»Ach ja?« sagte er. »Und wie wählt der?«

»Einen Menschenkumpel«, sagte ich. »Nicht einen Hundekumpel.«

»Oh«, sagte er und nickte. »Jetzt kapier ich. Also, was gibt's, Häuptling? Man hat mir gesagt, daß du mich suchst.«

»Genauso ist es, Joe«, sagte ich. »Hör zu, möchtest du ein bißchen Geld verdienen und dich dabei auch noch amüsieren?«

»Häuptling, wer will das nich«, sagte er. »Wobei?«

Ich erzählte ihm, wobei. Während meines Vortrags grinste er zweimal, pulte sich einmal etwas aus dem Haar, und einmal nahm er einen Stein aus seiner Hosentasche, betrachtete ihn und steckte ihn wieder weg.

Als ich geendet hatte, sagte er: »Ja, aber was soll ich genau machen? Also, jetzt mal, was mich angeht.«

»Joe, das einzige, was du tun mußt, ist dasitzen und wie ein Indianer aussehen«, sagte ich. »Edel. Stoisch. Gelassen.«

»Wo sitzen?« fragte er.

»Genau da«, sagte ich. »Genau da, wo du jetzt sitzt.«

»Oh«, sagte er. »Muß ich irgendwas sagen?«

»Nein«, sagte ich. »Mußt du nicht. Du hast einen Fürsprecher, der alles Reden für dich besorgt.«

»Oh«, sagte er. »Was ist mit Geräuschen?«

»Was für Geräuschen?«

»Weißt schon«, sagte er. »Indianer-Geräusche. Grunzen und so. Wie sie im Kino machen. Uuuuuh!« grunzte er. »Hugh!«

»Joe«, sagte ich, »vergiß die Geräusche. Sitz einfach nur da und werd reich. Na ja, reicher jedenfalls.«

»Und wie ein Indianer aussehen«, sagte er. »Wie soll ich das machen, Häuptling?« Hier schaute er mich mißtrauisch an. »Ich werd doch nich nackich dasitzen, oder, überall rot angemalt?«

»Nein, Joe«, sagte ich. »Du wirst in nagelneuen Levi's, in einer Jeansjacke und vielleicht einem Gürtel mit einer schicken Schnalle und vielleicht einem Stirnband aus Leder oder etwas in der Art dasitzen, oder vielleicht sogar einem neuen Stetson.«

»Oh«, sagte er. »Hab kapiert.« Es entstand eine Pause. Dann sagte er: »Wie wär's mit neuen Stiefeln? Könnt ich echt gebrauchen.«

»Nein«, sagte ich bestimmt. »Indianer tragen sowieso Mokassins, das weiß doch jeder.«

»Oh«, sagte er. »Okay, also gut, dann Mokassins, Häuptling.« Er blickte mich unschuldig über den Schreibtisch hinweg an.

»Also, was jetzt noch, du alter Gauner?« sagte ich und seufzte. »Möchtest du auch einen Wigwam? Wie wär's mit zwei gescheckten Ponies, wo wir gerade dabei sind?«

»Ach, hör auf, Häuptling« brummte er. »Ich hab nur gedacht, vielleicht ein Hemd, mehr nicht.«

»Ein Hemd«, sagte ich. »Aber dann ist auch Schluß.« Er schaute mich einen Moment an, schaute dann zum Fenster hinaus, zog dann einen vor Dreck starrenden nackten Fuß aus seinem schnürsenkellosen Stiefel und musterte ihn ein Weilchen. Auch ich musterte ihn vorübergehend und wünschte sofort, ich hätte es nicht getan. »Und keine Socken, Herrgott noch mal«, sagte ich. »Wer hat denn je von einem Mohawk in Kniestrümpfen gehört.« Zerknirscht verstaute er den Fuß wieder. »Aber sauber«, sagte ich, »das ist was anderes. Du mußt sauber sein, und eine Katzenwäsche im Fluß reicht da bei weitem nicht, mein rothäutiger Bruder. Wir reden hier von heißem Wasser, wir reden hier von einem schönen ausgiebigen Bad, vielleicht bei deiner Freundin, wir reden hier von Seife und Shampoo, Kemo Sabe.«

»Au Backe«, maulte er unglücklich.

Ein paar Minuten später ging er wieder, mit zehn meiner schwerverdienten Dollar als Anzahlung in der Tasche, nachdem er mir hoch und heilig versprochen hatte, sich am Montag oder Dienstag nächster Woche wieder bei mir einzufinden. Gut. Das war erledigt. Was jetzt?

Ich rief Benny den Jungen an, um zu klären, ob er nächste Woche Zeit hatte. Er war nicht da, aber er würde mich gern zurückrufen, teilte mir seine Maschine mit. Ich rief Mel the Swell an. Seine Maschine teilte mir mit, daß er bis Freitag früh in San Diego sei. Ich rief Elroy an, meinen Bürovermieter, der ebenfalls ein Freund und gleichzeitig aufstrebender Mogul im Immobiliengeschäft der Nachbarschaft war. Er war gerade beim Joggen, teilte mir seine Maschine mit. Elroy war der einzige, den ich kannte, der gleichzeitig joggen und einen Joint drehen konnte. Darum rief ich Sara die Schwachsinnige Silvetti an. Sie war da, teilte mir ihre Mutter mit, und sie würde sie holen, wenn ich wartete. Ich wartete. Schließlich erklang ihr liebliches Stimmchen in meinem Ohr.

»Was ist?« bellte sie.

»Guten Tag, du entzückendes Kind«, sagte ich galant. »Ich bin's, dein treuer Privatermittler, der dich, o du öffentliches Ärgernis, wieder einmal anruft, um deinen ach so trostlosen Tagen Farbe, Leben und Abenteuer zu verleihen.«

»Was meine Tage so trostlos macht«, sagte sie, »sind

glatzköpfige alte Knacker wie du, die mich pausenlos nerven, wenn ich versuche, meine Arbeit zu erledigen.«

»Arbeit«, höhnte ich. »Nennst du das Arbeit, Reime auf Wörter wie *werks* und *ätzend* und *abgebrannt* nachzuschlagen? Hör mal Kindchen, was dir fehlt, ist zur Abwechslung mal eine richtige Aufgabe, eine Arbeit, bei der Phantasie, schauspielerisches Talent, Mumm, Geschick und ein vergrabener Schatz eine Rolle spielen. Und da hat der alte V. D. nächste Woche etwas für dich in petto, was sich als echt spaßiger Zeitvertreib entpuppen könnte.«

»Klar Paps, da wett ich drauf«, sagte sie. »Wie wär's mit einem echt lukrativen Zeitvertreib? Vergiß den Spaß!«

»Ach herrje, stimmt ja«, sagte ich. »Du stehst ja nicht mehr auf Spaß, hab ich ganz vergessen; darf ich mich in aller Form entschuldigen. Kleidest du dich immer noch wie ein Mann?«

»Geht dich gar nichts an«, sagte sie. »Und wenn, was dagegen?«

»Nichts, mein Schatz, gar nichts«, sagte ich. »Ich hab da nur einen Haufen alter Klamotten, die ich eigentlich der Heilsarmee geben wollte, aber dann dachte ich, vielleicht kannst du sie ja gebrauchen?«

»Wer will denn alte Hawaii-Hemden?« sagte sie. »Nicht mal die Heilsarmee, wette ich.« Und da sieht man mal wieder, wie wenig Ahnung sie hat, dachte ich im stillen. Was glaubte sie denn, wo ich meine unschätzbare Sammlung überhaupt her hatte, Pierre Cardin von Honululu vielleicht? Egal, nachdem ein paar weitere Beleidigungen ausgetauscht worden waren, gab sie widerwillig zu, daß sie sich Ende der Woche eventuell ein Momentchen abzwacken und zumindest vorbeikommen könnte, um sich anzuhören, was Sache war, und wieviel dabei für sie, S. Silvetti, rausspringen würde.

»Jederzeit«, sagte ich liebenswürdig. »Du weißt ja, daß *chez moi* die Haustür für distinguierte Dichterinnen stets offensteht, *Chérie.* Und sogar für dich steht sie offen.« Woraufhin sie mir ein lautes, langes, unflätiges Geräusch durchs Telefon schickte und dann auflegte. Was für ein Schwachkopf. Was ist eigentlich aus der guten alten Tradition geworden, Alter und Weisheit zu respektieren? Ich habe in meiner Jugend immer Alter und Weisheit respektiert, bei den seltenen Gelegenheiten, daß mir welche begegnet waren. Und was ihr kindliches, aufgesetztes Desinteresse betraf, jedesmal, wenn ich ihr einen faszinierenden Job für viel Kohle anbot – na ja, das war auch nicht schwer zu durchschauen, sie tat es, um mich zur Weißglut zu bringen; da konnte sie lange warten.

Was sie tatsächlich davon hatte, für mich zu arbeiten, wie sie es ja dann doch immer und unweigerlich tat, war eine andere Frage, weil die Kohle, ehrlich gesagt, so viel nun auch wieder nicht war, außer einmal, als mich das kleine Dummchen praktisch erpreßt hatte. Vielleicht würde ich sie eines Tages mal fragen. Evonne glaubte, es hätte etwas damit zu tun, daß sie ein Waisenkind war und von Pflegeeltern großgezogen wurde, was sich in einem Bedürfnis manifestierte, wenn auch nur in Form von kleinen, gelegentlichen Anfällen, nach ein klein wenig mehr Beständigkeit und Gerechtigkeit in dieser Welt zu streben. Meine Theorie fand ich viel wahrscheinlicher, daß nämlich die Nervensäge so gern krumme Dinger mit mir drehte, weil einfach alles mehr Spaß machen mußte als zuzusehen, wie Regentropfen an dreckigen Fensterscheiben entlangrinnen, oder *Zucchini* auf *Puccini* zu reimen, was so ungefähr alles war, was Poeten meiner Erfahrung nach je taten. Gerechtigkeit und Beständigkeit – in dieser Welt? Mir platzt gleich das Korsett vor Lachen.

Was spätestens passiert wäre – wenn ich eins angehabt hätte –, als ich ein Weilchen später nach Hause kam und mir Feeb die frohe Botschaft überbrachte. Diesmal ließ sie mich nicht über die Treppe entkommen, sondern führte mich fest entschlossen in ihr Wohnzimmer ab, setzte mich in ihren Lehnstuhl, schenkte mir ein Glas Milch ein, verteilte ein paar Schokoladenkekse mit Vanillefüllung auf einem Teller, nestelte nervös an ihrem (diesen Monat orangenem) Haar und sagte dann: »Victor, mein Lieber, erinnerst du dich noch an meine Schwester Marge?«

»Tu ich«, sagte ich mit vollem Mund. »Hat sie dich nicht mal an deinem Geburtstag besucht – vor zwei Jahren, glaube ich? Danach haben du und Mama sie zu einem Hockeyspiel mitgenommen, wenn ich mich recht entsinne.«

»Richtig, mein Guter«, sagte sie. »Iß noch einen Keks, Victor.«

»Ich esse gerade einen, Feeb«, sagte Victor. »Jetzt komm schon, Schätzchen, raus mit der Sprache. Was immer es ist, es wird nicht das Ende der Welt sein.« Mich beschlich ein Gedanke. »Du bist doch nicht etwa krank, Herzchen?«

»Nichts dergleichen, Gott sei Dank«, sagte sie. Sie holte tief Luft. »Es ist nur so, Marge löchert mich, bei ihr einzuziehen, seit ihr Charly tot ist, sie hat einen richtig süßen kleinen Bungalow gleich außerhalb von San Mateo.«

»Das ist doch nett«, sagte ich, während ein eiskaltes Händchen zentimeterweise meinen Rücken hochkletterte. »Keine lästigen Stufen.«

»Und jetzt, da deine Mutter von uns gegangen ist«, sagte Feeb, »mein Gott, das ist jetzt auch schon fast wieder zwei Jahre her.«

»Zwei Jahre am kommenden Weihnachten«, sagte ich. »Ich versteh schon, Feeb. Mach dir keine Sorgen um mich. Du fühlst dich hier unten einsam, und Marge fühlt sich da oben einsam, darum hast du dir überlegt, hier zu verkaufen und zu ihr zu ziehen, das klingt doch nach einer guten Lösung für euch beide.«

»Nun ja, mein Bester«, sagte sie, »es ist gar nicht mal so sehr eine Überlegung, ich hab es eigentlich schon getan. Letzte Woche habe ich ein gutes Angebot bekommen, und da hab ich zugeschlagen, einfach so.« An dieser Stelle blickte sie ein bißchen schuldbewußt drein. »Ich hätte dich wahrscheinlich vorher fragen sollen, mein Lieber, aber so eine alte Bruchbude wie diese hier würdest du doch nicht kaufen wollen, oder?«

»Gar nicht dran zu denken«, sagte ich. »Vom Geld ganz zu schweigen. Und außerdem, wer würde mir schon eine Hypothek geben? Nein, du hast vollkommen richtig gehandelt, Herzchen.« Ich beugte mich vor und küßte sie auf ihre rundliche und gepuderte Wange; sie sah erleichtert aus. »Wann ist Umzugstermin?«

Sie sagte, daß sie das Haus in unbewohntem Zustand Ende September übergeben müsse, was in ungefähr fünf Wochen war, ob mir das genügend Zeit ließe? Mehr als genug, sagte ich. Vielleicht könnte ich bei Evonne einziehen, meinte sie schelmisch, bis ich eine eigene Wohnung gefunden hatte. Vielleicht in der Tat, Herzchen, sagte ich. Ich aß den letzten Keks, tätschelte sie sanft auf die Haartracht und stieg dann nach oben in meinen Teil des Hauses hinauf, wenn auch nicht mehr für lange, wie es traurigerweise und aus heiterem Himmel den Anschein hatte. Scheiße. Das hatte mir gerade noch gefehlt. Erst wurde mein Büro von Scharen perverser Blitzer und Onanisten in Regenmänteln heimgesucht, dann vertrieb man mich aus meiner eigenen Wohnung, praktisch ohne Vorwarnung, in den heulenden Schneesturm rausgeschmissen wie die Zeitung von gestern, und das mit einem unschuldigen Welpen. Vielleicht konnten wir beide eine Blindennummer auf der Straße abziehen. Vielleicht konnten wir uns mit Indianer-Joe zusammentun und im Freien schlafen und eiskälte Bäder im passenderweise Tijunga-Kack-Wash genannten Rinnsal nehmen und uns ein Bröckchen steinharte gelbe Kernseife teilen, die ihre letzte Schäumkraft schon vor Jahren eingebüßt hatte, falls sie je welche besessen hatte.

Scheiße.

Es war kein glücklicher Mann, der duschte, sich rasierte, die Haare shampoonierte und fönte und dann seine Freizeitkleidung anlegte.

Es war kein glücklicher Mann, der seine Tür abschloß, die Treppe hinunterstapfte und dann in seinen Nash Metropolitan stieg.

Es war auch kein glücklicher Mann, der wieder nach Studio City zurückfuhr, heim zu seiner Braut und seinem Hund. Ich wußte nicht, wie ich es King schonend beibringen sollte. Und da wir gerade dabei waren, ich wußte ebensowenig, wie ich es Evonne Louise Shirley schonend beibringen sollte. Vielleicht sollte ich es ihnen nicht sofort erzählen, überlegte ich. Zuerst sollten wir uns betrinken. Ich hatte King noch nie betrunken gesehen, ich freute mich schon ziemlich darauf. Ich hoffte nur, daß er nicht irgendwas Tuntiges bestellen würde, eine Flöte Weißwein mit einer Gurkenscheibe drin oder so was.

Zehntes Kapitel

> ... mit O-Bein und Hängeohr mich niemals hängen läßt,
> Viejo compadre stets von hier bis Santa Fé.

Es wurde dann doch noch ein erstaunlich netter Abend.

Die Schöne und das Biest waren ebenso erfreut, mich zu sehen, wie ich entzückt war, mit ihnen wiedervereint zu sein, und nachdem King und ich uns ausgiebig im Garten ausgetobt hatten, versammelten wir drei uns glücklich in der Küche, um dem Wein zuzusprechen, zu Abend zu essen und herumzualbern. Ich schnitt das Thema meines herannahenden Obdachlosen-Status gar nicht erst an, warum allen die Laune verderben? Ja, ein netter Abend – bis zu dem Augenblick, als ich verhaftet wurde. Aber es war V. D., nicht das LAPD, der zuletzt lachte.

Und so hatte sich die Sache zugetragen: Abendessen war vorbei. Desgleichen ein leicht zensierter Bericht meiner jüngsten Aktivitäten. Ebenso meine interessierte Untersuchung von Taffys Rassel, die sich als dreckiger, alter, ausgehöhlter, geschnitzter Tierfuß mit einer Serie von Bohrlöchern entpuppte, wo einst, wie ich mutmaßte, rasselnde Enden längst verblichener Lederriemen oder dergleichen gebaumelt hatten. Evonnes Theorie lautete, daß man ursprünglich das Hufende mit irgendeiner Substanz abgedichtet hatte, nachdem eine Handvoll, sagen wir mal, Kieselsteine hineingesteckt worden war, so daß die Löcher dem Zwecke dienten, den Klang herauszulassen. Kings Theorie lautete, daß all unseren Theorien zum Trotz das Ding letztlich ein Knochen war und darum ihm gehörte.

Jedenfalls waren Evonne und ich gerade auf ihrem alten Sofa verbandelt und sahen fern, als sie eine weitere Theorie äußerte – wäre es nicht schlauer, wenn ich den

Huf unter die Erde brachte, bevor wir ins Bett gingen, anstatt daß ich den Wecker stellte und mitten in der Nacht jeden (nämlich sie) aufweckte? Da doch alle Läden in meinem kleinen Einkaufszentrum spätestens gegen halb elf dicht machten, warum die Sache nicht kurz darauf erledigen?

»Warum nicht, in der Tat, meine Pfirsichblüte«, sagte ich und kraulte ihr den süßen Nacken genau so, wie sie es mochte, was ihr ein genüßliches Schnurren entlockte. »Übrigens, darf ich mir deinen tollen neuen Spaten borgen?«

Und so geschah es, daß King und ich kurz nach elf mein Büro betraten, ich nur die Schreibtischlampe einschaltete, die Haustür wieder verschloß und, bewaffnet mit einer robusten Drahtschere mit langen Griffen, meinen Kopf durch die Hintertür steckte und die Lieferantenzufahrt checkte. Alles war ruhig. Einen Meter fünfzig zu meiner Rechten begann der neue und höchst unakzeptable Zaun. Schnips-schnips! Schnips-schnips! Sechsmal im ganzen, an der Seite des Zaunpfahls entlang, schnips-schnips! Viermal am Erdboden entlang. Alles war immer noch ruhig. Ich verdrückte mich wieder ins Büro; King war in seiner Ecke geblieben, wo er wie befohlen Platz machte. Mir kam ein Gedanke. Soviel Zeit mußte sein: den wuchtigen Safe im Bad zu öffnen und die Schere hineinzulegen; die Safetür ließ ich angelehnt.

Ich schlich mich wieder hinaus. Ich bog die Ecke des Zauns zur Seite und quetschte mich hindurch – wobei ich nur einmal dagegenratschte – , diesmal mit Huf, Spaten und einem gut durchgekauten Tennisball bewaffnet.

Nach ungefähr fünf Metern hockte ich mich hin, grub ein Loch, machte den Huf dreckig, legte ihn ins Loch, füllte das Loch wieder auf und bettete dann Kings Ball zur Hälfte in der darüberliegenden losen Erde ein. Ich schaute mich zum zigsten Mal um – alles immer noch ruhig, bis auf den Verkehr, der draußen auf der Straße vorbeizog.

Dann hieß es wieder zurück durch den Zaun und zurück ins Büro, wo ich den Spaten verstaute, den Safe wieder abschloß und dann meinen Hund rief, einmal nur, und leise. Er kam mir entgegengesprungen, nur allzu bereit, bei seinem ersten nächtlichen Abenteuer loszulegen. Er folgte mir eifrig durch das Loch im Zaun. Ich tat dann so, als würde ich seinen Ball werfen und flüsterte: »King! Hol!«

Er holte. Er benötigte ganze fünf Sekunden, den Ball zu erschnüffeln und auszubuddeln, dann brachte er ihn mir stolz zurück und ließ ihn vor meine Füße fallen. Was für ein guter Junge. Dann ging ich in der Hocke bis zum Loch und grub den Huf aus, mit etwas Unterstützung durch den Hund. Als ich den Huf gerade an der ausgestreckten Hand hochhielt, wurde ich plötzlich von einem blendenden Scheinwerferlicht angestrahlt. Eine Stimme, die durch einen Lautsprecher kam, teilte mir unmißverständlich mit, auf der Stelle die Luft anzuhalten, Bursche, ich sei verhaftet. Ich hielt auf der Stelle die Luft an. King fing an, aufgeregt zu bellen. Ich sagte ihm, er solle auch auf der Stelle die Luft anhalten.

Eine Minute später sagte eine Stimme, die nicht durch einen Lautsprecher kam: »Okay, du kommst jetzt raus, aber langsam.« Ich kletterte langsam raus und hielt dabei Kings Halsband fest, dann richtete ich mich langsam auf, während der Scheinwerfer nachrückte, um mich in Schach zu halten.

»Guten Abend, Sir«, sagte ich. »Mein Name ist Victor Daniel, und ich kann alles erklären.«

»Streifenbeamter O'Connor«, sagte der Bulle. »Und den Spruch hab ich schon mal gehört. Bitte drehen Sie sich um.« Ich drehte mich um. Er klopfte kurz meine beiden Hosentaschen und mein Kreuz ab, während King interessiert mit dem Schwanz wedelte. Dann rief er seinem Kumpel im Streifenwagen zu: »Okay, mach ihn aus, Don.« Don machte den Scheinwerfer aus; der Bulle, der mich gefilzt hatte, steckte seine Waffe in den Halfter zurück, eine Spur widerwillig, wie mir schien. »Was ham Sie da?« erkundigte er sich dann.

»Keine Ahnung«, sagte ich. »Irgendeinen alten Knochen, den mein Hund ausgebuddelt hat.«

»Ach ja?« sagte er. »Was hatten Sie da überhaupt zu suchen, außer unbefugt ein Privatgrundstück zu betreten?«

»Das war so, Sir«, sagte ich. »Ich bin auf dem Nachhauseweg noch mal kurz vorbeigekommen, um ein paar Unterlagen zu holen, die ich vergessen hatte, dann mußte der Hund mal raus, also hab ich ihn hier hinten laufen lassen und verdammich, da seh ich doch, daß irgend jemand ein Loch in diesen nagelneuen Zaun geschnitten hat. War wahrscheinlich einer von den Alkies, die hier früher immer rumgehangen haben, dachte ich mir, einer der sauer war, daß er das Grundstück nicht mehr benutzen kann. Jedenfalls, King war sofort durch das Loch, bevor ich ihn zurückhalten konnte; ich will verdammt sein, wenn er nicht doch tatsächlich nach seinem alten Tennisball gesucht hat.«

»Ach ja?« sagte der Bulle, den die ganze Affäre zunehmend zu langweilen begann, wie ich erfreut bemerkte.

»Dann fing er an, wie wild zu buddeln«, sagte ich, »und kam auch nicht zurück, als ich ihn rief, darum mußte ich da wohl oder übel durchklettern – hab mir dabei übrigens meinen neuen Pulli aufgerissen –, und dem Köter hinterherjagen. Meine Fresse, ich weiß jetzt schon, daß mein Mädel mich umbringt, wenn sie den Ärmel hier sieht.«

Der Bulle blickte mich an, dann King, und sagte dann: »Haben Sie was dagegen, wenn ich mich mal bei Ihnen umsehe?«

»Aber nein, keineswegs, Sir«, sagte ich. Ich hielt ihm

die Tür auf, scheuchte dann King hinein und folgte ihnen. Der Bulle schaute sich flüchtig in meiner Kleinküche um, warf einen kurzen Blick in das ebenso kleine Klo, schlenderte dann in den Bürobereich und erfaßte auch dort das Ganze in Windeseile. Was gab's auch schon groß zu sehen? Es war halt ein Büro. Als er sich mir wieder zuwandte, hatte ich den Huf bereits diskret im Küchen-Waschbecken deponiert.

»Was sagten Sie, was Sie beruflich machen, Mr. Daniel?« fragte er nur mäßig interessiert.

Ich blickte ihn schamerfüllt an. »Verwenden Sie's nicht gegen mich«, sagte ich, »aber ich bin Privatdetektiv.« Der Bulle wieherte laut los. »Hören Sie bitte, Sir, was immer Sie tun, erzählen Sie bloß nicht dem alten Lou, Ihrem Sergeant auf dem Revier, daß Sie mich dabei erwischt haben, wie ich meinem Hund auf einem Privatgrundstück hinterhergerannt bin, der kriegt vor Lachen einen Herzinfarkt.«

Der Bulle lachte wieder und sagte dann: »Sie kennen Lou? Ich sag's nicht weiter, Kumpel.« Dann meinte er: »Ich will Ihnen mal was sagen. Sie besorgen sich ein Stückchen Draht, und dann fummeln Sie den Zaun da wieder zu, so gut es geht, und dann vergessen wir die ganze Sache.«

Ich dankte ihm überschwenglich und begleitete ihn nach draußen. Dann kramte ich nach einem Stückchen Draht und machte den Zaun wieder dicht, so gut es ging. Dann lachte ich, wenn auch etwas wehmütig. Die schlechte Nachricht besagte, daß es inzwischen zu spät war, um noch mal zu Evonnes sanften Streicheleinheiten zurückzukehren. Die gute, daß ich jetzt nicht nur einen Zeugen für Kings Fund hatte, sondern sogar einen waschechten irischen Bullen-Zeugen, heilige Maria und Joseph.

Ich schnappte mir Huf und Hund und fuhr nach

Hause. Und, von aller Welt verlassen – außer von meinem Hundchen –, wälzte ich mich auf meiner Einsiedler-Pritsche unruhig einen vollen Moment lang hin und her, bevor ich einschlief.

Ein Scherbenhaufen.

Ein Haufen Scherben.

Zerfledderte Puzzleteile, die irgendwie zum großen Puzzlespiel der menschlichen Existenz gehören sollen.

Tausend Teile und mehr, hübsch verstreut an der Peripherie einer ehemals großartigen Stadt.

Aus diesen Puzzleteilen, Amigos míos, besteht mein Leben, sehr ähnlich der Garderobe von Indianer-Joe. Ja, ich weiß, daß ich das schon mal gesagt habe, aber deshalb ist es noch lange nicht weniger wahr. Und viele der Teile sind langweilig, und viele andere sind dröge oder trivial, oder beides. Normalerweise mache ich mir nicht die Mühe, von den langweiligen Teilen zu berichten, weil sie nämlich langweilig sind, aber dieses eine Mal, damit Sie sich vielleicht eine Vorstellung davon machen können, wie ich meine Zeit verbringe, wenn ich nicht gerade mit Rockstars herumscharwenzele oder angeschossen werde – und barmherzigerweise geschieht beides ziemlich selten –, folgen nun ein paar Beispiele.

Mittwoch vormittag: Nachdem ich den Huf in der Schule vorbeigebracht hatte, stand ich in einem Türeingang und sah zu, wie nichts geschah. Mittwoch nachmittag, 14.00–17.30 h: Saß ich in einem Auto und sah zu, wie nichts geschah. Den größten Teil des Donnerstags: Einundzwanzig Leute erkannten *nicht* das junge Mädchen auf dem überbelichteten Foto, das ich ihnen zeigte. Den Rest des Donnerstags: Stellte ich vier verschiedenen Leuten vier Vorladungen zu, ohne auch nur einmal durchtrieben, verschlagen oder auch nur schlau sein zu müssen; ich mußte einfach nur klingeln und die Dinger aushändigen.

All diese Aufgaben erledigte ich übrigens für Mel the Swell. Vorletztes Beispiel: Den Freitag vormittag verbrachte ich damit, den Bericht über einen Verkehrsunfall auszufüllen und notariell beurkunden zu lassen, bei dem ich nicht nur kürzlich Zeuge gewesen, sondern auch blöd genug gewesen war, dies der darin verwickelten unschuldigen Partei zu sagen, zufälligerweise einem hübschen jungen Ding, das mich ein klitzekleines bißchen an June Allyson erinnerte.

Letztes Beispiel, und das langweiligste von allen: Freitag mittag: Erstand neue Lesebrille, weil meine alte einfach irgendwie völlig verschwunden war. Wie können Dinge so etwas tun? Wie können sie noch vor einer Minute auf Ihrem Kopf gesessen haben und sich in der nächsten unmittelbar in eine andere Dimension transportieren lassen?

Samstag nachmittag begannen die Dinge einen Tick lebhafter zu werden. Ich war im Büro und bereicherte gerade Mels Rechnung für erbrachte Dienstleistungen um die eine und die andere künstlerische Note, als Jerry, von Tom und Jerry, anrief und mir sagte, daß sie gerade zu Tex' Studio unterwegs waren, um ein paar Demotapes zu schneiden, und ob ich Lust hätte, mitzukommen? Ich sagte, klar, Mann, das gäbe mir Gelegenheit, mich ein bißchen umzusehen und sie auf den neusten Stand zu bringen.

Die Jungs fuhren ungefähr eine halbe Stunde später in ihrem gemieteten Fairlane vor und hupten einmal kurz. Ich griff mir den Ordner, den mir Tex geliehen hatte und der die Rechnungen und Verträge und all das enthielt, griff mir den Hund, und ab ging's nach Norwalk. Um von mir aus nach Norwalk zu gelangen, fährt man zuerst auf den Hollywood Freeway, der gleich südlich von meinem Büro verläuft, fährt weiter durch Hollywood, bis er Santa Ana Freeway heißt, und folgt ihm dann südostwärts durch Maywood, Commerce und Bell Gardens, und schon ist man da. Wenn Sie einen Wagen voll schreiender, übergewichtiger Kinder hätten oder einfach nur geistig zurückgeblieben wären, könnten Sie auch bis Knotts Berry Farm weiterfahren, oder, schlimmer noch, nach Disneyland.

Tom, der am Steuer saß, verließ schneidig an der Ausfahrt Bloomfield Avenue den Freeway, bog anschließend in den Alondra Boulevard ein und dann unmittelbar in eine kurze, namenlose Sackgasse, die vor dem Studio endete, wie man dem großen Schild über der Eingangstür entnehmen konnte, auf dem »Western Music, Inc.« stand, und parkte.

Während der Fahrt hatte ich den Jungs im einzelnen über meine Begegnung mit Dick und Annie Distler berichtet, die sich etwa so zusammenfassen ließ, daß ich die beiden klasse fand und daß sie wiederum nichts als Lob für Tex' Geschäftsethik übrig hatten. Mit anderen Worten, alles war bisher koscher, wie auch der Nachricht zu entnehmen war, die ich ihnen vor ein paar Tagen hinterlassen hatte. Sie schienen darüber nicht gerade unbändig begeistert zu sein. Ich fragte mich vorübergehend, ob sie wirklich den ganzen Streß, sich wieder zusammenzutun, auf sich nehmen wollten, in Anbetracht all der Arbeit und Ungewißheit, die dies beinhaltete – würde ich das wollen? Bloß, um wieder ganz oben zu sein, bergeweise Geld zu baggern, Stretch-Limos zu besitzen, die auf Pfiff anfuhren, vor lauter herrlichen Groupies in meinem Penthouse keinen Fuß mehr auf den Boden setzen zu können, und Johnny Carson, der auf der anderen Leitung wartete? Freunde der Musik, die Entscheidung überlaß ich euch.

Während die Jungs ihre drei Gitarren dem Kofferraum entnahmen, wässerte King die eine Seite einer nahegelegenen Mülltonne, und ich räkelte mich. Dann zückte Tom einen Schlüssel zum Studio, schloß auf, und wir traten der Reihe nach ein. Als erstes stellte er die Alarmanlage aus, dann knipste er ein paar Lichter an. Da heutzutage jeder weiß, wie ein Tonstudio aussieht, werde ich das von Jonesy nur flüchtig beschreiben: Gleich hinter der Tür befand sich ein kleiner, mit Teppichboden ausgelegter Empfangsbereich mit einem unbesetzten Metallschreibtisch und ein paar Sesseln. Durch einen Bogengang neben dem Schreibtisch gelangte man in einen wesentlich größeren Aufenthalts- oder Hobby- oder Abschlaff- bzw. Aufputschraum, nennen Sie ihn, wie Sie wollen, mitsamt Flipper, Poolbillard, einem Space-Invader-Spiel, einem Coca-Cola-Automaten und ausgewählten anderen Freizeitgeräten, die das umsichtige Management in der Hoffnung bereitgestellt hatte, daß die besuchenden Bands und deren Kumpel und Mädels und Roadies wenigstens dieses eine Mal die Bude nicht auseinandernehmen würden.

Eine schwere, schalldichte Tür mit einer Lampe darüber führte in den Regieraum, in dem das gewaltige Sechsunddreißig-Spur-Mischpult, selbst ungefähr von der Größe eines Billardtischs, etwa die Hälfte des verfügbaren Fußbodenareals einnahm. Den Rest verschlangen große Schnürsenkelmaschinen oder Spulentonbänder, die das Aufnehmen als solches bewerkstelligten, sowie zwei kleinere Ledersofas für die Kiebitze. Auf der anderen Seite des Boards war eine schalldichte Glaswand eingebaut, die den Blick in das eigentliche Tonstudio freigab. Durch eine weitere, riesige schallgedämpfte Tür mit automatischem Türschließer konnte man das Allerheiligste betreten, wohinein sich Jerry prompt begab, während Tom sich daran machte, das Mischpult zu aktivieren.

»Nett von dem alten Jonesy, euch Typen seine Bude zur Verfügung zu stellen«, sagte ich.

»Hhmmm«, sagte Tom. »Wir kommen uns auch vor wie Kinder im Süßigkeitenladen, echt. Ich selbst hab die

Theorie, daß er ein verkappter Musiker ist, er hängt andauernd hier rum. Wirst schon sehen, er wird nachher vorbeikommen, um zu gucken, was wir zwei Genies so in petto haben. Nee, Quatsch, was erzähl ich da, am Sonnabend kommen er und seine Alte ja immer nur kurz gegen Mittag reingeschneit, dann fährt er mit ihr zum Picknick ins Grüne raus.«

»Ähm, was habt ihr zwei Genies eigentlich genau in petto?«

»Wir wollen einen letzten Gitarren-Track overdubben«, sagte er. »Und dann, Mann, verstehste, overdubben wir noch ein paar Vocals.«

»Klingt cool, Baby«, sagte ich. »Kann ich helfen?«

»Kannst du Background singen?«

»Weiß nicht«, sagte ich. »Summ mir mal sicherheitshalber die ersten paar Takte von dem Song vor.«

Er schüttelte schmerzverzerrt den Kopf und ging das Spulentonband anschalten.

»Was ich machen könnte«, sagte ich, »wäre mich mal umschauen.«

»Na siehst du, das ist doch eine gute Idee«, sagte Tom. Er warf mir seinen Schlüsselbund zu. »Der kleine Schlüssel gehört zur unteren Schublade im Schreibtisch der Sekretärin. Und da drin findest du die Schlüssel für alles andere.«

»Dann erst mal cheerio«, sagte ich. Während ich mich entfernte, sagte Tom in das kleine Mikrophon, das aus der Mitte des Mischpults herausragte, irgend etwas in der Art, daß er Pegel bräuchte, Bruder. Ich fühlte mich nicht bemüßigt, weiter herumzuhängen und herauszufinden, was er ausgerechnet mit einem Pegel wollte – womöglich mal nachsehen, wie hoch der Wasserstand war und ob sich eine der Schallplatten verzogen hatte.

Ich sammelte die Schlüssel ein, sowie King, und sah mich dann überall gründlich um, wo es etwas anzusehen gab. Eine der Türen im Aufenthaltsraum, die weder gepolstert noch schalldicht war, führte zu einer Toilette; dort schaute ich mich um. Die andere führte auf einen Korridor, über den man zum Versandraum kam; auch dort schaute ich mich um. Soweit ich es beurteilen konnte, sah er genau wie ein Versandraum aus – Singles, LPs, Kassetten und CDs, alle fein säuberlich gestapelt und beschriftet, lagen auf Regalen, es gab große Rollen mit braunem Packpapier und jede Menge Klebeband und haufenweise Aufkleber für Päckchen und einen kleinen Schreibtisch mit einem Kasten für Post-»Eingänge« und -»Ausgänge«, eine zugedeckte Schreibmaschine und eine Frankiermaschine und einen Klammeraffen und, unter anderen Büroutensilien, ein dickes, ledergebundenes Hauptbuch, in das ich hineinlugte.

Darin fand ich, wie zu erwarten stand, die täglichen Eintragungen über erhaltene Aufträge, wie und zu welcher Zeit sie erfolgt waren, und von wem, mit einer Notiz, welche Bestellung im voraus bezahlt worden war, über die Größenordnung der betreffenden Summe und bezüglich der Zahlungsweise. Diesen Eintragungen gegenüber war verzeichnet, wann die Aufträge registriert worden waren, welcherart die Lieferung erfolgte und die Kosten derselben sowie die Gesamtsumme einer jeden Rechnung, wann die Rechnung fällig wurde und so weiter und so weiter. Ich muß schon sagen, das Ganze wirkte auf mich schon aufs langweiligste normal. Nicht, daß ich etwas anderes erwartet hätte, aber wenn Sie mein Stundenhonorar auf $ 2000 verteilen, dann kommen Sie auf eine bestimmte Anzahl von Stunden, und um mein Gewissen zu beruhigen, mußte ich diese Stunden schließlich damit verbringen, irgendwas zu tun.

Ich sah mich nach etwas um, was ich mir sonst noch ansehen konnte. Ich sah mir einen kleinen Arbeitstisch in der Ecke an. Daran klemmte ein Schraubstock, und darüber hing eine gelochte Hartplatte, an der ordentlich eine

Reihe von Werkzeugen befestigt war, darunter befanden sich zwei Ölkännchen. Ich schaute mir den Kleiderständer daneben an und gewahrte ein Paar schwerer Handschuhe, eine Lederjackenimitation, einen (angebrochenen) Sturzhelm und einen schmutzigen Schal. Die Indizien brauten sich nur so zusammen. Ich stieg über eine kleine tragbare Metallrampe und schloß die Hintertür auf, die ich sodann zur Seite schob, und steckte meinen Kopf ins Freie. Ein Schild neben der Aluminiumtür besagte: »Lieferantenzufahrt – Absolutes Halteverbot, Zuwiderhandelnde Fahrzeuge werden kostenpflichtig abgeschleppt. Städt. Verordnung Nr. 1227.« Also schloß ich wieder ab, sagte zu King, daß mir das Sicherheitssystem zufriedenstellend erschien, und damit hatte es sich. Was blieb mir noch zu tun, außer die Schlüssel zurückzulegen, was ich tat, und den Ordner mit Texens sämtlichen Unterlagen auf dem Schreibtisch der Sekretärin zu deponieren, was ich tat, zusammen mit einem Zettel, auf dem »Für Tex, von V. D., mit heißem Dank« stand? Da mir nur noch eine einzige entfernte Möglichkeit einfiel und mir das Telefon der Sekretärin ein Freizeichen entgegensummte, als ich abhob, um es auszuprobieren, rief ich die Arbeitsstätte meines Bruders Tony an, im Keller des LAPD-Archivs in der Innenstadt gelegen, nicht weit entfernt von Mels Büro übrigens. Es war jedoch nicht mein kleiner Bruder Anthony, mit dem ich parlez-vouen wollte. Das kam leider selten vor. Oder vielleicht gar nicht so leider, *quién sabe*.

Mit Tonys Boß Sneezy wollte ich sprechen, der sich mit ihm ein Zimmer teilte, jedoch genau am anderen Ende den Computer bediente. Sneezy erinnerte mich stark an den Erzfeind von Bugs Bunny, den kleinen Typen mit dem roten Haar und dem roten Schnurrbart, der immer und unweigerlich vor Wut kocht. Sneezy litt an einer unheilbaren Krankheit, was für meine Zwecke ein Glück war, weil sie dafür sorgte, daß er ständig pleite war. Für den Fall, daß einige unter Ihnen aus derart dürftigem Beweismaterial nicht kombinieren können, um welche Krankheit es sich dabei handelte – denn zugegeben, er hätte ja zum Beispiel auch ein eingeschworener Anhänger des Sports der Könige sein können, was ebenfalls dafür gesorgt hätte, daß er ständig pleite wäre –, nein, Sneezys Krankheit kam in Seide gehüllt daher, in Pelzen und in hauchdünnen Stoffen, die nach ihrem Abgang verweilende Spuren teurer Düfte hinterließen, oft französische Namen hatten und manchmal auch Gliedmaßen, die so atemberaubend lang und wohlgeformt waren, daß sie den stärksten Mann zu einem Klümpchen Wackelpudding reduzieren konnten. Sogar Samson. Selbst Samson, nachdem er nichts mehr sehen konnte, ich hab jetzt vergessen, warum. Ich glaube, er hatte irgendwas mit dem Gazastreifen zu tun, weil er da nämlich Delila zum erstenmal ohne Schleier gesehen hat.

Sneezy gab ihnen außerdem andauernd sein Ja-Wort; er hatte bestimmt schon so oft geheiratet wie Mickey Rooney. Wenn man's bedachte, war er auch genauso groß ... Erinnern Sie mich daran, bei Gelegenheit eine kurze Monographie über die Häufigkeit zu verfassen, mit der Zwerge heiraten, verglichen mit zuverlässigen, treuen, liebevollen Typen über, grob gesagt, einsneunzig. Jedenfalls stellte mich das Fräulein durch, und er grantelte mich mit »Archiv!« an.

»Hallo Sneezy!« sagte ich fröhlich. »Ich schon wieder. Ich geb dir mal ein Rätsel auf – was ist grün, ungefähr sechs mal fünfzehn Zentimeter groß, mit einem Porträt von Ulysses S. Grant drauf?«

»Ich will dir mal ein Rätsel aufgeben, Daniel«, sagte er. »Was hat dieselbe Größe, aber statt dessen mit einem Bild von Benjamin Franklin, der einen Drachen steigen läßt?«

»Hundert US-Dollar«, sagte ich. »Ein bißchen steil, was Kumpel? Du weißt ja noch nicht mal, was ich von dir will.«

»Was ersteres betrifft«, sagte er, »dann frag doch wen anders. Was letzteres betrifft, ich weiß schon, was du willst, nämlich das, was du immer willst.«

»Okay, okay«, sagte ich. »Gewonnen.« Und wenn schon – es war ja nicht so, als würde ich mein eigenes Geld ausgeben. »Der Name lautet L. R. Jones. Mögliche Pseudonyme Tex oder Jonesy.«

»Die Initialen«, sagte er. »Stehen wofür?«

»Bleib dran«, sagte ich. Ich schlug den Ordner auf und fand in einem der Verträge, was ich suchte. »*L* für Leonard, *R* für Richard«, teilte ich ihm mit. Ich gab ihm Texens Privat- und Geschäftsadresse.

»Bleib dran«, sagte er. Einen Augenblick später sagte er: »Die landesweite Suche ist gestartet, ich ruf dich zurück, wo bist du?« Ich nannte ihm die Nummer des Apparats, von dem aus ich gerade telefonierte, und legte auf.

Ich drehte Däumchen. Dann steckte ich meinen Kopf in den Regieraum hinein, um zu sehen, was da los war. Tom zischte mir sofort zu, ich solle still sein, dann sagte er seinem Partner, der sich vor einem Standmikrophon mit Kopfhörern in einer der Aufnahmezellen befand, noch mal auf Anfang zu gehen und auf seine Tonhöhe zu achten, bitte. Jerry vollführte eine bekannte, einfingrige Geste in unsere Richtung. Tom spulte das Masterband zurück, nahm wieder seinen Platz am Mischpult ein und gab dann Jerry das Zeichen zum Einsatz. Gitarrenmusik erklang. Ganz hübsch eigentlich, wenn man auf so was steht. Dann fing Jerry an, davon zu singen, wie er in Mosambik war nach dem Krieg und wie er am Strand dieses Teehaus fand, und an der Wand hing das Bild von einem Filmstern, ausgerissen aus der Zeitung von gestern.

Als ich mich auf Zehenspitzen hinausschlich, trällerte er gerade irgendwas von einem Papagei. Junge, Junge, dachte ich, wie diese Weicheier ein paar Texte mit einem bißchen Schmackes gebrauchen könnten. Ein paar Minuten später rief Sneezy zurück.

»Null«, sagte er, »über deinen Klienten bundesstaatenweit.«

»Ich bin unüberrascht«, sagte ich.

»Null«, sagte er, »über deinen Klienten landesweit.«

»Und wahrscheinlich null über meinen Klienten interpolweit, was wahrscheinlich die Mühe nicht wert ist«, sagte ich. »Danke trotzdem, Sneezy. Dein Geld ist in der Post.«

»Bring mich bloß nicht zum Lachen, Daniel«, sagte er. »Ich hab heut schon mal gelacht.«

»Nicht doch! Du meine Güte! Ich wette, das war, als du erfuhrst, daß deine Traumfrau, Miss Zsa Zsa Gabor, verhaftet wurde, weil sie einem armen, wehrlosen einsachtzig Meter großen Verkehrsbullen ein blaues Auge gehauen hat.«

»Nein«, sagte er. »War es mitnichten. Es hatte mit Miss Gabor rein gar nichts zu tun. Meine zweite Frau hat sich gerade von ihrem dritten Mann scheiden lassen, nach vier Wochen Eheglück.«

»Ich kann beim besten Willen nichts daran finden, was auch nur annähernd amüsant wäre«, sagte ich. »Tragisch würde ich es nennen.«

»Man sieht doch sofort, daß du noch nie verheiratet warst, Daniel«, sagte er. »Ach ja. Da wir gerade von Ehefrauen und anderen Kulturkatastrophen sprechen, dein Klient hat auch eine. Und rate mal, was sie hat?«

»Ein Vorstrafenregister so lang wie eine Platte von den Carpenters?« schlug ich hoffnungsvoll vor.

»Einen Querverweis«, sagte er. »Das ist eine neue Funktion, die wir gerade erst richtig in Betrieb genommen haben. Sie greift bei Ähnlichkeiten von Täterprofilen; Mehrfachnennungen bei Decknamen, Adressen, Führerschein, was du willst.«

»Klingt gut«, sagte ich. »Gratuliere. Und worin besteht, oder sollte ich lieber sagen, wohin deutet, ohne allzuviel deiner teuren Zeit in Anspruch nehmen zu wollen, Mrs. Jonesys Querverweis?«

»Zeugin bei einem Todesfall«, sagte er. »Interessiert?«

»Mäßig«, gab ich zu. »Wenn man bedenkt, wieviel ich dir dafür zahle, kannst du mir auch genausogut nächster Tage einen Ausdruck über alles schicken, was du darüber gespeichert hast, bitteschön. Tony hat meine Adresse, falls er sie dir gibt.«

»Geht klar«, sagte er. »Kein Grund zur Panik.« Er legte auf. Und ich auch.

Zeugin bei einem Todesfall, dachte ich. Was bedeuten könnte, daß sie zugesehen hatte, wie ein altes Ömchen im Farmer's Market auf einer Kiwischale ausgerutscht war und ihren Geist unter einem Auberginenstand aufgegeben hat, was nicht besonders nützlich wäre, soweit es Tom und Jerrys Zwickmühle betraf. Immerhin, besser als gar nichts, soweit es mich und mein Gewissen betraf.

Ich ging wieder rein. Jerry sang immer noch von diesem Papagei. »Ein schlafender Papagei, der Papageien-Träume träumt . . .«

Ich, V. D., bin der festen Überzeugung, daß Papageien nicht träumen. Ich weiß, daß Hunde träumen, denn ich habe King schon beobachtet, wie er grinste und mit dem Schwanz wedelte, während er von Miezen-McNuggets und Friskies mit Katzengeschmack geträumt hat. Aber Papageien – was wäre das erste, was ein Papagei täte, wenn er aus einem Traum erwacht? Sie zu Tode langweilen, indem er Ihnen seinen Traum erzählt, wie alle Träumer, und da es keinen schriftlich belegten und amtlich verifizierten Fall gibt, in dem ein Papagei jemals seine Träume geschildert hat, lautet meine Schlußfolgerung, werte Geschworene, daß Papageien nicht träumen.

Elftes Kapitel

Tampa (Florida) – Nogales; man wollte, daß ich liefer
Bei Monterrey einem Señor . . . Na, egal.

Erst am folgenden Dienstag kamen die Ereignisse langsam ins Rollen. Das einzige, was die Tage davor aufleben ließ, war ein Augenblick brennender Ekstase an dem Sonntagabend, als Evonne Louise Shirley und ich nun endlich doch noch – aber das ist eine andere Geschichte, und was für eine.

Ich saß nach dem Mittagessen in meinem Büro und lutschte einen Pfefferminzbonbon, als das Telefon klingelte und mein Anrufer sich nicht nur als offizieller Mitarbeiter der Pussycat Co. entpuppte, sondern auch noch als einer seiner Teilhaber/Geschäftsführer, ein Mr. Saul Gall. So stellte er sich jedenfalls vor. Ich stellte mich als V. Daniel vor. Mr. Gall wollte wissen, ob ich in irgendeiner Form für den kuriosen Phantasieanfall verantwortlich sei, den er da in der Hand hielt.

»In einer kleinen, bescheidenen Weise, Sir, bin ich dafür mitverantwortlich«, antwortete ich, »falls Sie damit die absolut legale, vorläufige einstweilige Verfügung meinen bezüglich der Einstellung sämtlicher Bauarbeiten auf einem gewissen Grundstück. Das, wie der Zufall es will, nicht weit von meiner bescheidenen Arbeitsstätte gelegen ist.«

»Nein, ganz und gar nicht weit«, sagte Mr. Gall, »da man Ihrer Adresse entnehmen kann, daß es direkt an Ihr Büro angrenzt.«

Woraus Sie schließen können, daß trotz der Abwesenheit aufregender und packender Ereignisse während des langen Wochenendes – mit der einen, bereits erwähnten Ausnahme – im Fall *V. D. vs. P. C.* Fortschritte erzielt worden waren. Aufgaben waren angepackt, Botengänge erledigt, Sendungen zugestellt worden. Alle noch zu bewältigenden Schritte, die ich bereits weiter vorn aufgeführt habe, waren erfolgreich in die Tat umgesetzt worden – den Papierkram von Taffy zu Evonne zu mir zu Mel zu einem Richter für Zivilsachen zu befördern, und dann zurück an mich, zusammen mit der frisch unterzeichneten gerichtlichen Verfügung, von der Kopien, zusammen mit einem letzten Addendum meinerseits, ordnungsgemäß auf ihren eingeschriebenen und per Expreß zugestellten Weg an Mr. Gall gegangen waren.

Das von mir hinzugefügte Dokument stellte lediglich eine Einladung zu der bevorstehenden Pressekonferenz dar, im Wortlaut:

An alle besorgten Bürger und Eltern in North Hollywood:

Ihre Anwesenheit ist am Freitagabend dieser Woche um achtzehn Uhr erwünscht, unter der oben genannten Adresse (meiner), um den beantragten Bau eines nicht jugendfreien Filmtheaters auf dem zur Zeit leerstehenden Terrain an der südwestlichen Ecke der Kreuzung von Orange Boulevard und Victory Boulevard zu diskutieren, möglichst im Beisein des putativen Bauherrn beziehungsweise eines Repräsentanten desselben. Vertreter der Presse, des Klerus, der Polizei, der örtlichen Bürgerinitiativen, der Juristengilde und, ganz besonders wichtig, ein Mitglied der Kalifornischen Historischen Gesellschaft, werden anwesend sein. Zwei Abgeordnete der nahegelegenen Wade Dean High School haben ebenfalls ihre Teilnahme zugesagt.

Vielen Dank.

Und vergessen Sie nicht, wie William Jennings Bryan es so treffend formulierte:

»Der bescheidenste Bürger . . . gewappnet mit der Rüstung einer gerechten Sache, ist stärker als alle Heerscharen des Irrtums.«

»Also was wird hier gespielt, Daniel?« sagte Mr. Gall als nächstes. »Ich meine, ich kann ja lesen, und was ich hier lese, ist, Zitat: ›Entweihung einer religiösen Kultstätte, eines religiösen Bauwerks und/oder anderer dergestalter Liegenschaften‹ fein säuberlich unter der Rubrik ›Gründe für den Antrag‹ getippt, aber was bedeutet das?«

»Die Pressekonferenz wird alles offenbaren«, sagte ich. »Ich hoffe, Sie haben unsere Einladung erhalten.«

»Ja, ich hab sie erhalten«, sagte er. »Keine Bange, die Heerscharen des Irrtums werden da sein, als Streitmacht.« Sprachs und knallte den Hörer auf. Hat man Töne! rief ich aus. Gallig der Name, gallig das Temperament, King. Der Hund stand auf, kam zu meiner Seite des Schreibtischs herum, holte sich die Streicheleinheit, die er haben wollte, legte sich dann wieder hin und kaute inbrünstig seinen Tennisball durch. Ich suchte mein Adreßbuch heraus und fing an, am Telefon in Aktion zu treten; da Mr. Saul Gall definitiv sein Erscheinen zugesagt hatte, war es an der Zeit, die restlichen Teilnehmer zusammenzutrommeln, was sich in einigen Fällen als Kinderspiel erwies, in anderen weniger.

Das Wochenblatt aus der Nachbarschaft, das *City Citizen*, in dem ich hin und wieder eine bescheidene Anzeige schaltete, versprach mir, einen ihrer eifrigsten Grünschnäbel vorbeizuschicken. Mel sagte sein Kommen zu, und zwar hallo. Ebenso mein Vermieter Elroy. Marv war gerade unterwegs, Gesetzesbrecher jagen, aber ich hinterließ ihm eine Nachricht mit den Angaben wann, wo und warum, und da er mir einen Gefallen schuldete, war ich mir ziemlich sicher, daß er aufkreuzen würde. Taffy Chandler sagte, daß er es gar nicht abwarten könne, offen gestanden. Evonne Louise Shirley war bereits vorgewarnt worden, sich den Freitagabend offenzuhalten, für alle Fälle. Ein kurzer Anruf bei Pater Romero, und er war mit von der Partie; er versprach außerdem, ein Ersatz-Bäffchen mitzubringen. Dann erreichte ich Benny den Jungen, nachdem ich drei verschiedene Nummern ausprobiert hatte, was dem Normalmaß entsprach, wenn man ihn erwischen wollte; er meldete sich schließlich im Apartment des Managers in einem der Häuser, die er in Anaheim besaß. Nicht unter seinem eigenen Namen, selbstredend. Sondern unter dem Namen einer Firma auf den Cayman-Inseln, ebenfalls selbstredend. Erinnern Sie mich, Ihnen bei Gelegenheit von den Vorzügen zu erzählen, Immobilien in den Vereinigten Staaten zu besitzen, die irgendeiner Offshore-Firma gehören, Freunde; Ihre glänzenden, blutunterlaufenen Augen werden vor lauter neiderfüllter Verzweiflung nur so aus den Sockeln treten, so wie meine es taten, als Benny mir damals, als ich einmal im Krankenhaus lag, davon erzählte. Ich weiß zwar nicht mehr, weswegen ich drin war, aber Mumps wird's nicht gewesen sein.

Ich fragte also Benny, wie es ihm ging. Er sagte gut, und mir? Ich sagte gut, wie ging's seinem Mädchen? Er sagte, ihr ging's gut, und meinem Hund? Ich sagte, es ginge ihm gut, Evonne auch, Sara auch, und allen anderen, die ich in der großen weiten Welt noch so kannte, und fragte ihn, welche Beffchengröße er hätte.

Er gestand mir, daß er es nicht wußte, da er keine Ahnung hatte, was ein Beffchen sei. Ich sagte, ich hoffte, ein Beffchen wäre so eine falsche Hemdbrust mit einem daran befestigten Kragen, wie diese Priester-Typen sie immer trugen. Er sagte oh. Dann fragte er warum. Ich sagte ihm warum; er sagte, selbstmurmelnd, Victor, ich werde da sein, und legte auf. Wer sagt's denn, dachte ich im stillen, wir sind voll auf der Rolle, heute geht der Bär ab, Baby. Wer fehlte noch? Niemand außer Indianer-Joe – der morgen früh vorbeikommen wollte, und wenn ich nicht da wäre, dann übermorgen früh – sowie S. (die Schaurige) Silvetti, die ich unverzüglich anwählte. Also schön, ich hab sie nicht angewählt, wenn Sie unbedingt kleinkariert sein wollen, ich hab ihre Nummer angewählt.

Sie war da; sie war ja immer da, wie es schien; eigentlich könnte man meinen, daß sie zumindest hin und wieder mal die Wohnung verließ, um Streifzüge durch welkes Herbstlaub zu machen und Friedhöfe heimzusuchen und sich unglücklich in Anarchisten mit Baskenmützen zu verlieben und sogar im Sommer ein langes Cape zu tragen und alte Kerzenstümpfe in gebrauchte Chiantiflaschen zu stecken, und was es sonst noch so an poetischer Freizeitgestaltung gab.

Sie war völlig aus dem Häuschen, von mir zu hören, obwohl sie vergebens versuchte, die Tatsache hinter ihrem üblichen Sperrfeuer aus Beleidigungen, obszöner Wortwahl und unverlangten Anspielungen auf derlei nichtige Dinge wie mein Alter, meine welkende Schönheit, meinen Mangel an Modebewußtsein und so weiter und so weiter zu kaschieren. Sie konnte wirklich – und war es in der Regel auch – so lästig sein wie die Behandlung bei einem mexikanischen Dermatologen zwecks Entfernung eines Leberflecks.

Als sie endlich Pause machte, um Luft zu holen, oder vielleicht auch nur, um ihren Federkiel zu wetzen, hub ich an.

»Freitag«, sagte ich, »siebzehn Uhr dreißig, in meinem Büro; auf diese Weise haben wir eine halbe Stunde Zeit zum Üben, bevor das Treffen anfängt.«

»Um was zu üben?« fragte sie mißtrauisch. »Und was für ein Treffen, Anonyme Alkoholiker, oder in deinem Fall besser gesagt, Stadtbekannte Säufer?«

»Ein Treffen besorgter Bürger, darum geht's.«

»Worüber besorgt?«

»Besorgt darüber, daß die Pussycat Adult Cinema Co. ein neues Pornokino direkt neben meinem Büro hinstellen will«, sagte ich.

»Und du bist wahrscheinlich darüber besorgt, daß sie dich nicht umsonst reinlassen«, sagte sie. »Und was soll ich deiner Meinung nach dagegen tun, willst du, daß ich vor dem Baugerüst demonstrieren gehe? Kommt überhaupt nicht in die Tüte.«

»Ich will, daß du die anspruchsvolle Rolle der Präsidentin der christlichen Schülerinitiative in der Wade Dean High School übernimmst. Da es sich bei der Präsidentin der christlichen Schülerinitiative der Wade Dean High School um ein Mädchen handelt, wirst du leider einen Abend lang deine Männertracht ablegen müssen. Und da sie eine Schülerin der High School und, sagen wir, maximal achtzehn ist, wirst du wie eine High-School-Schülerin von maximal achtzehn Jahren aussehen und dich auch so aufführen müssen. Den Rest erklär ich dir, wenn du Freitag hier bist, atschö.« Und ich legte auf.

Für den Fall, daß sich einige unter Ihnen milde fragen, was sie überhaupt in Männerklamotten zu suchen hatte, darf ich erwähnen, daß ich sie einst in einer müßigen Minute auf ebendieses Thema angesprochen hatte, und zur Antwort einen Haufen Stuß über irgendeinen Heini namens George Sand, und irgendeinen George Eliot, wer immer der nun wieder war, zu hören bekommen hatte; versuchen Sie sich selbst einen Reim drauf zu machen.

Auch der Briefträger ließ diesen Dienstag aufleben, ein ziemlich einmaliges Ereignis. Gewöhnlich war meine Post so langweilig, daß ein Kündigungsschreiben der Angebeteten etwas war, worauf man sich noch freuen konnte. Zumindest versuchte mir diese Post nicht für viel Geld, das ich nicht hatte, irgend etwas zu verkaufen, was ich nicht wollte. Ein Tip: Wenn ein frankierter Umschlag mit Rückadresse beiliegt, tun Sie den Schrott einer anderen Firma hinein und schicken Sie ihn zurück, das mach ich jedenfalls immer.

Wie dem auch sei. Von Sneezy kam ein ganzes Bündel Seiten. Mehr oder weniger in Umgangssprache übersetzt, lauteten die Fakten in dem Fall, in den Jonesys Alte verwickelt war, mehr oder weniger folgendermaßen:

Sie, Mrs. Leonard Richard (Mary) Jones (*née* Clark; mit Adressenangabe) und ein Freund, ein gewisser Jonathan E. Flint (mit Adressenangabe), waren am Sonntag, dem 14. März 1989 um 23:10 in einem 2-tür. BMW vom Alameda-Theater zum Tonstudio Western Music, Inc. (mit Adressenangabe) unterwegs gewesen, wo Mr. Flint seinen Wagen abholen wollte, den er dort stehengelassen hatte, und von wo aus Mrs. Jones ihren Mann nach Hause fahren wollte (mit Adressenangabe), da sein Wagen wegen Reparaturarbeiten in der Werkstatt stand.

Auf der Höhe Achte Straße–Ecke Berendo, als sie an einem Stoppschild halten mußten, steckte ein bislang nicht identifizierter männlicher Schwarzer, ca. 1.80, ca. 25–30 Jahre alt, in schwarzer/dunkler Regenjacke, schwarzer Wollmütze und Rundum-Sonnenbrille auf einem Motorrad seinen Arm in offenes Wagenfenster und richtete Pistole gegen Mr. Flints Kopf, wobei er Herausgabe von Mrs. Jones' Handtasche, Uhr, Halskette, sodann Mr. Flints Brieftasche, Ring und Uhr forderte. Alle Gegenstände wurden wunschgemäß überreicht.

Dann machte Mr. Flint offenbar eine drohende Geste oder eine abfällige Bemerkung (oder beides). Ein Schuß wurde abgefeuert. (Details über Eintrittswinkel, präzise Endposition der Kugel in Medulla oblongata, oder den vollständigen Bericht des Gerichtsmediziners, auf Anfrage.) Tod trat fast unmittelbar ein. Täter schlug dann Mrs. Jones auf die rechte Schläfe, sagte ihr, sie solle sich die nächsten fünf Minuten nicht vom Fleck rühren, warf dann seine Maschine an, bog links in die Berendo ein, und verschwand außer Sichtweite. Mrs. Jones wurde später unter Schock und in verwirrtem Zustand von Streifenbeamt. T. Tasely und Sgt. Brav in ihrem LAPD-Fahrzeug Fox Victor Fox auf Bürgersteig entdeckt, um 23:27 auf anon. Anruf hin, den sie 23:22 erhalten hatten.

Es folgte ein ganzer Wust zusätzlicher Berichte und Protokolle von anschließend geführten Vernehmungen, insgesamt war so viel zusätzlicher Papierkram dabei, daß ich kurz, aber ernsthaft erwog, Sneezys Honorar um weitere fünfzig Scheinchen aufzupolieren. Ein paar Auszüge: Eine Notiz der ballistischen Abteilung besagte, daß die Kugel wahrscheinlich aus einer Hausmacherknarre – d. h. einer selbstgebastelten Faustfeuerwaffe – abgeschossen worden war, was Altmodischeres gibt's ja wohl kaum.

FUSSNOTE: Hallo, Kinder! Habt ihr Lust, euch an einem verregneten Nachmittag eure eigene, echt altmodische Hausmacherknarre zu basteln? Wofür ihr nur ein Stückchen von einer Autoantenne braucht, die ihr mühelos bei eurem Alteisenhändler um die Ecke klauen könnt, die Feder einer Wäscheklammer sowie ein paar andere, leicht zu beschaffende Haushaltgegenstände? Minimales Können Voraussetzung! Wenn ihr mit einer Metallsäge umgehen könnt, dann kriegt ihr so ein Ding puppenleicht zusammen, Kids. Verfeuert normale Kleinkaliberpatronen. Beste Ergebnisse garantiert! Schickt mir nur die einmalige niedrige Bearbeitungsgebühr von $ 10, und ich tu euch noch am selben Tag die Pläne in die Post. Aber aufgepaßt – solltet ihr unter sechzehn sein, verlangt das Bundesgesetz der Vereinigten Staaten, daß ein Elternteil oder Vormund beziehungsweise euer Bewährungshelfer den Antrag unterschreibt.

In Anbetracht des obigen: Ich finde es fürchterlich, wie die alten Kunstfertigkeiten allmählich aussterben, ihr nicht auch, Oldtimer? Dieses mühsam erworbene Wissen, das einst so stolz von Generation zu Generation weitergegeben wurde? Welches Kind weiß denn heute noch, wie man eine Stinkbombe baut oder wie man eine Bombe aus einer leeren Prince-Albert-Tabaksdose mit den Köpfen einer großen Schachtel Zündhölzer herstellt? Und da wir gerade von Zündhölzern sprechen, mit einem Taschenmesser und einer hölzernen Wäscheklammer könnt ihr euch innerhalb von fünf Minuten eine kleine Pistole basteln, die die Streichhölzer nicht nur auf euren Bruder abschießt, sondern die sich sogar vorher noch selbst anzünden. Ach ja, die alten Künste sind eindeutig im Aussterben begriffen ... ein Auto mit einem Kleiderbügel öffnen ... Automaten knacken ... Wagen kurzschließen ... Dokumente fälschen ... ohne Risiko kleinere Gegenstände im Laden mitgehen lassen ... der Softdrink-Trick ... wie man mit den Operngläsern Geld verdienen kann, die viele große Theaterhäuser für die Abendvorstellung verleihen ... der angemessene Preis, den man von einem anderen Kind dafür verlangt, daß man es durch den Hintereingang ins Kino reinläßt ... die Gaze-Tür-Nummer ... drei lustige und eine gefährliche Sache, die man mit einer Coca-Cola-Flasche anstellen kann ... Ma Bell einen Streich spielen, indem man in der Telefonzelle einen Kaugummi an die Münze klebt, damit sie nicht durchfällt ... Genug! Ich muß »genug!« schreien, bevor mir die Tränen ein paar abgenutzte Furchen an einem Paar ebenso abgenutzter Wangen entlangrinnen.

Weiter im Text. Sneezys Sendung enthielt außerdem: Im Bericht des Sergeant Brav die Information, daß Mrs. Jones um 23:52 in der Notaufnahme des Marsden-Krankenhauses wegen Schock und möglicher Gehirnerschütterung behandelt worden war und sich vom diensthabenden Doc ihre Wunde hatte verarzten lassen, sodann um 0:24 Uhr ins Studio zurückgekehrt war. Anwesend im Studio – 4 Mitglieder einer Band namens »Meal Ticket« (mit Namen- und Adressenangabe), ein Toningenieur (dito) und Mr.

L. R. Jones, die sich offenbar alle seit 19:20 ununterbrochen auf dem oder nahe beim Gelände aufgehalten hatten. Ferner im Bericht des Sergeant Brav: Die von Mrs. Jonathan E. (Deborah) Flint (*née* Smith) in ihrem Haus anschließend aufgenommene Aussage, in der sie angab, keinerlei Kenntnis über etwaige geschäftliche Sorgen zu haben, die Mr. Flint belastet haben könnten, und des weiteren, daß zwischen ihr und ihrem Mann keinerlei Eheprobleme bestanden hätten. Die einzige Lebensversicherung, die in seinem Namen existierte, war eine acht Jahre alte Police seiner Firma über $ 50.000, in der in jüngster Zeit keine Änderungen vorgenommen worden waren.

Außerdem: Beigefügte Bluttests ergaben einen Alkoholspiegel von 0,4 Promille beim Verstorbenen – ungefähr zwei Drinks – und 0,2 bei Mrs. Jones.

Und was sagt uns das alles, fragte ich mich?

Nicht viel, auf den ersten Blick, außer daß einem angesichts der brutalen und scheinbar beliebigen Vorgehensweise des Ganzen vorübergehend schlecht werden konnte. Und wozu? Wer schleppt heutzutage schon einen Haufen Bargeld mit sich rum? Nur Typen wie Phil und Ted. Und wenn man eine Halskette, einen Ehering und ein paar Uhren zur Pfandleihe bringt, wird man dabei auch nicht gerade reich. Mit einer Handvoll Kreditkarten könnte man eventuell ein bißchen was anfangen, vorausgesetzt, man würde sich ein paar Stunden enorm anstrengen, aber mitten in der Nacht? Was für eine Verschwendung.

Ich wurde vor weiteren Gedanken über Sterblichkeit und die Wankelmütigkeit des Schicksals, die Vergänglichkeit der Dinge und dergleichen durch die Ankunft von Indianer-Joe bewahrt, der sein übliches zögerliches Kratzgeräusch an meiner Bürotür machte. Ich hieß ihn überschwenglich willkommen. Ebenfalls sein alter Kumpel King. Nachdem ich seine Gesamterscheinung eingehend geprüft und ein paarmal an ihm geschnuppert hatte, beschloß ich, daß er eventuell zur Not einen Laden mit Armee-Restbeständen betreten könnte, ohne gleich wieder rausgeschmissen zu werden, also gingen wir einkaufen, worauf ich mich nicht sonderlich freute. Ich meine, welcher Mann geht überhaupt gern Klamotten einkaufen, geschweige denn für jemand anderen, geschweige denn für einen indianischen Alkie.

Es wurde dann nicht ganz so schlimm wie befürchtet; wir bekamen alles, was wir brauchten (aber nicht alles, was er wollte) in nur zwei Geschäften, einmal bei »Sergeant York's« Ausschußware auf dem Ventura Boulevard, die Mokassins – sowie ein Paar weißer Socken, eine Zugabe meinerseits – bei einem Rabattladen nebenan. Zum Glück kannte Joe alle seine Konfektionsgrößen, da sich die Verkäufer in beiden Etablissements strikt geweigert hätten, den armen alten Joe in seinen zerrissenen alten Pullis und sockenlosen Füßen irgendeins ihrer Produkte anprobieren zu lassen. King profitierte von unserem Ausflug in Form eines neuen, super-harten Gummiballs; das einzige, was für mich dabei heraussprang, war eine Rechnung über $ 82.83, unglaublich.

Als wir wieder im Büro waren, äußerte Joe das Bedürfnis, sich in seinem neuen Hofstaat aufgebrezelt zu sehen. Ich sagte okay, aber hinterher müsse er sich leider wieder entbrezeln, denn um meine Investition zu schützen, würde ich den Krempel bis zum großen Tag *chez moi* aufbewahren, danach könne er damit und darin tun und lassen, was er wollte. Also flitzte Joe mit seinen Päckchen in die Küche, glücklich wie ein kleiner Junge an Heiligabend nach der Bescherung. Und ich muß schon sagen, er sah wesentlich besser aus, als er wieder herauskam, obwohl er sein Hemd falsch herum zugeknöpft hatte. Er korrigierte das. Ich bat ihn, auch noch den obersten Knopf zuzumachen, weil das irgendwie indianischer wirkte. Er tat es. Und als er das perlenbestickte Stirnband anlegte ($ 6.00!), sah er doch wahrhaftig aus wie ein echter Abkömmling des mächtigen Crazy Horse persönlich.

Nachdem Joe mit extremem Widerwillen wieder seine alten (im doppelten Wortsinn) Sachen angezogen hatte, steckte ich ihm ein bißchen Taschengeld zu, ermahnte ihn, am Freitag nachmittag um fünf ohne Fehl im Büro zu erscheinen, dafür aber mit Rasur und gewaschenem Haar, und dann schlurfte er davon, mit seiner Decke über der Schulter, was für traurigen Abenteuern auch immer entgegen. Kurz darauf schlurften King und ich nach Hause. Ich wußte, welche Art von Abenteuer mir an diesem Abend bevorstand, es sollte ein musikalisches Abenteuer werden, dem ich mit gemischten Gefühlen entgegensah. Nein, es handelte sich dabei nicht um eine zweitklassige Tingel-Truppe, die *La Traviata* in der griechischen Originalfassung vortragen wollte, denn da wären meine Gefühle nicht im geringsten gemischt gewesen. Rick sollte bei einer der Country-Gruppen aus der Stadt einspringen, und natürlich würden Tom und Jerry so ganz nebenbei mal aufkreuzen und rein zufällig ihre Klampfen dabeihaben, na so ein Glück! Meine gemischten Gefühle wurden auch nicht durch den Gedanken an die Musik hervorgerufen, Gott bewahre, ich war ein eingefleischter Countryfan und mochte Rick und Tom und Jerry. Nein, Frauen waren die Ursache meiner emotionalen Aufgewühltheit, nicht zum ersten, und extrem unwahrscheinlich zum letzten Mal. Es war nämlich so, daß mein Herzblatt Evonne v. V. D. (vor Victor Daniel) schon mal einen heißen Schwarm gehabt hatte, wie sie einst in einer fortgeschrittenen *noche* hatte anklingen lassen, als wir in ihrem Apartment zu süßen und sentimentalen Klängen tanzten, mit nichts als einem Laken bekleidet, das um uns beide geschlungen war. Besagter Schwarm hatte bei ihrem College-Abschlußball gespielt. Sie hatte zum erstenmal ein Abendkleid getragen, aus blaßblauem Chiffon, mit Puffärmeln und einem tiefen Ausschnitt. Eine weiße Kamelie war dort festgepinnt, wo Kamelien immer festgepinnt werden. Ein blaues Samtstirnband bändigte ihre blonden Locken; lange weiße Handschuhe mit unzähligen Knöpfen betonten ihre zarten Finger und schlanken Arme; aufreizend offene Schnürsandalen mit hohen Absätzen zierten ihre rastlosen Füße. Ihr Parfüm bestand aus ein paar Spritzern White Shoulders ihrer Mutter, wie sie sich noch verträumt entsann.

»Ich wette, du warst sogar schon damals umwerfend«, sagte ich beim Tanzen.

»War ich nicht«, sagte sie. »Ich hatte Pickel. Sie haben mich Streuselkuchen genannt.«

»Nicht doch!«

»Wirklich.«

»Wann hast du gemerkt, daß du eine Wucht bist?«

»Zum ersten Mal, als du es mir gesagt hast, mein Traummann«, sagte sie.

»Wie wunderbar du lügen kannst«, sagte ich.

»Und du? Hattest du Pickel?«

»Nein.«

»Das eine oder andere Furunkel in der Nackengegend?«

»Nein.«

»Akne?«

»Nein. Alles was ich je hatte, war zuviel Größe.«

»Erleichtert aber die Suche nach dir im Bett immens«, sagte sie.

»Wer versteckt sich?« sagte ich.

»Wann hast du angefangen, dich als Riese wohlzufühlen?«

»Morgen fang ich damit an.«

»Mein Gott!« sagte sie plötzlich. »Ich wette, daß ich es noch habe!«

»Das Laken rutscht runter«, sagte ich. »Sei bitte etwas vorsichtiger. Was hast du noch?«

»Sein Autogramm!« Sie warf sich das erste Kleidungsstück über, das ihr in die Finger kam – mein Hemd – und lief in den Flur, wo sie begann, im Flurschrank herumzuwühlen. Und dort, in einem Pappkarton, zwischen anderen verblichenen Souvenirs vergangener Jahre, fand sie schließlich ihr altes Autogrammbuch. Hastig blätterte sie die vielfarbigen Seiten durch, und da war er, hingegossen mit manch einem Schnörkel und Kringel und kalligraphischem Schwung – der Name des Übeltypen Jerry, und zwar in grüner Tinte.

Daher die eine Hälfte meiner gemischten Gefühle – wie würde sie sich verhalten, wenn sie ihrem Romeo nach so vielen Jahren wieder gegenüberstand? Selbstverständlich besaß sie jede Schallplatte, die Tom und Jerry je aufgenommen hatten, oder früher jedenfalls. Und nachdem sie herausgefunden hatte, daß ich ihn nicht nur kennengelernt hatte, sondern wir auch zügig drauf und dran waren, gute Kumpel zu werden, können Sie sich ja vorstellen, wie sehr sie mich bearbeitete, bis ich ihr versprechen mußte, daß ich sie zusammenführen würde. Ob sie wohl schüchtern herumdruckste und weiche Knie bekäme? Würde sie sich vor lauter Nervosität sinnlos besaufen und ihm über seine Schlaghosen kotzen? Die Zukunft allein konnte darüber Auskunft geben, Amigos, wie sie es so oft tut. Da wir gerade über gemischte Gefühle reden, ich war mal in Dave's Bar und kümmerte mich mehr oder weniger um meine eigenen Angelegenheiten, als ein finster dreinschauender Briefträger zwei Barhocker weiter zu Dave sagte: »Weißt du, was gemischte Gefühle sind? Wenn deine Zahnschmerzen dich umbringen und du eine Zahnärztin kennst, die dir fünfzig Prozent Rabatt gibt, sie aber deine Schwiegermutter ist.«

Mein anderer Grund zur Besorgnis war niemand anders als S. Silvetti, Poeteuse. Als ich Evonne von zu Hause aus anrief, um für unser Rendezvous am selben Abend den genauen Treffpunkt und die exakte Uhrzeit zu vereinbaren, was sie kurzerhand als ihre Wohnung nach dem Essen bestimmte, hatte sie gesagt: »Okay, Babe, wir werden dich sehnsüchtig erwarten.«

»Mit diesem ›Wir‹«, sagte ich, »ist der Pluralis majestatis oder das editoriale ›Wir‹ gemeint, hoffen wir . . .«

»Nee«, sagte sie. »Damit ist das ›Wir‹ wie in ›Uns‹ gemeint. Was bedeutet, daß ich Sara gebeten habe, mitzukommen.«

»Oh«, sagte ich. »In dem Fall sind wir nicht gerade amüsiert.«

Ich holte die Mädels wie verabredet kurz vor zehn bei Evonne ab. Evonne sah in ihrem lachsfarbenen Hosenanzug, den weißen Stöckelschuhen und dem weißen, um ihre wallenden Locken geschlungenen Seidentuch atemberaubend aus. Sara sah in ihrem dreiteiligen Anzug komplett mit Schlips, Farbe dunkelgrau, schwarzen Krankenschwesternschuhen und Socken mit Diamantenmuster unsäglich aus. Ihr kurzes, mausbraunes Haar hatte sie gnadenlos in der Mitte gescheitelt und mit Wasser nach hinten geklatscht, wie ein Bauernlümmel aus der tiefsten Provinz. Höhepunkt – oder besser gesagt Tiefpunkt – ihres Ensembles waren ein Brusttaschentuch, sorgfältig zu drei Spitzen gefaltet, eine unechte Ansteckblume, eine riesige Männerarmbanduhr und eine billig aussehende Krawattennadel in der Form eines Hufeisens.

»Was?« rief ich aus, sobald ich ihrer in einer unvorteilhaften Positur auf Evonnes Sofa ansichtig wurde. »Kein Spazierstock aus Bambus? Keine kostbare alte Bruyère-Pfeife? Kein Tabaksbeutel?«

»Ach, laß sie doch in Ruhe, Victor«, sagte Evonne, die gerade vor dem Spiegel ihrer Frisur den letzten Schliff gab. »Ich finde, sie sieht fantastisch aus.«

»Find ich auch«, sagte Sara.

»Na ja, zwei von dreien ist kein schlechter Schnitt«, sagte ich.

»Du mußt gerade reden«, sagte Sara. »Für was für ein Kostümfest hast du dich eigentlich verkleidet, so eine Art Halloween für Cowboys?«

Ich blickte höchst zufrieden auf mein herrliches gefranstes Cowboyhemd aus Wildleder hinab, auf meine schmale Westernkrawatte und die frisch gereinigten beigen Leinenhosen, die in hochhackigen, handgefertigten mexikanischen Stiefeln steckten, in denen ich fast schmerzfrei laufen konnte.

»Mein Herr«, sagte ich, »ich bin gekleidet, um die Sau rauszulassen, also wenn ihr bereit seid, dann geht die Post ab.«

Und wir gingen die Sau rauslassen, in einer riesigen Scheune von einem Tanzschuppen, gerade noch diesseits von Glendale, namens Bar-Bee-Q. Im Nu hatten wir uns alle an einem mit Bierlachen getränktenTisch neben der kleinen Bühne niedergelassen, in der munteren Gesellschaft von Tom, Jerry, Cherry, der Frau des Klavierspielers, Big Red, Lola (Kurzform von Delores), Freundin des Steelgitarristen, und ein paar anderen Freunden von Freunden, deren Spitznamen mir entfallen sind, und im Nu gesellten Evonne und ich uns zum Gedränge auf der Tanzfläche und legten einen ziemlich scharfen texanischen Twostep aufs Parkett, wenn ich das selbst mal so sagen darf. Ich darf vielleicht auch noch hinzufügen, daß diese feurige Variante des Foxtrott einer der einzigen beiden Tänze ist, die ich tatsächlich beherrsche, wobei der andere dieser langsame ist, den bekanntlich praktisch jeder beherrscht, weil er nichts weiter erfordert als sich hinzustellen und sich dann festzuhalten, und je fester desto besser.

Kurz darauf erzählte Evonne Jerry von ihrem Abschlußball und ihrer Leidenschaft aus Teenagertagen; kurz darauf tanzte er einen Langsamen, einen sehr Langsamen mit ihr. Aus Rache forderte ich Cherry zu einem forschen Turkeytrott auf, oder was immer es war, trotz der Tatsache, daß sie mir nur bis zu dem emaillierten Kaktus-Dingsbums am unteren Ende meines Schlipses reichte. Und wurscht, ich gab sogar einmal Sir Sara die Chance, aber damit hatte es sich auch – ich hätte den Rest des Abends nicht mal in ihre Nähe kommen können, selbst wenn ich es gewollt hätte, denn, große Überraschung, raten Sie mal, wer die Tanzkönigin des ganzen gottverdammten Balls war? Jawoll; keine andere, Partner. Und wie die kleine Nulpe tanzen konnte, vor allem jiven, die Rednecks wurden total verrückt bei dem Versuch, ihr auf die Schliche zu kommen. Na ja, da waren sie weiß Gott nicht die einzigen.

Irgendwann während der Soiree, als sie dachte, ich würde nicht hinschauen, steckte sie Jerry einen Zettel zu; ich vermutete mal, daß sie ihre Telefonnummer draufgekritzelt hatte. Da konnte sie lange warten.

Kurz nach meinem dritten Krug Ale machten Rick und die Jungs eine Pause. Der alternde Zeremonienmeister, der sich in einer ausgefeilten Cowboy-Garnitur mächtig aufgedonnert hatte, sagte, daß er nun das große Vergnügen hätte, zwei besondere Gäste im Bar-Bee-Q begrüßen zu dürfen, Tom und Jerry, würdet ihr euch bitte mal verbeugen, Jungs. Die Jungs erhoben sich halb, winkten einmal freundlich in die Runde und setzten sich dann wieder hin. Eventuell, nur eventuell, fuhr der Zeremonienmeister fort, könnte man die Jungs mit einem bißchen Ermutigung dazu überreden, eine oder zwei ihrer alten Nummern zum besten zu geben. Versuch mal, sie zu bremsen, murmelte ein zynischer Kunde in den Bodensatz seines Biers.

Das muß man ihnen lassen, genau das sagte Jerry, als er

seine Gitarre aus dem Kasten nahm. »Versucht mal, uns zu bremsen, Leute«, sagte er wörtlich. Was bei der Versammlung gar nicht so schlecht ankam; und wahrscheinlich war es Zufall, daß er dabei Evonne einen schmachtenden Blick zuwarf.

Tom und Jerrys Lieder kamen gar nicht mal so schlecht bei den Leuten an, im Gegenteil, sie waren begeistert und sangen bei den bekanntesten mit. Man stelle sich vor, ein Lied zu schreiben, von dem andere Menschen, viele sogar, auf der ganzen Welt, den Text kennen – erstaunlich irgendwie. Aber dann, jetzt mal ehrlich – konnte das wirklich so schwer sein? Halbe Analphabeten, Teenager mit Akne, tun es doch dauernd.

Dann kamen Rick und die Jungs wieder, gut erholt, wenn man ihrem Aussehen Glauben schenken konnte, und zusammen mit Tom und Jerry, die einfach gleich mitjammten, spielten sie die letzten paar Songs, dann den letzten Tanz, dann ging das Licht an, und alle Drinks wurden noch schnell ausgetrunken, und Rick zog mit Big Red los und Cherry mit dem Klavierspieler und Lola mit dem Steelgitarristen, und Sara sagte, wir sollten uns keine Sorgen um sie machen, sie hätte da einen Knaben kennengelernt, der sie nach Hause fahren würde, und der Zeremonienmeister zog mit seiner schmuck-bestickten Weste und seinem riesigen Stetson ab, und Tom und Jerry mit zwei Augenschmausen von jungen Damen, die im Partnerlook in hautengen Stretchjeans, Stöckelschuhen und tiefen Decolletés daherkamen – auf eine gemütliche Partie Bridge, wie ich vermutete. Und Evonne Louise Shirley seufzte und fuhr mit mir nach Haus. Sie klammerte sich den ganzen Weg an meinem Arm fest.

Ich werd euch mal was über Träume verraten, Kinder – sie sind wahr. Solange sie andauern.

Zwölftes Kapitel

Heutzutage hängt man halt die Latte etwas tiefer.
Und was ist heutzutage schon legal?

Es war zehn nach acht am nächsten Morgen, einem hellen und heiteren Mittwoch. Die Dodgers lagen nur noch um vier Spiele zurück, wie mir das Radio mitteilte. Ich befand mich in der Küche und wartete darauf, daß der Toast rausspringen würde – dunkler Siebenkorn für Evonne, und der gute alte, schlichte weiße für mich. King saß mir zu Füßen und schaute hoffnungsvoll herauf. Evonne war unter der Dusche und duschte. Gerade trällerte sie noch laut vor sich hin – scheinbar wollte sie sich das T-Bird von ihrem Vater ausleihen, oder so ähnlich –, und im nächsten Moment wimmerte sie los und schrie: »O mein Gott, schau mich an!« Darum eilte ich ins Bad und tat genau das – es gehört mehr dazu als eine geschmeidige nackte Frau, um mir den Appetit zu verderben.

»Was ist los? Hast du dir wehgetan?«

»Nein! Schlimmer!« Sie stand vor dem Wandspiegel und drehte sich mal hierhin, mal dorthin.

»Schlimmer als dir wehzutun?«

»Ja!« sagte sie. »Guck weg, ich fang an zu hängen!« Sie fing auch an zu schniefen.

»Zu hängen!« rief ich aus. »Wo denn? Ich seh nichts hängen, du King?«

»Hier!« sagte sie und zeigte auf ihren kurvenreichen Hintern. »Und hier, und hier!« Wobei sie auf zwei andere ergötzliche Posten wies. »Oh, Vic«, jammerte sie.

»Oh, Baby«, sagte ich. »Komm mal her.« Ich wickelte sie in ein Badetuch ein und umarmte dann beides, das Badetuch und sie. Ich streichelte ihr nasses Haar, während sie in meine Schulter schluchzte. »Das sind doch keine

Hänger, Mauselchen, jetzt hör mal auf. Du sprichst hier mit einem Hänger-Experten. Ich hatte schon Hänger, als du noch Pickel hattest.«

»Wie würdest du es sonst nennen«, sagte sie, »wo du ja der große Experte auf dem Gebiet bist?«

Ich überlegte blitzschnell. »Newton«, sagte ich. »An deiner Stelle würde ich ihm die Schuld geben, schließlich war er derjenige, der die Schwerkraft erfunden hat. Und mehr hast du ja nicht, Baby, nur ein bißchen Schwerkraft, die hier und da ausbricht.«

»Ach, halt die Klappe«, sagte sie. »Und raus hier, alle beide.«

»Ja, Schatz«, sagte ich. »Komm King. Brekkies.«

»Und kommt ja nicht wieder!« rief sie, und knallte die Tür hinter uns zu.

»Ist gut«, rief ich mit bewundernswerter Haltung zurück. »Werd ich nicht. Ich werde nie wieder mein eigenes Badezimmer betreten. Nicht mal, um deine nassen Handtücher aufzuhängen, die du selbst nie aufhängst.«

Ein kurzes Weilchen darauf kam sie wieder heraus, bekleidet und geschminkt. Nein, sie wollte kein Frühstück, vielen Dank, gib's dem Hund. Was ich tat. Nein, sie wollte keine Tasse frischgebrühten kolumbianischen Kaffee. Sie wollte bitte zur Schule gebracht werden, wenn's kein Umweg für mich wäre.

»Selbstverständlich«, sagte ich. Ich fuhr sie zur Schule, unter ohrenbetäubendem Schweigen.

»Danke«, sagte sie und stieg aus.

»Bitte«, sagte ich. Sie ging geschwind die Treppe zur Schule hinauf und verschwand im Gebäude. King schaute mich forschend an. »Möchtest du einen hervorragenden Hänge-Witz hören, den ich mir gerade ausgedacht habe?« fragte ich ihn. »Nein, was? Kann ich verstehen. Komm doch ruhig zur Abwechslung mal nach vorn, mein Freund, ich fühl mich plötzlich ziemlich mies.«

Ich klopfte auf den Beifahrersitz; er hopste von der Rückbank hinauf, und dann fuhr ich uns beide die paar Straßenecken weiter zu meinem Büro. Ich parkte ein Weilchen vor dem Haus und dachte nach, während King unseren kleinen Parkplatz untersuchte. Warum geht eigentlich jeder davon aus, dachte ich, daß es für eine Frau schwerer ist, älter zu werden, als für einen Mann? Und warum geht jeder davon aus, daß es für eine schöne Frau schwerer ist als für eine häßliche? Das ist beleidigend; das ist ungerecht. Mir soll erst mal jemand beweisen, daß ich unter dem Lauf der Zeit nicht genauso leide wie Raquel Welch, Lauren Bacall und Brigitte Bardot zusammen. Und mir soll erst mal jemand beweisen, daß das hoffnungsloseste aller jämmerlichen, armseligen Mauerblümchen auf der ganzen Welt nicht genauso leidet wie all diese berühmten Zelluloid-Schönheiten. Und mein Gegenbeweis ist die Einfachheit selbst: 100 % = 100 %; können Sie mir soweit folgen? 100 % von X sind 100 % von X. Demnach: 100 % Leiden = 100 % Leiden. Demnach: 100 % von (meinem) Leiden = 100 % von (Ihrem) Leiden, ob Ihnen das nun gefällt oder nicht. Die Sache war nämlich, daß ich Evonnes Leiden beileibe nicht herunterspielen wollte, da ich es nur zu gut nachvollziehen konnte; die gute alte Zeit und ich, wir hatten bereits so manches blutige Sparring in den Vorrunden ausgetragen, und der Hauptkampf nahte, langsam, aber sicher. O je. Na ja. Dafür ist die Arbeit da. Ans Werk. Manchmal glaube ich, daß, wer immer es auch war, der die Arbeit erfand, eigentlich doch kein ganz so kompletter Idiot gewesen ist.

Das erste, was ich tat, nachdem ich aufgemacht und das Büro allgemein für eröffnet erklärt hatte, war die Nummer von Mrs. T. E. Flint im Telefonbuch herauszusuchen. Erstaunlicherweise und völlig wider Erwarten stand sie drin. Eigentlich wollte ich sie gleich anrufen, verschob es dann aber ein bißchen, da es noch nicht mal neun Uhr war und ich nicht wußte, wie ihre frühmorgendlichen Gepflogenheiten aussahen. Statt dessen erstellte ich eine kleine Liste, die sich dann als eine ziemlich lange entpuppte, von allen Ungereimtheiten, die mir in dem Stapel Ausgedrucktem von Sneezy aufgefallen waren, und von allen Fragen, die diese aufwarfen und die man eventuell gern beantwortet hätte. Falls sich herausstellte, daß man auch den kleinsten Grund hatte, solche Fragen zu stellen, wozu bislang nicht der geringste Anlaß bestand. Die Not jedoch kann einen Menschen mit seltsamen Bettgesellen bekannt machen (John T. Milton), wie auch die ausgefransten Überreste eines puritanischen Gewissens, das einem sagt, für kassiertes Geld auch Leistung zu erbringen, solange es nicht zuviel kostet.

Kurz vor zehn rief ich schließlich Mrs. T. E. (Deborah) Flint an. Sie antwortete, indem sie ihre Telefonnummer aufsagte.

»Wäre das Mrs. Flint?«

»Wäre es. Und wer wären Sie?«

Ich erklärte, wer ich wäre und wie es kam, daß ich sie anrief, und sagte, daß ich sie hoffentlich nicht störe.

»Was gibt's hier zu stören?« sagte sie. »Ich tu nichts anderes als eine Menge Umzugskartons anzustarren. Stören Sie bitte.«

»Hätten Sie was dagegen, wenn ich Sie ein paar Minuten persönlich stören kommen würde, Mrs. Flint? Ich verspreche, Ihnen auch zu helfen, das Porzellan einzupacken.«

»Und wozu sollte das gut sein?« sagte sie. »Aber kommen Sie, wenn Sie wollen – Mr. Daniel, wenn ich richtig verstanden habe? Ich geh nirgendwohin. Bis Samstag jedenfalls – da geh ich dann wohin – weg von hier.«

»Danke«, sagte ich. »Ich bin ungefähr in einer halben Stunde da, wenn es Ihnen recht ist.« Sie sagte, das ginge in Ordnung, und ob ich wüßte, wo sie wohnte und wie man dahinkam? Ich sagte, ich wüßte, wo sie wohnte und könnte nachschauen, wie man hinkam, also dann bis gleich.

Alle meine Karten befanden sich in der rechten unteren Schublade meines Schreibtischs; ich nahm mir den Rand-McNally-Stadtplan von Los Angeles vor und schaute ihre Straße nach, die Baxter hieß. Baxter, Baxter – da war sie, gleich neben dem Silver Lake Reservoir, östlich-südöstlich von mir. Ich verstaute den Plan, schloß das Büro, scheuchte King auf den Rücksitz, wo er hingehörte, wie er ganz genau wußte, und wir fuhren los. Auf den Ventura Freeway Richtung Osten, Schwenker auf den Golden State, rauf auf das letzte Stückchen vom Glendale Freeway, zurück auf den Glendale Boulevard, und hallo Baxter Street. Mrs. Flints Heim war das letzte auf der rechten Seite, bevor Baxter in die Rockford Road mündete; das Reservoir glitzerte zirka hundert Meter weiter fröhlich vor sich hin. Es war eine angenehme Wohngegend, mit vielen Bäumen, weitläufigen Gärten und gepflegten Rasenflächen.

Als ich aus dem Wagen stieg, trat Mrs. Flint vor die Tür und kam mir über den Rasen entgegen, um mich zu begrüßen. Sie war eine schlanke Lady um die Vierzig und trug einen farbbekleckсten Overall und ein Tuch, das ihr Haar schützte. Sie streckte mir eine Hand entgegen. Ich ergriff sie.

»Ich bin Debby Flint«, sagte sie. »Entschuldigen Sie bitte meinen Aufzug.«

»Vic Daniel«, sagte ich. »Das macht doch nichts.«

»Wer ist das?« fragte sie und nickte in Richtung Hund.

»Das ist mein Junge«, sagte ich. »King.«

»Bringen Sie ihn meinetwegen mit rein«, sagte sie. »Ich geh mal davon aus, daß er sich in einem Haus zu benehmen weiß, nicht daß es was ausmachen würde, in Anbetracht des Tohuwabohus da drin.«

»Na ja, ich bin mir nicht ganz sicher«, sagte ich. »Wir haben immer nur in Hotels gewohnt.«

Sie verdrehte die Augen gen Himmel. »Und ich bin mir nicht mehr sicher, ob ich Sie jetzt noch reinlassen soll«, sagte sie. »Aber da Sie nun schon mal hier sind . . .«

Wir folgten ihr über den Rasen, die Stufen hinauf, durch die Tür ins Haus, dann bahnten wir uns einen Weg durch halbgefüllte Umzugskisten und Pappkartons in die Küche. Sie versetzte unterwegs einer harmlosen Kiste einen nicht gerade zarten Fußtritt. In der Küche sagte sie: »Lassen Sie sich irgendwo fallen.« Ich tat wie geheißen, auf einen der vier Aluminiumstühle in der Frühstücksecke. »Möchten Sie einen alten ungenießbaren Kaffee, oder soll ich einen frischen ungenießbaren Kaffee brühen?«

»Weder noch, danke«, sagte ich. »Wann kommen die Möbelpacker?«

»Freitag früh«, sagte sie. »Ich hör jetzt schon das Geräusch von zersplitterndem Glas.«

»Wenn Sie wirklich ein bißchen Hilfe brauchen, Mrs. Flint«, bot ich an, »stehe ich Ihnen gern ein oder zwei Stunden zur Verfügung.«

»Sie sind ein echter Schatz«, sagte sie. »Aber nee, es geht schon, zwei Kids von nebenan kommen nach der Schule vorbei und werden mit reichlich von mir geschmierten Händen zupacken.« Sie schob eine abtrünnige Haarsträhne wieder in ihr Kopftuch zurück. »Außerdem heiße ich Debby.«

»Victor«, sagte ich. »Wohin ziehen Sie, Debby?«

»Nach Minnesota, können Sie das glauben?« sagte sie. »Hutchinson, Minnesota. Für den unwahrscheinlichen Fall, daß Sie noch nie von Hutchinson, Minnesota, gehört haben sollten, das liegt etwa fünfundsiebzig Kilometer westlich von Minneapolis.«

»Und warum gerade dahin?« fragte ich und unterdrückte ein Schaudern.

»Familie«, sagte sie. »In deren Schoß ich meine Wunden lecken kann und so weiter. Wenigstens hau ich hier ab. Es hat uns hier nie gefallen. Andrerseits, Victor, wie Sie sicherlich wissen, wenn man sich dazu entschließt, für eine große Gesellschaft zu arbeiten, kann man sich nicht immer seinen Wohnort aussuchen, zum Beispiel saßen wir vorher in einem Kaff bei Oakland fest. Ich wette, selbst du kennst Oakland, was?« sagte sie zu dem Hund, der gerade einen interessant aussehenden Fleck auf einem ihrer hochgekrempelten Ärmel untersuchte. »Schön. Victor. Es ist über ein halbes Jahr her, ich bin über das Schlimmste hinweg, bis auf den gelegentlichen Rückfall, der mich mittlerweile nur noch fünfzehn bis zwanzig Mal am Tag erwischt, von den Nächten ganz zu schweigen. Also schießen Sie mit Ihren grauenhaften Fragen los, und ich werde Ihnen die grauenhaften Antworten dazu geben und mich dann wieder der Aufgabe widmen, zu entscheiden, was ich wegwerfen soll, was ich verschenken kann und was ich einpacken will. Brauchen Sie einen nagelneuen Skianzug, Größe 52, eher klein ausgefallen? Nein, ich glaube eher nicht. Mist, sehen Sie, es geht schon wieder los.« Sie fing an, leise zu weinen. »Warum hat man davon einen scheinbar endlosen Vorrat?« Sie ging zur Tür. Ein paar Minuten später kam sie zurück, ohne Kopftuch, mit gekämmtem Haar und neu aufgetragenem Lippenstift. Sie setzte sich mir gegenüber, streichelte King einmal kräftig über den Rücken und sagte dann: »Bringen wir's hinter uns, bitte, Victor.«

»Ja, Ma'am«, sagte ich und räusperte mich übertrieben geschäftlich, zückte meinen Notizblock, meine Frageliste und einen Kugelschreiber, mit Empfehlungen des D. Jacobs Bestattungsinstituts, den ich wer weiß wo hatte mitgehen lassen, aber ganz bestimmt nicht im D. Jacobs Bestattungsinstitut (Rund um die Woche, 24 Stunden am Tag zu Ihrer Verfügung).

»Verstehen Sie bitte, Debby, wie ich schon am Telefon sagte, ich mache nur, was King gerade gemacht hat, ein bißchen herumschnüffeln, um das ziemlich großzügige Honorar zu rechtfertigen, das Jonesy mir gegeben hat.«

»Ich verstehe.« Sie drehte ein paarmal an ihrem schlichten goldenen Ehering herum, gab sich eine leichte Ohrfeige und faltete dann artig die Hände auf dem Tisch.

»Okay. In keiner besonderen Reihenfolge. Kannten Sie Mrs. Jones auch?«

»Klar.«

»Gut?«

Sie zuckte die Schultern. »Gut würde ich nicht sagen, nein. Wir haben uns drei-, vielleicht viermal im Jahr gesehen.«

»Wie haben Sie und Ihr Mann sie kennengelernt?«

»Sie waren Arbeitskollegen, wußten Sie das nicht?«

»Nee«, sagte ich. »Wußte ich nicht, in den Berichten, die ich gelesen habe, wurde nichts davon erwähnt.«

»Na ja, also sie haben jedenfalls zusammengearbeitet«, sagte sie. »Da haben Sie's.«

»Und wo?«

»Bei IMM« sagte sie. »Schon mal davon gehört?« Da IMM das acht- oder neuntgrößte Unternehmen im Bundesstaat Kalifornien war, weit oben an der Spitze neben Riesen wie Hughes Aircraft und MacDonald und Grummond und Pan-Am und IBM und Standard Oil, gestand ich, daß ich ja, irgendwo schon mal davon gehört hätte, IMM stellte Bauteile für scheinbar alles Erdenkliche her, außer für einzellige Amöben.

»Mary war übrigens sein Boß«, sagte Debby. »Sie war Leitende Personalchefin, während er lediglich ein niederer Personalchef ohne das leitend war, obgleich er an der Reihe war, ihren Job zu kriegen, sobald sie befördert wurde, aber es gefiel ihr da, wo sie war.«

»Was ist der Unterschied?«

»Ungefähr zwölftausend, ein größeres Büro und geschmackvollere Kunstwerke an den Wänden«, sagte sie.

»Und wo hatten Sie und Mary Gelegenheit, sich zu sehen?« fragte ich. »Abgesehen davon, daß Sie sich hin und wieder im Büro über den Weg liefen?«

»Wir sahen uns auf der Jahresversammlung«, sagte sie. »Und auf der jährlichen Ostereiersuche für Kinder mit Lernschwächen, wie man es heute nennt, was eine Pflichtveranstaltung für alle leitenden Angestellten und ihre unterdrückten Ehefrauen war. Dann hatte die Firma auch noch so ein Abonnement für billige Theaterkarten, so daß wir uns vielleicht ein paarmal bei einem Konzert oder einem Stück begegneten. So war das.«

»In der fraglichen Nacht«, sagte ich. »Da waren die beiden im Theater, wie ich mich entsinne.«

»Allerdings«, sagte sie.

»Wie kam es eigentlich, daß Sie und Mr. Jones nicht mitgegangen sind, falls die Frage nicht zudringlich wirkt?«

Sie lachte. »Sie meinen, daß sie sich vielleicht statt dessen in irgendein Motel geschlichen hätten?«

»Ich bitte Sie, die Idee wäre mir nie gekommen.«

»Mir auch nicht«, sagte sie. »Haben Sie Mary mal gesehen?«

»Nein, ich hatte noch nicht das Vergnügen.«

»Sie ist mindestens fünfundfünfzig«, sagte Debby. »Nicht, daß das viel zu bedeuten hätte, ein Glück auch. Dennoch, ohne unhöflich oder im geringsten zickig sein zu wollen, sie sieht aus wie eine Mischung aus der Bösen Hexe aus dem Westen und Hollywoods Vorstellung von dem, wie eine spröde Bibliothekarin auszusehen hat – total geziert und altjüngferlich, mit Handschuhen und Perlen und immer in Rüschenblusen.«

»Ah«, folgerte ich scharf. »Also nicht unbedingt eine umwerfende Schönheit.«

»Sie hat außerdem keine Titten, blaues Haar, eine grüne Funkel-Brille und, das muß man ihr lassen, ungefähr anderthalb Lippen. Ich denke mal, daß sie wahrscheinlich eine nette Lady ist. In ihrem Job ist sie auf jeden Fall tüchtig, wie John meinte, und der wußte mehr über Computer als die meisten anderen.«

»Ich wünschte, mir ginge es auch so«, sagte ich. »Debby, ich habe einen Traum. Und in meinem Traum sitze ich an meinem kleinen Apple II und spiele ausnahmsweise nicht Civilization oder mache Listen über meine Spesen oder tippe einen langweiligen Bericht; was ich tue, ich klink mich ein.«

»Schöner Traum«, sagte sie. »Wo ein?«

»In all die Informationen, für die ich eine Menge Zeit und einen Haufen Geld aufwenden muß, um sie auszutüfteln«, sagte ich. »Mit den richtigen Modems und den richtigen Codes – und wahrscheinlich bräuchte ich außerdem noch einen neuen Computer, da meine Betsy wohl eine ziemliche Antiquität ist, trotzdem aber heißgeliebt, oder vielleicht gerade deshalb, und außerdem hab ich sie umsonst gekriegt – könnte ich jedenfalls herausbekommen, wem welches Grundstück gehört, ohne mich von der Stelle zu rühren. Mit einem Autokennzeichen, wem ein Wagen gehört. Mit nur einem Namen, oder vielleicht sogar nur einem Decknamen, könnte ich mir das ganze Vorstrafenregister eines Verdächtigen auf den Bildschirm laden, seine Privatanschrift, seine Geschäftsadresse, seine aktenkundigen Bekanntschaften, einfach alles, ganz gleich, in welchem Bundesstaat er lebt, weil es nämlich inzwischen eine herrliche, große, landesweite Blockschaltung gibt. Ich könnte sogar ein Bild von ihm bekommen, wenn ich wüßte, wie man das macht, und den richtigen Drucker dazu hätte. Kontoauszüge, Einzelheiten aus dem Reisepaß, Flugreservierungen, es ist endlos.«

»Ah, aber ist es auch legal?« sagte Debby.

»Auch wieder wahr«, sagte ich. »Möglicherweise nicht. Ach, aber wäre das nicht wunderschön. Egal. Die beiden sind im Theater, und Sie nicht. Wieso nicht?« Sie zuckte die Achseln.

»Sie hat mich nicht eingeladen.«

»Nur John?«

»Nur John. Ich glaube, ihrem Mann war im letzten Moment etwas dazwischen gekommen, darum hatte sie noch eine Karte über, und ob John mitwollte? Ich glaube, er erwähnte was, daß sie auch Geschäftliches zu besprechen hätten.«

»Klingt alles ganz normal«, sagte ich. »War auch eine milde Nacht, nicht wahr, falls Sie sich eventuell noch erinnern können?«

Sie überlegte einen Augenblick. »Bin mir nicht sicher. Aber John fuhr mit unserem nagelneuen Wagen, und obwohl er ein fabelhafter Fahrer war, entsinne ich mich noch, daß ich zu ihm sagte, er solle ganz besonders vorsichtig sein, sonst würde es was setzen; ein Kratzer im Chassis, und es hätte Ärger gegeben. Ganz besonders vorsichtig – zu komisch.«

»Hat er geraucht?«

Sie guckte mich überrascht an. »Nein; warum?«

»Nur so. Getrunken?«

»Immer einen Martini nach der Arbeit. Auf Parties, in Gesellschaft. Bier zum Fußball am Samstag, meistens mit ein paar Kumpels. Manchmal zwei Bloody Mary am Sonntag. Er benutzte immer diesen schrecklichen Mixer, den ich so gehaßt habe, darum machte er mir meinen extra. Ich hab ihn immer gefragt, wenn du meinen schon extra machst, warum machst du sie nicht gleich alle extra? Er sagte immer, weil für ihn dieser grauenhafte Mixer das Beste daran sei. Ekelig.« Sie schaute kurz auf ihre Armbanduhr.

»Nur noch ein oder zwei letzte verzweifelte Schüsse in

den Ofen«, sagte ich schnell. »Dann sind Sie King und mich wieder los, versprochen. Der Sergeant, der Ihnen die furchtbare Nachricht überbrachte, Sergeant Brav, hat ausgesagt, daß Sie ihm erzählten, die einzige Versicherungspolice, die Ihr Mann besaß, sei bei seiner Firma ausgestellt worden, beliefe sich auf fünfzig Riesen und sei jahrelang nicht geändert worden.«

»Was ich zu dem netten Mann sagte, der sogar die Kreditkartenfirmen angerufen hat, um Johns gestohlene Kreditkarten sperren zu lassen – die übrigens nie wiedergefunden oder benutzt wurden, Gott sei Dank –, jedenfalls, was ich zu ihm sagte, war: Soweit ich wüßte. Ich bin dann am nächsten Tag hingegangen um nachzusehen, und ich hatte Recht gehabt.«

»Wo sind Sie hingegangen?«

»Zur Bank, wohin sonst? Zu unserem Tresorfach. Johns ältester Freund, der gleichzeitig unser Anwalt ist, kam mit und hat mir bei allem geholfen, Gott sei Dank. Wir brauchten Johns Geburtsurkunde, die Versicherung, die Eigentumsurkunde für die Hütte hier, wir mußten alle drei Konten auf meinen Namen ändern lassen, die Wagenzulassung umschreiben, den ganzen Papierkram erledigen. Seine Pension prüfen. Das Testament einreichen. Bei der Polizei nachfragen, wann sie seine Leiche freigeben würden. Die Beerdigung organisieren. Eine Grabstelle kaufen. Höflich zu seiner Schwester sein. Sie können es sich nicht vorstellen, Victor. Sie können es sich nicht vorstellen.« Na ja, ich dachte schon, daß ich es könnte, falls Sie es wirklich wissen wollen, da ich praktisch dasselbe durchgemacht hatte, als meine Mutter starb, aber ich erzählte es ihr nicht. Natürlich gab es da geringfügige Unterschiede – Mom hatte mir keine Skianzüge hinterlassen, die ich entsorgen mußte.

»Im Tresorfach«, sagte ich. »Sie haben doch sicherlich

alles sauber und ordentlich vorgefunden? Keine Überraschungen? Keine Goldbarren, gesetzwidrige Diamanten oder Stapel von Hundertdollarscheinen?«

»Ich bitte Sie«, sagte sie. »Schön wär's. John war schließlich Buchhalter, und Sie wissen ja, wie die sind. Sauber und ordentlich stimmt haargenau.«

»Worüber führte er Buch? Irgendwas Besonderes?«

»Pensionen«, sagte sie.

»Wissen Sie, was Thoreau mal gesagt hat?« sagte ich und stand auf. King tat sofort desgleichen.

»Ja«, sagte sie. »Bin angeln gegangen.«

»Er sagte, glücklich ist, wer seine gesamte Buchführung auf einem Daumennagel unterbringen kann.«

»Erzählen Sie das mal IMM«, sagte sie und erhob sich ebenfalls. »Deren Pensionsabteilung allein ist schon gigantisch.«

»Debby, ich danke Ihnen«, sagte ich. »Sie waren klasse. Und wenn ich das so sagen darf, ich finde, Sie selbst sind auch ziemlich klasse.«

»Oh, danke für das Kompliment, Sir«, sagte sie leicht errötend. »Ich wünschte nur, ich hätte Ihnen mehr helfen können, daß mir irgend etwas eingefallen wäre, irgendwas, was das Ganze irgendwie plausibler macht. So wie es ist, scheint das alles irgendwie so unnötig gewesen zu sein. Warum John?«

In der Tat, warum gerade John, dachte ich. Sie ließ uns diesmal durch die Hintertür hinaus, führte uns um das Haus herum und begleitete uns wieder über den Rasen.

»Schöner Rasen«, bemerkte ich.

»Alles John zu verdanken«, sagte sie. »Er war fanatisch, was den Rasen betraf. Ein Stück Papier, das da nichts zu suchen hatte, und schon schoß er wie ein geölter Blitz aus dem Haus. Und was Unkraut betrifft, so konnte er die Geburt eines Löwenzahns auf hundert Meter in dichtem Nebel ausmachen ... Richard«, sagte sie und blieb abrupt stehen. »Richard hat ein Stück Papier gefunden, was da nichts zu suchen hatte, nur daß es kein Abfall war.«

»Richard?«

»Richard der Anwalt.«

»Wo?«

»Im Tresorfach. King, nein!« King wich aus einem Blumenbeet zurück, in das er schon eine Pfote gesetzt hatte.

»Wenn's kein Abfall war«, fragte ich, »was war es dann?«

»Eine Seite«, sagte sie. Ich machte die Wagentür auf, und King sprang hinein.

»Mit Ziffern?« erkundigte ich mich hoffnungsvoll. »Wie Geldsummen?«

»Nee«, sagte sie. »Nur Namen und Adressen.«

»Viele?«

»Zehn, zwölf, fünfzehn?« sagte sie. »Ich weiß es nicht. Ich saß da wie ein Zombie, und Richard fragte: ›Was ist das denn?‹ und schob mir das Ding unter die Nase. Ich guckte es mir an und wußte es nicht, darum hat er es weggeworfen. War doch egal. Wenn er eine Geheimliste von alten Flammen aufbewahren wollte, um ihnen Valentinskarten zu schicken, um so besser für ihn.«

»Unbedingt«, sagte ich. »Ich geh mal nicht davon aus, daß Sie sich an irgendwelche Details auf dem Papier erinnern können, in Anbetracht des Zustands, in dem Sie sich befanden und dem flüchtigen Blick, den Sie draufgeworfen haben.«

Sie schüttelte den Kopf. »Es war da was, was sie alle gemeinsam hatten, scheint mir, aber ich kann mich nicht daran erinnern, und vielleicht täusche ich mich auch.«

»Und vielleicht auch nicht«, sagte ich. »Wie ich gehört habe, kann ein schreckliches Unglück eine erhöhte Wahrnehmung verursachen, genauso ein Schock. Sagen wir nur mal aus Spaß, daß Sie recht haben. Worin könnte diese Gemeinsamkeit bestanden haben? Nicht so was Leichtes wie verschiedene Namen, aber dieselbe Adresse?« Sie schüttelte wieder den Kopf. »Ähnliche Adressen wie Orange Avenue, Mulberry Avenue, Mango Avenue und Lemon Avenue? Das halte nicht mal ich für wahrscheinlich. Alles Adressen in Los Angeles?«

»Wer weiß?« sagte sie. »Es ist weg, Victor, falls es je da war. Was spielt es noch für eine Rolle?«

»Da haben Sie mich erwischt«, sagte ich. Sie lächelte mich wehmütig an. Wir schüttelten einander die Hand. Sie sagte King auf Wiedersehen und ging wieder ans Einpacken. King und ich fuhren zum Büro zurück. Auf dem Weg erwähnte ich ihm gegenüber, daß Tresorfächer eigentlich dafür erfunden worden waren, um Wertgegenstände zu beherbergen, und obwohl eine Liste von alten Flammen in der Tat eine Art Wert hatte, bezweifelte ich, daß ein Tresorfach wirklich der angemessene Ort war, um sie zu verstecken. Ebenso Listen von Schuldnern, sagen wir mal, oder die Geheimnamen von Brüdern aus der Freimaurerloge oder deutsche Brieffreunde oder was auch immer. Die Art Liste, die man in seinem Tresorfach verschließt, besonders wenn man ein ordnungsbesessener Buchhalter ist, muß daher eine Liste von gewisser Bedeutung sein, von einem gewissen Wert. Eine Liste von Kreditkartennummern, die Gerätenummern wertvoller Haushaltsgeräte oder die Fahrgestellnummer Ihres (Ihrer) Autos und natürlich eine Liste all Ihrer Schweizer und Cayman-Bankkonten, wenn Sie Benny heißen; die sind es wert, daß man sie sicher verstaut. Ebenso Ihren echten Hope-Diamanten, während Sie den falschen bei einem geselligen Beisammensein tragen.

Daher die Vermutung, daß besagte Liste dem Verstorbenen irgendwie von Bedeutung gewesen war. Und wohin brachte mich das? Wieder mal in ein gewisses verschmutztes Gewässer, und ohne jede Art von Paddelgerät.

Dreizehntes Kapitel

Aber jemand hat gequatscht, jemand hat geschnackt;
Offenbar war jemand sauer, daß ich lebte.

»Was will ich?« fragte ich die Bürowand.

Sie aber schwieg.

»Was hab ich in der Hand?« fragte ich.

Abermals dieses eindeutige Ausbleiben von Resonanz.

»Was mach ich jetzt?«

Die Frage beantwortete ich mir selbst – Benny den Jungen anrufen. Was ich denn tat, und ihn gerade auf dem Weg zur Tür hinaus erwischte, wie er sagte.

»Wohin zur Tür hinaus?«

»Ach, mir einen alten Behelfsflugplatz anschauen gehen, der draußen bei Norco zum Verkauf steht, dahin.«

»Sind deine Absichten ehrenwert, Benny?«

»Mußt du noch fragen?«

»Da bin ich aber erleichtert«, sagte ich. »Der Gedanke, daß du dich in irgend etwas Legales verwickeln ließest, wäre mir unerträglich.«

»Bloß nicht«, sagte er. »Ich hab's mal probiert, weißt du noch?«

»Aber wie«, sagte ich. »Eine Zeitlang warst du ja der Hängematten-König von San Diego.«

»Alles geht einmal vorüber, zum Glück«, sagte er.

»Pensionen«, sagte ich.

»Was willst du mit Pensionen?«

»Alles, was du weißt.«

»Betriebliche Pensionspläne«, sagte Benny, »begannen 1948 aus dem Boden zu schießen, weil die Bundesbehörde für Arbeitsbeziehungen ein Urteil ergehen ließ, das den Gewerkschaften gestattete, als Teil ihrer Tarifabschlüsse auch die Rentenversorgung auszuhandeln.«

»So, so, haben sie das«, sagte ich.

»Haben sie«, sagte er. »Heutzutage sinkt aber der Prozentsatz derjenigen Arbeiter und Angestellten rapide, die Anspruch auf einen wie auch immer gearteten Pensionsplan haben, und beläuft sich inzwischen wahrscheinlich auf nur noch so um die vierzig Prozent.«

»Wieso?«

»Liest du eigentlich auch mal was anderes als den Sportteil und die Cartoons?« fragte Benny.

»Nicht, wenn's nicht unbedingt sein muß«, sagte ich. »Ich hab früher mal den *Heimwerker* gelesen, aber mein Abo ist 1957 abgelaufen. Egal, warum sind die Pensionen auf Talfahrt, Benny?«

Er sagte: »Aus vielerlei Gründen, zum Beispiel weil die Firmen heute wegen der gegenwärtigen Wirtschaftsflaute weniger Geld zu verteilen haben, weil immer mehr Leute im Servicesektor arbeiten, in kleineren Betrieben, die offensichtlich nicht über das Kapital verfügen, um Rentenversicherungen anzubieten, weil die Gewerkschaften heute nicht mehr so militant sind, wie sie es früher einmal waren, ganz allgemein gesagt, und außerdem, weil heute infolge von ausufernden Regierungsbestimmungen eine Menge Bürokratie und Papierkrieg erforderlich geworden ist, die die Durchführung eines Pensionsplans hochgradig kompliziert und wesentlich teurer gemacht hat.«

»Wenn eine sehr große Firma«, sagte ich, »einen Pensionsplan hat, wie würde der aussehen?«

»Geld wird eingezahlt, monatlich«, sagte er. »Jahre und Jahre und Jahre vergehen. Du gehst auf Rente. Je nachdem, wie viele Jahre du abgeleistet hast, kriegst du einen Prozentsatz deines mickrigen Lohns, bis zu hundert Prozent, der dir ausgezahlt wird, monatlich. Manchmal, wenn du stirbst, wird die Hälfte der Summe weiterhin an deinen Ehegatten ausgezahlt, bis zu seinem oder ihrem

Tod. Was du alles mit Sicherheit schon weißt, Vic, also was ist im Busch?«

»Ich«, sagte ich, »falls du ohne Hemd und im Regen meinst. Ansonsten weiß ich's nicht, wahrscheinlich ist es gar nichts. In einer riesigen Firma, Benny, was würde da ein Leitender Personalchef, Pensionsabteilung, tun?«

»Auf hohem Niveau Akten ablegen«, sagte er.

»Das ist alles?«

»Klar«, sagte er. »Er hat jede Menge geschäftsführende Vizepräsidenten über sich, die die richtige Arbeit machen.«

»Wie zum Beispiel?«

»Rate mal.«

»Okay«, sagte ich. »Wie zum Beispiel versuchen, Golfbälle in einem dieser Plastikdinger einzulochen, das dir dann den Ball über den Teppich wieder entgegenspuckt.«

»Abgesehen davon«, sagte er.

»Ich geb's auf«, sagte ich.

»Na, investieren zum Beispiel, Vic«, sagte Benny. »Weißt du, wieviel Geld ein großes Unternehmen in seiner Pensionskasse hat?«

»Nein.«

»Hunderte von Millionen, mein Sohn. Und Geld von der Größenordnung tauschst du nicht in Krügerrands ein, um sie dann unter der Matratze zu verstecken.«

»Man investiert es«, sagte ich.

»Du sagst es, Kamerad«, sagte Benny. »In Investmentfonds, in Grundbesitz, in Aktien, in Kunst, was du willst. Genau dafür werden die hohen Tiere, die die Pensionskasse verwalten, irrsinnig gut bezahlt – daß sie hohe Summen über einen langen Zeitraum profitbringend investieren. Sie kriegen nicht ihre achtzig Riesen, plus Optionen auf hauseigene Aktien, weil sie jeden Monat für die Witwe eines ihrer ehemaligen Schweißer in der Fertigungsabteilung einen Scheck ausstellen.«

»Ach so«, sagte ich. »Benny, muchas gracias, du hast mir wieder einmal Stoff zum Nachdenken gegeben.«

»Das ist schön«, sagte mein Freund. »Vic, ich muß los, der Daimler ist da. Wir sehen uns Freitag.«

»Okay, Babe. Danke.« Wir legten auf. Der Daimler ist da ... braucht man wirklich eine Daimler-Limousine, um sich irgendeine elende, gottverlassene Landebahn draußen in Norco anzugucken? Was führte der Junge jetzt schon wieder im Schilde? Als ich ihn ein paar Monate später danach fragte, erzählte er nur soviel, daß er das fragliche Grundstück in der Tat gekauft hätte, noch um vier Uhr am selben Tag unseres Telefonats. Um sechs Uhr hatte er es wieder verkauft, zu einem niedrigeren Preis. Wie man bei so einem Geschäft noch einen Gewinn machen soll, ist mir wirklich zu hoch, aber ich bin mir trotzdem verdammt sicher, daß er es irgendwie geschafft hat. Die einzige Lösung, die mir dafür einfiel, war, daß er ein paar Stunden lang ein legales Flugfeld unter seinem oder dem Namen einer seiner Firmen benötigte, vermutlich um etwas einfliegen zu lassen, darum hatte er es gekauft, benutzt und gemäß vorheriger Absprache wieder an den ursprünglichen Besitzer zurückverkauft. Aber als ich ihm diese Mutmaßung unterbreitete, lächelte er nur, schüttelte den Kopf und sagt: »Keine hereinkommenden, keine hinausgehenden Flüge.« Also finden Sie es selbst heraus, Sie Sessel-Spürhunde, Sie.

Was ich wollte? Fakten, anstelle von wilden Vermutungen. Ich holte wieder den Stadtplan heraus, und das Telefonbuch. Ich schlug die Adresse des Theaters nach, das Mrs. Jones und Mr. Flint am Abend des 14. März 1989 besucht hatten, und fand es auf der Karte. Ich malte einen kleinen Punkt dorthin, wo sich das Aufnahmestudio befand. Ich markierte den kürzesten Weg, um von dem einen zu dem anderen zu gelangen. Der kürzeste Weg verlief nicht über die Ecke Achte–Berendo, wo die Schießerei stattgefunden hatte, aber gerechterweise muß man sagen, daß er ein oder zwei Straßen weiter daran vorbeiführte. Was dachte ich eigentlich?! Spielte ich tatsächlich mit der Idee, daß an der Geschichte mit dem nicht identifizierten Schwarzen, zirka fünfundzwanzig bis dreißig Jahre alt, irgend etwas nicht koscher war? Noch nicht ganz, noch nicht ganz.

Dann rief ich den meteorologischen Dienst des Bundesstaates an, stellte mich als mein Bruder vor, nannte seine Decknummer, die ich zufällig kannte, und bat dort eine hilfsbereite Dame, freundlicherweise das Wetter vom 14. März für mich zu überprüfen, da es im Zusammenhang mit einem Schwerverbrechen, in dem ich gerade ermittelte, relevant sei.

»Kein Problem; bleiben Sie ein Momentchen dran«, sagte sie. Kurz darauf sagte sie: »Regen im gesamten Innenstadtbereich von LA infolge eines Tiefdruckgebiets, das vom Südwesten her einzog, der am frühen Morgen nachließ. Reicht Ihnen das?«

»Ganz wunderbar.« Ich bedankte mich und legte auf. Dann suchte ich die gebührenfreien Nummern vom Diners Club und von American Express heraus und rief diese an. Ich rufe gern gebührenfreie Nummern an, manchmal tu ich's nur, um einen kleinen Plausch zu halten. Dank der Identifikationsnummer meines Bruders fand ich im Nu heraus, daß Mary Jones im Besitz einer gültigen American-Express-Karte war und daß diese zu keinem Zeitpunkt in diesem Kalenderjahr als verloren oder gestohlen oder entwertet gemeldet worden war, ganz zu schweigen am oder um den 14., 15. oder 16. März herum. Hhhm.

Dann dachte ich ein bißchen nach. Dann rief ich das Theater an. Nachdem ich ein Weilchen dranbleiben mußte und mir ein Potpourri beliebter Schlagermelodien vergangener Tage hatte anhören dürfen, sagte eine angenehme Frauenstimme: »Abendkasse, Alameda-Theater, kann ich Ihnen helfen?«

»Nun, das hoffe ich doch sehr, Miss«, sagte ich in Alter-Trottel-Manier. »Ich weiß einfach nicht, was ich tun soll. Wir wollten uns nämlich heute abend Ihre Vorstellung ansehen gehen, also ich und Mrs. Bardwell und Haley, das ist unser Ältester. Ich kann Ihnen gar nicht sagen, wie sehr wir uns darauf gefreut haben.«

»Wo liegt das Problem, Mr. Bardwell?«

»Die Karten!« sagte ich. »Sie besucht gerade Mutter in Culver City, und ich weiß einfach nicht, was sie damit gemacht hat. Sie arbeitet bei IMM, wissen Sie, wo sie dieses Programm für verbilligte Karten anbieten? Sie hat mir mal erzählt, wie es funktioniert, aber mein Gedächtnis ist in letzter Zeit ein einziges Sieb, offengestanden glaube ich, daß es die neuen Medikamente sind, die mir der Arzt verschrieben hat. Das glaube ich wirklich.«

»Es funktioniert folgendermaßen, Mr. Bardwell«, sagte sie geduldig. »Wir geben Gruppenrabatt.«

»Ach so ist das!« sagte ich. »Wie die Fluglinien?«

»Wie die Fluglinien«, sagte sie. »So daß ein großes Unternehmen wie IMM eine Sammelbuchung vornimmt und den Rabatt dann an seine Angestellten weitergibt. Manchmal werden alle Plätze für eine oder zwei bestimmte Vorstellungen gebucht, aber häufig wird auch eine gewisse Anzahl von Karten über einen ganzen Monat verteilt, damit die Angestellten mehr Auswahl haben.«

»Verstehe!« sagte ich. »Natürlich! Aber meine Karten, Miss, beziehungsweise unsere Karten, wo sind die denn nun eigentlich?«

»Sie sind eigentlich genau hier bei mir«, sagte die Lady. »Wir verschicken unsere Karten nicht an jeden, der vorbestellt hat, wir behalten sie hier an Ort und Stelle, bis die Leute, die vorbestellt haben, herkommen und sie abholen.«

»Na ja, das ist ja auch sinnvoll«, sagte ich, »da sie ja sowieso vorbeikommen müssen, wenn sie sich das Stück ansehen wollen.«

»Eben«, seufzte die Lady.

»Aber wer bezahlt?« fragte ich. »Hat die Firma das Geld schon vorgestreckt, und wir müssen es dann zurückzahlen? Oder meinen Sie, daß sie es vom Gehalt meiner Frau abziehen?«

»Sie sind derjenige, der zahlt«, sagte die Lady bestimmt. »An der Abendkasse. Zweiunddreißig Dollar im Parkett, worin der Firmenrabatt schon enthalten ist. Woraufhin ich oder meine Kollegin Ihnen die Karten aushändigen werden. Sie zeigen sie dann dem Kartenkontrolleur vor. Er reißt sie daraufhin durch. Sie behalten die Hälfte und zeigen sie dann dem Platzanweiser. Er oder sie wird Sie zu Ihrem Platz führen. Kurz darauf wird die Beleuchtung langsam ausgehen, der Vorhang hebt sich, und das Stück fängt an. Auf Wiedersehen. Danke für Ihren Anruf.« Sie hängte ein, bevor ich die Chance hatte zu bemerken, daß kurz darauf, wenn das Stück auch nur entfernt etwas mit Typen in Laken zu tun hätte, die ihre Mütter zu sehr liebten, man diesen Theaterbesucher in der nächstbesten Bar wiederfinden würde.

Das nächste, was ich tat, war, auf meiner Karte die kürzeste Strecke auszutüfteln, die Fred's Deli, die zentrale Zweigstelle des Kraftfahrzeugverkehrsamts, wo alle Unterlagen aufbewahrt wurden, und die Ecke von Achter Straße und Berendo einbezog. Nachdem ich mir die Route eingeprägt hatte, rief ich den Hund, und wir fuhren los. Fred's Deli war voll; ich mußte zehn Minuten warten, bis ich auch nur einen Platz am Tresen bekam. Beim KVA mußte ich zwanzig Minuten Schlange stehen, bevor ich drankam. Ich schob meine acht Dollar durch das Gitter sowie einen Zettel, auf dem Name und Adresse der Jones' standen, ebenso Name und Adresse des Aufnahmestudios. Kurz darauf wurde ich darüber informiert, daß die Jones' ein Mercedes-Coupé besaßen, was mir bekannt war, da ich es bereits bei Rick bewundert hatte, sowie ein neueres BMW-Modell, von dem ich ebenfalls wußte, da Sergeant Brav es in seinem Bericht aufgeführt hatte. Zum Studio gehörte ein zwei Jahre alter Ford Halbtonner, was auch nicht überraschte. Und das war's.

Dann folgte die lästige Fahrt auf der Vermont Avenue zur Achten Straße hinunter. In einer Nebenstraße fand ich einen Parkplatz – ich glaube, auf der Hampshire –, befahl King, das Gefährt zu bewachen, und schlenderte zur Ecke Achte–Berendo zurück, die genau wie eine Million anderer Kreuzungen aussah, mit Ausnahme der toten Taube, die im Rinnstein neben dem Gulli lag und auf die Regengüsse wartete. Auf ruhige Weise normal könnte man diese Straßenecke beschreiben; nachts wäre sie vermutlich noch ruhiger, wenn die paar kleinen Geschäfte dort geschlossen hätten. Und wie bei Millionen anderen Kreuzungen in L. A. stand vor jeder der vier Straßen, die dort zusammenliefen, ein Stoppschild. Warum hatte sich Mrs. Jones dem Stop-and-Go-Verkehr auf der Berendo ausgesetzt, wenn sie nur zwei Straßen weiter auf der Vermont Avenue hätte durchsausen können? Oder warum war sie nicht zumindest hier Richtung Vermont abgebogen? Ich schaute mich nach einem möglichen Grund dafür um, und, siehe da, fand doch tatsächlich einen, keine fünfzig Meter weiter. Also für mich wäre es bestimmt Grund genug gewesen, wenn ich mehrere trockene Stunden des Dramas durchgestanden hätte – eine Bar. Eine Bar, die »Treble Clef« hieß, die mir, dem hartnäckigen Ermittler, keine andere Wahl ließ, als dortselbst zu ermitteln.

Sofort nach Betreten des Lokals folgerte ich haarscharf, daß es sich um einen Treffpunkt für Musiker handelte, da jeder Zentimeter der Wände mit Postern von Gigs oder mit Fotos von Giggern, die gerade giggten, bedeckt war. Ein weiteres Indiz für den wachsamen Beobachter waren auch die etwa hundert Musikinstrumente jeglicher Form, jeglichen Alters und aller Nationalitäten, die von der Decke hingen. Das T-Shirt, das das wohlgestaltete Mädchen hinter der Bar trug und das einer Tour der Rolling Stones gedachte, bestätigte ebenfalls meinen düstersten Verdacht. Könnte Mary von so einer Bar gewußt haben? Hochgradig wahrscheinlich, wenn man sich ihre Verbindung mit Tex vor Augen führte – verheiratet mit – und dessen Geschäftsverbindungen zur Musikszene – ebenfalls verheiratet mit. Waren unsere Protagonisten in der fraglichen Nacht auf dem Weg *zum* oder womöglich auf dem Weg *vom* Treble Clef gewesen? Ohne nicht gerade Mary direkt zu fragen, was ich beileibe nicht vorhatte, war es so gut wie aussichtslos, dies nach so vielen Monaten noch in Erfahrung zu bringen, aber zumindest wußte ich jetzt, daß es einen plausiblen Grund dafür gab, warum sich Marys Wagen damals dort befunden hatte. Was mich ein weiteres Mal in der Sie-wissen-schon-wo zurückließ. Ich ging zum Auto zurück, ließ King kurz raus, wappnete mich dann innerlich, mit überraschender Gelassenheit, wenn man alles in allem bedachte, gegen die trostlose Heimfahrt durch den dichter werdenden und schlecht gelaunten Nachmittagsverkehr. Soviel zu Mittwoch.

Und soviel zu Donnerstag.

Und soviel zu Freitag, jedenfalls bis Viertel vor fünf, zu welchem Zeitpunkt ich begann, mich auf die Zusammenkunft der Clan-Mitglieder vorzubereiten. Evonne hatte versprochen, zwei Klappstühle aus ihrem Garten mitzubringen, zwei Stühle gehörten bereits zu meinem Büroinventar, was bedeutete, daß ich mir noch acht zusammenschnorren mußte. Wie im voraus vereinbart, sammelte ich sechs von den Nus nebenan ein und zwei von Mrs. Morales drei Türen weiter. Dann schob ich meinen Schreibtisch so weit gegen die Wand, daß ich mich gerade noch dahinterquetschen konnte, und baute die Stühle ordentlich davor auf. Schnell noch staubgewischt, schnell noch den Teppich gefegt, was vor dem Stuhlaufbau schlauer gewesen wäre, wie ich zu spät feststellte, aber was soll's, kein Mann ist perfekt, nicht mal Mrs. Daniels kleiner Junge. Dann breitete ich meine Dokumente und meinen Notizblock und meine Bleistifte, und was sonst noch dazugehörte, fein ordentlich auf dem Schreibtisch aus, dann wartete ich. Mensch – meine allererste Pressekonferenz – seid bloß still, ihr Medienereignis-Fritzen.

Indiander-Joe war der erste, der aufkreuzte. Er winkte mir durchs Fenster zu, und ich machte ihm ein Zeichen einzutreten. Er schlich sich herein.

»Wie geht's, Häuptling?« sagte er und nickte mir zu. »Ich bin doch nicht zu früh dran, oder?«

»Pünktlich wie die Maurer, Joseph mein Junge«, versicherte ich ihm. »Und sind wir auch quietschsauber, wie versprochen?«

»Ja, ja«, sagte er.

»Unser Haar auch?«

»Ja, ja, Lil hat drauf bestanden. Kann ich jetzt meine neuen Sachen anziehen, Häuptling?«

»Das kannst du ganz gewiß«, sagte ich. »Gleich da hinten. Ich hab dir eine Einkaufstüte hingestellt, in der du die Gewänder verstauen kannst, die du im Moment trägst, und die du dann bitte unter dem Waschbecken verstecken wirst.«

»Hab kapiert«, sagte er und schlurfte in Richtung Küche. Dann drehte er sich um und sagte: »Oh. Mir ist was eingefallen.«

»Was, Joe?«

»Wie heiße ich?«

»Was soll das heißen, wie heißt du? Du heißt Joe, oder etwa nicht?«

»Ja, aber ich meine, na ja, meinen indianischen Namen.«

»Ich weiß einen indianischen Namen für dich«, sagte ich, »falls du wirklich einen willst. Wie wär's mit Joseph, Größte Nervensäge im Wigwam?« Er grinste mich an.

»Wie wär's mit Joseph Half-Moon?« fragte er. »Lil mochte den Namen.«

»Okay, okay«, sagte ich. »Joseph Half-Moon. Sonst noch was?«

»Na ja, da war noch eine Sache«, sagte er. »Lil meinte, ich soll's erwähnen, besser ist besser.«

»Raus mit der Sprache, Joseph, raus damit.«

»Na ja, weißt du, Häuptling, es ist nämlich so, daß ich eigentlich kein Indianer bin.«

»Ach, und das erzählst du mir jetzt schon«, meinte ich. »Was bist du sonst, verdammt, wenn schon kein Indianer, ein Busch-Pygmäe vielleicht? Wieso heißt du Indianer-Joe, wenn du gar kein Indianer bist?«

»Heiß ich ja gar nicht«, sagte er. »Ich bin nämlich Skandinasier, das bin ich. Indianer-Joe ist eigentlich eher 'ne Art Kosename.«

»Ach tatsächlich?«

»Lils Bruder Donald, der und ich, wir waren zusammen bei der Navy, und irgendwann hat er sich beworben, Stabsbootsmann zu werden, also *Chief*, deswegen hab ich angefangen, ihn Häuptling zu nennen, und er meinte, wenn du mich weiter Häuptling nennst, bevor ich überhaupt Häuptling bin, dann nenn ich dich Indianer-Joe, verdammt noch mal. Das hat er dann gemacht.«

»Faszinierend, wahrlich faszinierend«, sagte ich. »Und was ist aus Donald geworden?«

»Hat ihn erwischt«, sagte Joe. »Wir waren gerade dabei, Muni auf dem Geschützdeck achtern zu laden, als es passierte, rumms, ich bin zwei Tage später im Schiffslazarett aufgewacht, und er und Frenchie und Red und der Erste Offizier waren tot, als sie aufwachten.«

»Oh, Mist«, sagte ich. »Das tut mir leid, Joe. Jetzt mach aber hin, streif dir deine teuren neuen Klamotten über, ja? Das ist schon in Ordnung, bloß erzähl niemandem ein Wort davon. Mein Anwalt-Kumpel Mel wird das Reden für dich besorgen. Du mußt nur würdevoll nicken, wenn er dich was fragt. Okay?«

»Wenn du meinst, Häuptling«, sagte er. »Aber woher weiß er, wie ich jetzt heiße?«

»Ich werde es ihm sagen«, sagte ich. »Und jetzt verzieh dich endlich, bevor ich dich skalpiere, hier kommen schon die nächsten Gäste.« Joseph Half-Moon zog sich in den hinteren Bereich zurück. Ich erhob mich, um die Neuankömmlinge zu begrüßen – Benny den Jungen, Mel the Swell und meinen Vermieter Elroy, die sich alle bereits kannten, so daß ich sie nicht vorstellen mußte. Benny trug einen scharfen dreiteiligen Anzug und seine übliche und hochgradig irreführende Miene leicht verdatterter Unschuld. Mel war elegant wie eh und je, in einem weißen und enorm teuer aussehenden Sportsakko mit dunkelgrünen Freizeithosen und auf Hochglanz polierten Fransen-Mokassins. Elroy, der mit Abstand reichste von allen, kam in seinem gewohnten Outfit daher – Pferdeschwanz, billige Gummilatschen, noch billigeres T-Shirt (auf dem »Gewohnheit, die; eine Fessel für die Freien« stand) und dieser Art von dünnen, ausgebeulten schwarzen Hosen, die kambodschanische Kulis beim Reisanbau tragen. Sowie seiner nicht-durchsehbaren Sonnenbrille, natürlich, seiner Mickymaus-Uhr und seinem Haschbeutel, der an der Schnur baumelte, die seine Hose zusammenhielt. Ich trug ein umwerfend grün-rosa-orange schattiertes Hawaiihemd und neue beige Cordhosen.

Begrüßungen machten die Runde. Verwirrte Blicke wurden Richtung Küchenbereich geworfen, wo anscheinend ein nackter Mann herumsprang und fluchte.

»Wird alles erläutert«, sagte ich, »sobald die anderen eingetroffen sind.«

»Welche anderen, mein Freund?« wollte Elroy wissen.

»Sara und Evonne«, sagte ich. »Sowie ein Bulle, ein Padre und ein Historiker. Dann werde ich euch aufklären, und dann werden wir vollendet unsere Rollen spielen, dann werden wir einen vernünftigen Kompromiß aushandeln, und dann wird dieser Zaun da nebenan fallen, und dann bleibt uns nur noch fröhliches Tanzen und heiteres Frohlocken auf den Straßen der Stadt.«

»Meine kleine Rolle«, sagte Benny. »Du hast bisher versäumt, mir zu sagen, was sie genau beinhaltet.«

»Du bist der Reverend Michael Lendon«, sagte ich. »Und repräsentierst den Rat der Presbyterianischen Kirchen unserer Vereinigten Staaten. Dein klerikaler Kollege, Pater Romero, wird in Kürze mit deinem Beffchen eintreffen. Du wirst dich dann in den Umkleideraum zurückziehen, es anlegen und beginnen, Frommes zu denken und zu deklamieren, was für uns alle eine erleuchtende Erfahrung sein wird.«

»Ihn eingeschlossen«, murmelte Elroy.

»Ah, die Damen!« sagte ich dann. »Und sind sie nicht eine Augenweide!« Alle Köpfe drehten sich herum, um Sara und Evonne anzusehen, die die paar Meter von der Stelle, wo Evonne ihren Wagen geparkt hatte, zu meinem Büro zurücklegten. Einen Augenblick später traten sie ein. Alle erhoben sich.

»Gentlemen«, sagte ich. »Ich glaube, daß Sie alle Miss Sara Silvetti kennen, Vorsitzende der christlichen Schülerinitiative der Wade Dean High School? Danke, daß Sie gekommen sind, Miss Silvetti, und darf ich bemerken, daß Sie heute nachmittag ganz besonders liebreizend aussehen?« Was sie auch wirklich tat, wenn man den Sandra-Dee-, Ab-in-die-Kirche-Look mag – und welcher vernünftige Mensch tut das nicht: biederer Twinset (eine Strickjacke, die über einem Pullover von demselben Material und derselben Farbe getragen wird), Faltenrock, rote Wildleder-Pennyloafers und zwei kleine Ponyschwänzchen, die von Gummibändern zusammen- und hochgehalten wurden und über jeder Schulter hervorschauten.

»Fick dich ins Knie«, entgegnete das süße Geschöpf. »Und für welchen Anlaß hast du dich diesmal verkleidet, eine hawaiianische Sonnenwendfeier? Wo hast du deine Ukulele gelassen?«

»Ja, und außerdem natürlich«, fuhr ich fort und ignorierte den Strohkopf, der wie immer eine helle Freude war, »kennen Sie alle Miss Evonne Louise Shirley, die heute in ihrer Funktion als Abgesandte der städtischen Schulbehörde von Los Angeles zu uns gekommen ist.«

»Hallo Süßer«, sagte sie und gab mir einen schallenden Kuß auf die Wange. »Tut mir leid wegen neulich.« Ich gab ihr hemmungslos einen lauten Schmatzer zurück. Sie brauchte sich nicht die Mühe zu machen, mir ihre Lippenstift-Spuren abzuwischen, weil sie keinen aufgetragen hatte. Sie trug einen männlich geschnittenen Anzug, flache Schuhe und eine Hornbrille, die sie sich irgendwo geborgt hatte und mit der sie kaum etwas sehen konnte, und ihr normalerweise wallendes Lockenhaar hatte sie zu einem strengen Dutt zusammengezurrt. Trotzdem sah sie für mich immer noch mächtig zum Anbeißen aus. Sie sah aus wie Hollywoods andere Vorstellung einer Bibliothekarin, wenn das Drehbuch nämlich, sagen wir mal, Virginia Mayo mit Nasenfahrrad und Dutt ausstattet, und Mannomann, was für eine Überraschung das dann ist, wenn sie es abnimmt und ein paar Haarnadeln rauszieht und sich als eine Wuchtbrumme entpuppt – wer hätte das gedacht, nur alle außer Sonny Tufts.

Einen Augenblick später kreuzte Marv auf, der in seiner Uniform des State Troopers ausgesprochen beeindruckend aussah: na ja, verdammt, als Brocken, der er nun einmal war, würde er wahrscheinlich auch im Feigenblatt ausgesprochen beeindruckend aussehen. Marv mußte allen vorgestellt werden. Dann tauchte Joe wieder aus der Küche auf und sah ein bißchen nervös aus, aber auch unheimlich wie ein Indianer, ich muß schon sagen.

»Liebe Zeit«, sagte Sara. »Was denn noch, General Custer vielleicht?«

»Joseph Half-Moon«, sagte ich und stellte ihn der Schar vor. »Eine Schlüsselfigur in unserer Widerstandsbewegung.«

»Hugh«, sagte Elroy.

»So schlimm ist es ja auch wieder nicht«, sagte ich.

»Nein, nicht huch; hugh«, sagte er. »Hugh wie hallo, Mann, wie geht's?«

Joe blickte mich besorgt an. »Du kannst jetzt ruhig noch reden, Joe«, sagte ich. »Nur nachher, wenn die Sitzung anfängt, mußt du die Klappe halten.«

»Oh«, sagte er. »Also dann, mir geht's gut, Häuptling, und selbst?« Er wandte sich wieder mir zu. »Ich hab noch mal hinten rausgeguckt«, sagte er. »Dem Hund geht's gut.« Ich dankte ihm; ich hatte King draußen in der Gasse angeleint, um ihn aus dem Weg zu haben.

Dann sagte ich: »Zwei fehlen noch, Leute, also macht's euch bequem, lernt euch kennen, plaudert ein bißchen, nehmt Platz, wo ihr wollt, außer auf den drei Stühlen da in der ersten Reihe, da sollen Joe, Mel und Taffy sitzen.« Eine Minute darauf plauderten alle munter drauflos. Mel mit Benny dem Jungen. Elroy mit Joe, und ich mit meinem Mädel. Marv und das Dummerle vertieften sich sofort in eine ernste Diskussion über Haiku, was immer das schon wieder ist – irgendeine koreanische Kampfsportart wahrscheinlich. Ich blickte mich in dem festlichen Treiben um und dachte, daß ich vielleicht doch ein paar Cocktail-Snacks und Punsch hätte bereitstellen sollen.

Etwa zwanzig Minuten später machte Dr. Chandler seinen Auftritt, mitsamt Aktentasche und heftigen Entschuldigungsbeteuerungen, weil er zu spät gekommen war, und gleich darauf traf Pater Romero ein, mit einer Tüte Äpfeln in der einen und einer zweiten Tüte in der anderen Hand, die Bennys Beffchen enthielt, wie sich herausstellte, und natürlich mußten auch sie der Runde vorgestellt werden. Deshalb war es schon halb sechs, bis es mir endlich gelang, daß alle ihre Plätze auf den beiden Stuhlreihen vor mir eingenommen und sich korrekt kostümiert hatten und sich angemessen aufmerksam gebärdeten. Naja, alle außer Sara sich angemessen aufmerksam gebärdeten, sie schnitt Grimassen, als litte sie schreckliche Schmerzen, und kritzelte wie wild in ihr pennälerhaftes Lose-Blatt-Notizbuch, wobei sie die Lippen schürzte und hin und wieder schwer seufzte; man verspürte eine tiefe Urangst, wenn man sie nur ansah. Wahrscheinlich konnte man eine Münze werfen, ob sie sich nun in den Geburtswehen von pubertärer Kreativität befand oder gerade ausrechnete, wieviel sie mir für ihren Anteil am Geschehen abknöpfen wollte.

»Leute«, sagte ich, »King und ich bedanken uns für euer Erscheinen. Wir wissen eure Hilfe mehr zu schätzen, als ich auszudrücken vermag.« An dieser Stelle nickte Joseph Half-Moon würdevoll.

»Jederzeit für meinen Lieblingsknaben«, sagte Elroy.

»Für meinen auch«, sagte Evonne und klimperte mit den Augenlidern.

»Wozu sind Freunde schließlich da?« deklamierte Mel rhetorisch.

»Wie ihr wißt«, fuhr ich fort, »haben wir uns heute hier versammelt, um, wie ich hoffe, eine zutiefst bewegende und höchst befriedigende Erfahrung geeinten Handelns zu machen, von Brüderlichkeit und Schwesterlichkeit, von einfachen, gewöhnlichen, gottesfürchtigen Menschen, die ein gemeinsames Ziel verbindet, ein Ziel, das über unsere alltäglichen und kleinen Bedürfnisse hinausgeht, über unsere infantilen Vorurteile und über unser würdeloses Konkurrenzdenken. Und worin nun besteht dieses Ziel, Brüder und Schwestern? Die Lanze tief und fest, ein für allemal, in die gierigen und schmierigen Machenschaften eines gewissen Saul Gall zu rammen, Pornograph für die Massen.«

»A-men, Bruder!« sang der Mächtige Marv.

»Zeig's ihnen, Paps«, sagte die Hirnamputierte, ohne aufzublicken.

Paps zeigte es ihnen.

Vierzehntes Kapitel

Die Federales sagten: »¡Alto!«, haben den DeSoto abgewrackt,
Wo's zwei Stunden dann mas tarde unterm Trittbrett klebte.

Es war zwanzig Minuten später. Ich polierte inbrünstig meine Brille, schaute prüfend hindurch, polierte das eine Glas noch mal, setzte sie auf, spähte in die Runde und räusperte mich dann nervös.

»Beginnen wir vielleicht damit«, sagte ich, »da wir einander alle bis auf ein oder zwei Ausnahmen praktisch fremd sind, indem wir uns der Reihe nach vorstellen und unser jeweiliges Interesse in dieser Angelegenheit erläutern. Mein Name ist Victor Daniel, und ich bin lediglich ein besorgter Bürger. Mein Hund, King, wartet draußen. Sie sind ... Miss Shirley, wenn ich recht verstanden habe?«

»Sie haben richtig verstanden, Mr. Daniel.« Evonne blätterte ungeduldig in ihrem Notizblock. »Ich bin im Auftrag der Schulbehörde von Los Angeles gekommen, der ich einen vollständigen Bericht schicken werde, sobald ich ihn getippt habe.«

»Danke. Und die junge Dame neben Ihnen?«

Sara sprang auf. »Ich bin in meiner Eigenschaft als neugewählte Vorsitzende der christlichen Schülerinitiative der Wade Dean High School hier, die inzwischen über zweihundert Mitglieder verzeichnen kann«, begann sie ihre freie Improvisation, wie ich wohl oder übel bemerken mußte. »Jeder einzelne von uns ist entschlossen, für die wahren christlichen Werte, für Sitte und Anstand zu kämpfen. Wir sind bereit, Mahnwachen abzuhalten, wir sind bereit, zu marschieren! Wir sind bereit ...«

»Vielen Dank, vielen Dank, Miss, äh ...«, sagte ich. »Bitte heben Sie sich Ihr ausführliches Statement für nachher auf.« Der Strohkopf setzte sich widerwillig hin. Von seinem Platz neben Sara sagte Marv lakonisch:

»State Trooper Marvin Morrison für das Sheriff's Department von Los Angeles County sowie für alle besorgten Eltern.« Was mir neu war; ihm wahrscheinlich auch. Dann erklärte Pater Romero milde, wer er sei und wo sich seine Kirche befand, und fügte hinzu, daß es vielleicht offensichtlich wäre, was sein Interesse und das der katholischen Kirche in der Sache sei. Nach ihm sprach ein dürrer Typ in einer ausgebeulten karierten Sportjacke, der hinter ihm saß, ein Notizbuch schwenkte und sich laut und vernehmlich mit »Harrison, *Citizen*«, vorstellte.

»Reverend Michael Lendon«, sagte eine spröde Stimme neben ihm, die seltsam stranguliert klang, da sich das gestärkte weiße Beffchen als eine Nummer zu klein entpuppt hatte. »Als Vertreter des Ökumenischen Kirchenrats sowie als Gründungsmitglied des Komitees ›Haltet Studio City sauber‹.«

»Nie davon gehört«, sagte Harrison, *Citizen*.

»Seien Sie gewiß, daß Sie bald mehr davon hören werden, Sir«, sagte Benny der Junge höflich. Dann erklärte Dr. Chandler, der, wie ich fand, ein völlig überflüssiges Gehabe des zerstreuten Professors an den Tag legte, wer er sei und welche berufliche Position er gegenwärtig bekleidete, und, ach ja, er verfüge über mehrere akademische Titel, und, ach ja, wenn man's recht bedachte, sei er außerdem Gründungsmitglied der kalifornischen Historischen Gesellschaft, und da war doch noch was ... was könnte es gewesen sein ... ach ja, er fungiere auch noch gelegentlich als Berater für das FDIA. Was das sei? Oh, das Federal Department of Indian Affairs. Worauf er sich erhob, mich gütig anlächelte, sich den Kopf kratzte und dann wieder Platz nahm. Hüte dich, mit Amateuren zusammenzuarbeiten, dachte ich, wie so manches Mal. Dann stand Mel auf.

»Melvin Jameson«, sagte er weltmännisch. »Rechtsanwalt. Von der Anwaltskanzlei Melvin Jameson und Partner.« Partner – was mir ebenfalls neu war. Soweit ich wußte, waren seine einzigen Partner eine Halbzeit-Sekretärin namens Betty-Jean und eine Reinemachefrau, die einmal im Monat auftauchte. »Ich vertrete den Herrn neben mir, Joseph Half-Moon, direkter Nachkomme des einst weit verbreiteten Stamms der Jokuten.« Er stubste Joe kurz an; Joe nickte einmal langsam und wirkte dann sehr zufrieden mit sich. Nachdem sich auch Elroy vorgestellt hatte, blickte ich erwartungsvoll auf das verbleibende Paar.

»Mein Name ist Saul William Gall«, sagte der Mann, der mit einer beleidigend deutlichen Diktion sprach und nach jedem Wort eine Pause machte, als wäre er Dr. Livingston, der versuchte, sich gegenüber Watussi-Nomaden verständlich zu machen. Saul William Gall war ein kleiner und gedrungener Mann Ende Dreißig oder Anfang Vierzig, tiefgebräunt, mit einem vollkommen kahlrasierten Schädel und klaren blauen Augen, die häufiger zwinkerten, als Augen dies normalerweise tun. Er trug keine Uhr, kein Hemd, keine Socken, dafür einen herrlichen Pulli, cremefarben, aus Lama oder Kamel oder etwas in der Art, enge Wildlederhosen und abgetretene alte Loafer. An einem seiner Handgelenke hing ein riesiges Navajo-Armband, das aus dickem Türkis gehauen war und ungefähr die Größe einer großen Portion Hüttenkäse hatte, mit ein paar Pfund mexikanischen Silbers daran. »Ich vertrete mich und meine Partnerin. Wir haben die Absicht, ein Filmtheater zu errichten und anschließend zu betreiben, und zwar vollkommen im Einklang mit den geltenden Gesetzen, auf einer Grundstücksparzelle, deren Eigentum wir rechtmäßig erworben haben. Neben mir ist meine Teilhaberin, Ms. Garrison.«

Alle Augen, die nicht ohnehin schon auf Ms. Garrison gerichtet waren, wandten sich ihr zu. Ms. Garrison war einsachtzig groß. Ms. Garrison trug ein Silberlamé-T-Shirt, unter dem sich nichts anderes befand als Ms. Garrison, des weiteren einen Silberlamé-Minirock, der ganze siebeneinhalb Zentimeter lang war, des weiteren ein paar Stöckelsandalen aus Silberlamé. Ms. Garrison war irrsinnig umwerfend. Sie sah ungemein wie diese schöne Schauspielerin Briget Neilson aus, nur noch mehr, falls das möglich ist, mit ihrer blonden Mähne, ihren perfekten Gesichtszügen und ihrem gekonnt lippenbestifteten, sinnlichen Mund. Von Evonne und Sara war ihr auf den ersten Blick abgrundtiefer Haß entgegengeschlagen. Pater Romero hatte die Augen verdreht und sich, unwillkürlich, glaube ich, bekreuzigt. Mel wurde auf einmal ungemein zuvorkommend, Bennys Gläser beschlugen, Marv fläzte sich noch tiefer in seinem Stuhl, und Indianer-Joes Augäpfel beulten sich fast so weit aus ihren Sokkeln hervor, wie Augäpfel das in Zeichentrickfilmen tun. Nur ich, Veteran hundert ähnlicher Krisensituationen, war unbeteiligt und undurchdringlich geblieben, zum Glück auch, da meine Angebetete jedes winzige Flattern meiner Augäpfel scharf beobachtete.

Nachdem die Vorstellungen vorüber waren, schlug ich vor, daß nun die Hauptbeteiligten – mit vorläufiger Ausnahme der Messrs. Chandler und Jameson – einer nach dem anderen ihre Einwände gegen das von Mr. Gall geplante Kino vorbringen könnten, wobei ihre Bemerkungen fünf Minuten nicht überschreiten sollten, bitte. Einer nach dem anderen taten sie dies, in zu erwartender Manier – Marv, der Gesetz und Ordnung betonte, Evonne die Gefährdung der Jugend, Sara, mit ein, zwei passenden Bibelzitaten, Reinheit, Rechtschaffenheit und Wichtigkeit tradierter amerikanischer Werte in einer zunehmend korrupten Gesellschaft; und so weiter. Nachdem Elroy seine Nummer über den Verfall der architektonischen Standards in den Innenstädten und die damit verbundenen Gefahren abgezogen hatte, fügte ich ein paar treffende Bemerkungen in meiner Rolle des normalen, braven, betroffenen Manns von der Straße hinzu. Ich fragte dann Mr. Gall, ob er, in Anbetracht der soeben vorgetragenen Argumente, seine Pläne nicht noch einmal überdenken und sein Kino vielleicht nicht doch anderswo errichten wolle, was allen Beteiligten eine Menge Kummer ersparen würde.

»Nein«, sagte er. »Ich werde meine Pläne nicht noch einmal überdenken und mein Kino in Anbetracht der vorgebrachten Argumente vielleicht doch anderswo errichten.«

Ich seufzte. »Dann hören Sie das folgende«, sagte ich. »Mr. Jameson?« Mel stand auf, öffnete seine Aktentasche und verteilte an alle Anwesenden Kopien von vier Dokumenten. Wir versuchten alle, überrascht auszusehen, mit Ausnahme von Mr. Gall, dessen Gesichtsausdruck sich nicht im geringsten veränderte, und Ms. Garrison, die die Stirn runzelte, als sie zu lesen begann.

»Was Sie in den Händen halten, meine Damen und Herren«, sagte Mel in seiner gekonntesten Gerichtssaal-Manier, »ist wie folgt: erstens: eine einstweilige Verfügung, ausgestellt von der Zivilkammer Nummer vier des Bundesstaats Kalifornien, an dem und dem Datum, die den Bau, die Zerstörung, die Eigentumsübertragung etc. etc. des Grundstücks nebenan unterbindet, nachstehend ›Grundstück‹ genannt; zweitens: eine notariell beglaubigte Aussage der Streifenbeamten Soundso und Soundso, die die Entdeckung einer gewissen Reliquie auf besagtem Grundstück an dem und dem Datum bestätigt; drittens: ein notariell beglaubigtes Gutachten von Dr. John Chandler, einem der führenden amerikanischen Experten auf dem Gebiet, des Inhalts, daß er anhand von darauf befindlichen Markierungen und Gravuren besagte Reliquie zweifelsfrei und präzise datieren und identifizieren konnte, und zwar als einen religiösen Kultgegenstand der Jokuten, die einst in genau diesem Gebiet gesiedelt haben.« Hier machte Mel Joe ein Zeichen, der daraufhin einmal nickte. Da mir auffiel, daß sich Evonne eifrig in eins der Dokumente vertieft hatte, riskierte ich einen Blick auf Ms. Garrisons gekreuzte Gliedmaßen.

»Das vierte Dokument«, fuhr Mel fort, »falls man es denn so nennen will, stellt eine kurze Abhandlung über die wichtigsten kalifornischen Stämme und ihre Bestattungsrituale dar, die Dr. Chandler freundlicherweise zusammengestellt hat und die Sie vielleicht genauso interessant finden werden wie ich.«

»Oh, herzlichen Dank auch, Doktor«, sagte ich. »Das war sehr aufmerksam von Ihnen. Äh, Mr. Jameson, ich habe eine Frage, die eventuell relevant sein könnte. Diese einstweilige Verfügung, wie Sie sie nennen, die kann doch vor Gericht nicht irgendwie angefochten oder vielleicht revidiert werden?«

»Selbstverständlich könnte sie das«, sagte Mel. »Nur sind leider die Gerichte zur Zeit mit ihren Zivilsachen arg im Verzug, so daß der früheste Termin für eine derartige Anhörung in etwa achtzehn Monaten anberaumt werden könnte, wahrscheinlich aber erst wesentlich später.«

»Sehr nett«, sagte da Mr. Gall und stopfte sich die Unterlagen in eine seiner Gesäßtaschen. »Sehr, sehr nett.«

»Gibt es noch weitere Fragen?« sagte ich dann und guckte Elroy überdeutlich an.

»O ja«, sagte er. »Dieses Reliquien-Dingsbums, darf man sich das mal ansehen?« Ich warf Taffy einen fragenden Blick zu. »Aber sicherlich, sicherlich«, sagte er. »Wo hab ich sie nur hingetan? Ich wollte sie ohnehin ihrem rechtmäßigen Besitzer, Joseph Half-Moon hier, zurückgeben.« Er fand das Ding schließlich in einer Schachtel unter seinem Stuhl, nahm es heraus und reichte es dann andächtig an Elroy weiter. Während es die Runde machte, fragte ich die Versammlung erneut, ob noch irgend jemand Fragen stellen wollte, wobei ich diesmal Evonne überdeutlich ansah. Bevor sie jedoch mit ihrer Frage herausrücken konnte, rasselte Harrison, *Citizen*, ein Dutzend eigener Fragen herunter, die behandelt werden mußten.

Schließlich sagte Evonne: »Mr. Jameson, stehen Mr. Gall noch irgendwelche anderen Rechtsmittel zur Verfügung, mit denen er die Dinge zu seinen Gunsten beschleunigen könnte?«

»Keine«, sagte Mel, »soweit ich weiß.«

»Halleluja«, sagte Marv.

»Amen«, sagte der Strohkopf und wedelte mit der Rassel.

»Mr. Jameson«, sagte Mr. Gall, »was wäre, wenn die Hauptkläger in dem Verfahren – nämlich die beiden da (damit meinte er mich und Joe) – ihren Einspruch zurückziehen würden? Aufgrund neuer Entwicklungen, sagen wir mal?«

»Dann würde er zurückgezogen werden«, sagte Mel und zuckte die Schultern.

»Wie bald?«

»Fast unmittelbar; das wäre nur ein Stück Papier, das ein Richter unterschreiben müßte, eine echte Verzögerung gäbe es dabei vermutlich nicht.«

»Danke«, sagte Mr. Gall. Joe nickte einmal. Harrison, *Citizen*, hatte seine Begutachtung der Rassel beendet und gab sie an mich weiter; ich nahm die etwas grelle Schachtel von Taffy zur Hand, in der sie gelegen hatte, tat die Rassel wieder hinein und verstaute die Schachtel dann geistesabwesend in einer Schublade. Als sich die Versammlung ein paar Minuten später auflöste, fiel mir ein, sie wieder herauszuholen und sie förmlich ihrem sogenannten rechtmäßigen Besitzer, Joe dem Skandinasier, auszuhändigen.

Mr. Gall und Ms. Garrison waren die ersten, die gingen.

»Vielen Dank, daß Sie gekommen sind, Mr. Gall«, rief ich ihnen nach. »Tschüs, Ms. Garrison!« Mir war so, als hätte einer der beiden »Arschloch« gebrummt, aber ich kann mich auch irren. »Achten Sie auf den Hund, wenn Sie rausgehen.« Worauf sie statt dessen achteten, wie mir auffiel – übrigens mit konzentriert zusammengekniffenen Augenbrauen –, war das neue Schild an meiner Eingangstür, das mich als einen bescheidenen Buchhalter und Steuerberater ausgab. Dann bogen sie nach links und entzogen sich dem Blick; ich dachte mir, daß sie in der Lieferantenzufahrt hinter dem Gebäude geparkt hatten, weil vorn alles besetzt war, oder weil sie vielleicht nur an ihrem neuen Zaun entlangspazieren wollten, um ihn zu bewundern.

Harrison, *Citizen*, ging als nächster, nach ein paar weiteren bohrenden Fragen, unter anderem dem vergeblichen Versuch, Evonnes Telefonnummer herauszukriegen, wie ich zufällig mitanhörte. Sobald er verschwunden war, gönnten wir uns ein paar Minuten, um uns gegenseitig ausgiebig zu beglückwünschen; King, den ich wieder hereingelassen hatte, bekam seinen hoch verdienten Teil davon ab. Dann ging Joe, um zwanzig (meiner) Dollar reicher, dann Taffy, dann Elroy. Ich unterhielt mich noch mal kurz mit Elroy, bevor er verschwand, erzählte ihm von meiner herannahenden Obdachlosen-Misere und bat ihn, die Ohren nach etwas Passendem zu spitzen, passend sprich billig. Er versprach es.

Dann kam Joe noch mal zurück, weil er die Einkaufstüte mit seinen alten Klamotten vergessen hatte, in die er die Reliquie stopfte, und ging dann noch mal. Dann verließ uns Marv, der meinte, er könne es gar nicht erwarten, seine Uniform ab- und einen Erdbeer-Daiquiri einzuwerfen, dicht gefolgt vom Padre und Mel. Schließlich waren nur noch Benny und ich, die Ladies und der Hund übrig. Ich schlug vor, daß wir uns alle zusammen zu einem angesagten Lokal begeben und feiern könnten. Benny sagte, er hätte keine Zeit, da er später noch seinen Nerzzüchter treffen müsse. Er ging.

»Nun, Mädels«, sagte ich fröhlich, »somit bleiben wohl nur wir drei Hübschen und der Hund übrig.«

»Ähm, Victor«, sagte Evonne, »leider ohne uns, stimmt's Sara? Ihre Eltern haben uns heute ins Konzert eingeladen, wir können da auf keinen Fall absagen.« Meine Angebetete errötete leicht und wandte den Blick ab.

»Mist, stimmt ja«, sagte der Strohkopf und schnipste mit den Fingern. »Hätte ich fast vergessen.« Und dann zogen sie ab, unter viel heiterem Getuschel und albernem Gekicher, die miesen Flunkerinnen.

»Nun, King«, sagte ich, »somit bleiben wohl nur noch wir übrig.« Er wedelte mit dem Schwanz. »Und ich werd dir mal eins sagen, mein Freund – vielleicht stimmt es ja, daß die Menschheit ohne Lügen vor lauter Verzweiflung und Langeweile zugrundegehen würde, aber sie tun einem Kerl trotzdem weh.« King wedelte noch einmal mit dem Schwanz, trollte sich auf seine Decke und schloß die Augen.

»Nun, großer Knabe«, sagte ich, »somit bleib wohl nur noch ich übrig. Ich weiß auch schon den perfekten Ort – er ist schick, er ist in, er beherbergt immer eine muntere Meute, und er heißt die nächste Bar.«

Während ich aufräumte, bemerkte ich, daß King immer tiefer und angestrengter atmete. Zuerst war ich nicht sonderlich beunruhigt, sondern ging zu ihm und wiegte seinen Kopf in meinen Händen und versuchte, ihn aufzuwecken, aber als dies nichts bewirkte, wurde ich sehr schnell sehr beunruhigt. Ich hob ihn auf, mitsamt der

Decke, rannte nach draußen, schmiß die Tür zu und raste wie ein Irrer in westlicher Richtung zu dem Tierarzt zwei Straßen weiter, der King gegen Tollwut und Staupe geimpft und ihm vor ein, zwei Monaten seine Auffrischungsspritzen gegeben hatte. Ian Irgendwas hieß er; ich wußte, daß er mehrere Nächte in der Woche Bereitschaftsdienst in seiner Praxis machte, und wenn heute nicht eine dieser Nächte war, befand sich vielleicht ein Schild an seiner Tür, das auf den nächsten Tierarzt verwies, der geöffnet hatte, und wenn er nicht auf hatte und es kein Schild gab und ich nicht rechtzeitig Hilfe bekam, dann würde ich jemanden umbringen, und ich hatte auch schon eine ziemlich gute Ahnung, wen.

Ian hatte nicht geöffnet, aber als ich verzweifelt gegen die Tür bummerte, ging sie plötzlich auf. Ian stand da; er trug noch seine weiße Arztmontur. Er schaute mich an, dann King, dann nahm er mir den Hund ab und eilte durch das Wartezimmer in seinen Untersuchungs- oder Behandlungs- oder Operationsraum, wie immer Sie es nennen wollen. Nachdem ich seine Praxistür von innen geschlossen und verriegelt hatte, ging ich ihm nach.

»Irgendeine Ahnung, was es war?« fragte er mich und setzte das betriebsame Ende eines Stethoskops an Kings Brust.

»Nein«, sagte ich.

»Wie lange ist es her?« sagte er. Er machte eins von Kings Augen auf und spähte konzentriert hinein.

»Zwanzig, fünfundzwanzig Minuten?« riet ich.

»Halten Sie mal«, sagte er. Er reichte mir einen Plastiktrichter, dann eine nierenförmige Plastikschale. Dann langte er auf ein Regal hinter sich und nahm eine Flasche destilliertes Wasser herunter, die er automatisch zu schütteln begann, dann ein Stück Gummiröhrchen. Hinunter in Kings Kehle wanderte das Röhrchen. Dann beugte sich Ian vor und hielt ein Ohr an das äußere Ende, was ich ein bißchen seltsam fand, denn was um alles in der Welt erwartete er darin zu hören?

»Wenn es in die Lunge gerät, hört man Atemgeräusche«, sagte er.

»Oh«, sagte ich. »Wozu überhaupt die Röhre?«

»Man kann nicht besonders gut schlucken, wenn man ohnmächtig ist«, sagte er.

»Oh«, sagte ich.

»Hinein damit«, sagte er und richtete Kings Kopf in seinem Arm auf. Ich fing an zu gießen. »Mehr«, sagte er. Ich goß nach. »Schale unter den Tisch.« Ich plazierte die Schale unter den Tisch, direkt daneben. Dann saugte er ein- zweimal an dem Röhrchen, sagte dann: »Da bläst er!«, und dann kam eine Menge ekliges Zeug die Tube hinausgeschossen, wovon ich das meiste in der Schale auffing. Als nichts mehr übrig war, das herauskommen konnte, wischte Ian Kings Maul mit einem Tuch ab, überprüfte nochmals seine Augen und seinen Herzschlag und legte dann wieder vorsichtig seinen Kopf auf den Tisch. Dann spülte er sich den eigenen Mund aus und fing dann an, mit einem Holzspatel in der Brühe herumzustochern.

»Wie lautet das Urteil, Doc?« fragte ich ängstlich.

»Oh, er erholt sich wieder, wenn er die Sache überschlafen hat«, sagte er.

»So ist's recht, guter Junge!« sagte ich äußerst erleichtert.

»Hier«, sagte er. »Nicht zu fassen.« Er zeigte auf ein paar nicht aufgelöste Kapseln, die in der Jauche herumschwammen. »Sieht ganz so aus, als hätte irgendeine gute Seele Ihrem Tier ein paar Downer in einem Snickers-Riegel untergejubelt.«

»Kann doch nicht wahr sein«, sagte ich.

»Ist aber wahr. Ein Glück, daß sie in dem Schokoriegel waren, deshalb brauchten sie mehr Zeit, um zu wirken. Auf nüchternen Magen, wer weiß.«

»Hätten sie ihn getötet?«

Er zuckte die Schultern. »Wahrscheinlich nicht, aber Sie sollten diesem Köter trotzdem beibringen, keine Süßigkeiten von Fremden anzunehmen.«

»Na ja, nun«, sagte ich und streichelte meinem Jungen den Kopf. »Es besteht eine ziemlich gute Chance, daß dieser Fremde ein dermaßen umwerfendes Frauenzimmer war, daß wenn sie mir Riesenelch-Pastete in Snikkers-Verpackung angeboten hätte, ich alles aufgegessen und noch mal um Nachschlag gebettelt hätte.«

Er grinste mich an und gähnte dann.

»Was jetzt?« fragte ich.

»Ich sag Ihnen, was jetzt«, sagte er. »Ich nehm ihn über Nacht zu mir rauf, ich wollte sowieso nicht weggehen, auf die Weise kann ich ihn im Auge behalten, und wenn er aufwacht, ist jemand da, der ihn kennt und den er kennt.«

Ich fing an, mich bei ihm zu bedanken, aber er unterbrach mich: Ich solle abhauen, er sei müde, und ich solle morgen mit einem Haufen Geld wiederkommen.

»Hab ich Ihnen schon mal erzählt, was ich mal in einer Tierarztpraxis unten in Long Beach gesehen habe?« sagte ich, als er mich zur Tür begleitete.

»Keine Ahnung«, sagte er.

»Ein Schild«, sagte ich. »Darauf stand: ›Der Doktor ist da. Sitz. Platz!‹«

»Den hab ich schon mal gehört«, sagte er. »Schwirren Sie endlich ab, ja?« Ich schwirrte zu meinem Büro ab, weil mir einfiel, daß ich es nicht ordentlich abgeschlossen hatte, ich hatte nur die Tür zugezogen. Auf dem Weg grübelte ich darüber nach, was so schlimm daran war, jemandem einen lustigen Scherz zu erzählen, den er schon mal gehört hatte. Na und? Die Leute essen ja auch mehr als nur einen Chili-Dog in ihrem Leben, oder lesen dasselbe Buch zweimal. Was ist also so schlimm daran, wenn man die klassischen alten Witze mehr als einmal anbringt? Du verstehst mich, Uncle Miltie.

Zum Glück war ich rechtzeitig wieder im Büro, bevor ihm oder seiner Einrichtung etwas Unvorhergesehenes zustoßen konnte. Oder mir, nebenbei bemerkt. Erinnern Sie sich noch an den sogenannten Sitzkrieg in England zwischen 1939 und 1940, als Monate verstrichen und nichts geschah? Ganze dreißig Sekunden hatte ungefähr unser Sitzkrieg gedauert, schätzte ich. Okay. Wie ihr wollt. Ich bin schon mal gegen dieselbe Sorte Drecksbande in den Krieg gezogen, mehr oder weniger, und der Stand bis dato war ein hochgradig befriedigendes Eins zu Null für V. D. Aber es war mit harten Bandagen gekämpft worden, wozu diese Dinge nun mal neigen – und nicht nur in der Musikbranche –, wenn es dabei um eine Menge Geld geht, daher wäre ein gerüttelt Maß an Behutsamkeit nicht unratsam, besonders in Anbetracht dessen, was so schnell und hinterrücks meinem Jungen widerfahren war, tödliche Dosis hin oder her.

Okay. Dann würde ich eben behutsam in den Krieg ziehen. Ich prüfte meine Bürowaffe, die in der zweiten Schublade von oben links in meinem Schreibtisch ruhte, da ich Linkshänder war; sie wirkte behutsam genug auf mich. Sie sah sogar noch behutsamer aus, als sie in meinem Schulterhalfter steckte, den ich aus dem Safe hinten geholt hatte. Ich war gerade drauf und dran, das Telefon auszustöpseln und es zusammen mit noch ein paar anderen Kinkerlitzchen aus Sicherheitsgründen einzuschließen, als es zu läuten begann. Ich hob sofort ab. Nicht weil ich annahm, es handele sich vielleicht um eine zerknirschte Evonne Louise Shirley, die auf der Suche nach irgendeinem versiert schmusenden Idioten war, mit dem sie die Zeit vertändeln könnte, nein, ich gehe immer gleich ans Telefon, wenn es in Reichweite ist, anstatt es ein paarmal klingeln zu lassen; ist mir doch schnuppe, daß die Leute vielleicht denken, ich hätte nichts anderes zu tun als ein paar Zentimeter neben meinem Tastengerät auf der Lauer zu liegen und auf die jämmerliche, verzweifelte Möglichkeit zu warten, daß ein Mensch, irgendeine menschliche Stimme, mich anruft, und sei es nur jemand, der sich verwählt hat, oder eine Telefonumfrage, alles. Pfui, wie der große Nero Wolfe so treffend sagen würde.

Am Apparat war Diamond Lil, Joes Freundin, in Tränen aufgelöst. Außerdem mit einer rasenden Wut, und raten Sie mal auf wen.

Joe war zusammengeschlagen worden, böse zusammengeschlagen worden.

Glücklicherweise hatte er die zwanzig Dollar bei sich, die ich ihm gegeben hatte, darum hatte er sich ein Taxi nehmen und zu ihr fahren können. Er hatte außerdem die ganzen zwanzig bezahlen müssen, obwohl die Fahrt eigentlich höchstens zehn Piepen gekostet haben dürfte.

»Wo?« fragte ich.

»Gleich als er bei Woodman aus dem Bus stieg«, sagte sie.

»Von wem?«

»Von irgendwelchen Freaks«, sagte sie. »Er sagt, er hat sie nicht gesehen. Sie haben ihn gefilzt und ihm sogar die Tüte mit seinen alten Sachen abgenommen, Herrgott noch mal. Und irgendeine Schachtel, sagt er. Ein Glück, daß er die zwanzig in seine Socken gesteckt hat, kann ich nur sagen.«

Es war übrigens doch nicht alles, was sie sagen konnte. Sie hatte noch eine Menge zu sagen, wobei das meiste darin bestand, mich für alles verantwortlich zu machen, und ich konnte meinen Anteil an Schuld, geschweige denn an Blödheit, nicht abstreiten. Nun, wie sich herausstellte, war er doch nicht allzu schwer verletzt worden, sie hatten ihm von hinten eins über den Schädel gegeben und ein bißchen hin und her getreten, und seine schönen neuen Sachen waren ganz zerrissen, worüber er sich wahrscheinlich am meisten ärgerte, wenn ich's genau wissen wollte. Hier machte sie eine erwartungsvolle Pause. Natürlich sagte ich sofort, sie solle Joe bitte ausrichten, daß wir wieder einkaufen gehen würden, sobald er wieder auf den Beinen war, und diesmal würde ich ein verdammtes Paar Stiefel als Zugabe spendieren.

Sie legte endlich auf. Mein Blick fiel auf das Schild, das ich vorübergehend an der Eingangstür aufgehängt hatte, ich ging und nahm es ab, zerriß es angewidert und schmiß es dann weg. Das hatte wirklich fabelhaft genützt. Ich hatte ja nur versucht, wie der verwundbarste Mitwirkende in der Sache auszusehen, wie ein verschrobener, nervöser Buchhalter, mit Brille sogar, in der Hoffnung, daß sich Gegenmaßnahmen, so sie erfolgten, gegen mich richten würden. Direkt, meine ich, nicht indem sie mich am Schlaffittchen kriegten, indem sie meinen Hund am Schlaffittchen kriegten, nicht mal ich hatte mir das vorstellen können. »Achten Sie auf den Hund«, hatte ich noch gesagt, als sie gegangen waren – Spitze, Daniel. Das würden sie noch bereuen, schwor ich. V. D. gerät nicht häufig in Zorn, aber wenn er es tut, dann geht bloß in Deckung. Geht *alle* in Deckung, genau genommen. Und ganz besonders ihr Leute von der Pussycat Adult Cinema Co.

Okay.

Wir haben's auf die freundliche probiert, ihr zwei.

Wir haben versucht, nett zu sein.

Wir haben euch die einstweilige Verfügung so lange nicht vor den Latz geknallt, bis wir keine andere Wahl mehr hatten. Elroy hatte bereits einen Deal ausgearbeitet, das Nutzungsrecht eures Grundstücks zu übernehmen, aber das wolltet ihr ja gar nicht hören. Okay, Harrison, *Citizen*, quetsch das noch schnell in deine »Meldungen nach Redaktionsschluß«: Die Vereinigten Staaten und ihre Alliierten sind vielleicht noch nicht gegen Señor Saddam Hussein in den Krieg gezogen, wohl aber V. (für Victor) Daniel und seine Alliierten gegen Gall & Garrison.

Wie intelligent Señor Saddam Hussein war, wußte ich nicht. Wie intelligent Gall & Garrison waren, wußte ich in der Tat – unterirdisch dumm, denn:

Erstens: Sie versuchten, eine frühzeitige Beilegung zu ihren Gunsten herbeizuführen, indem sie die beiden Hauptkläger soweit einschüchterten, daß sie ihre Klage zurückzogen, und

Zweitens: sie stahlen das einzige Beweisstück im Fall.

Erstens war zum Scheitern verurteilt, weil a) Doc Taffy Chandler einen echten Abkömmling des einst so mächtigen Stammes der Jokuten aus dem Hut gezaubert hatte – fast jedenfalls, zumindest war er ein echter Indianer –, der sich in Schriftform dazu bereiterklärt hatte (gegen einen stattlichen Obulus, nicht in Schriftform), Indianer-Joe zu ersetzen, falls Indianer-Joe infolge von Krankheit, Sinneswandel oder höherer Gewalt (Mels Idee) abspringen sollte. *Erstens* war außerdem zum Scheitern verurteilt, weil b) der andere Hauptbeteiligte in dem Fall, nämlich ich, nicht bereit war abzuspringen, infolge von keinem der oben aufgeführten und auch nicht von irgendwelchen anderen erdenklichen oder unerdenklichen Gründen.

Womit wir bei *Zweitens* wären. Das einzige Beweisstück in dem Fall war nicht zusammen mit Joes Sachen gestohlen worden, es ruhte in meiner Schreibtischschublade und war drauf und dran, in den Safe befördert zu werden. Was gestohlen worden war, war eine Schachtel, die der mit der Rassel zum Verwechseln ähnlich sah und die ich beide am Nachmittag bei der stets zuverlässigen Mrs. Martel, Schreibwaren, erstanden hatte; besagte zweite Schachtel enthielt einen Briefbeschwerer Made in Südkorea – ein Geschenk eines vergessenen Verehrers für einen vergessenen feierlichen Anlaß –, der zwei Elefanten darstellte, die es miteinander trieben, und dessen Verlust ich, offen gestanden, recht gut verkraften konnte.

Fünfzehntes Kapitel

Man einigte sich gütlich, wie man das so in der Baja California eben macht, denn das Ordnungshüten muß sich schließlich lohnen.

Ich bin dann doch nicht in die nächste Bar gegangen. In eine Bar schon, darauf können Sie Gift nehmen, in Jims Two-Two-Two, eine gemütliche Oase nicht weit von einer gewissen Wohnung entfernt, aus der ich demnächst rausgeschmissen werden sollte, danke sehr. Und Evonne Louise Shirley – was war bloß plötzlich in sie gefahren, mit all ihren Flunker- und Hängegeschichten und Gott weiß was sonst noch? Ach ja, die Frauen. Wer hat einmal gesagt: »Manchmal glaube ich, die Frauen werden immer blöder, je schlauer sie werden«? Mrs. Plato?

Nachdem ich wie üblich Jim begrüßt hatte, verzog ich mich mit einem Brandy und Ginger in meine übliche ruhige Ecke und dachte nach. Über den Krieg, der ein viel beruhigenderes Thema zum Nachdenken ist als Frauen. Wie man einen solchen gewinnt. Wie man einen solchen schnell gewinnt, denn wer wußte, welch andere gefährliche Mätzchen diese schlechten Verlierer als nächstes in petto hatten. Möglicherweise könnten sie sogar versuchen, es an meinem Auto auszulassen, um Himmels willen.

Na schön. Wie mir die Dame mit dem lieblichen Stimmchen auf dem Tonband verkündet hatte, Pussycat-Liebhaber, betrieb die P. C. A. C. Co. vier Lichtspielhäuser, eins mit Filmklassikern im Programm, zwei Pornokinos für Heteros und eins für Schwule. Okay. Heute schrieben wir Freitag, beziehungsweise das, was von ihm noch übrig war. Bis spätestens Mitte nächster Woche, überlegte ich, wollte ich erreicht haben, daß alle vier Kinos dichtmachen mußten, zumindest vorübergehend, egal wie. Ich schnorrte mir von Jim einen weiteren Drink und einen Block und einen Kugelschreiber. Auf dem Block notierte ich, nach einigem angestrengten Grübeln:

Personal:	Sara? Phineas? Benny Ich
Ausrüstung:	Pinzette 2x Tränengas oder Äquiv., Familienpackung, m. Langzeitwirkung 1 Kette 1 solides Vorhängeschloß 1 Schild 1 entsprechenden Ausweis 1 alten Regenmantel 1 Tüte Crack (fakultativ)
Arthropoden:	100 *Supella longipalpa* (oder *Periplaneta americana*) (beliebige Größe)

Das dürfte für den Anfang genügen, dachte ich zufrieden. Ich steckte den Zettel ein und ging zur Tafel hinüber, wo ich meinen Namen für eine Partie Pool eintrug.

Samstag kam und ging. Am späten Vormittag holte ich King ab, der sich offenbar vollkommen erholt hatte, und am Nachmittag schauten wir zu, wie Fernando und die Dodgers wieder einmal verloren. Während sich das Desaster vor uns entfaltete, sorgte ich dafür, daß King seinen Auslauf bekam, und erfand eine Vorrichtung, die mir Millionen einbringen würde. Als ich nämlich mal vor ein paar Monaten auf dem Sofa lümmelte und fernsah, hatte ich mit der Töle Ball gespielt, das Problem dabei war aber: mein Wohnzimmer war zu klein, als daß sich King darin richtig austoben könnte. In einem Anflug von Geistesblitz erhob ich mich daher gerade so weit, um die Wohnungstür zu öffnen, begab mich dann wieder aufs Sofa, von wo aus ich den richtigen Schmackes in den Wurf legte, so daß der Ball von zwei Wänden abprallte, zur Tür hinaus und die Treppe hinunter sauste, was natürlich wesentlich mehr hergab. Der einzige Nachteil bislang war nur: Wenn King mir mitteilen wollte, daß er genug hatte, ließ er den Ball einfach unten liegen, wo raten-Sie-mal-wer ihn früher oder später wieder einsammeln mußte, aber daran arbeitete ich noch. Was ich erfand, während ich zusah, wie diese nicht punktenden Penner wieder einmal den Anschluß verpaßten, war eine Methode, wie Hunde ihren Auslauf selbst bewerkstelligen können, und zwar:

DER **NEUE**
#FREILAUF-TRAINER VON V. D.!

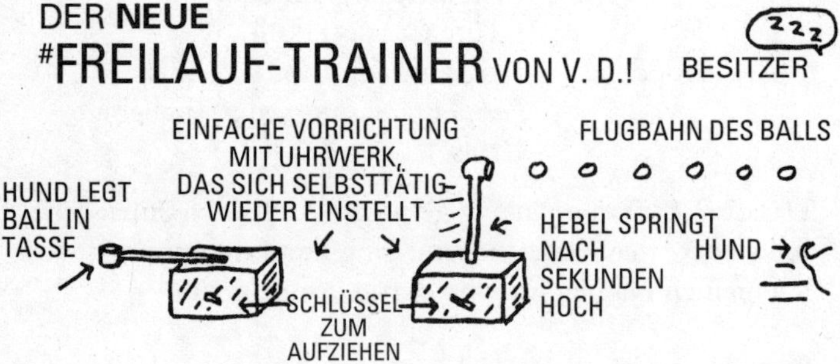

PATENT BEANTRAGT #EINGETRAGENES WARENZEICHEN

Und damit war der Sonnabend im Prinzip gelaufen. Ach ja ... Noch eine Kleinigkeit. Evonne Louise Shirley rief an, um unsere mehr oder weniger selbstverständlich gewordene samstägliche Verabredung abzusagen: Scheinbar fühlte sie sich ein bißchen durch den Wind. Ich fragte, ob ich vielleicht vorbeikommen und ihr die Hand halten und heiße Zitrone mit Honig oder dergleichen für sie machen sollte, aber sie sagte nein, sie könne sich auch genausogut allein elend fühlen, danke, aber warum ging ich nicht aus und amüsierte mich zur Abwechslung mal auf eigene Faust? Warum eigentlich nicht, dachte ich, nachdem sie aufgelegt hatte. Vielleicht sollte ich mal austarieren, was diese Woche im nächstgelegenen Pussycat lief, das wäre bestimmt eine Riesen-Gaudi. Und dann gab's ja immer noch die Go-Cart-Rennen – heiliger Bimbam, ich war ja eine Ewigkeit nicht mehr dortgewesen. Aber schließlich blieb ich dann doch zu Hause und fing ein fantastisches Buch an, *Weinprobe* von Dick Francis, in dem es um verwässerten Scotch Whisky und jugoslawischen Rotwein ging, der vorgibt, französischer zu sein. Ich erfuhr, was das Wort *Vol.* beziehungsweise Normalstärke bedeutet, wenn es sich auf den Alkoholgehalt von Schnaps bezieht, daß man nämlich ein paar Tropfen davon halb und halb mit Schießpulver mischen muß, das Ganze anschließend anzündet, und wenn die Mischung dann mit einer blauen Flamme brennt, man 100 Prozent Normalstärke hat, was heißt, daß der besagte Schnaps mindestens 50 Prozent Alkohol enthält. Ich fand das dermaßen interessant, daß ich sofort zu Jim's Bar rüberging, um es Jim zu erzählen, dann erzählte ich es Dave, in Dave's Bar, und dann einem dicken Typen, der ein Bein in Gips hatte und auf dem Barhocker neben mir im Four Aces saß.

»Tatsache?« sagte der dicke Typ. »Und wenn man viel mehr als nur ein paar Tropfen halb und halb mischt, dann erfährt man dabei noch was ganz anderes: ›Guck mal, Mami, ohne Gesicht.‹«

Sonntag machten wir eine Spazierfahrt. Ich und King, meine ich, nicht ich und der dicke Typ, auch nicht ich und E. L. Shirley, und auch nicht ich, der dicke Typ, King und E. L. Shirley; nur ein Mann und sein Hund.

Nahe der Abfahrt zum Burbank-Flughafen gibt es eine

kleine Straße, die Domingo heißt. Im letzten Haus auf der linken Seite wohnten mein Freund Wade, sein Bruder Willy, seine Schwägerin Cissy, eine Schwarze Witwe namens María sowie eine beliebige Anzahl an Katzen, Hunden, Pythons und anderen Haustierchen. Wade betrieb in seiner Garage einen Fotoservice. Willy war Erfinder von scheinbar nutzlosen Geräten und Spielen und Puzzles und ähnlich raffiniertem Zeugs, mit dem er beachtliche Sümmchen in Form von Tantiemen verdiente. Er war es, der die Zahnpastatube mit je einer Kappe an beiden Enden erfunden hatte, die in ganz Kalifornien als der »Ehen-Retter« vermarktet wurde, obwohl Nörgler behaupten könnten, daß mehr als eine zusätzliche Zahnpasta-Kappe dazu gehört, in diesen zügellosen Zeiten eine kalifornische Ehe zu retten.

Sein Spiel »Turm von Benares«, dessen Version für Erwachsene 58 Milliarden Jahre dauert, bis man es durch hat (nicht Millionen, ich hab mich weiter vorn geirrt), wenn man nicht irgendwo einen dummen Fehler begeht, verkaufte sich nach zehn Jahren immer noch beständig in den Geschenkläden. Cissy erstellte Horoskope, las aus der Hand, webte, legte Tarot, heilte, stand bei natürlichen Geburten zur Seite, versorgte Menagerie und fertigte Glasskulpturen an. Ein Nullachtfuffzehn-, stinknormaler kalifornischer Haushalt, mit anderen Worten, nebst Harley-Davidson in der Auffahrt und Hasch-Plantage hinten im Garten, in der Nähe des Mäusekäfigs (für die Python).

Alle der oben genannten Personen waren an dem Sonntagvormittag zu Hause – Wades dürre Gestalt in der Hängematte im Vorgarten, Cissys mehr als üppige in der Küche, und Willy im Gemüsegarten hinter dem Haus, wo er leidenschaftslos Unkraut jätete. Bei meiner Ankunft richtete sich Wade mit einer übermenschlichen Kraftanstrengung bestimmt ganze sechs Zentimeter in seiner Hängematte auf, schaute triefäugig in meine Richtung, sagte: »Hey, Mann« und ließ sich dann wieder fallen. Cissy winkte mir durch das offene Küchenfenster zu und rief: »Hallo Kumpel, du kommst genau richtig. Ich hab gerade die Spinat-Muffins aus dem Ofen genommen.« Dann kam sie emsig herausgelaufen, um King vorgestellt zu werden und ein großes Gewese um ihn zu machen. Willy stieß kurz darauf zu uns; sein schwarzer Vollbart glänzte nur so vor Schweißtröpfchen. Außer dem Gestrüpp im Gesicht trug er nur noch ein Lendentuch, das nach Grasfaser aussah.

»Mist!« sagte er, ohne irgendwen im geringsten zu täuschen. »Wer sagt's denn. Gerade hab ich mich reingekniet, gerade bin ich so richtig schön in Schwung gekommen, und was passiert? Kreuzt doch irgendein Dummbeutel auf, der mich garantiert von der Arbeit abhalten will.«

»Da kannst du lange hoffen«, sagte Cissy.

»Und nicht vergebens«, sagte ich. »Prof, ich hab ein Problem. Könnten wir uns vielleicht in ein stilles Eckchen verziehen, damit ich dir die Einzelheiten mitteile, solange die Muffins abkühlen?«

»Klar doch«, sagte er liebenswürdig. »Dort drüben befindet sich just das stille Eckchen, das wir suchen.«

Kurz darauf hatten wir uns beide im Schatten des Avocadobaums auf verwaschenen Liegestühlen ausgestreckt, gleich neben einer Reihe von etwas zottelig aussehenden Kletterbohnen. »Vier Kinos«, sagte ich, »sind das Problem.«

»Warum?«

Ich erzählte ihm, warum. Er wurde grimmig, langte hinunter und kratzte dann King, der zu seinen Füßen lag, einmal ordentlich dort, wo Hunde am liebsten gekratzt werden, was fast überall ist. Ich wußte, daß er an einen seiner Hunde dachte, an Susha, einen wunderschönen

Neufundländer, den irgendein Mistkerl vor einiger Zeit zu Tode geprügelt hatte, bevor er in Wades Garage eingebrochen war. Dem Mistkerl hatte man es daraufhin äußerst angemessen heimgezahlt, wenn ich das so sagen darf; und zwar dank eines Verfolgungstrupps von Rächern, dessen Anführer niemand anderes als Ihr Ergebener gewesen war. »Wo ist denn Rags?« fragte ich dann, womit ich seinen anderen Köter meinte, einen riesigen und uralten Collie.

»Am Strand mit Suze«, sagte er, womit er Wades Freundin meinte. »Hast du irgendwelche Ideen?«

»Ein paar«, sagte ich. Ich sagte ihm, wie sie aussahen.

»Hmm«, sagte er. Er überlegte einen Moment und rappelte sich dann auf. »Bin gleich wieder da.« Ein paar Minuten später kam er mit zwei großen Gläsern frischgepreßter Limonade zurück, mit Honig, nicht mit Zucker gesüßt, und einem schmalen Katalog in Taschenformat, den er mir in den Schoß warf. »Dinge, von denen Sie nicht einmal ahnten, daß es sie gibt . . . und andere, ohne die Sie UNMÖGLICH leben können!« stand auf dem Cover. Außerdem stand da: »Johnson Smith Company, seit 1914, 100%ige Erfolgsgarantie, über 100 neue Artikel!« und »Bis zu 50 % Rabatt für ausgewählte Artikel«.

»Ist irgendwas von deinem Zeugs hier drin?« fragte ich, während ich den Katalog aufschlug.

»Ein paar«, sagte er. »Der ›Schlechte-Stimmungs-Detektor‹ ist von mir. Und das ›Ein-Loch-Schreibtischgolf für Manager‹. Komplett in schmucker Zedernholz-Box mit Schlüssel.«

»Unglaublich«, sagte ich. Dann sagte ich: »Ah, das ist der wahre Jakob«, als ich in der Abteilung mit den Zauberkunststückchen und all den Dingen angekommen war, die Knaben kaufen, um ihre Schwestern zu erschrekken. »Hunde-AA, King. Kotz-Attrappen, der gute alte schäumende Zucker, falsches Vogel-AA, Röntgenbrille, abgeschnittener blutiger Finger, vergossener falscher Nagellack, Riesen-Kotz-Attrapen, falsche Zigarettenlöcher … ach, Prof, das waren noch Zeiten …« Ich lehnte mich zurück, von der Gefühlsaufwallung völlig ausgelaugt. Willy entwand den Katalog meinen entkräfteten Fingern und blätterte ihn zielsicher durch.

»Das da«, sagte er kurz darauf, »ist was wir brauchen. Besser als Tränengas, glaub's mir. Hat Howie ausgetüftelt, er wohnt gleich drüben auf der anderen Seite des Hügels. Ich besorg mir etwas Konzentrat von ihm, das kriegen die nie raus. Und vergiß die Spraydose, ich hab 'ne bessere Idee.«

»Das will ich glauben«, sagte ich.

»Die Arthropoden find ich gut«, sagte er.

»Ich hab dabei an Benny gedacht«, sagte ich.

»Perfekt«, sagte er und grinste. »Wade und ich machen die Sache mit Howies Zeugs, wenn du willst, er steht auf Pornos, und ich, na ja, ich kneif bei den unanständigen Stellen die Augen zu.«

»Klaro«, sagte ich.

»Ich hab noch 'ne Idee«, sagte Willy und trank den Rest seiner Limonade aus. »Wen setzt man an, um eine Maus zu fangen?«

»Eine Katze«, sagte ich.

»Wie wär's umgekehrt?« Genau in dem Augenblick rief uns Cissy von der Küchentür zu, daß ihre Muffins jetzt fertig wären. So unglaublich es auch klingen mag, aber Spinat-Muffins sind wirklich gar nicht mal so übel, besonders, wenn man sich reichlich Butter und Johannisbeergelee drauftut. King mochte sie sogar *au naturel.*

Sonntagabend, ich weiß nicht mehr, was ich am Sonntagabend gemacht habe, aber eins tat ich ganz bestimmt nicht, nämlich irgendeine flatterhafte Blondine aus meinem Bekanntenkreis anzurufen. Nicht, daß mich irgendeine anrief, wie man gerechterweise hinzufügen muß, obwohl mir unklar ist, was daran so gerecht sein soll. Wer immerhin anrief, war Jerry, der wissen wollte, ob eigentlich schon Fortschritte gemacht worden waren, weißt du, alter Knabe. Ich gestand ihm, daß ich vorübergehend aufgrund eines eigenen, persönlichen Problems in andere Dinge verwickelt worden sei, daß ich aber a) hoffte, besagtes Problem unmittelbar lösen zu können und b) einen Schimmer einer Vorstellung hatte, was sein Problem betraf, und mich der Sache Anfang der Woche annehmen würde.

»Entzückt, das zu hören, alter Junge«, sagte er. Nachdem er mir kübelweise *amour* von Tom bestellt hatte, legte er auf. Es war nicht gerade Tom, von dem ich mir kübelweise *amour* wünschte, dachte ich, aber was soll's, an manchen Sonntagabenden nimmt ein Kerl alles, was er kriegen kann.

Montagmorgen – weder frisch noch früh, offengestanden, aufgrund eines Quentchens von diesem und jenem – auch als der König aller Kater bekannt. Man sollte meinen, daß ich mittlerweile alt genug wäre, um nie mehr Pringles mit Paprika-Chips durcheinander einzuwerfen, aber da sieht man mal wieder. Ein gesunder King lag in seiner Ecke, und ich saß am Schreibtisch und sah die Post durch. Hatten Sie auch schon mal solche Tage, wo Ihre gesamte Post mit Sätzen wie »Zivilisationen in anderen Galaxien warten darauf, mit Ihnen zu kommunizieren!« beginnt? Oder: »Lesen Sie nicht weiter, wenn Sie Ihr Leben lang arm bleiben wollen«, und: »Hunderte asiatischer Frauen freuen sich darauf, Sie kennenzulernen!« So ein Tag war das. Ach ja. Es war noch ein weiterer Wetteinsatz im »Post-die-Sie-am-wenigsten-lesen-wollen-Rennen« getätigt worden, den ich hier in seiner glücklicherweise kurzen Vollständigkeit wiedergeben will:

Bericht Nr. 44
9. Sept. 1990
An: V. D. (ha ha). Von: Agentin S. S.

Haiku für einen Klugscheißer

Uralte Knochen ...
Eine leere Rassel ...
Ein einsamer, ergrauender Bohnenstangen-Herbst.

Ausgaben:	4.20
Honorar:	30.00
Gesamt:	34.20

(Bitte ausnahmsweise
unverzüglich zahlen.)

Verschont mich, dachte ich. Her mit diesen anderen Galaxien, bitte! Aber zumindest wußte ich jetzt, was ein Haiku war – ein kurzes, unflätiges, lausiges Gedicht. Und »Ausgaben, $ 4.20« – ihr Bus kostete pro einfache Fahrt einen Dollar, maximal, wofür war also der Rest gedacht, vielleicht für die Gummibänder, mit denen sie ihr schmuddeliges Haar gerafft hatte? Ohne mich, mein Schatz. Außerdem hatte ich wichtigere Dinge zu erledigen, als mit ihr um ein paar mickrige Piepen zu feilschen, darum wanderte das Haiku in den Papierkorb, und ich wandte mich wieder dem Wesentlichen zu.

Ich nahm mir die Liste vor, die ich Freitagabend bei Jim erstellt hatte, strich den einen oder anderen Posten und fügte den einen oder anderen hinzu, dann zog ich mir das Telefon näher heran und fing an, anzurufen. Da es inzwischen ungefähr halb elf geworden war, konnte ich eventuell davon ausgehen, daß alle meine Ansprechpartner mittlerweile ansprechbar wären. Zuerst, unter Zuhilfenahme des Telefonbuchs, rief ich alle vier Pussycat-Kinos an, obwohl sie offiziell noch nicht geöffnet hatten.

Lebendige Menschen antworteten dreimal, eine Ansage einmal. Alle lebendigen Menschen sagten nein, Mr. Gall sei nicht anwesend, würde aber stets irgendwann vor der 20-Uhr-Vorstellung hereinschauen, falls ich eine Nachricht hinterlassen wollte. Ich sagte, daß ich lieber bei ihm im Büro anrufen würde, falls dies möglich sei. Alle drei gaben mir bereitwillig seine Büronummer. Gut, dachte ich, nachdem ich den vierten Anruf getätigt hatte. Jetzt wußte ich, wo ich ihn tagsüber erreichen konnte, und wußte außerdem, welche Tageszeiten für mich und meine Kampftruppe für die Durchführung unserer Operation sicher waren, ohne daß wir befürchten mußten, daß er einen von uns erkannte.

Als nächstes schlug ich unter den Serviceleistungen der Stadtverwaltung das Gesundheitsamt von Los Angeles nach und wählte dessen Nummer. Nachdem ich kurz dranbleiben und mir das übliche Gedudel aus der Konserve anhören mußte, meldete sich eine Damenstimme: »Gesundheitsamt, und wie kann ich Ihnen heute behilflich sein?«

»Mel Harrison, Studio City *Citizen*«, sagte ich. »Rapide anwachsende Wochenzeitschrift im Valley.«

»Ach ja?« sagte sie vorsichtig, da sie zweifellos befürchtete, daß ich ihr Anzeigen oder Abos oder etwas Ähnliches andrehen wollte. Ich konnte sie bald davon überzeugen, daß ich lediglich ein bescheidener Reporter mit Ressort für Allgemeines war, der ein bißchen Hintergrundmaterial für ein Feature recherchierte, das mir mein Herausgeber über die weitgehend unbesungene Arbeit in ihrem Amt aufgedrückt hatte. Wahnsinn, sagte sie. Sie war sich nicht sicher, ob sie die richtige Ansprechpartnerin sei, da sie selbst ja auch nur die Funktion einer bescheidenen Empfangsdame ausübte. Ja, sagte ich, aber wer außer ihr wüßte denn soviel über die täglichen Vorgänge in ihrem Amt Bescheid, da sie ja im Zentrum des

Ganzen saß, und wie buchstabiere sich ihr Name genau, bitte?

Nun ja, es dauerte ein Weilchen, zum Teil wegen der Unterbrechungen, wenn sie andere Anrufe beantworten mußte, und wegen kurzer Unterbrechungen meinerseits, wenn ich hin und wieder nichtexistenten Kollegen vage Phrasen à la Lokalredaktion zurufen mußte, wie: »Mike, laß alles stehen und liegen und flitz sofort ins Rathaus rüber!« oder: »Sag mal Junge, wo hast du denn den Kaffee her, aus den Teergruben von La Brea?« Aber schließlich hatte ich Miss Allyson (mit einem *y*) William (ohne *s*) doch ein paar nützliche Informationshäppchen entlockt. Ich erfuhr, wieviel Inspektoren hauptamtlich in der Stadt arbeiteten, die die Maße und Gewichte kontrollierten (lächerlich wenige), wie viele Bars (lächerlich wenige), wie viele Straßenverkäufer von eßbaren Substanzen (l. w.) und wie viele öffentliche Orte, z. B. Flughäfen, Bushaltestellen, Schulen sowie Bahnhöfe und auch die Bahnen selbst.

»Ob so eine Arbeit wohl mitunter gefährlich ist?« fragte ich.

»Was ist in dieser Stadt nicht gefährlich?« entgegnete Miss William. »Im Moment fehlen uns zwei Inspektoren.«

»Echt wahr?« fragte ich. »Was ist passiert?«

»Einer von ihnen hat eins mit einer Flasche über den Schädel bekommen, der andere ist in eine Messerstecherei geraten.«

»Au weia«, sagte ich. »Hätte ich nie gedacht. Meinen Sie, ich könnte mich mal mit einem von ihnen unterhalten? Natürlich würde ich kein Wort drucken, wenn er es nicht möchte, und selbstverständlich würde ich es vorher mit Ihrem Boß absprechen.«

»Warum eigentlich nicht«, sagte sie. »Wir könnten ein bißchen positive Publicity ganz gut gebrauchen, wenn Sie mich fragen. Warum reden Sie nicht mit Andy, das ist der mit den Messerstichen, er liegt noch mindestens bis zum Wochenende im Kaiser.« Sie buchstabierte mir seinen vollständigen Namen. Ich fragte sie, was jetzt mit seinen Fällen geschah, solange er fehlte. Ob sie einem anderen Inspekteur übertragen würden? Nicht, wenn man nur ein paar Tage fehlte, so wie Andy, sagte sie. Es ist einfacher, einen abgerundeten Fall bei Gericht vorzutragen, an dem ein Kontrolleur von Anfang bis Ende gearbeitet hat. Tatsächlich? fragte ich. Klar, sagte sie, ich würde das ja normalerweise auch nicht jedem erzählen, also wenn Sie jetzt nur ein einfacher Bürger wären und hier anrufen würden und mit Mr. Rodriguez (Andy) sprechen wollten, dann würde ich natürlich nicht sagen: Das geht nicht, weil er mit einer durchbohrten Lunge im Kaiser liegt, nicht wahr?

»Natürlich nicht, Miss William, so schlau sind Sie schon lange.«

»Ja, und außerdem habe ich meine Anweisungen«, sagte sie, »die mir ganz genau vorschreiben, was ich sagen soll. ›Mr. Rodriguez ist vorübergehend nicht zu sprechen, kann ich Sie zu einem anderen Agenten durchstellen?‹ Das sage ich.«

»Und völlig zu Recht«, sagte ich herzlich. Ich beendete kurz darauf das Gespräch, versprach, ihr mehrere Kopien meines Artikels zuzuschicken, wenn er erschien, und deutete an, daß eventuell einer unserer Fotografen sich in naher Zukunft mit ihr in Verbindung setzen würde.

»Sagen Sie mir rechtzeitig Bescheid, ja?« sagte sie. »Damit ich mir die Haare machen lassen kann?« Ich versicherte ihr, daß ich dies tun würde.

»Tugend hat mal wieder triumphiert«, sagte ich zu King. Er wedelte mit dem Schwanz. »Das wäre schon das dritte oder vierte Mal in diesem Jahr, und Weihnachten ist noch ein paar Monate hin.« Erneutes Schwanzwedeln. Ich hatte nur ein paar Hintergrund-Informationen herausbekommen wollen, mit denen Benny seine Nummer aufpolieren könnte – für den unwahrscheinlichen Fall, daß er für seine Nummer Hilfe von außen benötigte – und war auf eine nützliche kleine Goldader gestoßen.

Ich rief Phineas an, über die Vermittlung von Derrone dem Rezeptionisten.

»*Ici* Phineas«, trällerte er.

»Hey, schöner Mann«, sagte ich. »*Ici* Vic. Und stehen wir gut im Saft, womit ich selbstverständlich deine Sukkulenten meine?«

»Ein einziges Pulsieren«, sagte er. »Also was gibt's, *caro*? Diese beiden Übeltypen verpesten doch hoffentlich nicht schon wieder die Gehwege, hoffe ich, hoffe ich?«

»Keine Bange«, sagte ich. »Es geht um was anderes.« Dann machte ich mich daran, ihm zu erklären, was das andere war.

»Eklig, ekliger, am ekligsten!« rief er aus. »In der Intimsphäre seines eigenen Wasserbetts, das ist eine andere Sache, aber nicht an öffentlichen Plätzen, bitte. Und außerdem war ich immer der Ansicht, daß das Masturbieren vor der Happy Hour, allerfrühestens, etwas grauenerregend Spießiges hat.«

»Da muß ich dir zutiefst zustimmen«, sagte ich.

»Was also kann ein kleiner Knospen-Kaufmann wie *moi* tun, um dich bei deiner zweifellos gnadenlosen Gegenattacke zu unterstützen?«

»Sei einfach du selbst«, sagte ich. »Geh einfach in ein bestimmtes schwules Pornokino, am besten in die Nachmittagsvorstellung, kauf etwas Popcorn, amüsier dich, geh auf die Toilette und verlaß die Vergnügungsstätte wieder. Was könnte einfacher sein?«

»Warum macht mich das so mißtrauisch, frage ich mich?« sagte er. Dann rief er einem der Mädchen zu: »Nein, nicht doch, Dummerchen, die Stolonifera, nicht die Dieffenbachia!«

Dann sagte er, zu mir: »Warum eigentlich ich? Wenn's so einfach sein soll, warum nicht du? Zu feige, was, um in die Nähe eines schwulen Pornokinos zu gehen, ganz abgesehen von der Toilette.«

»Zu irgendwas, das ist sicher«, sagte ich. »Außerdem möchte ich nicht einer armen, verfolgten Minderheit nachspionieren, ihr habt schließlich auch ein Recht auf eure Privatsphäre, wann immer ihr sie wollt.«

»Ach herrje, tausendmal *merci*«, sagte er.

»Außerdem sind dabei noch ein paar andere Faktoren im Spiel«, gestand ich. »Obwohl er es eigentlich nicht tun sollte, besteht die geringfügige Chance, daß der Besitzer gerade da rumhängt, und er kennt mich, obwohl ich mir Mühe gegeben habe, daß er mich nicht im Stehen und in meiner vollen standbildhaften Herrlichkeit zu sehen bekam, aber ob nun groß oder klein, ich würde in einem schwulen Pornokino dennoch auffallen, denn was in einem schwulen Pornokino am meisten auffällt, ist jemand, der's nicht ist.«

»Immer dieses nervöse Erröten«, sagte Phineas. »Verrät einen doch jedesmal.«

»Ganz zu schweigen von den Schwitzehändchen«, sagte ich.

»Wann?«

»Mittwoch nachmittag? Ich sause vorher noch mal kurz mit einem kleinen Geschenk bei dir vorbei.«

»Wie kommt es, daß mich diese Worte überhaupt nicht mit atemloser Vorfreude erfüllen?« fragte er. »Ciao, Bambino, ich muß los, wir sehen uns dann.« Danach versuchte ich es bei meinem Amigo Benjamin. Er war zu Hause, und überraschend munter, wenn man bedachte, daß es noch nicht mal Mittag war. Ich erzählte ihm, was angesagt war. Er wollte wissen, wieso, er hätte gedacht, jetzt wäre alles vorbei, da wir doch Gall und Garrison eigentlich festgenagelt hatten. Ich berichtete ihm von Joe und King und sagte, darum. Er meinte, ich könne auf ihn zählen, selbstverständlich. Er erklärte sich bereit, am etwas späteren Mittwochmorgen bei mir im Büro vorbeizukommen, damit ich ihm die Details erklären und die Ausrüstung übergeben könnte, die er benötigen würde. Als er aufgelegt hatte und wieder ins Bett oder sonstwohin gegangen war, holte ich tief Luft und rief Evonne Louise Shirley in der Schule an.

»Hallo Liebling«, sagte ich, sobald ich sie an der Strippe hatte. »Möchtest du am Mittwoch mit deinem Herzblatt ins Kino gehen?«

»Ich bin mir nicht sicher, Victor«, sagte sie.

»Du bist dir nicht sicher?« fragte ich.

»Nein.«

»Dann sag ich dir mal, worüber ich mir sicher bin, Schatz«, sagte ich. »Das war jetzt der dritte Korb, den du mir in letzter Zeit gegeben hast. Ich weiß, daß die Frage lächerlich klingt, aber triffst du dich mit einem anderen?«

Es entstand eine Pause. Nicht eine erquickliche Pause, sondern eine lange, hochgradig verdächtige, mächtig beunruhigende Pause, eine Pause, die ungefähr soviel Spaß macht wie die Menopause. Schließlich sagte sie bokkig: »Und wenn's so wäre? Bis jetzt war's nur zum Kaffee.«

»Darf man fragen, wer dieser Mokka-Monomane ist?«

»Er ist Vertretungslehrer in Geschichte bei uns an der Schule.«

»Und darf man fragen, wie dieser Kaffeefreak so ist?«

»Das Gegenteil von dir, Victor«, sagte sie.

»Aha«, sagte ich. »Die perfekte Beschreibung. Mit einem Wort, ein kleiner fetter Pazifist, der Blockflöte spielt und die Haare bis runter zur Hüfte trägt, ja?«

»Wenn du das lustig findest«, sagte sie, »dann auf Wiedersehen.« Sie legte auf. Nach einer Minute tat ich es auch. Wenn du das lustig findest, dann auf Wiedersehen . . . Wenn ich was lustig finde? Sowohl ohne Frau als auch ohne Wohnung? Doppelt ohne Wohnung, da jetzt der Gedanke, vorübergehend bei Evonne einzuziehen, höchst unwahrscheinlich geworden war, selbst wenn ich es wollte. Aber jetzt könnte sie mich auf Knien anbetteln, ich würde sowieso nicht mehr bei ihr einziehen. Dann eben auch auf Wiedersehen, Baby. Ich wünsch dir viel Glück mit deinem friedensbewegten, hirnverbrannten Vegetarier-Zwerg, mit seiner Rastawelle bis runter zu den Knien, schlürft doch euren überteuerten Espresso in falschen italienischen Cafés, die in Wirklichkeit armenischen Emigranten gehören. Der kleine Scheißer gehört wahrscheinlich auch noch zu der Sorte, die Pfeife rauchen und den Pfeifenkopf ständig an ihrem Nasenflügel reiben, damit sich das Aroma voll entfalten kann.

War mir doch egal.

Ich hatte mir meine Luftschlösser gebaut . . . und sie waren in Rauch aufgegangen, aber was kümmert mich das? Gar nicht, überhaupt nicht. Früher hat es mich mal gekümmert, *mi amor.* Aber ich hör auf, mich zu kümmern, und zwar gleich jetzt, und dazu gehört auch, mich um die Gebeutelten dieser Welt zu kümmern, genausowenig wie um Wasserstoffblondinen mit einem Hängeproblem. Das nächste Mal, wenn irgendein verkrüppeltes, streunendes Tier oder ein durchnäßtes Viech oder ein humpelnder, vor Kletten strotzender Köter vor meiner Türschwelle winselt, dann lautet meine unmittelbare Botschaft: Verpißt euch, seht zu, wie ihr allein klarkommt. Zieht Leine. Adiós, ihr Versager. Versucht's bei den Samaritern, versucht's bei der Telefonseelsorge, sucht euch eine andere Suppenküche, die rund um die Uhr geöffnet hat, V. D.s dreifach verrammelte Tür wird dreifach verrammelt bleiben, sowie mit Brettern vernagelt und verbarrikadiert.

Auf Wiedersehen stimmte genau.

Wo stand eigentlich geschrieben, daß ich, V. D., immer die undankbare Aufgabe des Problemlösers für die Bedürftigen übernehmen mußte? Nirgendwo stand das. Ich weiß auch nicht, wieso ich es überhaupt mal getan hatte, ich hätte auch eine Ausbildung als Leichenbestatter machen oder Abendkurse als Fernseh-Techniker belegen können. Ich mußte ja wohl mit Blindheit geschlagen sein, von einem idiotischen Wohltäter-Komplex getrieben, der woher kam? Woher? Wieso? Wer weiß, wer weiß, wer kann schon sagen, welches Unheil in den Köpfen der Männer und in den Herzen der Frauen lauert.

Es könnte alles damit zu tun haben, daß man groß ist.

Groß bedeutet angeblich, stark zu sein.

Groß bedeutet angeblich, auf sich aufpassen zu können.

Groß bedeutet, wenn man den Faden weiter spinnt, daß man angeblich in der Lage ist, auf kleinere und somit verletzlichere Wesen aufzupassen.

Ach ja? Erzählen Sie das den Dinosauriern. Vermitteln Sie mal diese Botschaft den Mastadons und den Behemoths und den Nilpferden. Ebenso den Rhinozerossen, die ja bekanntlich so schnell vom Erdboden verschwinden wie ein Teller mit frischen Plätzchen in einer schottischen Pension.

Ich sah mich im Büro um. Offen gestanden war ich erstaunt, daß ich es noch hatte, obwohl es ja nun überflüssig war. Oder jedenfalls bald sein würde – die paar Jobs, die ich noch laufen hatte, würde ich noch erledigen, den Auftrag für Mr. Lubinski, den Juwelier um die Ecke, der mich für mañana gebucht hatte, die paar jährlichen Wachschutz-Verträge, die ich hatte, irgendeinem anderen Trottel andrehen, und was dann? Was kam dann, für einen Mann und seinen Hund? Was kam dann, für einen Mann und seinen Hund und ihren fast klassischen Nash Metropolitan? Nur die Welt, Amigos, die Welt, die einem offenstand und sich in endloser Herrlichkeit vor einem entfaltete wie der Abspann in einem Bibel-Epos aus Hollywood ... Endlich Paris! Venedig bei Nacht! Oder nach Zimt riechende Teehäuser in Sansibar mit träumenden Papageien, warum denn nicht?

Das Telefon klingelte. Ich ließ mich herab ranzugehen. Es war Sara-der-Strohkopf, in Tränen aufgelöst.

Sechzehntes Kapitel

Mit einem stash im Stiefel geht's mit Acha und mit Kracha
So weiter und mit Bier und wiederaufgewärmten Bohnen.

»Vic?« sagte sie mit zitternder Stimme.

»Eben der«, sagte ich. »Aber wer ist am anderen Ende? Das kann doch nicht Sara Silvetti sein, es ist ja immer noch Vormittag, und jeder weiß, daß Poeten nicht vor dem frühen Abend aus ihren ungewaschenen Laken purzeln.«

»Ach, halt doch wenigstens einmal die Klappe, ja?« sagte sie. Ich hielt die Klappe. Es entstand eine lange Pause, die nur von gelegentlichem Schniefen unterbrochen wurde. Schließlich sagte ich:

»Nun komm schon, Schätzchen, was ist los, erzähl's Onkel Vic.«

»Einfach alles«, sagte sie.

»Alles?« Mich beschlich ein Gedanke. »Du meinst doch nicht etwa, daß du ... daß du ... wie soll ich sagen ... in anderen, äh ...«

»Daß mir einer was angehängt hat, meinst du?« sagte sie. »Nein, zum Glück verdammt, alles, aber das nicht.«

Ich seufzte. Und wenn schon. Dann sagte ich: »Es wird auch nicht besser, wenn du dich in deinem Zimmer einschließt, wie du es wahrscheinlich getan hast, also warum kommst du nicht vorbei und bläst ein bißchen Trübsal bei mir und King? Ich könnte vermutlich auch ein paar Botengänge für dich auftreiben, damit du wieder auf andere Gedanken kommst.«

»Bis gleich«, sagte sie und legte forsch auf. Ich tat es ihr nach.

»Das war ein kurzer Ruhestand«, bemerkte ich gegenüber meinem Hund. Er schaute zu mir herüber und zuckte die Schultern. Nun, wie sich herausstellte, hatte Miss Silvetti nichts als einen Anflug von Hypochondrie, oder was immer es auch ist, was Dichter kriegen, weil sie so begabt und sensibel und zart besaitet sind, im Gegensatz zu uns ungeschlachten Bauerntölpeln. Und okay, fairerweise muß man hinzufügen, daß ihr irgendsoein besoffener Idiot letzte Nacht in der Disco einen solchen Heidenschreck eingejagt hatte, daß es ihr die Socken und fast noch mehr ausgezogen hätte, sowohl wörtlich als auch im übertragenen Sinne, wenn man ihr glauben wollte. Und nervös war sie ohnehin, weil sie auf das Ergebnis eines Abstrichs wartete, den sie gerade hatte machen lassen. Und sie hatte sich mit ihren Eltern verkracht. Und sie war scheiß-pleite, wie immer. Und außerdem hatte irgendeine $!!@&**$/!Lyrik-Zeitschrift, die in einem Keller in Forget It, Idaho gedruckt wurde, mit einer Auflage von ungefähr acht Exemplaren, ein Konvolut ihrer jüngsten und brillantesten Werke abgelehnt. Ich verkniff mir die Frage, ob das »Haiku für einen Klugscheißer« auch darunter war. Selbst ich konnte mir denken, daß es der letzte Punkt war, die Ablehnung, der am meisten schmerzte. Da es sich um etwas handelte, mit dem ich persönlich sehr wenig Erfahrung hatte – wenn man mal die Frauen außen vor läßt –, konnte ich ihr zu dem Thema wenig Hilfreiches sagen und versuchte statt dessen, die arme Versagerin aufzuheitern, indem ich ihr die volle Rechnung über $ 34.20 beglich, ohne irgendwelche Fragen zu stellen oder sie auch nur einmal schief anzugucken, sie dann zum Lunch in Fred's Deli ausführte, wo sie natürlich à la carte bestellte, und sie anschließend einkaufen schickte, nachdem ich ihr eine kurze Liste und die entsprechenden Summen ausgehändigt hatte. Zuerst sollte sie sich zum Haushaltswarenladen um die Ecke begeben, um Pinzette, Kette und Vorhängeschloß zu erstehen, danach den langen Fußmarsch zum Schilderladen auf dem van Nuys Boulevard antreten. Ihre (nicht ausgezupften) Augenbrauen wanderten verdutzt nach oben, als sie den letzten Posten auf der Einkaufsliste sah: diese 100 (ungef.) *Arthropoden* (beliebige Größe).

»Und was sind das für Dinger?«

Ich sagte es ihr.

Sie funkelte mich wütend an. »Und wo soll ich die bitte schön herkriegen?«

Ich schaute King an und zuckte die Schultern. »Laß dir was einfallen.«

Sie zog ab. Kurz darauf zogen King und ich auch ab, zum Scherzartikelladen auf dem Sunset Boulevard, gleich westlich von der Vine. Habe ich Ihnen schon mal erzählt, daß ich genau in dem Laden einmal Muhammed Ali getroffen habe? Also, habe ich jedenfalls. Und da führte er gerade, mit größter Geschicklichkeit und einer genialen, völlig ausdruckslos heruntergespulten Leier, einen Trick vor, der enormes Fingerspitzengefühl erforderte und »Der Albtraum des Professors« hieß. Ich weiß, daß es enormes Fingerspitzengefühl erforderte, weil ich, sobald der legendäre Ali den Laden verlassen hatte, $ 4.95 für etwas hinblätterte, das sich als kaum mehr als drei Stück alter Wäscheleine und eine komplizierte Gebrauchsanleitung entpuppte, und weiter bin ich mit dem »Albtraum des Professors« nie gekommen. Falls Sie also einen garantiert neuen Trick aus so gut wie erster Hand haben wollen, schicken Sie mir zehn Mäuse, und er gehört Ihnen.

Der große Mann war an jenem Tag leider nicht im Geschäft. Ich bahnte mir einen Weg durch die Auslage der mehr oder weniger legitimen Zauberkunststückchen, bis ich zu den sogenannten Scherzartikeln kam, einer Abteilung, die mir bestens vertraut war. Ich weiß, was Sie jetzt denken – Sie unterstellen mir, daß ich mit der sogenannten Scherzartikel-Abteilung bestens vertraut war, weil ich dort immer meine Sammlung von Spring-Bonbons,

Schnips-Gummi (aua!) und schmalen Bändchen mit Titeln wie *1001 Kernige Witze* und *Das Handbuch des Alleinunterhalters* aufstocken würde. O ihr armen Ahnungslosen, wie man in Brooklyn so schön sagt, manche von uns werden auch erwachsen, wissen Sie.

Die vier Arten Handelsware, für die ich mich interessierte, waren die folgenden. Erstens: Die »authentischen Orginalkopien« (und für die meisten Leute waren sie authentisch genug, das kann ich Ihnen flüstern) von Polizeiabzeichen, Dienstplaketten für Sicherheitsbeamte, Sheriffsternen und dergleichen, komplett mit Schachtel ($ 2.95 Aufschlag). Zweitens: Festes Puder-Make-up von Max Factor, falsches Haar, Bartkleber, Perücken etc. Drittens: Die »Lustigen Zertifikate« – so genannt, weil man die Betreiber des Ladens sonst, wenn sie sie nicht als »lustig« etikettierten, dafür belangen könnte, die echten zu verkaufen, denen sie so täuschend ähnlich sahen – Wertpapierscheine, Geburts- und Scheidungsurkunden, College-Diplome, Heiratsurkunden und so weiter. Für läppische $ 1.95 das Stück stellen sie zweifellos eine kluge Investition für den Schnüffler dar, der in den Beruf einsteigt. Und schließlich viertens: Foto-Ausweise mit Plastikbeschichtung; um einen von ihnen zu erstehen, war ich überhaupt hergekommen. Es gab einen ganzen Stapel davon, wieder nur für ulkige Anlässe natürlich, aber ja doch, angefangen mit einer exzellenten Kopie meiner Lizenz eines Privatdetektivs für den Bundesstaat Kalifornien bis hin zu Dingen wie Presse- und Sicherheitsbeamten-Ausweisen und falschen Mitgliedsausweisen der Schauspielergewerkschaft etc., darunter aber auch derart humorige Posten wie Dienstausweise eines Rasen-Inspekteurs, der Internationalen Bruderschaft der Komödianten, Lügner-Lizenz, Pilotenscheine für Space-Shuttles und last not least einen Ausweis der Gesundheitsbehörde Kaliforniens für Seuchen- und Schädlingsbekämpfung. Und wie echt sie alle wirkten. Zum Beispiel stand auf dem Ausweis des Sicherheitsbeamten etwas wie »Die unten abgebildete und namentlich genannte Person ist ein(e) voll akreditierte(r) Agent(in) der ebenfalls unten genannten Organisation. Er/sie ist kraft des Gesetzes befugt ... bla, bla, bla«. Es gab eine freie Stelle, in die man sein Foto einkleben konnte, und fraglos genügend Platz für den eigenen Namen und den seiner Firma sowie für das Datum der amtlichen Eintragung und der zu leistenden Unterschrift. Dann brauchte man nur noch kurz mit dem Bügeleisen drüberzugehen, um das Plastik zu versiegeln, und fertig war Ihr Paß für spaßige Anlässe.

Daher kaufte ich zwei, à $ 4.95 das Stück. Ich hätte sie zu $ 4.50 das Stück bekommen können, wenn ich drei oder mehr erstanden hätte, aber was soll's. Sowohl King als auch mein Nash warteten hinten auf dem Parkplatz auf mich, darum gesellte ich mich wieder zu ihnen und fuhr in meiner wie üblich umsichtigen Weise zum Büro zurück. Wir mußten an der Ampel beim Laurel Canyon Boulevard Ecke Ventura hinter einem alten Buick anhalten; seine Stoßstange trug einen Aufkleber, auf dem stand: »Beten Sie, daß in unseren Schulen nicht gebetet wird.«

Als wir zu Hause waren, führte mich King einmal um den Block spazieren, dann schloß ich auf und sagte zu mir selbst: Großer Junge, das ist ja alles schön und gut und zweifellos höchst amüsant, dein Scharmützel mit den Filmmogulen Gall & Garrison, denen die Trenchcoat-Brigade den Kampf angesagt hat, aber ist es nicht dennoch an der Zeit, auch einen Gedanken an Tom und Jerrys Misere bei ihrem eigenen Scharmützel zu verschwenden, so kompliziert es auch sein mag? Das war es in der Tat. Darum nahm ich mir all meine Notizen und mein Geschreibsel vor, meine Mutmaßungen und wilden Anwandlungen von Phantasie, oder was davon vorhanden war, und ging die ganze Geschichte noch einmal gründlich durch, was mich eine gute Stunde in Anspruch nahm. Ich entspannte mich gerade in meinem Drehstuhl, hatte die Füße auf den Schreibtisch gelegt und ließ mir noch einmal alles durch den Kopf gehen, als Sara-der-Strohkopf mit ihren Einkäufen und Besorgungen zurückkam, die sie vor mir auf dem Schreibtisch ablud, und dann machte sie ein großes Gehabe, indem sie so tat, als müsse sie sich die Hände waschen.

»Geht's dir besser, meine Liebe?« erkundigte ich mich teilnahmsvoll.

Sie zuckte die Schultern.

»Gut«, sagte ich. »Sag mal, bevor ich's vergesse, hast du Lust, Mittwoch mit mir ins Kino zu gehen?«

Sie guckte mich mißtrauisch an. »Warum nimmst du nicht Evonne mit?«

»Weil ich dich mitnehmen will, mein Häschen. Wird dir gut tun, zur Abwechslung mal mit einem reifen männlichen Begleiter auszugehen, und außerdem mag ich deine Gesellschaft. Du bist intelligent, du bist lebenslustig, du ziehst dich mittlerweile nicht mehr wie ein Johnnie-Rotten-Groupie oder eine frisch bekehrte Quäkerin an, und ferner werde ich nicht nur alle und jede Ausgaben übernehmen, inklusive all dessen, was du vor, während und nach dem Kino verzehren kannst, du wirst auch noch ein bescheidenes Honorar bekommen.«

»Und was ist der Haken an der Sache?«

»Weißt du, wer das auch mal gesagt hat?« fragte ich. »Ist 'ne alte Hollywood-Anekdote. Darbender Agent trifft den Teufel beim Brown-Derby. Teufel sagt: ›Wenn du mir deine Seele schenkst, und die deiner Frau und deiner Kinder und Kindeskinder, gebe ich dir das Exklusiv-Management für Streep, Fonda, Madonna und Michael Jackson.‹ Agent überlegt kurz und sagt dann: ›Und was ist der Haken an der Sache?‹«

»Ha, ha«, sagte sie. »Also, wo ist der Haken?«

»Sara«, sagte ich, »ich bin viel zu beschäftigt, um im Moment deinem argwöhnischen und gewundenen kleinen Hirn weitere Nahrung zu geben, entschuldige vielmals. Haben wir eine Verabredung, ja oder nein?«

»Ich werd drüber nachdenken«, sagte sie.

»Dann geh nach Hause und denk drüber nach«, sagte ich. »Dann hast du auch was zu tun, denn ich brauche keinen Bericht deiner heutigen für mich geleisteten Aktivitäten, weder in Haiku-, Sonett- oder freier Versform. Manchmal brauch ich einen. Das ist zu den Gelegenheiten, an denen mich jemand anders bezahlt und ich daher nicht nur Rechenschaft über meine eigene Zeit und Spesen ablegen muß, sondern auch über die meiner Assistenten. Und aus diesem Grunde sehe ich mich ebenfalls genötigt, wenn ich das mal so sagen darf, permanent deine Berichte umzuschreiben, bevor ich sie einem Klienten vorlege, da es nun mal so ist, daß es sich bei den meisten Klienten um Geschäftsleute und andere Profis handelt, die dazu neigen, gereimte Spesenabrechnungen mit einem ausgesprochen scheelen Blick zu beäugen. Darf ich abschließend betonen, daß dies keineswegs als Ablehnung deiner poetischen Fähigkeiten verstanden werden soll; wie du nur zu gut weißt, erfüllen mich deine künstlerischen Kreationen mit heller Freude, was sag ich da, größter Wertschätzung. Sie befinden sich stets als treue Begleiter auf meinem Nachttisch.«

»Zusammen mit deinen Verscheißerungspillen«, sagte sie. »Bis dann.« Sie latschte hinaus, wobei sie King beim Hinausgehen einmal tätschelte und irgendwie etwas fröhlicher aussah als beim Herkommen, und zwar ausschließlich dank der Mühen von Mrs. Daniels Erstgeborenem, wenn ich so sagen darf. Mensch, was hatte sie bloß für ein Glück, daß ich immer in greifbarer Nähe war, um ihr als eine Mischung aus Klagemauer und Kleenex zu dienen; und alle anderen übrigens auch, bei all dem Dank, den ich dafür bekam, nicht daß ich je darum bat. Es gibt so was wie Geber auf dieser Welt, wie es auch Nehmer gibt. Und Nehmer, die gleichzeitig Ausnehmer sind, bei Mokkatäßchen mit Capuccino, vergessen wir nicht diese pygmäenwüchsige Sorte von Nehmern, diese napoleonkomplexbeladenen, aggressiven kleinen Abstauber.

Eine Hintertür, dachte ich. Ich brauche eine kleine Hintertür. Nicht, um dort dem behaarten Mini-Romeo von E. L. S. aufzulauern, vergessen Sie's, er konnte sie gern behalten. Ich brauchte eine Hintertür, um mir einen diskreten Eintritt in die Portale – von den Akten ganz zu schweigen – des acht- oder neuntgrößten Unternehmens im schönen Staate Kalifornien zu verschaffen, der Firma IMM.

Und wer öffnete mir diese Art von Hintertür, die ich benötigte? Und verschonen Sie mich bloß mit Ihren völlig unangebrachten Treppenwitzen. Einen VIP brauchte ich. Und wie viele VIPs kannte ich? Anderthalb, höchstens, was meine Auswahl deutlich begrenzte, insbesondere, als der halbe sich in einer Institution befand, in der die höchste Sicherheitsstufe obwaltete und die von der Bundes-Gefängnisverwaltung betrieben wurde, gleich außerhalb von Tampa, Florida, daher blieb nur noch einer übrig. Und dieser war der Ex-Gouverneur eines benachbarten Bundesstaats. Als ich ihn kennenlernte, war er noch Anwärter auf dieses hohe Amt, aber wenn es mir nicht gelungen wäre, gewisse amouröse Sendbotschaften, die er ein paar Jahre zuvor zu Papier gebracht hatte, ausfindig zu machen, hätte er diese Anwartschaft für alle Zeiten auf irgendeinem verstaubten Dachboden einmotten können, in seinem alten Armeesack von der Air Force, zusammen mit seinen Rangabzeichen und Medaillen und verblichenen Fotos ferner Fliegerhorste. Sein

Name? Was ist schon ein Name? Ich möchte nicht unnötig geheimnisvoll erscheinen, aber ich bin auch keiner, der im Bett gleich alles ausplaudert, darum tu ich's auch jetzt nicht. Jedenfalls gelang es mir, diese Briefe aufzutreiben, nicht ohne einige Schwierigkeiten und einige ebenso scharfsinnige wie hochgradig illegale Manöver. Er zeigte sich dankbar. Zwei Wochen später heiratete er eine atemberaubende italienische Diva. Nachdem er in seinem dritten Amtsjahr einen leichten Herzinfarkt erlitten hatte, zog er sich auf seine Familienranch in New Mexico zurück, und soweit ich wußte, war er noch immer dort und schwang das Lasso und drückte Brandzeichen auf seine Rindviecher und verbrannte sich über dem Lagerfeuer die Finger am Kaffeebecher.

Schon einmal hatte er mir ein begeistertes Empfehlungsschreiben ausgestellt, als ich eine kurze Unterredung mit einem Hollywood-Star führen mußte, der so hoch auf der Leiter des Ruhms stand, daß er komplett in den hauchfeinen Wölkchen totaler Unnahbarkeit verschwunden war. Konnte er, würde er seinem alten *compadre* nochmals einen ähnlichen Gefallen tun? Um Sie nicht unnötig im Ungewissen zu lassen, er konnte und er tat. Und sogar am selben Tag noch. Wie sich herausstellte, war es überhaupt kein Problem, mit ihm in Verbindung zu treten, da ich immer noch seine Telefonnummer vom letztenmal besaß; ich wählte sie einfach an, und als sich eine männliche Stimme meldete und »Ja?« sagte, fragte ich, ob ich bitte den Gouverneur sprechen dürfe.

»Warum denn nicht«, wurde mir mitgeteilt. »Bleiben Sie mal dran, ich stell Sie durch.« Er stellte mich zum Gouverneur durch, der über ein schnurloses Telefon von irgendwo bei den Stallungen sprach. Klar erinnerte er sich an mich. Nee, ich störte ihn nicht bei irgendwas Wichtigem, er bewunderte nur gerade einen neuen Traber, der eingeritten wurde.

»Wozu eingeritten?« fragte ich.

»Zum Traben«, sagte er. »Was sonst? Was kann ich heute für Sie tun, mein Sohn?«

»Ich müßte mich mal diskret mit einem sehr hohen Tier bei der IMM unterhalten«, sagte ich. »Am besten mit einem, der ein bißchen Grips hat und dessen Lippen versiegelt sind.«

»Kein Thema«, sagte er. »Da kenn ich genau den richtigen Pferdedieb. Sobald ich wieder oben im Haus bin, läute ich noch mal bei Ihnen durch.«

Ich gab ihm meine Nummer, bedankte mich und fragte dann: »Was macht die Gesundheit? Ich hoffe, es reicht noch, um gelegentlich einem Gläschen von diesem verfälschten Tennessee-Fusel zuzusprechen, den Sie mir an dem Abend damals einzuflößen versuchten, als wir gefeiert haben.«

Er lachte. »Na ja, mein Sohn«, sagte er, »wenn ich mir Mühe gebe und mich mächtig konzentriere, dann gelingt es mir tatsächlich, abends ein oder zwei Schlückchen davon runterzuwürgen.«

Ich sagte, ich sei froh, dies zu hören, und unterbrach die Verbindung. Kein schlechter Kerl, alles in allem, für jemanden, der fast sein ganzes Leben Politiker gewesen war und sich kein einziges Mal dabei erwischen ließ. Obwohl es komisch sein müßte, mit einer Opernsängerin verheiratet zu sein – man würde ja nie ein Wort verstehen, was sie sagte.

Ich räumte meinen Schreibtisch auf, brachte meine Buchhaltung auf den letzten Stand und beantwortete dann ein leicht angeschmuddeltes Gekrakel, das ich eine Woche zuvor auf der Rückseite einer Adressenänderung erhalten hatte; es stammte von einem guten alten Kerl, der mir einen Job bei der Firma Browns Security verschafft hatte, gleich als ich zur Westküste übergesiedelt war, und dann erhielt ich einen Anruf einer Dame. Sie wollte wissen, ob ich Mr. Vic Daniel sei. Ich sagte, das sei der Fall. Sie bat mich höflich, einen Moment zu warten. Ich wartete, was, allgemein gesprochen, ein Zeitvertreib ist, der mir ungefähr soviel Spaß macht wie Tarantulas gegen den Strich zu bürsten. Nach ein oder zwei Minuten kam ein Mann an den Apparat und teilte mir mit, daß sein Name Ralph Howieson und er der Leitende Vizepräsident von International Machine & Mercantile sei.

»Wie geht es Ihnen, Sir?« fragte ich.

»Ich hatte gerade einen ziemlich merkwürdigen Anruf von einem alten College-Freund«, sagte er. »Er riet mir, Ihnen mit einiger Aufmerksamkeit zuzuhören, da er wisse, daß Sie, trotz eines gewissen Mangels an Respekt gegenüber einigen der etwas anspruchsvolleren Dinge des Lebens, weder ein Gangster noch ein Idiot, noch ein Verschwender von anderer Leute Zeit seien.«

»Wahrlich nette Worte, Sir«, sagte ich. »Ähm, der Grund, warum ich am Telefon keine Einzelheiten nennen möchte, ist, daß diese leider nicht immer privat sind.«

»Dies schon«, sagte er. »Es ist mein Privatanschluß, und das war meine Tochter, mit der Sie vorhin gesprochen haben. Ich wollte gerade wieder nach dem Mittagessen ins Büro fahren, als Slick mich erwischte.«

»Slick«, dachte ich. Noch so einer von diesen grandiosen Spitznamen. Ich hatte mir als Junge immer gewünscht, daß mir auch mal jemand einen verpassen würde, wie Minnesota Fats oder Tex oder Lefty, ich hatte lediglich »Dopey« (der dumme Zwerg aus Schneewittchen), »Stelze«, und von der Nervensäge, sobald sie mich zum erstenmal mit meiner Lesebrille sah, das abfällige »Prof« abbekommen. Was soll's, wen schert so ein Blödsinn überhaupt?

Da ich tatsächlich am Telefon absolut keine Einzelheiten nennen wollte, ob nun über Privat- oder Sammelanschluß, größtenteils, weil ich gar nicht so viele Einzelheiten in petto hatte und mich auf meine männliche und einnehmende Persönlichkeit verlassen mußte, die natürlich bei einem Treffen von Angesicht zu Angesicht wesentlich besser zur Geltung kommen würde, schlug ich vor, ob wir uns nicht statt dessen zu einem Gespräch treffen könnten, da wir uns wahrscheinlich später ohnehin treffen müßten.

»Zu Hause oder im Büro«, sagte er. »Suchen Sie es sich aus, Mr. Daniel.«

»Im Büro, nach Dienstschluß vielleicht?«

»Warum nach Dienstschluß?«

»Aus denselben Gründen wie im Falle des Telefons.«

Es folgte eine Pause. Dann sagte Mr. Howieson: »Mr. Daniel, ich fange an, wegen alledem ein klitzekleines bißchen besorgt zu sein.«

»Nun ja, falls es Sie beruhigt«, sagte ich, »es besteht nur eine klitzekleine Chance, daß Sie sich überhaupt Sorgen machen müssen.«

»Was mich nicht im geringsten beruhigt«, sagte er. Wir einigten uns darauf, daß ich am nächsten Abend um achtzehn Uhr dreißig zum Hauptgebäude von IMM kommen sollte, zu der von ihm genannten Adresse, den Knopf, auf dem »Nachtschalter« stand, drücken, demjenigen, der mein Anliegen hörte, meinen Namen mitteilen und irgendeinen Ausweis vorzeigen sollte, woraufhin ich zu seinem Büro geleitet werden würde, wo er, wenn auch nicht unbedingt sehnsüchtig, aber immerhin auf mich warten würde. Ich sagte danke und auf Wiedersehen. Auch er sagte auf Wiedersehen. Klick. Klick. Na gut. Das war erledigt, so unwahrscheinlich es auch war, daß es sich irgendwie als nützlich erweisen würde; wenn's eine Windmühle in der Nähe gäbe, würde ich mich lieber dorthin begeben und ein paarmal dagegen anrennen; schien mir wesentlich nützlicher zu sein und machte vermutlich auch viel mehr Spaß.

Nachdem ich aufgelegt hatte, schaute mich King erwartungsvoll an.

»Okay, du Tyrann«, sagte ich. »Hauen wir ab.« Ich machte noch ein bißchen Ordnung, und wir hauten ab und hopsten ins Auto und fuhren zum Observatorium im Griffith Park, wo wir ausstiegen und er herumtollte und schnüffelte und ich mich auf eine Bank neben dem Springbrunnen setzte und observierte. Ich sah keine Sterne, obwohl genügend Möchtegern-Sternchen an mir vorbeigingen, die einen Amateur-Galileo wie mich mehr als zufriedenstellten. Keins von ihnen blieb jedoch stehen, um mich anzusprechen und zu sagen: »Oh, was für ein süßes Hundchen! Ich himmel ältere Männer mit Hund an!« Wahrscheinlich werde ich Sternchen nie begreifen.

»Diese kleinen Dinger«, sagte ich, »die aussehen wie getrocknete Erbsen, nur daß sie grau sind, sollen über eine Viertelmillion Scheinchen wert sein? Sie wollen mich wohl veräppeln.«

Es war zehn Uhr am folgenden Morgen. Die Vettern Lubinski, Jonathan und Nathan (»Familienjuweliere seit über zwanzig Jahren«) und ich befanden uns in ihrer kleinen Werkstatt im rückwärtigen Bereich ihres Ladens, der gleich um die Ecke von meinem Büro gelegen war. Nathan war dabei, mit größter Sorgfalt die Erbsen zu wiegen, eine nach der anderen, auf einer wunderschönen antiken Juwelierwaage, während sein Cousin und ich ihm dabei zusahen. Alle paar Minuten ließ ich sie allein weitermachen und verdiente mir mein Honorar, indem ich die Vorder- und Hintertür überprüfte, sowie die Alarmanlage, die Straße vor dem Laden und die Lieferantenzufahrt nach hinten raus. Vorher hatte ich ein Schild ins Schaufenster gehängt, das Nathan mit Schönschrift verfaßt hatte; darauf stand, daß das Geschäft an diesem Vormittag ausnahmsweise zwei Stunden später als üblich öffnen würde. Ich hatte ebenfalls vorher dem Kurier die Tür aufgeschlossen, der die sogenannten Diamanten aus New York lieferte, damit er irgendwo hingehen und einen Happen Frühstück essen konnte.

Ich kehrte von meinem zigsten Rundgang zurück und zeigte J. Lubinski einen hochgereckten Daumen, der mich daraufhin angrinste. J. Lubinski war wie immer aus dem Ei gepellt; heute trug er einen schnittigen grauen Mohairanzug mit seinen gewohnten, auf Hochglanz polierten schwarzen Loafers mit Troddeln. Seine Brille war mit Gold eingefaßt, seine Krawattennadel aus Silber, seine Manschettenknöpfe aus Halbedelsteinen und seine hauchdünne Armbanduhr aus Platin, soweit ich das beurteilen konnte. Der Trauerkloß von seinem älteren Vetter trug das gewohnte ausgebeulte braune Ensemble, das von einer Lupe in seinem rechten Auge abgerundet wurde. Wir verstanden uns prima, die Lubinskis und ich. Jonathan war der Geschäftsmann, Nathan der Kreative; er war außerdem Historiker, der sich auf die Zeit des Holocaust spezialisiert hatte, wie ich einmal feststellte, als ich die Gastgeschenke bei dem Hochzeitsempfang von Nathans einziger Tochter in seiner bescheidenen kleinen Villa in Bel Air bewachte. Am selben Abend hatte ich den Fall des Fehlenden Champagners geknackt (die vom Partyservice waren's), ohne Zusatzhonorar zu verlangen, und seitdem verstanden wir uns wie zwei alte Latschen.

Während N. Lubinski die letzten paar Erbsen abwog, zog ich J. Lubinski zur Seite und fragte ihn: »Warum?«

»Warum was?« fragte er zurück.

»Warum das alles«, sagte ich. »Warum kaufen, warum wiegen, warum ich?«

J. Lubinski seufzte theatralisch und warf seine beringten und manikürten Hände gen Himmel.

»Warum Sie?« sagte er. »Warum ich?« Ich folgte ihm in den vorderen Geschäftsbereich. »Hören Sie nun eine kurze Lektion über kristallisiertes Karbonat, allgemein auch als Diamanten bekannt.«

»Oder als Brillies«, sagte ich, »in meiner Branche.«

»Oder als Brillies«, sagte er. »An festgelegten Terminen veranstaltet der Sightholder deBeers, über seine zentrale Verkaufsorganisation, mehrmals jährlich in einer Großstadt einen Sight, wie man es in meiner Branche nennt. Eine festgesetzte Anzahl von äußerst ehrbaren Händlern nimmt an diesen Sights teil. Man bietet ihnen eine reiche Auswahl an Steinen zu nicht veränderlichen Preisen an.«

»Alles Diamanten«, sagte ich.

»Unterschiedlichen Karats, unterschiedlicher Farben, aber alles Diamanten«, pflichtete er mir bei. »Diese Händler verkaufen dann ihre Kistchen voller Schätze in kleineren Mengen an andere Händler, von denen einer ein Kumpel von uns ist, der in New York, New York lebt.«

»Und dann rufen Sie ihn per R-Gespräch an«, sagte ich, »und sagen: ›Hast du dreißig Erbsen von dem und dem Karat und in der und der Farbe?‹«

»So ist es, Vic«, sagte J. Lubinski. »Dann schickt er sie per Kurier zu uns; wir verifizieren sie und schicken sie dann wieder zu einem Schleifer nach New York zurück.«

»Und wiegen bedeutet verifizieren?« fragte ich.

»Zum Teil«, sagte er, »da es eine Sorte von maschinell hergestellten Diamanten gibt, die mit den echten fast identisch sind, nur daß sie fast zweimal soviel wiegen. Was die Frage betrifft, warum *Sie*: Die Diamanten sind so lange versichert, wie sie sich in den Händen des Kuriers befinden, aber nicht, während er irgendwo seine Eierkuchen ißt, dann sind nämlich wir für sie verantwortlich, und es ist wesentlich billiger, mein Freund, Sie zwei Stunden lang zu engagieren, als die Steine für die Zeit selbst versichern zu lassen. Was wir dann aber natürlich tun müssen, wenn sie hübsch geschliffen und poliert wieder zu uns zurückkommen.«

»Aha«, sagte ich. »Entschuldigen Sie mich ein Momentchen.« Ich überprüfte noch mal die Straße, steckte meinen Kopf in die Werkstatt, wo N. Lubinski die Erbsen gerade in etwas einwickelte, was wie ein Stück alter Verbandsmull aussah, dann gesellte ich mich wieder zu J. Lubinski, der ungeduldig auf seine Uhr schaute.

»Machen Sie sich keine Sorgen«, sagte ich. »Wenn's länger als zwei Stunden dauert, werde ich Ihnen die paar zusätzlichen Minuten nicht berechnen. Außerdem sieht's so aus, als wäre Nate gerade fertig geworden.«

»Gut«, sagte er. »Und nervös bin ich, nicht ungeduldig.«

»Und wer schleift und poliert sie?« fragte ich. »Warum nicht Nate?«

»Zu spezialisiert«, sagte er. »Wenn Nate sie zurückbekommt, sind sie schon zu Brillanten oder Rosendiamanten oder Doppelrosetten geschliffen oder gelegentlich, wenn der Stein groß genug ist, zu einem Kohinoor oder sogar Tafeldiamanten, dann entwirft er die Fassungen und fertigt sie an und überläßt danach mir die eigentliche Arbeit, nämlich die Dinger zu verkaufen.«

»Ist das Leben nicht hart«, sagte ich.

Ungefähr zu dem Zeitpunkt kehrte der Kurier zurück, darum ließ ich ihn ein, er und die Lubinskis unterschrieben die üblichen Formulare, dann steckte der Kurier, ein Mann in den mittleren Jahren, das Bündel lässig in seine Tasche und machte sich auf den Weg, und ein paar Minuten später machte auch ich mich auf den Weg, mit einem Scheck über eine zufriedenstellende Anzahl von US-Dollars, den ich vorsichtig in meine zerschlissene alte Brieftasche steckte. Lässig sein ist eine Sache, leichtsinnig eine andere.

Den Dienstagnachmittag verbrachten King und ich – ebenfalls lukrativ – unten an der Huntington Beach, er im Schatten dösend und ich in der Sonne schwitzend. Ich hatte einen Job angenommen, der sich allmählich zu einer Langzeit-Überwachung einer Firma namens Bloom Marine Inc. auswuchs. Mein Auftraggeber war ein Filmmogul-Kumpel meines bereits erwähnten Filmmogul-Kumpels Lew Lewellen. Sein Kumpel war stinkreich. Wie so viele, wenn nicht alle stinkreichen Leute, war er der Meinung, daß nichts genug war, weil für einen nichts genug ist, für den genug zu wenig ist, um mal frei aus dem Griechischen zu paraphrasieren. Er war ein Geizhals, ein knickriger Knauser, der überzeugt war, daß alle seine Angestellten genauso habsüchtig (und genauso schlitzohrig, wenn Sie mich fragen) waren wie er selbst. Um der Wahrheit, wenn auch zähneknirschend, die Ehre zu geben, im Fall der Bloom Marine Inc. hatte er allerdings mit seinem Verdacht voll ins Schwarze getroffen.

An diesem Dienstnachmittag leistete ich meinen dritten Halbtags-Einsatz bei dem Job, der sich bereits über die letzten sechs Wochen erstreckt hatte, daher hatte die Bloom Marine Inc. meinem Klienten auch schon eine Monatsabrechnung vorgelegt, die ich eingesehen hatte. Und einer der Posten führte zwölf Arbeitsstunden über Zimmermannsarbeiten auf – und Sie wissen ja, wieviel Geld diese Typen einem stündlich abknöpfen –, an einem Sonntagnachmittag (doppelte Überstunden), wo ich die ganze Zeit in fünfzehn Metern Entfernung diesem wortkargen und grauhaarigen alten Seebär geholfen hatte, sein Speigatt zu schrubben, oder was immer wir zum Teufel da taten (außer mir komplett meine Fingernägel zu ruinieren), und weit und breit keinen einzigen Zimmermann gesehen hatte. Einen großen, muskulösen Surfer-Typ hatte ich gesehen, der ein paarmal auf das Boot meines Klienten kletterte und dann kurz auf dem Achterdeck umherschlenderte, aber das war auch alles. Übrigens, mein Seebär behauptete, das Boot meines Klienten sei ein umgebauter Minenräumer der US Navy, er war sich nicht ganz sicher, welcher Klasse, vielleicht eine MSL1 Cove, wär schon möglich, irgendwo zwischen $ 250.000 und $ 300.000 wert, je nachdem. Bei dem lecken, vor Wasser nur so schwappenden Bretterhaufen des Seebären, wie er mir in einem seltenen Augenblick von Schwatzhaftigkeit mitteilte, handelte es sich um ein altes Mahagoni-über-Eiche-Hummerboot der Küstenfischerei, als wäre mir das nicht völlig schnuppe. Ich wußte nur, daß es verkehrt herum in der Schlippe neben der meines Klienten lag, der auch allseits als G. Z. bekannt war. Ich würde lieber unter einem fetzigen Spitznamen als unter Initialen à la Hollywood bekannt sein. Ich frage mich, warum?

Egal, da war ich also, Oberkörper frei und mit hochgekrempelten Hosen, und schrubbte vor mich hin, während Popeye ein neues Stück Nutzholz zurechtsägte, um ein paar verrottete Planken im Rumpf zu ersetzen. Na ja, ich konnte auch schlecht nur herumstehen und G. Z.s Schiff anstarren, oder mir womöglich hin und wieder Notizen machen, nicht wahr, ich mußte versuchen, mich der Umgebung anzupassen, darum hatte ich Popeye am ersten Morgen meines Arbeitsantritts erzählt, wer ich war und was ich vorhatte, und hinzugefügt, daß ich mehr als bereit wäre, für Kost und Logis auch eine Gegenleistung zu erbringen. Er schaute sich meinen Ausweis an, dann King, dann mich.

»Verstehn Sie was von Booten?«

»Manche schwimmen«, sagte ich.

»Fangse man an zu schrubben«, sagte er. Und, so weit, so gut, dachte ich. In ein paar Stunden und ein paar weitere Blasen an den Händen später könnte ich mich verziehen, dann wäre die Sache abgehakt, dann würde ich mich in Luft auflösen wie die hochstaplerischen Liebesschwüre eines Casanova am Morgen danach, wieder einmal ein Job mit Anstand erledigt, ein paar zusätzliche Greenbacks für das Sparschwein verdient. Und vielleicht sprang dabei sogar eine bessere Sorte Hundefutter für meinen Jungen heraus, wie Fleisch zum Beispiel.

Ich schrubbte und hing eigenen Gedanken nach, als Popeye leise zu mir sagte: »Freunde von Ihn'?«

Ich schaute hoch. Die Beton-Helling herunter und auf uns zu schritten drei Herren, der Surfer von G. Z.s Boot, ein noch größerer und ein kleinerer, aber bulligerer. Der eine hatte ein Bleirohr bei sich, ein anderer eine wuchtige Holzlatte. Alle drei trugen Shorts und ärmellose Hemden.

»Kann ich mir kaum vorstellen«, sagte ich. »Halten Sie bitte den Hund fest, ja?«

»Geht klar.«

»Und halten Sie sich da raus.«

»Geht klar.«

»Und Sie haben keine Ahnung.«

»Nie gehabt.«

Das Loch im Rumpf, das Popeye ausbessern wollte, klaffte auf der Seite des Hummerkahns, der sich außer Sichtweite der drei Komiker befand, und war vorsintflutlich mit einer Persenning bedeckt. Ich schlich mich leicht geduckt dorthin, hob vorsichtig ein Ende der Persenning hoch, warf meine Brieftasche und mein Notizbuch ins Boot, und da ich auf meinem Weg kaum innegehalten hatte, setzte ich ihn um den Schiffsrumpf fort, so daß ich wieder sichtbar wurde, ging gemächlich auf die Jungs zu und versuchte, zwischen mir und Popeye, King und dem Leck reichlich Entfernung herzustellen. Verdammt, vielleicht waren sie ja nur gekommen, um ein bißchen Seeluft zu schnuppern, und hatten gar nicht die Absicht, mir ein Loch in den Schädel zu hauen. Falls dem so war, würde ich einfach weiterschlendern und mir später etwas ausdenken, wie ich Köter und persönliche Habseligkeiten zurückbekommen könnte.

Aber, ganz wie die Wiedergeburt von verstorbenen Haar-Follikeln, es hat nicht sollen sein.

»Willst du irgendwohin, Kumpel?« fragte der Surfer, als wir auf gleicher Höhe trieben. Seine Kollegen kicherten. Ich dachte, na schön, all die Schrubberei hat meine Maniküre eh versaut.

»Hast in letzter Zeit öfter hier rumgehangen, was?«

»Nun, hin und wieder«, sagte ich. »Ich helf dem alten Knaben gern mal aus.«

»Ach ja?« sagte der Bullige. »Wie hieß er noch gleich?«

»Ich nenn ihn immer Pop«, sagte ich, »da er so was wie ein Vater für mich ist.«

Sie tauschten bedeutungsschwere Blicke.

»Man hat uns gebeten«, sagte der Strandhase, »da dies alles Privatgelände ist, dich von dem Grundstück zu geleiten.«

»Klar Mann, ich bin so gut wie weg«, sagte ich und breitete die Arme aus, Handflächen nach außen gekehrt. »Adios, die Herren.«

»Man hat uns außerdem gebeten«, sagte der größte Kerl von den dreien, der zum erstenmal den Mund aufmachte und sein Bleirohr spielerisch von der einen in die andere Hand wandern ließ, »höflich festzustellen, wer du bist und was du hier tust.«

»Ist das alles?« rief ich aus. »Warum haben Sie das nicht gleich gesagt? Ich heiße Hugh Gross, ich lebe oben in der Nähe der Atlanta Avenue, gleich beim Fairview Krankenhaus da draußen, ich mach in Doppelfenstern, und was ich hier tu, wissen Sie ja schon, ich helfe Pop ein bißchen bei den schwereren Arbeiten aus, gibt's da irgendein Gesetz gegen?«

»Man hat uns außerdem gebeten«, sagte der Strandhase, »uns einen Ausweis zeigen zu lassen.«

»Sie haben vergessen, ›bitte‹ zu sagen«, sagte ich.

»Komm schon, Scheißer, rück ihn rüber«, sagte der Bullige und vollführte in der Luft ein oder zwei Übungsschwünge mit der Holzlatte.

Ich klopfte meine Taschen ab und sagte dann: »Ach, jetzt fällt's mir wieder ein. Ich hab meine Papiere absichtlich nicht mitgebracht, weil einmal, als ich noch ein kleiner Junge war, das war damals in Davenport, da haben wir eine Kanufahrt gemacht und das Boot ist dann gekentert, und alles, was ich in meiner Brieftasche hatte, auch in dem Geheimfach, können Sie sich das vorstellen, war völlig durchnäßt, und seitdem bin ich supervorsichtig, was ich in meinen Taschen habe, wenn ich mich in die Nähe von Booten begebe.«

»Nicht vorsichtig genug, Kumpel«, sagte der Strandhase. »Pech gehabt, Riese.« Sie wichen auseinander und gingen von drei Seiten gleichzeitig auf mich los. Es hätte schlimmer kommen können, denke ich mal, sie hätten gebeten worden sein können, mich zu töten, und mich nicht nur wie einen Schaumgummiball hin und her zu schlagen, bis ich zu Boden ging, und sich dann dabei abzuwechseln, mit den Füßen auf mich einzutreten und mich dann schließlich, nachdem sie mir entweder mit der Latte oder dem Rohr, ich hab jetzt offengestanden die Einzelheiten nicht mehr ganz parat, noch mal ordentlich eins über den Hinterkopf gegeben hatten, mich wie eine ausgepustete Kerze auf dem harten Beton liegenzulassen. Ich hab allerdings auch ein paar Hiebe landen können, Boxfans, keine Angst, unter anderem einen perfekten linken Haken, der den Kurzen direkt auf den Punkt traf, und danach sah er nur noch Sternchen. Und dem Strandhasen, oder sollte ich lieber Boothasen sagen, rammte ich mein Knie in eine gewisse Stelle, was seinen Testosteron-Pegel eine Zeitlang in den Keller befördern würde, und nur um Haaresbreite verpaßte ich den Adamsapfel des dritten Typen, als ich einen Karatehieb ansetzte, und so weiter, und dann war alles vorbei. Goliath war angeschlagen. Goliath ging nieder, Goliath fiel in Ohnmacht.

Als ich nach einer Weile Stück für Stück zu Bewußtsein

kam, winselte irgend jemand, und irgend etwas Kaltes und Nasses leckte verzweifelt mein zerschlagenes Gesicht. Da ich nun mal Detektiv bin, folgerte ich bald, daß der Winsler ich war, und das Kalte und Sabbernde Kings Zunge. Es gelang mir, ihm zu sagen, daß alles in Ordnung sei, er könne sie jetzt wieder einziehen, guter Junge, brav. Als ich meine Augen wieder vollständig geöffnet hatte, sah ich Popeye, der neben mir auf den Hacken kauerte.

»Sind sie weg?« fragte ich.

»Jawoll.«

»Mit Ihnen alles in Ordnung?«

»Jawoll.«

»Mit meiner Brieftasche alles in Ordnung? Ich hab sie in Ihr Leck geschmissen.«

»Jawoll. Mit Ihnen alles in Ordnung?«

»Jawoll. Na ja, nix da, aber jawoll, alles in allem. Frage mich nur, warum sie mich nicht auch vom Grundstück entfernt haben?«

»Haben wahrscheinlich gesehen, was ich gesehen hab«, sagte er. »Jemanden oben im Hauptbüro, der mit einem Fernglas zugeguckt hat.«

»Wo der bloß vorher war?« sagte ich.

»Wieso haben Sie Ihre Brieftasche weggeschmissen?« fragte er und rappelte sich wendig wieder auf.

»Weil meine Wagenzulassung drin ist«, sagte ich. »Hatte nicht die Absicht, daß sie mein Auto auf dem Parkplatz des Jachthafens finden und es dann zertrümmern.«

»Oh«, sagte er.

»Haben sie Sie was gefragt?«

»Jawoll.«

»Haben Sie ihnen was erzählt?«

Er machte sich nicht die Mühe, eine so blöde Frage auch noch zu beantworten. Ich nahm mit extremer Vorsicht eine sitzende Position ein und wartete dann, daß die

Welt aufhören würde, auf ihre übermütige Weise herumzuwirbeln, wobei ich meine Augen schloß und eine Hand auf meinen dröhnenden Kopf legte, und die andere auf Kings, um ihn zu beruhigen.

»Die Blutung ist jetzt bis auf ein kleines Rinnsal abgeklungen«, sagte Popeye nach einem Weilchen. Ich warf ihm mit Mühe ein schiefes Grinsen zu.

»Ein weiterer Grund, warum ich meine Brieftasche versteckt habe«, sagte ich und ließ die Zunge über meine Zähne gleiten, um festzustellen, ob sie alle noch da waren, was der Fall war, dank dem Gott der Dentisteninnung, wenn man bedachte, was ich dafür ausgegeben hatte. »Sämtliche Ausweispapiere plus achtzehn Dollar in bar waren drin, plus ein Scheck, den ich für einen Job heute vormittag bekommen habe.«

»Wahrscheinlich haben Sie Ihren Dick-Tracey-Decoder für den kleinen Geheimagenten auch noch drin verstaut«, sagte er.

»Wissen Sie, Pop«, sagte ich, »Macho-Arschlöchern wie denen muß man immer was an die Hand geben, sonst geht ihnen ihr beschissener Stolz flöten. Darum hab ich ihnen erlaubt, mich ein bißchen auseinanderzunehmen, na und, dann hab ich mich eben fallenlassen, damit sie zufrieden sind, aber so bescheuert bin ich auch wieder nicht, daß ich sie wissen lasse, wer ich bin und wo ich wohne, damit sie irgendwann mal eines Nachts, wenn sie sich genug Mut angesoffen haben, bei mir vorbeikommen, um sich noch ein bißchen mehr zu amüsieren.«

»Und ich dachte, ich wär mit allen Wassern gewaschen«, sagte Pop und schüttelte den Kopf. »Da sieht man mal wieder, mein Sohn.«

Siebzehntes Kapitel

So bleibt mir nur das Warten, hurra, in Treue fest,
Denn ich weiß, daß mein Freund und Amigo Samuel D . . .

Eine Stunde und siebzehn Minuten später war ich wieder zu Hause und teilte mir mit einem Spielzeug-U-Boot, das angeblich unter Wasser schwimmen konnte, aber es nicht tat, ein heißes Bad, angereichert mit einer großzügigen Menge Epsomer Bittersalz, was angeblich gut gegen Wehwehchen und Schmerzen sein soll, sowie einem dikken Blubb von Evonne Louise Shirleys Badegel, wegen der zusätzlichen stimulierenden Farbgebung. Evonne Louise Shirley . . . was aus der wohl geworden ist, fragte ich mich, und wen schert's eigentlich. Irgendwo in luftigen Höhen schmetterte die unverwechselbare Stimme von Ethel Merman »Die ganze Welt ist rosig, nur du hast den Blues«. Prellungen, wie wir alle wissen, werden von geplatzten Blutgefäßen unter der *derma* verursacht, die, technisch gesehen, selbst nicht verletzt wurde. Oder nennen Sie sie Quetschungen, wenn Sie wollen. Was wir jedoch alle nicht wissen, zumindest ich nicht, ist, warum sie nach ein paar Tagen von Bläulich-lila-rostbraun zu diesem fiesen Grünlichgelb changieren . . . was Fleischwunden angeht, auch da hatte ich schon ein paar mein eigen nennen können, etliche, genügend, die der Erwähnung wert gewesen wären . . . ach ja, wirbelnde Strudel müßiger Gedanken, während mein U-Boot wieder einmal direktemang auf den Boden der Wanne sank, nachstehend auch das Rote Meer genannt, wobei ich nur leicht übertreibe.

Dann standen Entscheidungen an, Leute, Entscheidungen. Gegen manche Entscheidungen habe ich überhaupt nichts einzuwenden, beispielsweise, ob ich nun einen oder zwei Chili-Burger bestelle, wenn ich zwischen dem einen oder dem anderen Hawaii-Hemd wählen muß, oder ob man mit dem Vorspiel anfangen oder aufhören soll, aber zu den Entscheidungen, die ich lieber nicht so häufig traf, wie dies de facto notwendig war, gehörte die Wahl zwischen Jod und Mercurochrom, zwischen Aspirin und Demerol und Heftpflastern, die entweder zu klein oder zu groß sind, weil man die in der passenden Größe schon alle verbraucht hat, und was man mit einem nutzlosen rechten Arm anstellt – auf Mitleid baut und ihn in eine Schlinge bettet oder Napoleons Vorbild folgt und ihn einfach lässig ins Sportsakko schiebt. Es besteht kein Zweifel, daß verprügelt zu werden ein sau-elender Frust ist, weil es nämlich weh tut, und nichts tut so weh wie der gute altmodische Schmerz; er schafft's doch jedesmal.

Wie dem auch sei, ich bepinselte und begoß mich mit Tinkturen und klebte hier und dort ein Pflästerchen hin, stopfte das eine oder andere Loch und schmiß die zerfetzten Lumpen in den Müll, die einmal meine drittbesten Kordhosen gewesen waren, dann kleidete ich mich an und fütterte und wässerte den Hund und warf für unterwegs eine weitere Schmerztablette ein, und dann hieß es: los.

Es war 18 Uhr 40, als ich auf dem fast leeren Parkplatz neben dem IMM-Gebäude auf dem Olympic Boulevard in der Nähe des Civic Centers ankam und paßgerecht in einem Parkhafen einrangierte, der einem James J. Frawley Jr. persönlich vorbehalten war, wer immer das sein mochte. Ich stieg aus, streckte mich äußerst vorsichtig, stieg wie vereinbart die breite Eingangstreppe hinauf und drückte den »Nachtschalter«-Knopf. Eine Stimme knarzte mir etwas zu. Ich nannte meinen Namen. Dann knarzte es noch mal. Nach ein oder zwei Minuten schloß mir ein uniformierter Sicherheitsbeamter das gläserne Portal auf, überprüfte meinen Ausweis, ließ mich herein, schloß wieder zu und sagte: »Hier entlang, bitte.« Dann führte er mich zu einer Reihe von Fahrstühlen, von denen nur einer in Betrieb zu sein schien. Hinein gingen und hinauf fuhren wir. Hinaus, einen Flur entlang, in ein Vorzimmer und dann, nach einmaligem Anklopfen, in ein größeres, viel größeres Büro gingen wir, das unter anderem Mobiliar ein herrliches altes Rollpult enthielt, an dem ein Mann saß und eifrig vor sich hinschrieb. Er erhob sich.

»Danke, Tom«, sagte er.

»Gern geschehen, Mr. Howieson«, sagte Tom. Er verließ uns. Ich ging zum Schreibtisch und Mr. Howieson hinüber und schüttelte ihm die Hand. Ich muß schon sagen, ich hatte ihn mir ganz anders vorgestellt. Vermutlich entsprach auch ich nicht im geringsten seinen Erwartungen. Wie hieß diese Whiskey-Firma, die in ihrer Werbung immer distinguiert aussehende, entspannt wirkende Managertypen auftreten ließ, oft in der Bibliothek eines exklusiven Gentlemen-Klubs? Calvert's vielleicht. Howieson würde wahrscheinlich in einem Angler-Camp entspannter wirken; er war klein, fast schwarz gebräunt, trug sein ergrauendes Haar in einem Bürstenschnitt, seinen offensichtlich gut durchtrainierten Körper drapierten grell karierte Hosen und eine weite Jacke aus Madras-Stoff, unter der ein Rollkragenpulli hervorguckte.

»Wunderschöner Schreibtisch«, sagte ich.

»Danke«, sagte er. »Er gehörte meinem Vater, und vorher meinem Großvater – sie waren beide auch Anwälte, nur eben eher Kleinstadt-Anwälte, ganz im Gegensatz zu dem großen und einflußreichen Unternehmens-Anwalt, der ich bin. Bitte nehmen Sie Platz, Sir.« Er wies auf ein Trio von betagten Ledersesseln, die um einen niedrigen Tisch gruppiert waren; er ließ sich in einen fallen, und ich tat es ihm nach. »Zigarette? Zigarre? Drink?« Ich schüttelte den Kopf. »Gar nichts? Einen Kaffee?« Ich schüttelte ihn wieder. »Okay«, sagte er. »Damit hätten wir die Höflichkeiten erledigt, scheint mir. Lassen Sie uns zum Geschäftlichen kommen, Mr. Daniel.«

»Gut«, sagte ich. »Es sieht folgendermaßen aus, Sir. Im Verlauf einer anderen Ermittlung, mit deren Einzelheiten ich Sie im Moment nicht behelligen möchte, bin ich auf eine Anzahl von seltsamen Zufällen gestoßen. Ich war schon immer ein mißtrauischer Mann, Mr. Howieson, schon bevor ich meinen gegenwärtigen Beruf einschlug, aufgrund einer Reihe von Erlebnissen in meiner Jugend, mit denen ich Sie im Moment ebenfalls nicht behelligen möchte, obwohl sie zweifellos faszinierend sind.«

»Zweifellos«, sagte er, ohne eine Miene zu verziehen.

»Und mein gegenwärtiger Beruf hat leider meine skeptische Einstellung gegenüber der Welt und denen, die darin leben, nicht zerstreut«, sagte ich.

»In der Tat möchte man ganz das Gegenteil vermuten«, sagte Mr. Howieson.

»In der Tat ist gelinde gesagt«, sagte ich. »Egal.« Ich holte die Notizen heraus, die ich mir im Büro gemacht hatte, nachdem ich den Kurier der Lubinskis mitsamt seinen Erbsen auf den Weg geschickt und die Zeit genutzt hatte, die mir bis zu meinem Ausflug zur Huntington Beach blieb. »Am 14. März«, sagte ich, »wurde einer Ihrer Angestellten, ein Jonathan E. Flint, als er sich mit einer anderen Ihrer Angestellten, einer Mrs. Leonard Richard Jones, alias Mary, vom Theater kommend auf dem Nachhauseweg befand, durch einen einzigen Kopfschuß getötet. Dank meiner weitreichenden Kontakte zum Police Department of Los Angeles, ansonsten auch als Sneezy bekannt, erwarb ich eine Kopie des Berichts des in dem Fall ermittelnden Polizeibeamten und weitere Kopien anderer relevanter Unterlagen, die ich Ihnen zufaxen kann, wenn Sie wollen.«

»Lassen Sie mal«, sagte er.

»Auch gut«, sagte ich, »da ich kein Faxgerät besitze.«

»John Flint«, sagte er. »Natürlich erinnere ich mich, ich war auf der Beerdigung und bekundete Anteilnahme der Firma und dergleichen. Und Mary Jones, natürlich kenne ich sie, wenn auch nur flüchtig, da wir in verschiedenen Abteilungen arbeiten. Ich bin auch viel zu bescheiden um zu erwähnen, daß wir außerdem auf verschiedenen Stockwerken und verschiedenen Sprossen der ach-so-schlüpfrigen Karriereleiter arbeiten. Mr. Daniel, die Sache fängt an, mir gar nicht zu gefallen. Bitte fahren Sie fort.«

»Natürlich wissen Sie auch, in welcher Abteilung sowohl Flint als auch Jones sich abgerackert haben«, sagte ich.

»Und ob«, sagte er verbittert. »Pensionen.«

»Nebulös muß man es nennen«, sagte ich, »denn als ich mit der Witwe Flint sprach, erwähnte sie, daß sie in ihrem ehelichen Bankschließfach ein Papier gefunden habe, das sie noch nie gesehen hatte und auf das sie sich keinen Reim machen konnte, darum habe sie es weggeschmissen. Sie konnte sich nur noch erinnern, daß es sich um eine Liste von Namen und Adressen handelte, die irgendeinen gemeinsamen Nenner hatten, irgend etwas, das sie verband. Was dieser gemeinsame Nenner war, hatte sie vergessen.«

»Pensionen«, sagte Mr. Howieson. »Diese beschissenen Pensionen.«

»Steckt heutzutage 'ne Menge Geld in betrieblichen Pensionsprogrammen, hat mir ein Vögelchen geflüstert«, sagte ich. Er blickte mich scharf an. »Was haben Flint und Jones genau in der Pensionsabteilung beziehungsweise mit den Pensionen getan?« fragte ich. »Ich meine konkret.«

»Das weiß ich nicht«, sagte er und erhob sich mit

einem Ruck aus seinem Sessel. »Aber ich werde es bald herausfinden.« Er ging zu seinem Schreibtisch, suchte eine Nummer aus seinem drehbaren Adreßverzeichnis heraus, griff sich das Telefon und wählte.

»Mr. Douglas? R. Howieson, ich rufe vom Büro aus an ... Ich werd Ihnen sagen, was Sie für mich tun können, Sir, wobei ich mich bei Ihrer Frau und Ihren Kindern gleich dafür entschuldigen möchte, daß ich Ihren Feierabend störe, Sie können sich so schnell wie möglich hierher begeben ... Ja, man könnte sagen, daß es sich um eine Notsituation handelt, Frank ... zwanzig Minuten? Danke.« Er legte auf. »Zwanzig Minuten«, sagte er zu mir.

»Ich hab's gehört«, sagte ich.

»Scotch, Bourbon, irischen oder kanadischen?« fragte er.

»Irischen«, sagte ich.

Er schob die Türen eines Holzschränkchens auseinander, das in eine Wandnische eingebaut war und eine kompakte, aber gut bestückte Bar für Geschäftsabschlüsse beherbergte, und schenkte uns in der Art Glasware, die man in billigen Kneipen oder in meiner Küche findet, zwei ordentliche Portionen ein.

»Man fragt sich«, sagte ich, »wieso Flint und Jones überhaupt zusammen ausgegangen sind? Das hatten sie noch nie getan. Sie hatten keine Liebesbeziehung, und auch sie arbeiteten auf verschiedenen Sprossen der öligen – ich meine schlüpfrigen – Karriereleiter, alles nachweisliche Fakten. Und es gibt noch mehr«, sagte ich, »noch mehr Puzzlesteine, aber vielleicht sollten wir lieber auf Mr. Douglas warten, denn sonst würden wir hier nur Vermutungen anstellen, ganz zu schweigen von verleumderischer übler Nachrede.«

»Haben Sie was dagegen, wenn ich arbeite?« fragte er.

»Nee«, sagte ich. »Haben Sie was dagegen, wenn ich mir noch was von dem Irischen nehme?«

»Nee«, sagte er. Er rief den Sicherheitsfritzen an, teilte ihm mit, daß er einen weiteren Besucher zu erwarten hatte, und wandte sich dann wieder seinem Geschreibsel zu. Ich wandte mich wieder meinem Nachdenken und Nachschenken zu.

Während der nächsten halben Stunde unterbrach ich ihn nur einmal, um zu fragen, wo der Ort für kleine Jungs sei. Er sagte es mir.

Frank Douglas erschien punkt halb acht. Wenigstens er sah so aus, wie er aussehen sollte, da er so etwas wie ein Buchhalter war – besorgt und mit schütterem Haar und in einem dunkelgrauen Anzug von der Stange.

»Mr. Daniel hier geht in meinem Auftrag einer Sache nach«, sagte Mr. Howieson, die wortreichen Entschuldigungen seines Untergebenen bezüglich der Verspätung und seines Aufzugs brüsk unterbrechend. »Unter Bedingungen absoluter Geheimhaltung und totaler Vertraulichkeit. Verstanden?«

»Ja, selbstverständlich, Mr. Howieson«, stammelte Douglas.

»Mr. Douglas hier ist der unmittelbare Vorgesetzte von Mrs. Mary Jones«, sagte Mr. Howieson. »Er wird all Ihre Fragen bündig und akkurat beantworten. Ist das richtig, Frank?«

»Selbstverständlich, Sir«, sagte Frank, der zu dem Zeitpunkt bereits in seinen Schuhen schlotterte.

»Es geht mir nur um die Abläufe, Frank«, sagte ich. »Büro-Routine und dergleichen.« Ich lächelte ihn an; er schnitt mir im Gegenzug eine nervöse Grimasse, offensichtlich nicht im geringsten beschwichtigt. »Wer macht zum Beispiel was?«

»Wie, wer macht was?« sagte er.

»In Ihrer Abteilung, Frank, wer macht da was? Wie viele Leute arbeiten überhaupt in der Pensionsabteilung?«

»Sekretariatsarbeit mitgerechnet?« fragte er.

»Warum nicht«, sagte ich.

»Ähm, na ja, natürlich wird Mr. Michaelson nicht vor Ende der Woche im Büro zurückerwartet, und Mr. Gillespie ist in Europa, und eine unserer Empfangsdamen, Sally, also die ist zur Zeit oben in Oregon und hilft ihrer Mutter beim Umzug ...«

»Ungefähr, Frank, ungefähr«, sagte ich, bevor Howieson intervenieren und ihm noch mehr Angst einjagen konnte, da er gerade drauf und dran war, das zu tun, wie ich bemerkte.

»Nun, überraschend wenige, wenn man bedenkt«, sagte Frank.

»Wenn man was bedenkt, Frank?« fragte ich.

»Wenn man das Ausmaß an Arbeit bedenkt, das zu leisten ist«, sagte er.

»Wieviel Arbeit ist zu leisten, Frank?« fragte ich.

»Nun ja, auf meiner Ebene«, sagte er, »müssen wir monatlich etwa viertausendzweihundert einzelne Einheiten auszahlen, mit allem, was dazugehört – die Schecks korrekt ausstellen, viertausendzweihundert Briefumschläge korrekt adressieren, frankieren, die Schecks hineinlegen und sie dann abschicken. Natürlich werden all diese Schritte inzwischen automatisch per Computer ausgeführt, inklusive das Ausdrucken der Schecks – alles, außer dem eigentlichen Bestücken der Umschläge, das machen die Mädchen.«

»Tun sie das nicht immer«, sagte ich.

»Und dann ist da die andere Seite der Arbeit«, sagte er. »Die eintreffenden Gelder und deren Verfügung.«

»Mr. Gillespie«, sagte ich, »der sich gerade in Pariih einen schönen Lenz macht, oder wo immer er auch ist, hat er mit der anderen Seite der Arbeit zu tun, dem Investieren der Gelder?«

»Ja, das hat er tatsächlich«, sagte Frank. »Und er ist übrigens in Bern.«

»Mr. Daniel«, sagte Howieson von seinem Schreibtisch her, »gehe ich recht in der Annahme, daß das Ganze ein Weilchen dauern wird, wie etwa mehrere Stunden?«

»Locker«, sagte ich. Frank warf verstohlen einen unglücklichen Blick auf seine Armbanduhr.

»Dann mach ich mich auf den Heimweg«, sagte Mr. Howieson. Er stand auf, stellte sein Glas in einem kleinen Waschbecken ab, kam dann zu uns herüber und schüttelte uns beiden die Hand. »Frank, gut, daß Sie gekommen sind, soll auch nicht vergessen werden. Mr. Daniel, ich bin morgen früh zwischen sieben und halb neun zu Hause zu erreichen, in meinem Wagen von halb neun bis neun, und danach hier. Ich habe Ihnen alle Nummern auf den Schreibtisch gelegt. Unnötig zu sagen, daß ich Ihren Anruf ungeduldig erwarte. Also: Ich wünsche eine erfolgreiche Jagd, oder wäre mir erfolglos vielleicht doch lieber?«

Mr. Howieson ging festen Schritts hinaus. Frank entspannte sich sichtlich, nur um zwei Sekunden später wieder zur Salzsäule zu erstarren, als Mr. Howieson nochmals seinen Kopf durch die Tür steckte.

»Tom«, sagte er. »Wählen Sie die Vier. Er wird Ihnen jedes Essen bestellen, wonach Ihnen eventuell später ist, dafür bezahlen und es Ihnen raufbringen. Er wird Ihnen verbotene Bereiche öffnen. Wo die Bar ist, wissen Sie.«

»Aber immer«, sagte ich. Er grinste und verschwand. »Da wir gerade von Bars sprechen, Frank, wie heißt Ihr Gift?« Nach beträchtlichem Zögern und Zaudern lenkte er schließlich ein, daß er möglicherweise einen dünnen Wodka mit Tonic nehmen würde, danke, mit einem Schuß Zitrone, falls welche da sei. Was nicht der Fall war, darum verdoppelte ich statt dessen den Wodkaanteil. »So«, sagte ich, als wir uns beide wieder gemütlich niedergelassen hatten, Drinks in greifbarer Nähe, »versuchen wir's noch mal, Frank. Wer tut was, und, ganz konkret, was tut Mary Jones, und was tat Jonathan Flint unter ihr, falls ich es mal so ausdrücken darf, ohne daß wir alle erröten?«

Frank rang sich den Schatten eines Lächelns ab, was man ihm ziemlich hoch anrechnen mußte, wenn man alles bedachte, denn aus seiner Sicht, und als der unmittelbare Vorgesetzte der Namen, die uns hier beschäftigten, saß er möglicherweise tief in der Scheiße.

Er nahm einen tiefen Schluck von seinem Getränk und schaute mich dann hoffnungsvoll an. »Verstehen Sie irgendwas von Computern, Mr. Daniel?«

»Vic«, sagte ich. »Nennen Sie mich Vic. Ich hab einen kleinen PC im Büro, darum versteh ich ein bißchen was davon.«

»Nun, also was Mrs. Jones tut«, sagte er, »könnte man als eine Mischung aus Buchführung und Programmieren bezeichnen.«

»Frank«, sagte ich und seufzte, »so kommen wir nicht voran. Wir sind nicht konkret, Frank. Was tut Mary genau während ihrer Arbeitszeit, Frank? Bestückt sie die Briefumschläge? Gibt sie Daten ein? Unterschreibt sie Schriftstücke? Wirft sie die Postausgänge in die Briefrutsche? Stiehlt sie Büroklammern? Reden Sie mit mir, Frank. Oder besser noch, nehmen wir den Schnaps mit runter in Ihre Abteilung, und erzählen Sie's mir dort. Brauchen wir Tom dafür?«

»Nein, ich hab Schlüssel«, sagte er.

»Ich glaube, ich sag ihm trotzdem Bescheid«, sagte ich. »Für den Fall, daß wir irgendeinen Alarm auslösen. Außerdem will er vielleicht hier zumachen.« Ich ging zum Schreibtisch, steckte die Telefonnummern ein, die mir Mr. Howieson hinterlassen hatte, wählte die Vier, teilte Tom unsere Pläne mit, frischte meinen Drink wieder auf, und dann gingen wir. Ein paar Minuten später betraten wir vier Stockwerke weiter unten die Pensionsabteilung in Form eines weitläufigen Großraumbüros, das mit Computern, Druckern von diverser Größe und Form, Regalen voller Papier und Umschlägen von diverser Form und Größe, und allem anderen zu erwartenden Zubehör ausgestattet war.

»Da«, sagte Frank, als die letzte Leuchtstoffröhre an der Decke aufgeflackert war. »Da arbeitet Mrs. Jones.« Er zeigte auf einen aufgeräumten Schreibtisch neben dem Fenster nach Süden. Dann zeigte er auf eine kleine Nische, die von den anderen Arbeitsplätzen durch Stellwände abgeteilt war. »Da arbeite ich.«

»Und wo arbeite ich?« fragte ich ihn.

»An jedem beliebigen Schreibtisch, der einen Computer hat«, sagte er.

»Außer an Marys«, sagte ich. »Ohne übermäßig paranoid erscheinen zu wollen, aber vielleicht hat sie ihre Festplatte so frisiert, daß sie petzt, wenn irgendwer dran rumfummelt.«

»Das kann doch nicht Ihr Ernst sein«, sagte er. »Mary?« Er rieb sich den Nasenrücken, wo sich ein bißchen sonnenverbrannte Haut abpellte.

»Mrs. Flint«, sagte ich. »Debby. Ich habe sie besucht, bevor sie die Stadt verlassen hat, und ich entsinne mich dunkel, daß sie irgendwas über ihren Gemahl sagte, der nicht sonderlich erfreut gewesen sei, weil eigentlich seine Beförderung anstand, er aber offenbar nicht das entsprechende Dienstalter besaß, um Mary zu überspringen und auf Ihre Gehaltsstufe zu kommen, aber sie wollte anscheinend nicht aufrücken, weil sie glücklich war, wo sie war, und darum saß er fest. Ist da irgendwas dran, oder reden wir hier über Büroklatsch oder kleinkarierte Mißgunst?«

»Ich glaube, sie hat in der Tat vor einiger Zeit eine Beförderung abgelehnt, ja.«

»Wäre der Unterschied im Gehalt und in den erlesenen Kunstwerken an der Wand so erheblich wie der Unterschied zwischen Mary Jones' Lohnniveau und dem von Flint, von dem Debby meinte, daß er beträchtlich sei?«

»Gewiß«, sagte er.

»Sind wir nicht in den Vereinigten Staaten von Amerika?« fragte ich.

»Sind wir.«

»Und finden Sie es nicht seltsam, wenn nicht gar ausgesprochen verdächtig, daß eine leitende Angestellte bei IMM eine nicht unerhebliche Beförderung ausschlägt?«

»Na ja, jetzt, wo Sie es erwähnen ...«, sagte er.

»Ja, ich erwähne es, Frank. Jetzt sagen Sie mir eins, Amigo. Sagen Sie es mir in knappen Worten, besser noch, mit einem kurzen Ja oder Nein. Jones und Flint – bearbeiteten sie die hereinkommenden oder die ausgehenden Gelder?«

»Letzteres«, sagte er.

»Ah«, sagte ich.

»Alle hereinkommenden Beträge, ganz gleich ob firmeneigen oder Einzahlungen von Angestellten, gehen über mich.«

»Ah. Jetzt kommt die Preisfrage, Frank, sind Sie bereit? Hat irgend jemand außer Jones und Flint bei den Ausgängen assistiert?«

»Nur die Sekretärinnen«, sagte er.

»Also Umschläge bestücken und Briefmarken lekken?«

»Nun, wir benutzen eine Frankiermaschine, aber im Prinzip, ja«, sagte er und schaute besorgt in sein leeres Glas. »Außerdem kennt mit Ausnahme der beiden sonst niemand den Eingabecode, nur noch ich.«

»Danke, Frank«, sagte ich. »Und jetzt stürzen wir uns ins Vergnügen, jetzt setzen Sie mich irgendwohin und schalten mich an und klinken mich in den Code ein, und dann schauen wir uns das muntere Treiben der Pensionen an.«

Er setzte mich an einen Schreibtisch mit Metallplatte, auf einen dieser erstaunlich bequemen Bürostühle, die eine verstellbare Rückenlehne und fünf tentakelartige Dinger mit Rädern haben, die das Ganze stützen, zog sich einen ähnlichen vom Schreibtisch nebenan heran und knipste dann den Bildschirm an, der »bing!« machte. Er tippte. Eine Serie dessen erschien, was wir Computerfreaks Menüs nennen, die im Grunde nur ihre weiteren Optionen aufführen. Er wählte die Datei »Pensionen«, die, wie sich herausstellte, ein ganzes Menü für sich allein hatte. Von diesem Menü wählte er »MPN«. »Code eingeben«, teilte ihm die Maschine mit. Ich wandte diskret den Kopf ab, während er dies tat. Ein paar Sekunden später tauchte die erste Seite von viertausendzweihundert Pensionärsnamen, -adressen und den ihnen zustehenden monatlichen Leistungen auf, beginnend mit »Aaron, Peter L. 501 N. Mariposa Avenue, Los Angeles 90046 CA USA. 2/L. FiC. $ 1824.46?«

»Was ist 2/L?« fragte ich Frank.

»Seine Grundpensionsstufe, als er in Rente ging«, sagte er.

»Was ist FiC?«

»Zahlung erfolgt per Firmen-Check.«

Ich sah mir die erste Seite an; sie erschien für niemanden etwas Interessantes zu enthalten, außer für die Knaben, die die Kohle einheimsten. Ich sagte: »Scroll mich runter, Scottie.«

Er haute auf eine Taste, auf der »Bild↓« stand, und dann erschien eine neue Seite, falls Sie mir folgen können. Ich schaute sie an. Ich fragte ihn, was ein großes »A« am Ende einer Eintragung bedeutete. Er sagte, es wiese auf eine Zahlung ins Ausland hin.

»Olàlà«, sagte ich. Ich dachte einen Moment nach, während weitere Seiten vorbeirollten. »Lassen sich irgendwelche Pensionäre bezahlen, indem sie direkt Ihr

Firmenkonto belasten und die Summe direkt einem ihrer eigenen Konten gutschreiben?«

»Noch nicht«, sagte er. »Aber in ein paar Jahren wird's soweit sein, wenn wir unsere Buchhaltung aufrüsten.«

»Schade«, sagte ich. »Also, Scheiße, Frank, ich bin ratlos.«

»Was suchen wir eigentlich, Vic?« erkundigte er sich dann, und nicht ganz unbegründet, wenn Sie mich fragen – ich hätte schon vor Stunden gefragt.

»Würden Sie sagen, daß Jonathan Flint ein methodischer, vorsichtiger Angestellter oder gar ein vorsichtiger Mann war?« wollte ich wissen, als wir eine weitere Seite der Amnesie übergaben. Ich habe einen Kumpel, der allmählich erwachsen sein sollte, da er in meinem Alter ist, aber er sagt heute noch »Amnestie«, wenn er »Amnesie« meint; trotzdem irgendwie passend.

»Das würde ich ganz bestimmt sagen«, sagte Frank.

»Stellen wir uns vor, daß er eines Nachmittags hier sitzt, oder da drüben, und auf irgendwas stößt, auf eine Eintragung vielleicht, die ihn ein bißchen stutzig macht, Gott weiß warum. Er forscht weiter nach und entdeckt noch mehr dieser Ungereimtheiten, genug, um ein Blatt Papier damit vollzuschreiben. Er ist verwirrt, aber vielleicht nicht übermäßig beunruhigt. Wir wissen, daß er nicht übermäßig beunruhigt ist, weil er mit Mary ins Theater zieht, der einzigen Person, wie Sie selbst bestätigen, die für diese vorerst ominösen Einträge, die ihn vorerst nicht übermäßig beunruhigen, verantwortlich sein könnte. Er ist aber immerhin verwirrt genug, um ein Duplikat der Liste zu erstellen, das er in seinem Bankschließfach deponiert, da er einer von der vorsichtigen Sorte ist. Und jetzt seh ich alles vor meinem geistigen Auge, Frank. Er spricht sie diskret an, oder telefoniert vielleicht nach Dienstschluß mit ihr. Ähm, Mrs. Jones, tut mir wirklich leid, Sie zu behelligen, verzeihen

Sie vielmals, aber als ich heute nach dem Mittagessen die Dateien auf den letzten Stand brachte, sind mir ein oder zwei Sonderlichkeiten aufgefallen. Ach! ruft sie. Was könnte denn das sein? Oh, vielleicht handelt es sich um die Abkürzungen, die ich neu eingeführt und Ihnen nur noch nicht mitgeteilt habe, das können wir sicherlich bald klären, und je früher, desto besser, da sind Sie bestimmt meiner Meinung. Ah. Was haben wir heute, Freitag (sagen wir mal)? Herrje, morgen habe ich keine Zeit, zu dumm, weil mein Mann und ich bis Sonntag wegfahren, die Hochzeit meiner Tochter, wissen Sie, oben in Sausalito – oder irgendeine andere spontane, aber plausible Lüge, die sie schnell erfinden kann, um ein bißchen Zeit zu schinden, bis sie und ihr Mann sich überlegt haben, was zu tun ist. Andererseits will sie auch nicht zuviel Zeit verstreichen lassen, darum sagt sie, wissen Sie was, John, damit er sich abregt und so weiter, halten Sie sich den Sonntagabend frei, wir gehen auf einen Drink in irgendein nettes Lokal, und dabei erkläre ich Ihnen alles. Erst mal atschö. Ich ruf Sie Sonntag zurück, und dann machen wir einen genauen Termin aus. Was gar nicht mal übel ist, wenn man bedenkt, was sie gerade für einen Schock bekommen hat.«

»Wissen Sie was?« sagte Frank dann. »Ich brauche einen Drink. Ich möchte keinen Drink, ich brauche einen Drink.«

»Wo Sie schon stehen«, sagte ich, und gab ihm mein leeres Glas. »Irischen mit etwas Wasser zum Nachspülen, bitte.« Frank machte sich auf den Weg. Ich widmete mich wieder dem endlosen Flimmern der Liste und hoffte auf einen zündenden Geistesblitz. Statt dessen fand ich weitere Buchstaben, deren Bedeutung sich mir entzog, und mitunter auch welche, die ich entziffern konnte, wie PF zum Beispiel, gefolgt von einer Zahl, wie in Postfach 64, und b. wie in bei.

Als Frank mit dem Schnaps zurückkam, fragte ich ihn, wofür »BCh« stand.

»Bestätigter Check«, sagte er.

Ich nahm einen erquicklichen Schluck Whiskey. »Und was bedeutet dieses kleine Kringel-Dingsda?« Ich zeigte auf ein kleines Kringel-Dingsda hinter einem Namen.

»Nun, also irgendwie: Achtung, Handlungsbedarf«, sagte er und kippte einen großen Teil seines Drinks hinunter.

Ich sagte: »Frank, werden Sie konkret, sonst tu ich Ihnen Tonic in den puren Wodka, den Sie da trinken.«

»Eine Sekretärin macht die Post auf«, sagte er. »Sie hat einen gewissen Zugang zu einem Teil dessen, was wir uns gerade hier ansehen, aber nicht zu allem. Darum fügt sie diesen Kringel ein, um anzuzeigen, daß Handlungsbedarf besteht. Eine Adressenänderung. Ein Todesfall. Eine Überschreibung einer Pension auf den hinterbliebenen Ehegatten. Der Computer in seiner Weisheit wird von sich aus automatisch einen Kringel einfügen, wenn dies notwendig ist, indem er zum Beispiel die indexgebundenen Pensionen anzeigt, die neu berechnet werden müssen.« Er war drauf und dran, mir noch mehr über das Innenleben eines Kringels zu erzählen, als ich eine Hand hob und um Ruhe bat. Ruhe trat ein und herrschte weiterhin, während V. (für Victor) Daniel einem flüchtigen Gedanken in den Windmühlen seines knirschenden Hirns nachjagte.

»Hören Sie, Frank«, sagte ich eine Weile darauf, »fahrlässige Tötung am Steuer ist eine Sache. Ebenfalls ein Kerl, der seiner Frau mit einer Vierliterflasche Franzmann-Wein im Suff den Schädel einschlägt. Aber aufrechte und anständige Leute wie wir, Frank, warum töten wir unsere Mitmenschen?«

»Aus Selbstverteidigung?« sagte er.

»Wie wär's wegen Geld?« sagte ich.

»Vielleicht, wenn genug davon im Spiel wäre«, sagte er, wenig überzeugt.

»Genau«, sagte ich begeistert. »Ich glaub, jetzt haben Sie's, Frank. Es muß genug davon im Spiel sein, sonst lohnt sich's nicht, und mir sind schon wieder diese übermäßig paranoiden Gedanken gekommen. Sagen Sie mir eins, Frank. Verfügt diese Liste über Querverweise?«

»Wie meinen Sie das?«

»Ich meine das so: Könnte diese Liste zum Beispiel jeden herauspicken, der seit, sagen wir, mehr als zehn Jahren eine Pension erhält, oder, sagen wir mal, in West Hollywood lebt?«

»Könnte man, wenn man ihr die richtigen Fragen stellt«, sagte er. »Was haben Sie jetzt schon wieder vor, Vic?«

»Nichts als einen letzten, verzweifelten Versuch mit dem Orakelknochen, alter Knabe.«

»Okay, schießen Sie los«, sagte er.

»Würden Sie so freundlich sein, unseren Freund hier zu bitten, uns eine Liste all derer auszudrucken, die eine Pension beziehen und die die folgenden drei Dinge gemein haben: PF, b., und das PF mit einem Radius innerhalb, sagen wir hundert Meilen von LA?«

»Gesagt, getan«, meinte er. Er schaltete einen Drucker ein, der sich am anderen Ende des Raums befand, machte ihn auf, prüfte, ob Papier drin war, kam dann wieder zum Schreibtisch zurück und fing an, loszutippen. Spannungsgeladene Minuten schleppten sich dahin. Einmal sagte er ein unartiges Wort. Schließlich stand ich auf und schlenderte zum Drucker hinüber, der einfach nur dastand und gar nichts tat, und schaute ihn böse an. Mir fiel auf, daß das Verbindungskabel am rückwärtigen Teil direkt abwärts verlief und in einem Loch im Fußboden verschwand, und daher schloß ich, daß alle Kabel raffiniererweise unter dem Fußboden verlegt worden waren, um zu verhindern, daß man darüber stolperte, und die Tatsache, daß nicht jeder Schreibtisch über einen eigenen Drucker verfügte, bedeutete, daß die Mitarbeiter mehr Platz auf ihren Schreibtischen hatten und auch nicht so viele Drucker benötigt wurden. Außerdem konnte man das ganze Papier an einem Ort aufbewahren. Andererseits mußte man natürlich die Abnutzung des Linoleums berücksichtigen, die beim ständigen Hin- und Hergelaufe zwischen Schreibtisch und Drucker entstand. Und was war, wenn zwei Leute gleichzeitig denselben Drukker benutzen wollten? Wer hatte Vorrang, der Computer, der am längsten bei der Firma war? Gab es Drucker, die eine Schwäche für bestimmte Terminals hatten und sie heimlich zuerst bedienten? Ich verscheuchte diese hochgradig un-Daniel-haften Grillen aus meinem Kopf.

»Frank!« rief ich quer durch den Raum. »Was ist, Kumpel? Sind Sie eingeschlafen? Irgendwelche Fortschritte?«

»Kann jede Sekunde losgehen«, sagte er. Und tatsächlich, fast sofort erwachte der Drucker zum Leben und fuhr hin und her, brreng, brreng, brreng! Es hat etwas Unheimliches, einer Maschine zuzuschauen, die, im Gegensatz zu meiner alten treuen Reiseschreibmaschine, sowohl rückwärts als auch vorwärts drucken kann; das ist fast wie Schummeln, wenn Sie mich fragen.

Plötzlich stand der Drucker still. Ich machte den Dekkel auf, riß die eine Seite ab, die er zwischen diesen praktischen Lochungen fast vollgeschrieben hatte, brachte sie zu Frank, setzte mich hin, und dann schauten wir sie uns beide an.

Ich zählte die Namen; es waren siebenundzwanzig.

»Frank«, sagte ich dann, »ungefähr, ausnahmsweise, nicht exakt, wie hoch beläuft sich ungefähr eine durchschnittliche Pension?«

»Nun«, sagte er, »mehr oder weniger, sagen wir jährlich $ 25 000.«

»Frank«, sagte ich, »was ist $ 25 000 mal siebenundzwanzig?«

Ohne seine Finger zur Hilfe zu nehmen, sagte er prompt: »$ 675 000.«

»Frank«, sagte ich, »wie lange arbeitet Mary hier schon; haben Sie eine Vorstellung?«

»Allerdings«, sagte er. »Neun Jahre. Seit acht Jahren, glaube ich, bekleidet sie ihre gegenwärtige Position.«

»Frank«, sagte ich, »was ist $ 675 000 mal acht?

»$ 5 400 000«, antwortete er, wieder prompt. Wir guckten uns an.

»Finden Sie, daß da genug Geld im Spiel ist, Frank?« fragte ich ihn.

Er nickte langsam. »Könnte gut sein«, sagte er. »Könnte gut sein. Könnte auch gut sein, daß ich meinen Job los bin, weil ich es zugelassen habe.«

»Aber, aber Frank, wir wissen es ja noch nicht sicher«, sagte ich. »Ziehen wir keine voreiligen Schlüsse. Wir haben ja nichts als eine Liste.«

»Und was fehlt uns sonst noch zu unserem Glück«, fragte er nachdenklich, »außer einer großen, eisgekühlten Flasche Smyrnow und einem Wochenende, um sich volllaufen zu lassen?«

»Ich staune, Frank«, sagte ich. »Ich glaube, Sie sind ja doch nicht nur Buchhalter, Sie sind ja direkt menschlich. Was uns zu unserem Glück noch fehlt, Hombre, sind zwei Dinge, die erledigt werden müssen: daß ich der Leichenhalle einen Besuch abstatte, was ich morgen tun kann, und daß ich eine schöne lange Fahrt aufs Land unternehme, was ich aber nicht vor Sonnabend tun kann.«

Achtzehntes Kapitel

… mit O-Bein und Hängeohr mich niemals hängen läßt,
Viejo compadre stets von hier bis Santa Fé.

Na bitte.

Ich tippte die letzte Eintragung in den Abschlußbericht *cum* Endabrechnung für G. Z. den Mogul, lud mir das passende Menü und bat dann höflich meinen Drucker, mir zwei (2) Kopien auszudrucken. Er tat dies ohne Verzögerung, Protest oder jeden weiteren Kommentar. Dann holte ich meinen Quittungsblock aus der Schublade und stellte den Lubinskis eine aus. Danach zückte ich mein Scheckheft, beglich ein paar Rechnungen, schlenderte dann, mit King, zum Postamt an der Ecke und schickte sie ab. Ein kurzer Abstecher bei der Bank erfolgte auf dem Rückweg, um den Scheck der Lubinskis einzureichen, sowie ein paar hilfreiche andere. Auf Nachfrage erhielt ich die begrüßenswerte Information, daß Tex' Scheck gedeckt war. Dann hieß es wieder zurück ins Büro, um auf Benny den Jungen zu warten, der bald darauf in seinem unscheinbaren alten Ford angetuckert kam.

Hatte er daran gedacht, ein Foto von sich in Paßformat mitzubringen?

Hatte er.

Hatte er daran gedacht, sich in einer Form zu kleiden, die dem Anlaß entsprach?

Hatte er, adrett in braunem Anzugsstoff, derben braunen Schuhen, Brille mit Metallrand und Mittelscheitel.

Und war er hundertprozentig bereit und seelisch darauf eingestellt, seinen Part im Generalstabsplan durchzuführen?

Er versicherte mir, daß dies der Fall war, trotz der frühen Stunde (zehn Uhr) und einer leichten Abneigung gegenüber den mit der Operation einhergehenden Methoden.

»Dein Name«, sagte ich, während ich ihn sauber in seinen neuen Ausweis (»nur für lustige Anlässe« – aber waren wir nicht letztlich auch lustig?) eintrug, »lautet Andrew Rodriguez, genannt Andy, und du liegst gerade im Kaiser, weil dir ein Stückchen Lunge fehlt.«

»Tu ich das?« sagte er. »Daß du mir ja keine Weintrauben mitbringst, es sei denn, sie sind kernlos, die Kerne bleiben mir immer in den Zähnen stecken.« Er sah mir zu, wie ich sein Foto in die obere rechte Ecke des Dokuments klebte. Dann fragte ich, ob er zufällig ein Bügeleisen bei sich hätte, damit wir die Plastikbeschichtung versiegeln könnten. Er gestand, daß dies nicht der Fall sei. Darum begab ich mich nach kurzem Grübeln, mit ihm im Schlepptau, drei Türen weiter zu Mrs. Morales' Taco/Burger-Palast, sagte *muy buenas*, bestellte zwei Kaffee zum Mitnehmen und erbat mir die kurze Ausleihe ihres Waffeleisens.

»*¿Como no?*« sagte sie. »Machst du jetzt deine eigene Mietagessen, Viek?« Ich lachte leutselig.

Im Büro stöpselte ich das Waffeleisen ein, und als es sich schön aufgeheizt hatte, schob ich eine Seite der Karte in das Plastikdings und versiegelte das Ganze. Perfekt. Ich tat dasselbe mit den anderen Ecken. Perfekt.

»Wie hat der Barde es noch gleich ausgedrückt?« fragte ich meinen Freund rhetorisch. »Es gibt mehr Wege unter der umweltverschmutzten Sonne, Horatio, als Ihr Euch je habt träumen lassen, um einen falschen Ausweis zu laminieren.«

»So ungefähr«, sagte Benjamin.

Ein paar Minuten später zog er mit all seinen Requisiten zum Riverside-Kino ab, dann machten wir und mein Junge uns an jenem Mittwochmorgen auf den Weg, an jenem Mittwochmorgen im San Fernando Valley, und die Dodgers lagen immer noch sechseinhalb Spiele zurück.

Unser erster Halt erfolgte chez Wade, Willy und Cissy. Wade war in seiner Garage beim Entwickeln, wie mir die roten Lampe über der Tür verkündete. Cissy war ausgegangen, um sich mit einer Frauengruppe über sanftes Gebären zu unterhalten, wie Willy mir erzählte. Er erzählte mir außerdem, daß er den ganzen Kram beisammen hatte, also komm mal mit nach hinten. Ich ging mit nach hinten, wo Wades in wilder Ehe einwohnende Lebensabschnittbegleiterin, oder wie man das heutzutage nennen muß, die Knäuel aus dem alten WG-Collie Rags kämmte, der am Boden lag und seine Beine in die Luft reckte.

»King, das sind Rags und Suze«, sagte ich.

»Hi, Vic und King«, sagte sie und strahlte uns an. Rags drehte sich auf den Bauch und erhob sich. »Na ja, was soll's, das muß fürs erste reichen«, sagte sie. »Geht spielen.« Die Hunde trollten sich. Suze ging ins Haus zurück. Willy und ich begaben uns zu seinem Arbeitsschuppen hinten am Ende des Gartens und sagten unterwegs den Mäusen guten Tag. Als wir drin waren, überreichte er mir einen großen Holzkasten mit zwei Löchern im Deckel, einen kleinen Karton mit keinen Löchern im Deckel, und ein mit einem Korken versiegeltes Reagenzröhrchen mit keinen Löchern im Deckel, das ich mißtrauisch anguckte.

»Mit äußerster Vorsicht zu benutzen«, sagte er. »Hast du Handschuhe?«

»Nicht dabei. Ehrlich gesagt, nicht nur nicht dabei.«

»Dann klauen wir uns ein paar von Cissy«, sagte er. »Vor Gebrauch die äußere Kapsel anstechen. Unmittelbar verwenden.«

»Verstanden«, sagte ich. »Und ich habe dir das hier mitgebracht.« Ich gab ihm einen Zettel, auf dem die Adresse des Lichtspielhauses der P. C. A. C. Co. am Sunset Boulevard vermerkt war. »Die Vorstellung beginnt pünktlich um zwei, also verspätet euch nicht. Rendezvous in meinem Büro jederzeit ab halb sechs zwecks Erfahrungsaustausch.«

»Ich freu mich ziemlich drauf, muß ich schon sagen«, sagte er.

»Ach, mußt du?« sagte ich. »Nun, ich muß schon sagen, vielen Dank, Prof, für alles, und ich muß auch sagen, daß ich jetzt los muß.«

Wir gingen durch den Gartenpfad zurück zum Haus und sammelten die Hunde unterwegs ein. Ich hatte gehofft, daß wir uns in die Küche schleichen, die Handschuhe klauen und ungefüttert entkommen konnten, aber nix da, Suze lauerte uns mit einer frisch gebrühten Kanne Kräutertee und einem Teller undefinierbarer kalter Fladen auf.

»Ah«, sagte ich, während Willy in einer Schublade neben dem Ausguß kramte und dann ein Paar Gummihandschuhe zum Abwaschen herauszog, »was das wohl sein mag?«

»Venezolanische Gemüsetorte von gestern abend«, sagte sie. »Probier mal ein Stück.«

»Gern doch«, sagte ich. »Was ist drin?«

»Gemüse«, sagte sie.

»Ich wußte gar nicht, daß sie in Venezuela welches haben«, sagte ich und biß tapfer ab. Sobald sie mir den Rükken zuwandte, um den Tee zu holen, schob ich heimlich den Rest des Streifens King unter dem Tisch zu. Glücklicherweise verschlang er ihn komplett, bevor er merkte, wie er schmeckte.

Dann hieß es allseits adiós, und dann kam die grauenhaft gefährliche Fahrt Richtung Downtown, über die altersschwachen Golden-Gate- und Harbor-Freeways, hin zu dem, was ich gegenüber Frank am Vorabend als Leichenhalle bezeichnet hatte, was aber in Wirklichkeit und etwas prosaischer das alte Polizeiarchiv-Gebäude war. Mein kurzer Besuch dort erwies sich als zufriedenstellend – für mich zumindest. Dann weiter, ewig weiter; über den Hollywood Freeway, dann gen Westen auf dem Beverly Boulevard, der einen – Sie haben's schon geahnt – zu den famosen Beverly Hills selbst führt, und haben Sie eigentlich jemals das dortige Polizeirevier gesehen? Sieht mehr wie Tara vor dem Bürgerkrieg als ein Kittchen aus.

Floristik von Phineas war da; hinten wie üblich, bis zur Halskrause in der Arbeit, wie üblich. Er gab mir auf jede Wange ein zärtliches Bussi, unter großem Gejohle der Mädels, dann streichelte er King, dann ergriff er ein exquisit arrangiertes Bouquet *de fleurs*, das er mir mit einem tiefen Knicks präsentierte.

»Meine Hochachtung«, sagte er.

»Für wen?« fragte ich.

»Behellige mich nicht mit Einzelheiten!« sagte er. »Und wo ist jetzt mein kleines Geschenkchen?«

Ich gab ihm sein kleines Geschenkchen, mit genauen Anweisungen, die sotto voce übermittelt wurden. Seine Augenbrauen verschwanden fast bis unter den Haaransatz.

»Die Vorstellung beginnt pünktlich um zwei, also verspäte dich nicht«, sagte ich. »Das Kino ist auf dem Santa Monica Boulevard irgendwo zwischen Havenhurst Drive und Sweetzer Avenue, laut Adresse. Viel Spaß, viel Spaß. Rendezvous in meinem Büro jederzeit ab halb sechs zum Erfahrungsaustausch und eventuell einem Hauch Schadenfreude. Klitzekleine Canapés auf Dreiecken von hauchzartem Toast werden serviert. Ciao, ich muß los. King! Bei Fuß!«

Ich entfernte mich mit komischen Sprüngen in Richtung Tür; das Kichern der Mädchen begleitete mich nach draußen. Dort leinte ich *le chien* an und betrachtete die *fleurs*. Was wollte ich mit *fleurs*? Wen kannte ich denn, dem ich *fleurs* schenken konnte? Ich wußte, wer ganz oben auf der Liste der Leute stand, die schon mal keine kriegen würden, vergiß es, und was den Schwachkopf betraf, Sara würde wahrscheinlich auf der Stelle einen Nervenzusammenbruch erleiden, wenn ich ihr ein Sträußchen überreichte. Darum gab ich es dem ersten hübschen Mädchen, das mir auf dem Weg zu meinem Wagen begegnete und das keine Blondine war.

»Meine Hochachtung«, sagte ich mit einer leichten aber eindrucksvollen Verbeugung, und machte mich dann schnell aus dem Staub, bevor sie die Bullen rufen und mich wegen unsittlicher Zurschaustellung einer Sache verhaften lassen konnte, die in Beverly Hills ebenso selten wie zutiefst schockierend ist – eines aufrichtigen Gefühls.

Die Trantüte tauchte zwanzig Minuten nach der vereinbarten Zeit bei mir im Büro auf, was ein Uhr gewesen wäre; damit wollte sie zweifellos ihre geistige Unabhängigkeit und poetische Saloppheit angesichts derlei Petitessen wie Pünktlichkeit, Höflichkeit und Verantwortung bekunden. Da ich selbst auch kein tumber Trottel war, hatte ich natürlich unser Treffen absichtlich eine halbe Stunde früher als nötig angesetzt. Ich weiß nicht, warum die Menschen immer solche überflüssigen Spielchen miteinander treiben müssen; welche Verkrümmung des Ego wohl dafür verantwortlich ist? Vielleicht hätte es »Der Schatten« aus der Radioserie meiner Kindertage gewußt, ich jedenfalls weiß es ganz bestimmt nicht.

»Wer spielt überhaupt in diesem beschissenen Film mit?« waren ihre Begrüßungsworte, ihr an King gerichtetes »Hallo« nicht mitgezählt.

»In dem Klassiker, den wir uns gleich ansehen werden, spielt der verstorbene, große Jack Benny die Hauptrolle«, teilte ich ihr mit.

»Kein Wunder, daß du so davon schwärmst«, sagte sie und setzte sich unaufgefordert auf die Kante meines Schreibtischs, »da er ja so was wie ein Vorbild für dich ist.«

»Außerdem die grandiose Carole Lombard und Robert Stack als junger Mann.«

»Kotz«, sagte sie.

»Wenn ich du wäre, was Gott bewahre«, sagte ich, »würde ich mir meine ›Kotz‹-Äußerungen für später aufheben, denn du wirst sie noch brauchen. Warte nur, bis du siehst, wer uns ins Kintopp nach Westwood begleitet, meine Kirschblüte. Oh, und erinnere mich bitte, auf dem Weg dorthin dieses Waffeleisen zurückzugeben, ja?«

»Was hast 'n mit dem Ding gemacht?«

»Mein Haar gekräuselt«, sagte ich. »Funktioniert auch ziemlich gut, wenn man vorher die Butter abschabt. Und jetzt komm schon, wir wollen doch nicht die Three Stooges verpassen, die laufen auch.«

»Wahrscheinlich deine anderen Vorbilder«, sagte der Schwachkopf.

Es war fünf Minuten vor sechs an jenem Mittwochnachmittag, an jenem Mittwochnachmittag im San Fernando Valley, und die Dodgers lagen immer noch sechseinhalb Spiele zurück. Es waren anwesend und protokollarisch festgehalten, im bescheidenen Dienstsitz von V. (für Victor) Daniel: S. Silvetti, Floristik von Phineas, Wade 'n Willy, berühmtes Brüderduo, und der leichtfertige (und noch fingerfertigere) Benny der Junge. Im Stuhl saß Ihr Ergebenster. Alle waren in ausgelassener Stimmung, mehr oder minder. S. Silvetti war (von ihr unbemerkt) in meiner Achtung gestiegen, weil ihr der Film unheimlich gefallen hatte und sie seitdem ständig daraus zitierte – wobei »Ah! Man nennt mich also den Konzentrationslager-Erhardt?« aus irgendeinem freudianischen Grund ihr Lieblingssatz war. Da ich die Umsicht und Großzügigkeit besessen hatte, auf unserem Rückweg vom Kino bei einem Schnapsladen Halt zu machen, wo ich Vorräte an Bier und Cola und eine Auswahl von diesen kleinen dikken Flaschen von vorgemixten Cocktails, die es inzwischen überall gibt, erstanden hatte, waren wir dabei, noch ausgelassener zu werden.

Phineas ergötzte uns als erster mit seinem Erlebnisbericht, der zwar kurz, dafür aber um so charmanter war.

»Gibt es etwas Spießigeres als den Santa Monica Boulevard am Nachmittag?« hub er an. »Beziehungsweise, gibt es überhaupt etwas Spießigeres als den Santa Monica Boulevard? Falls ja, dann ist es die Lobby eines schwulen Pornokinos auf dem Santa Monica Boulevard, was einfach der ultimative Ablöscher sein muß.« Zweifellos hatte er noch nie irgendwelche Gedichte von Sara gelesen, dachte ich im stillen. »Aber die Pflicht rief und, nur metaphorisch, wie ich euch versichern möchte, gürtete ich meine Lenden, erstand *mon billet* und schlüpfte auf einen Platz in der letzten Reihe, meine Phiole, mein Reagenzglas, fest in der Hand, die wer weiß was für gefährliche und giftige Substanzen enthielt. Der Film setzte plötzlich und unerwartet ein, wie ein tropischer Regenguß, keine Tönende Wochenschau, kein Zeichentrick, nicht mal ein lumpiger Trailer. Plötzlich waren sie alle zugange, meine Lieben, von allen Seiten. Meinen Instruktionen folgend, begab ich mich nonchalant aufs Herrenklo. Ob es auch eine Damentoilette gab? Ich habe es nicht bemerkt. Und falls ja, hätten die Schilder, die auf ihr Vorhandensein hinwiesen, ach so neckisch ›Tanten‹ und ›Tunten‹ gelautet? Wir werden es nie erfahren.«

An dieser Stelle hielt er inne, um einen zimperlichen Schluck von seinem Dry Martini zu nehmen, wonach er graziös schauderte. »Wie absolut widerwärtig«, sagte er. »Die Toilette war zum Glück einsam und verlassen. Ich streifte die ekligen Gummihandschuhe über. Aus der Phiole zog ich eine der beiden gallertartigen Kapseln, die etwa die Größe eines kleinen Fingers hatten. Ich stach sie mit einer Sicherheitsnadel an und spülte sie sofort, wenn nicht noch eher, im Waschbecken hinunter, wobei ich mich des Heißwasserhahns bediente. Dann tat ich dasselbe in einer der drei angrenzenden Kabinen und spülte erneut, nur diesmal die Toilette. Danach kehrte ich an meinen Platz zurück, *sans* Handschuhe.«

»›Sans‹ heißt ›ohne‹ auf spanisch«, flüsterte ich dem Strohkopf zu.

»Zwanzig Minuten später erhob ich mich und, ohne einen einzigen Blick zurück auf die erstaunliche Länge und Standfestigkeit der Waffe unseres Helden zu werfen, verließ ich den Ort, mit einem erleichterten Seufzer und einem kleinen Stich des Mitleids für meine Mitmenschen. Nur eine Frage beschäftigt mich weiterhin – was habe ich eigentlich da gemacht, *merde alors?*«

»Ja, was *hat* er gemacht, Willy?« sagte sein rammdösiger Bruder, der gerade so weit aus dem Schlaf auffuhr, um diese Frage zu stellen.

»Er hat eine bestimmte Sorte phosphorhaltiges Trichlorid in die Wasserleitungen getan«, sagte Willy und grinste durch seinen buschigen schwarzen Bart.

»Was nicht dasselbe ist, wie Fluor in Zahnpasta zu tun«, sagte ich zu Sara. »Da wett ich drauf.«

»Eine Substanz, die im Wasser brennt«, sagte Willy, »ungemein potentes Zeug, besonders, wenn es durch Reibung oder eine Säure erwärmt wird.«

»Oder durch heißes Wasser«, sagte Sara.

»Und da die meisten Wasserrohre heute aus Plastik hergestellt werden, also nicht mehr aus Blei oder Kupfer, wird das gesamte Abwassersystem dieses Kinos bis hin zum Haupthahn inzwischen mehr Löcher haben als Wades Socken«, sagte Willy. »Oh. Der Zusatz von Trichlorid bedeutet, daß eine Chlorbase mit im Spiel ist, und wir wissen alle, wie das riecht. Wißt ihr noch, im Ersten Weltkrieg?«

»Vic kann sich wahrscheinlich erinnern«, sagte Sara.

»Chlorgas? Dasselbe Prinzip, ich hab nur einen Hauch Aroma hinzugefügt.«

»Apropos Aroma«, sagte Wade, »wartet nur, bis ich euch erzähle, was ich den Arschlöchern verpaßt habe.«

»Ich bin die Ungeduld in Person«, sagte Phineas. »Kann ich bitte noch eins von diesen ungenießbaren Dingern haben?« Ich besorgte ihm einen Nachschlag aus meinem Zwergen-Kühlschrank im Hinterzimmer sowie ein neues Bier für Benny und Wade und einen dritten Margarita für Willy und noch so einen Kokosnuß-Firlefanz für Sara, wobei ich die Gelegenheit ergriff, mir noch mal einen Brandy mit Ginger nachzuschenken.

Als ich wieder hinter meinem Schreibtisch Platz genommen hatte, sagte Wade: »Konzentriertes *parfum de* Hundescheiße.«

»Habe ich richtig gehört?« sagte ich. »Vergiß nicht, daß eine Dame anwesend ist, mehr oder weniger.«

»Ein Freund von Willy stellt es her«, sagte Wade. »Er wohnt in einem sagenhaften Frank-Lloyd-Wright-Haus in Echo Park.«

»Der Typ macht ausschließlich in Chemie«, sagte Willy vom Boden her, wo er neben King saß. »Sieht auch so aus. Bei mir ist alles Mechanik. Und Philosophie natürlich. Er stellt Zeugs wie Instant-Rauch und Kaugummi mit Scheißegeschmack her, der Katalog, den ich dir gezeigt habe, ist voll von seinen Sachen. Eins seiner Produkte ist Gestank-Spray in Büchsen, kriegt man für vier Piepen oder um den Dreh, in Insektenvertilgungsdosen. Mann, ist das Zeugs übel! Also sind Wade und ich bei ihm vorbeigefahren und haben ihm ein bißchen von dem Konzentrat abgeschwatzt, als wir den Phosphor abgeholt haben; ihr könnt euch nicht vorstellen, wie stark das kommt. Ich hab dann zwei Dutzend Einmal-Spritzen in der Apotheke besorgt, im Garten aufgezogen, aus naheliegenden Gründen, und dann sind wir los.«

»Jeder von uns hat ungefähr neun Sitze damit geimpft« sagte Wade, der auf seinen Hacken sitzend gegen die Wand lehnte, »und zwischendurch noch einen Abstecher aufs Klo gemacht. Die Plätze, auf denen wir saßen, dann die jeweils rechts und links, und die in der Reihe vor uns. Von unten, natürlich, und erzählt mir mal, wer schon ein kleines Einstichloch unter einem Sitz bemerkt? Die werden total ausflippen, wenn sie versuchen festzustellen, wo der Mief herkommt. Mann, die müssen wahrscheinlich die Hälfte der Sitze rausreißen, lässig.«

»Großartig Jungs«, sagte ich, »obwohl ich von euch nichts Geringeres als Größe erwartet habe. Wie lief's bei dir, Benny?«

»Reibungslos«, sagte er von seinem Platz aus, nämlich auf der Saras Ecke gegenüberliegenden Schreibtischkante. Er nahm seinen falschen Ausweis aus seiner Brieftasche und ließ ihn herumgehen. »Ich kam in Downtown an, kurz bevor der Mann an der Kasse aufmachen wollte, zeigte ihm meine Ermächtigung, die mich, wie ihr seht, als einen Inspekteur für Seuchen und Schädlinge legitimiert, und schon fing ich an, nach Seuchen und Schädlingen zu schnüffeln.«

»Wetten, daß du auch welche gefunden hast?« sagte die Trantüte, »da ich diejenige war, die vorher den ekligen Job hatte, die Dinger einzusammeln, tausend Dank, Vic.«

»Jeder tut, was in seiner Kraft steht, liebes Kind«, sagte ich.

»Wie sich herausstellte, hatte ich bereits innerhalb von wenigen Minuten einen Karton beisammen, der von ungefähr hundert *Supella longipalpa* wimmelte, ansonsten auch als braungestreifte Kakerlake bekannt. Zum Kassierer begab ich mich. Mit meiner kleinen Pinzette zeigte ich ihm eine. Ich nannte ihm sogar ihren lateinischen Namen. Ich konsultierte mein Notizheft. Ich sagte ihm, daß das

Auftreten von Kakerlaken pro Quadratmeter, die ich auf seinem Anwesen entdeckt hatte, um ein beträchtliches die legal zulässige Rate überstiege, so daß sein Anwesen unmittelbar für die Öffentlichkeit geschlossen werden müsse und es auch so lange bleiben würde, bis eine gründliche Ausräucherung seitens einer bevollmächtigten Firma stattgefunden habe. Was das genau bedeute? wollte der Kassierer wissen. Bin gleich wieder da, sagte ich, und dann erzähl ich's Ihnen. Als ich mit der Kette, dem Vorhängeschloß und dem großen, offiziell aussehenden Schild, das Victor hatte drucken lassen und auf dem »Wegen Schädlingsplage bis auf weiteres geschlossen, Gesundheitsamt von Los Angeles« stand, vom Auto zurückkam, hatte er schon seinen Boß angerufen und bat mich, so lange zu warten, bis dieser einträfe, es würde ungefähr eine Dreiviertelstunde dauern, etwas, wozu ich keine Lust hatte und was ich darum auch nicht tat. Ich erlaubte ihm nur noch, den Strom abzustellen, dann verriegelte ich die Eingangstür mit Kette und Vorhängeschloß. Ich informierte ihn, daß der Ausräucherungsprozeß beinhaltet, das gesamte Gebäude mit einer dicken Plastikumhüllung zu versiegeln, sodann ein höchst giftiges Gas innerhalb der Umhüllung freizusetzen und dann abzuwarten, bis das Gas seine Wirksamkeit verloren hat, was in der Regel drei Tage dauert. Ich nannte ihm nochmals meinen Namen und sagte ihm, falls sein Arbeitgeber weitere Fragen hätte, er mich im Amt erreichen könne. Wir gaben uns die Hand, und ich fuhr gesittet von dannen, mitsamt dem Beweismaterial, das ich auf dem Rückweg aus dem Wagenfenster warf.«

»Womit ein weiteres Schiff versenkt wurde«, sagte ich, »was wohl nur noch das Westwood Classic übrigläßt, also darf ich Ihnen zu Ihrer Ergötzung und Erbauung die einzigartige – zum Glück – Miss Sara Silvetti vorstellen, Poetin für die schmachtenden Massen.«

»Und du mich auch mal«, sagte Miss Silvetti. »Man sollte dich Konzentrationslager-Daniel nennen; warum krieg ich immer die allermiesesten Jobs? Erst mußte ich diese Viecher aufgabeln, und dann ratet mal, was ich in meiner Handtasche hatte, als wir heute ins Kino gingen? Beschissene, gruselige Mäuse, ihr werdet's nicht glauben.«

»Aber Sara«, sagte ich, »ich weiß ja, daß du Dichterin bist, aber mußt du gleich gar so empfindlich sein? Du sprichst hier von der Lieblingsspeise einer Schlange; ich dachte immer, daß sie niedliche kleine Kerlchen sind.«

»Klar, klar«, sagte sie. »Du hattest doch noch mehr Schiß vor denen als ich.« Ich lächelte sie milde an. »Jedenfalls ließ ich ein paar in der Toilette laufen, dann kam ich wieder raus und hielt ein totes Exemplar an ihrem schleimigen Schwanz, kreischte und warf sie in die erste Reihe, während der große weiße Krieger da seine Meute freiläßt, wo er gerade sitzt, was nicht neben mir war, und zwar aus einer Werkzeugtasche aus Leder, die er bei sich hat, dann springt er auf, ein lebendiges Exemplar in der Hand, und ruft etwas wie: ›Herrgott, die sind ja überall!‹, und was meint ihr, wie schnell sich der Saal geleert hat. Ich hab nicht mal mehr den Schluß des Films sehen können.«

»Der Schluß des Films«, sagte ich, »geht folgendermaßen: Jedesmal, wenn Jack Benny, als Hamlet, Prinz von Dänemark, zu seinem ›Sein oder nicht sein‹-Monolog ansetzt, steht dieser gutaussehende Kerl, nämlich Robert Stack als Flieger, von seinem Platz vorn im Publikum umständlich auf, entschuldigt sich laut die ganze Reihe entlang, damit er dann nach hinten in die Garderobe von Jacks Frau gehen und mit ihr techteln kann. Robert kehrt aber schließlich nach Kansas oder England oder sonstwohin zurück, sehr zur Freude von Jack. Als er also am Schluß endlich siegesgewiß zu ›Sein oder nicht sein‹ anhebt, findet er es überhaupt nicht komisch, als sich ein gutaussehender Kerl, diesmal in einer Matrosenuniform, vorn im Publikum erhebt und die ganze Reihe runter ›Entschuldigung, Entschuldigung‹ sagt.«

»Geil«, sagte die Unsägliche.

»Was jetzt, Victor?« sagte Phineas von meinem einen Ersatzstuhl her.

»Was meint ihr, Kumpel? Meint ihr, es wäre an der Zeit, den Boß der einst so mächtigen Pussy Gato Adult Cinema Company anzuläuten?« fragte ich die Versammlung. Die Versammlung hielt es für eine prima Idee. Ich auch.

»Hast du Lust, die Verbindung herzustellen, Sara mein Schatz?« Ich kramte die Nummer heraus und gab sie ihr. »Bei diesen neuen Telefonen muß man nicht mehr Kreise mit dem Finger machen, man braucht nur auf die entsprechende Taste zu tippen.«

Sie warf mir einen Blick zu und tippte dann auf die Tasten.

»Halloho«, sagte sie affektiert. »Hier spricht Mr. Daniels Privatsekretärin.« Nur über meine Leiche, dachte ich. »Er hätte gern Ihren Mr. Gall gesprochen, bitte schön. Ja, ich bleibe dran.« Sie blieb dran. »Mr. Gall? Ich habe hier Mr. Daniel für Sie, würden Sie bitte dran bleiben?« Offenbar blieb er dran, weil er immer noch in der Leitung war, als ich endlich dem Dummerle den Hörer entrissen hatte.

»Mr. Gall«, sagte ich herzlich, »V. Daniel am Apparat. Und was macht zur Zeit das Geschäft?« Pause. »Tatsächlich; nachgelassen, ja? Das tut mir aber leid.«

»Ja, das will ich glauben«, sagte er.

Dann sagte ich: »Warum denn nur? Vielleicht ist es ja nur eine vorübergehende Flaute. Sie könnte auch von der zyklischen Art sein. Oder sollte es sich etwa um Mäuse handeln? Plagen? Säure- und Stinkbomben? Ich traue meinen Ohren nicht.«

»Ja, und wie ich Ihnen das glaube«, sagte er.

Dann sagte ich: »Hören Sie, Mr. Gall. Sie sind Geschäftsmann, lassen Sie uns also übers Geschäft reden. Sie wissen ja, wie verletzlich öffentliche Vergnügungsstätten sind, und ich will gar nicht erst von Zuwiderhandlungen gegen Feuerschutzgesetze reden, von ranzigem Popcornfett und LSD im Wasserkühler, von illegaler Belästigung Minderjähriger in den Toiletten und wer weiß, was sich ein rachsüchtiger Bürger noch so alles ausdenken mag. Außerdem, sind Sie nicht auch mit mir der Meinung, daß eine Eigenschaft des erfolgreichen Geschäftsmanns diejenige ist, daß er weiß, wann er bei einem sich abzeichnendem Verlust aussteigen muß? Natürlich wissen Sie das. Darum sollten wir in dieser Angelegenheit verhandeln, Mr. Gall, lassen wir die Friedenspfeife herumgehen, ich wette, ich könnte mir eine von Joe borgen.«

An dieser Stelle mußte ich innehalten, weil mir Mr. Gall nahelegte, was ich mit Indianer-Joes Friedenspfeife tun könne, und von Herumgehenlassen war dabei nicht die Rede. Er legte mir dann noch nahe, was ich mit Indianer-Joe tun könne. Dann erinnerte ich ihn daran, was immer für kleine Gefechte auch stattfinden mochten, solange wir Hauptbeteiligten standhaft blieben, was wir tun würden, und das Beweismaterial auf einem soliden Fundament stand, was es tat, und somit die einstweilige Verfügung in Kraft bliebe, was sie tat, er keine Chance hatte, nicht wahr? Ich erinnerte ihn ferner daran, daß ein Makler-Amigo von mir bereit sei, ihn flugs von der Last des Grundstücks zu befreien, zu einem fairen und anständigen Preis. Pause. Dann sagte er: »Er soll mich anrufen.« Ich sagte, ich würde es ausrichten, und machte der Versammlung ein »V« (für Victory)-Zeichen.

»Noch eins«, sagte ich, »bevor Sie auflegen. Schicken Sie doch freundlicherweise Amos und Andy dieser Tage vorbei, ja, um diesen Zaun zu entfernen? Nein, ich weiß nicht, was Sie dafür bezahlen mußten, aber ich wette, ich hab mehr für Indianer-Joes Garderobe ausgegeben.«

Neunzehntes Kapitel

> Und nun sitz ich hier und schwitz in einer Bar am Rand der Welt,
> Ein kaltes Carta Blanca für die Erinn'rung und für mich.

Am Donnerstag vormittag um elf Uhr ging ich zu einer Trauerfeier. Ich werde Sie nicht mit allen Einzelheiten belästigen, nur soviel, daß sie in einem Bestattungsinstitut ganz am unteren Ende des Pico Boulevards stattfand. Sie wurde für einen Jugendlichen abgehalten, den ich kannte und der im Zusammenhang mit einem Crack-Deal getötet worden war, im Vorgarten eines Freundes, nur ein paar Straßen von seinem eigenen Haus entfernt. Sein Paps – ein Kumpel von mir und Ex-Bulle – »Ex«, weil auch er, Ironie des Schicksals, im Verlauf einer Crack-Ermittlung erschossen worden war, nur von der anderen Seite – war mit dem Jungen nie richtig fertiggeworden. Ebensowenig wie die Witwe meines Kumpels, darum hatte sie mich auch um Hilfe gebeten; ich hatte es dann ein paarmal mit ihm versucht, war aber auch nicht sonderlich weit bei ihm gekommen. So wie es aussah, war ich eigentlich nirgendwohin bei ihm gekommen.

Ich saß ziemlich weit hinten und tagträumte mehr, als daß ich zuhörte.

Tagträumen ist nicht ganz der richtige Ausdruck – eher ließ ich noch mal die Liste der unterlassenen Dinge Revue passieren, die ich bei ihm hätte versuchen können –, obwohl ich realistischerweise wirklich nicht weiß, was ich sonst noch hätte tun sollen, außer vielleicht eines Nachts wie Batman aus den Lüften herabsegeln, ihn mir greifen und nicht allzu sanft in einer Lepra-Kolonie im Kongo abladen, die von Missionaren geleitet wird, oder in einem Kibbuz in Galiläa, wo er so lange nichts zu essen bekommen würde, bis er sich beim Anbau von Jamswurzeln oder bei der Bananenernte nützlich gemacht hatte. Nur, wieviel Verantwortung kann man überhaupt für jemanden übernehmen, wenn er das gar nicht will? Wenn zum Beispiel Benny anfing, den Bach runterzugehen, aufgrund von Schnaps oder Drogen oder was auch immer, dann würde ich eher heute als morgen wie ein übergroßer Racheengel, dem irgendwo auf dem Weg seine goldenen Locken abhanden gekommen waren, auf ihn herabstürzen, aber bei einem auf die schiefe Bahn geratenen Sohn eines Halbwegs-Freundes? Wo zieht man da die Grenze?

Der Sarg war offen; ich schob mich mit den anderen Trauergästen nach vorn, warf einen Blick auf den Jungen und wünschte dann, ich hätte es nicht getan. Dann trat ein Chorknabe in einem weißen Übergewand ein paar Schritte vor und sang:

Nach dir, Herr, verlanget mich
Mein Gott, ich hoffe auf dich;
Laß mich nicht zuschanden werden,
daß meine Feinde frohlocken über mich.

Als ich zum Büro zurückfuhr, war mir zumute, und das nicht zum erstenmal, als würden meine Feinde ständig über mich frohlocken. Ich weiß nicht, warum ich mich so müde fühlte, vielleicht war es ja nur der Überdruß, immer wieder dieselben alten Kämpfe gegen dieselben alten Unholde ausfechten zu müssen – gegen schmierige Pornohändler und gedungene Ganoven, gegen die Verängstigten, die Schleimigen und die Amoralischen. Oder vielleicht gab es ja sowieso nur den einen Kampf, der da »wir gegen die« heißt.

Wie ich eventuell schon erwähnt habe, habe ich irgendwo gelesen – beim Zahnarzt, glaube ich –, daß es möglich ist, sich für ein paar Riesen blank auf die Kralle eine einsame Insel zu kaufen, darum werde ich vielleicht genau das tun. Zum Teufel mit Paris bei Nacht und Venedig am Tag, steckt euch doch eure Stierkämpfe in Sevilla und eure Kirschblütenfeste in Yokohama und Karnevals in Rio an den Hut, eines schönen Tages bin ich nur noch eine flüchtige Erinnerung, fort, abgehauen, die Zelte abgebrochen, von hinnen gezogen, zu einem Eiland, wo die zarte Brise weht und das Plätschern sanfter Gezeiten meine Sorgen wegspült, wo ich wieder jung und hager bin und ich nichts mehr von der Welt erwarte als das Kopra-Boot, das mir meine Überlebensration bringt – Backmischung für Brownies und Salatdressing. Ihr könnt mich zitieren, Amigos.

Der Rest des Tages verging, wie auch der Freitag. Ich nahm mich der Dinge an, derer sich angenommen werden mußte, zwei Einlaß heischende Mormonen inbegriffen, und ließ die Dinge außen vor, die außen vor gelassen werden konnten. Am Freitagabend, da es sich so ergab, daß ich zufällig kein Rendezvous hatte, lud ich Benny zu mir ein und kochte uns ein bißchen was zu essen und ließ ihn dann zum tausendzweihunderteinunddreißigsten Mal hintereinander im Schach gegen mich gewinnen. Ich schlug ihn aber dafür beim Halma. Wir guckten uns außerdem das Spiel im Fernsehen an – die Reds führten gegen die Dodgers 6:2, Ende des siebten Innings – das vom Dodger-Stadium drüben in Chavez Ravine übertragen wurde. Ich geh wahnsinnig gern dahin. Sobald man auf seine Sitzreihe zusteuert, schmeichelt sich eine aufgedonnerte Wasserstoffblondine in einem maßgeschneiderten Teil an einen heran und sagt: »Hallöchen! Wunderschön, Sie zu sehen! Ich bin Kenneth und heute abend Ihr Platzanweiser.«

Während des Schachspiels fragte ich Benny, ob er irgendwelche Kids kannte.

»Was für Kids?« fragte er.

»Wieviel Sorten Kids gibt's schon?« sagte ich. »Kids wie Kinder.«

»In welchem Alter?«

»Na ja, neun, zehn, elf, in dem Dreh.«

»Nein«, sagte er. »Paß auf, deine Dame steht im Schach.«

Ich zog die Dame. »Kennst du jemanden, der irgendwelche Kids kennt?«

»Ja«, sagte er. »Evonne.«

»Vergiß es«, sagte ich. »Noch jemanden?«

»Nein. Deine Dame steht schon wieder im Schach.«

»Irgendwas steht immer im Scheiß-Schach«, sagte ich, »wenn man mit dir spielt. Bin gleich wieder da. Und laß bitte die Finger vom Brett, solange ich weg bin.« Ich ging zum Telefontischchen und rief die Trantüte an. Nach kurzem Geplauder mit ihrem Papa kam sie ran.

»Ah, Sara«, sagte ich. »Guten Abend. Bleiben wir heute zu Hause, ja, keine heiße Verabredung?«

»Was interessiert dich das?« sagte sie. »Und von wo aus rufst du an, aus einer deiner miesen Bars, die du so liebst?«

»Zufällig gehe ich gerade mit einem nahen Freund einer intellektuellen Beschäftigung nach«, sagte ich. »Und das in der behaglichen Atmosphäre meines eigenen Heims.«

»Du guckst fern«, sagte sie. »Ich kann's hören. Naja, ich schätze, intellektueller geht's bei dir wohl nicht.«

»Manche von uns können zwei Dinge gleichzeitig tun«, sagte ich. »Abgesehen davon, kennst du irgendwelche Kids?«

»Warum?«

»Weil ich dich und ein Kind morgen zu einem Ausflug mitnehmen will.«

»Warum?«

»Weil ich sehen will, wo ein paar andere Leute hinfahren, wenn sie samstags einen Ausflug machen.«

»Warum?«

»Erzähl ich dir morgen«, sagte ich. »Also, was ist nun mit dem Kind?«

»Ich kenne das Kind von nebenan«, sagt sie.

»Wie alt ist er?«

»Es ist eine sie«, sagte sie. »Sie heißt Katy und geht in die achte Klasse.«

»Ist sie helle?«

»Heller als du.«

»Muß ein Wunderkind sein«, sagte ich. »Machst du's bitte mit ihren Eltern klar? Denk dir irgendwas aus. Sag ihnen, ich spendiere zehn Dollar für Katys College-Aussteuer.«

»Das wird sie enorm weiterbringen«, sagte Sara. Ich besprach die Einzelheiten bezüglich des Wo und Wann mit ihr, falls alles klappte, und widmete mich dann wieder dem Baseballmatch.

Es war halb zwölf am folgenden Vormittag. Bennys alter Ford parkte auf dem Alondra Boulevard, in jenem Stadtteil von Los Angeles, der Norwalk heißt. Benny saß am Steuer, Sara neben ihm, und ich saß auf dem Rücksitz, neben mir King und neben ihm Katy. Unser Picknick war im Kofferraum verstaut, zusammen mit einem Sechserpack Corona-Bier für Notfälle. Katy war ein sehr hübsches junges Ding in Shorts und Turnschuhen, einem weiten Oberteil von einem Jogginganzug und einer Baseballmütze der Giants, ihrem einzigen Makel. Benny trug ebenfalls Freizeit-Kluft, wie wir anderen übrigens auch.

Und tatsächlich, genau wie Tom beim einzigen Mal erzählt hatte, als ich Tex' Studio besuchte, das sich gleich um die Ecke am Ende einer namenlosen Gasse befand, kam Tex' großer Mercedes, mit Tex am Steuer, kurz nach zwölf dort herausgefahren. Er bog vor uns auf den Alondra ein und fuhr, im diskreten Abstand von uns gefolgt, in Richtung der Santa-Ana-Autobahnauffahrt davon.

»Und los geht die wilde Fahrt!« sagte ich.

»Ja, aber wohin, Vic?« sagte Sara. »Komm schon, du hast es versprochen.«

»Ach ja, Sara, aber hat nicht mal jemand gesagt, daß Versprechen, genau wie Tortenkrusten, dazu da sind, um gebrochen zu werden? Jedoch nicht in diesem Fall, da kann ich dich beruhigen.« Ich zückte die Liste mit den siebenundzwanzig Namen, Adressen und Postfachnummern, die Frank mir ausgedruckt hatte, und gab sie ihr. »Hier. Wirf mal deine Glubscher drauf. Benny, laß deine Glubscher bitte auf der Straße.«

»Kann ich auch mal sehen?« fragte Katy.

»Klar.« Sara reichte sie ihr nach hinten. »Was bedeutet das alles?«

»Ich werd dir sagen, was ich vermute, was es bedeutet«, sagte ich. »Ich glaube, es bedeutet, daß eine Lady namens Mary Jones, in voller Kenntnis sowie Komplizenschaft ihres Gatten Tex, die Pensionskasse ihrer Firma beklaut hat, und dies immer noch tut, und zwar um eine reichliche Menge von Dineros.«

»In echt?« sagte Katy aufgeregt und zappelte auf ihrem Sitz herum. King, der seinen Kopf auf ihren Schoß gelegt hatte, guckte sie sauer an.

»In echt. Und wir werden es bald ganz genau wissen, Kinder, und damit meine ich auch dich, Benny, da du für mich ein bloßer Bubi bist.« Er grinste mich durch den Rückspiegel an. Wir fuhren knapp unter der zulässigen Höchstgeschwindigkeit in südöstlicher Richtung auf dem Santa-Ana-Freeway, ungefähr sechs Wagen hinter dem Benz, der leicht auszumachen war, weil man nicht allzu viele blaue Mercedes-Coupés auf der Straße sieht, und außerdem hielt sich Tex aus gutem Grund an die Geschwindigkeitsbegrenzung.

»Gemäß dieser praktischen Rand-McNally-Karte, die ich in weiser Voraussicht mitgebracht habe«, sagte ich und faltete sie auseinander, »schauen wir mal ... also wenn wir in ein paar Minuten auf den Riverside Freeway wechseln, dann wette ich, daß unser erster Halt laut Liste Atwood ist, hoffe ich, hoffe ich.« Und in der Tat, ein paar Minuten später zweigten wir auf den Riverside Freeway ab, und ein Weilchen später fuhren wir bei Atwood raus, und siehe da – erstes Ausflugsziel war das Postamt von Atwood! Nicht daß ich befürchtete, daß es anders hätte kommen können, nicht daß ich dachte, sie wollten in Atwood eigentlich eine kranke Tante besuchen.

Während Tex in zweiter Spur weiter vorn vor dem Postamt parkte, ging Benny, auf meinen Vorschlag hin, so weit vom Gas runter, daß Sara, auf meinen Vorschlag hin, hinaushopsen und Mrs. Jones, wie sich herausstellte, ins Gebäude folgen konnte. Als Sara verschwunden war, fuhren wir weiter und an Tex vorbei, wobei ich mich tief auf dem Rücksitz verkroch, aber er beachtete uns sowieso nicht. Wir parkten ziemlich weit die Straße hinauf und warteten. Eine Minute später kam Sara wieder heraus. Benny hupte sie kurz an, um sie auf uns aufmerksam zu machen, und sie strebte munter auf uns zu. Nach einer weiteren Minute kam Mary heraus. Mary stieg wieder in den Benz, und Mary und Tex fuhren los. Sobald der Schwachkopf wieder bei uns eingestiegen war, fuhren auch wir los, zurück in Richtung Autobahn.

»Ich bin direkt an ihr vorbeigegangen, und sie hat nicht mal geschnallt, daß ich da war«, sagte die Nervensäge.

»Was hat sie gemacht?« fragte Katy.

»Ein Postfach geöffnet, was sonst?« sagte Sara.

»Ich geh mal nicht davon aus, daß du die Nummer mitgekriegt hast«, sagte ich. »Ich dachte eigentlich, du wartest so lange, bis sie weg ist, und guckst dann nach.«

»War ja gar nicht nötig, Blödmann«, sagte sie. »Da

standen acht Reihen mit Fächern, fünfundzwanzig in jeder Reihe, und ihrs war in der dritten Reihe von oben, sechstes Fach von links, für dich also Nummer sechsundfünfzig.«

»Nanu, was für ein Zufall«, sagte ich. »Ratet mal, welche Zahl im folgenden fehlt: ›Karat, Isobel, PF irgendwas, Atwood, Ca., USA. 4/G $ 1.644.44 BCh.‹«

»Ich geb auf«, sagte Benny, überholte geschickt einen Pickup und fädelte sich dann ein paar Fahrzeuge hinter der Familie Jones ein. Katy kicherte.

»Dreieinhalb?« riet sie.

»Nicht dreieinhalb, Hirni«, sagte ich. »Sechsundfünfzig, wenn du's genau wissen willst.«

»Was ich auch wissen möchte, ist warum du mich dabeihaben wolltest«, sagte sie. »Für irgendwas Gefährliches, hoffe ich. Vielleicht kann ich ja jemanden verführen.«

»Mich könntest du in ein paar Jahren verführen«, sagte ich, »und Benny vermutlich gleich jetzt. Benny, wahrscheinlich geht's als nächstes nach Corona, laut Karte, dann nach Riverside, wie es aussieht, dann Woodcrest und Edgemont, und danach über die 215 runter nach Perris, zumindest würde ich so fahren.« Ich wandte mich wieder meinen Mitfahrern im Fond zu – dem menschlichen von beiden, genauer gesagt. »Kinder«, sagte ich zu ihr. »Wer schöpft schon bei Kindern Verdacht, außer vielleicht Eltern oder Lehrer oder Ladenbesitzer. Aber nicht, wenn sie Leuten ins Postamt folgen, wer würde da ein Kind verdächtigen? Deshalb muß ich gelegentlich Sara hier verwenden, ich meine guck sie dir doch an, so was Harmloses. Jedenfalls jetzt, wo ihre Punk-Phase vorbei ist. Und ich würde ganz gern die Jones' drei- oder viermal auf frischer Tat ertappen, bevor ich mir überlege, was als nächstes zu tun ist. Ich kann sie nicht selbst beschatten, weil ich so ein formidables Mannsbild bin und weil Tex mich außerdem kennt, aber du kannst es, und Sara kann es, und Benny auch, zweimal, lässig. Das ist der Grund, mein Kind.«

»Oh«, sagte Katy. »Und wann essen wir unser Picknick? Ich hab Hunger.«

»Ich auch«, sagte Sara.

»Ich auch«, stimmte Benny mit ein.

»Vier alle«, sagte ich, »und King auch. Aber wir warten, bis sie entweder auch Rast machen oder nachdem wir noch dreimal gehalten haben.«

Benny ging im Stadtteil Corona ohne Mütze und Brille hinter Tex her, mit gleichermaßen günstigen Ergebnissen. Katy schlüpfte vor Tex in Riverside ins Postamt und stand einfach herum, als würde sie auf ein Elternteil warten, das drinnen Briefmarken kaufte. Es ist nämlich so, falls es doch noch ein paar unter Ihnen gibt, die nicht ganz genau wissen, was ein Postfach ist, das ist ein langer, schmaler Metallkasten, normalerweise mit einem Glasfenster vorn dran, damit man sieht, ob irgendwas drin ist oder nicht, ohne ihn erst aufmachen zu müssen. Um ein PF zu bekommen, zahlt man dem Oberpostdirektor, falls das die richtige Bezeichnung für den Typen ist, der im Postamt das Sagen hat, eine schäbige Summe wie zehn Piepen pro Jahr, sagt ihm (oder ihr, falls es eine Oberpostdirectrice ist, was irgendwie gleich viel vergnüglicher klingt), unter welchem Namen man es führen möchte, schiebt die Knete rüber, dann händigt er einem den Schlüssel aus, und dann gehört es ein Jahr lang Ihnen. Postfächer in größeren Städten und Gemeinden befinden sich in kleinen Räumen im Eingangsbereich, vom eigentlichen Postamt getrennt – obwohl sie natürlich durch Dinge, die man Türen nennt, verbunden sind –, so daß man leicht Zutritt zu ihnen hat. Wo sie bei den Hinterwäldlern ihre Postfächer hintun, weiß ich nicht, und es ist mir auch vollkommen gleichgültig.

Jedenfalls war auch Katys Einsatz von Erfolg gekrönt, dann kam der letzte Triumph für Benjamin mit Mütze und Brille, in einer schmucken blauen Windjacke, die er von mir geliehen hatte, und einem forschen King im Schlepptau. Dann beobachteten wir alle, wie die Jones' davonfuhren, zurück auf die Riverside-Autobahn Richtung Osten, dann wählten wir die andere Seite des Freeways, die in die entgegengesetzte Richtung führte, und kurz darauf hielten wir, gleich außerhalb von Woodcrest, an einem landschaftlich schönen Rastplatz unter lauschigen Bäumen und nahmen endlich unser Picknick zu uns, das nur von Saras Vorwürfen beeinträchtigt wurde, ich hätte nicht genügend Gewürzgurken eingekauft, wozu mein einziger wortloser Kommentar war, ihr das letzte Sandwich mit gehackter Hühnerleber von Fred's vor der Nase wegzuschnappen.

Während unseres geselligen Beisammenseins fragte Benny, glaube ich, wie wohl Mrs. Jones das Ganze ausgekocht hätte, und wie es angehen konnte, daß sie über einen so langen Zeitraum nicht erwischt worden war. Ich sagte, ich könnte mir vorstellen, daß es etwa folgendermaßen gelaufen sei:

Auf dem Schreibtisch der Sekretärin, die die Post öffnet, landet die Nachricht, daß, sagen mir mal, Pensionär X unglücklicherweise verschieden ist, ob nun friedlich in seinem Heim in Ausgedörrte Kehle, Neu-Mexiko, umgeben von seinen Lieben, oder weil er sich in seiner Gosse in Pittsburgh mit Methylalkohol zu Tode gesoffen hat, was nicht weiter von Belang ist. Als erstes muß sich Mary vergewissern, daß X drei Bedingungen erfüllt, er nämlich a) eine genügend große Pension bezieht, damit sich die Sache auch lohnt, b) besagte Pension oder Teil derselben nach seinem Tod nicht auf einen noch lebenden Ehegatten übertragen wird, und daß c) X offensichtlich niemand sein darf, der kürzlich noch in der Zentrale oder in der

Chefetage oder dergleichen gearbeitet hat, nur für den Fall, daß Xens Name dem sehr begrenzten Kreis von Menschen bekannt ist, denen dies auffallen könnte, z. B. der Sekretärin oder dem gleichermaßen unglückseligen Jonathan Flint.

Alles, was Mary dann noch zu tun hat, ist eine Adressenänderung im Computersystem einzugeben, anstatt den Mann aus der Datei zu löschen, wobei besagte Adresse ein Postfach sein muß, das innerhalb weniger Autostunden erreichbar ist. Ferner, natürlich, sollte sie darauf achten, daß Xens Schecks ab sofort zur Kategorie der unmittelbar einzulösenden bestätigten Schecks zählen. Dann mieten sie oder Tex ein Postfach unter Xens Namen in einem passenden Stadtteil oder Vorort an und reiben sich für ewig und drei Tage hämisch ihre gierigen Händchen. Benny wollte wissen, über welche Größenordnung wir uns hier unterhielten. Ich sagte ihm, im äußersten Fall ginge es um $ 5 400 000, aber um diese Summe zu kassieren, hätte Mary vor acht Jahren anfangen und alle siebenundzwanzig Konten ungefähr gleichzeitig abräumen müssen, was kaum möglich gewesen wäre, darum sei so etwas um die fünf Millionen realistischer.

»Hast du sie mal kennengelernt?« fragte Sara.

»Nein«, sagte ich. »Komisch, gegen jemanden zu ermitteln, den ich erst ein paarmal von weitem gesehen habe, beim Rein- und Rausdackeln in und aus Postämtern.« Ich gab King den Rest von meinem Sandwich, der sowieso fast nur noch aus Rinde bestand.

»Also, in erster Linie hat sie Glück gehabt«, sagte Benny und räumte die gebrauchten Servietten und leeren Cole-Slaw-Dosen und desgleichen von dem Holztisch ab, an dem wir gegessen hatten. »Sie ist zufällig in eine Situation gestolpert, bei der die Politik der IMM, den Zugriff auf Daten stark einzuschränken, was übrigens typisch für den Verfolgungswahn von Großunternehmen ist, ihr einen breiten Spielraum ließ, so ziemlich zu tun und zu lassen, was sie wollte, vorausgesetzt, die Jones' verhielten sich einigermaßen vorsichtig, wie sie ihr Geld ausgaben.« Katy nahm ihm die Tüte mit dem Müll ab und deponierte sie in einem nahegelegenen Abfallkorb.

»Und in letzter Linie hat das Glück sie verlassen«, sagte ich. »Jonathan Flint muß einen Namen entdeckt haben, den er, so minimal die Chance auch war, wiedererkannt hat, jemanden, von dem er wußte, daß er tot ist. Vielleicht jemand, der früher im Norden des Bundesstaats mit ihm zusammengearbeitet hat, in einem Vorort von Oakland, wo sie eine Zeitlang gelebt haben, wie mir seine Frau erzählte. Wir werden's wohl nie erfahren, obwohl, wenn ich Mrs. Flint eine Kopie der Liste schicken würde, die inzwischen wieder in ihrem Heimatort, dem guten alten Hutchinson lebt, das sich, falls ihr es nicht wußtet, ungefähr fünfundsiebzig Kilometer westlich von Minneapolis befindet, und sie fragen würde, ob ihr irgendwelche Leute auf der Liste bekannt wären, sie es vielleicht wissen würde.«

»Dieser Flint«, sagte Sara, »was ist aus ihm geworden?«

»Herzchen, er ist dorthin gegangen, wo alle guten Buchhalter früher oder später einmal hingehen«, sagte ich und zerzauste einmal ordentlich ihr strähniges Haar, »und du mußt selbst entscheiden, ob das der Himmel oder die Hölle ist.«

»Wie wär's mit jeweils einem halben Jahr abwechselnd?« sagte sie, was Katy wieder zum Kichern brachte.

»Los, Männer, die Planwagen ziehen weiter«, sagte ich. »Wir können hier nicht den ganzen Tag rumsitzen und uns dusselig quatschen, manch einer von uns hat Arbeit, die auf ihn wartet.«

Als wir ungefähr anderthalb Stunden später wieder in

die Zivilisation zurückgekehrt waren, nur im weitesten Wortsinn natürlich, setzte mich Benny der Junge vor meinem Büro ab, und ich machte mich an die Arbeit, nachdem mich King lange genug angequengelt hatte und ich mich breitschlagen ließ, ihn vorher um den Block zu führen. Ich kramte die Informationen über Tex und Mary hervor, arrangierte sie um und brachte dann jedes winzige Detail, das ich im Verlauf meiner Wanderungen aufmerksam aufgepickt hatte – und Aufmerksamkeit ist das A und O, Kinder – zu Papier; Informationen aus den unterschiedlichsten Quellen: Tom und Jerry, Debby Flint, der Polizei, den Berichten vom Revier, von Frank dem Wodkatrinker, sowie aus einigen Häppchen Klatsch, sowie ein paar Vermutungen, sowie ein paar mehr oder weniger logischen Schlußfolgerungen, und natürlich Ergebnisse der Personenbeschattung in Sachen Postfächer, die am selben Tag von mir, Katy, Benjamin und meiner besten, absolut einmaligen, o-beinigen Teilzeitkraft S. Silvetti durchgeführt worden war. Es dauerte etwa anderthalb Stunden, bevor ich das letzte Pünktchen darunter setzen konnte. Dann wollte ich versuchen, R. Howieson bei sich zu Hause zu erreichen, als doch niemand anderer an meiner Tür kratzte als Indianer-Joe. Mit einem gekrümmten Finger machte ich ihm ein Zeichen, daß er eintreten möge. Dies tat er. Während er sich vornüberbeugte, um King liebevoll zu begrüßen, kam ich nicht umhin zu bemerken, daß es seiner einstmals so stolzen Ausstattung, zur Gänze von meinem Gehaltskonto spendiert, wie Sie sich vielleicht entsinnen, gelungen war, sich innerhalb Pi mal Daumen einer Woche zu dem abgrundtiefen Standard von vor der Zeit, als ich bei ihm Weihnachtsmann spielte, selbstvernichtet zu haben.

»Hey, Häuptling«, sagte er und richtete sich vorsichtig auf. »Wie kommt es, daß Pfannkuchen eine Fernsehshow präsentieren können?«

»Können sie nicht«, sagte ich.

»Ja, aber tun sie doch«, sagte er. »Ich hab nämlich bei Lil ferngesehn, und da hat dieser Typ gesagt, daß diese Sendung von ein paar Pfannkuchen präsentiert wurde.«

»Das waren nicht die Pfannkuchen, die das Präsentieren gemacht haben, Joe«, sagte ich, »das waren die netten Leute, die die Pfannkuchen herstellen.«

»Warum haben sie das denn nich' gesagt?«

»Ich weiß es nicht«, sagte ich. »Hast du sonst noch was Wichtiges auf dem Herzen, Joe?«

»Na ja«, sagte er und schaute nach unten und scharrte mit seinen tapsigen Füßen, »offen gestanden, ich könnte ein paar Kröten bis Ultimo gebrauchen, Häuptling.«

»Sollst du haben.« Ich entnahm meiner Brieftasche einen Fünfer und reichte ihn rüber. »Ich muß dir was erzählen, Joe. Dieser Zaun? Er wird dieser Tage wieder abgerissen.«

»Echt? Toll, Häuptling. Hat sich unsere Arbeit also doch gelohnt, ja?«

»Hat sie in der Tat«, sagte ich. »Und da wir gerade von Arbeit reden . . .«

»Hab kapiert«, sagte er. »Ich bin schon weg.« An der Tür blieb er noch mal stehen. »Also tschüs. Oh. Weißt du was? Sie war's gewesen, die große Blondine. Die war's, die mich vermöbelt hat, kannst du das fassen? Rumms, wumms, und dann gingen die Lichter aus. Ich hab Lil nicht erzählt, daß mich eine Braut verprügelt hat, wie sieht das denn aus? Okay, Häuptling, okay, ich verdufte.« Und dann, allerdings sehr langsam, verduftete er auch. King begleitet ihn noch hinaus und legte sich dann wieder auf seine Decke.

»Das möchte ich mal erleben, daß eine Braut so was bei mir versucht«, sagte ich zu ihm. »Besonders eine heiße Nummer wie Ms. Garrison, da lachen ja die Hühner.«

Ich rief Mr. Howieson unter seiner Privatnummer an.

Seine Frau sagte, daß er gerade einen Mittagsschlaf hielte, ob es wichtig sei? Ich sagte, ich fürchte ja. Sie bat mich, ihr meinen Namen zu nennen. Ich nannte ihn. Kurz darauf sagte Mr. Howieson, der nicht im geringsten verschlafen klang: »Mr. Daniel. Wichtig im Sinne von gut oder wichtig im Sinne von schlecht?«

»Im Sinne von schlecht«, sagte ich.

»Wie schlecht?«

»Könnte so schlecht sein wie fünf Millionen Dollar weniger in der Kasse«, sagte ich.

»Mr. Daniel«, sagte er nach einer kurzen Pause, »fünf Millionen Dollar weniger ist nicht schlecht, sondern katastrophal.«

»Jawoll«, sagte ich. »Ich wollte Ihnen nicht das Wochenende verderben, aber ich dachte mir, Sie sollten es lieber erfahren.«

»Sie haben mir gerade mein Jahr verdorben«, sagte er, »scheiß auf das Wochenende. Herrgottnochmal. Was für ein Schlamassel. Sind Sie sicher?«

»Sicher genug«, sagte ich.

»Und was machen wir jetzt?« fragte er. »Genauer gesagt, wenn ich mich von meinem hysterischen Anfall erholt habe?«

»Ich kann mir nur vorstellen, daß wir so schnell wie möglich ein Treffen anberaumen sollten, zwischen Ihnen, mir, vielleicht Ihrem Rechtsbeistand, jemandem vom LAPD, der entweder im Betrugs- oder im Schweren Diebstahls-Dezernat oder in beiden Bereichen arbeitet, sowie einem gewissen Sergeant Brav, der der Bulle im Einsatz war, in der Nacht damals im März, als Ihr Ex-Angestellter Jonathan Flint das Zeitliche segnete.«

»O Gott«, sagt Mr. Howieson. »An den Aspekt des Ganzen hab ich ja noch gar nicht gedacht; oder wollte es wahrscheinlich nicht.«

»Wer will das schon?« sagte ich. »Montagfrüh ist vermutlich der früheste Termin, den wir ansetzen können, und ich schlage vor, bei mir, denn Sie wollen sicherlich nicht, daß die Bullen in Ihren Büroräumen herumschnüffeln, bevor dies unbedingt nötig ist, da Mrs. Jones eventuell ein klitzekleines bißchen nachdenklich werden könnte; der Zeitpunkt, an dem die Bullen aufkreuzen, kommt erst, wenn sie die entsprechenden Durchsuchungsbefehle in der Hand haben, mit denen sie beiden Jones' gleichzeitig und unwiderruflich auf die Pelle rücken können. Genausowenig wollen Sie und Ihr Rechtsverdreher sich wahrscheinlich zu diesem Zeitpunkt bei Ihrem freundlichen Polizeirevier um die Ecke blicken lassen.«

»Oder zu jedem anderen Zeitpunkt, wenn Sie's genau wissen wollen«, sagte Mr. Howieson sauer. »Scheiße. Was für ein Schlamassel.«

»Alles in allem«, sagte ich, »sollten wir uns doch lieber hier treffen.«

»Sollten wir, sollten wir«, sagte er. »Ist mir egal. Treffen wir uns doch auf dem Scheißmond, wär vielleicht besser.«

»Noch besser wäre, wenn Sie selbst die diversen Bullen kontaktieren könnten«, sagte ich. »Die LAPD-Zentrale wird Ihnen sagen, auf welchem Revier Brav arbeitet und mit wem Sie sich beim Betrugsdezernat in Verbindung setzen müssen, oder wer auch immer da zuständig ist.«

»Warum übernehmen Sie das nicht, die Arschlöcher aufzutreiben?« sagte er. »Finden Sie nicht, daß ich im Moment schon genug am Hals habe?«

»Wenn Sie Bulle wären, Mr. Howieson, wem würden Sie eher glauben, daß was faul ist im Staate Norwalk, einem schmierigen Schnüffler aus Studio City – und Sie wissen ja, wie die meisten Bullen uns vom Privatsektor anbeten, ich krieg regelmäßig Liebesbriefe von ihnen – oder einem aufrechten, achtbaren, golfspielenden Top-Manager wie Ihnen?«

»Ich hasse diesen Sport«, sagte er. »Hab ihn schon immer gehaßt. Es ist wahrscheinlich Zufall, daß mein Vater dreifacher Amateur-Champion von Kalifornien und beschissener Amateur-Champion von überall sonst noch war.«

»Außerdem«, sagte ich, »können es die Bullen im allgemeinen nicht leiden, wenn ein heruntergekommener Privatdetektiv ein mögliches Motiv für ein Verbrechen aus dem Hut zaubert, auf das sie selbst nicht gekommen sind, ganz zu schweigen von einem ganzen Bündel einschlägigen Beweismaterials.«

»Schon gut, schon gut, schon gut«, sagte er. »Montag um zehn in Ihrem Büro, wo immer zum Teufel das ist, es sei denn, ich ruf noch mal an, um umzudisponieren. Übrigens – gut gemacht, schätze ich mal.«

Ich bedankte mich, teilte ihm mit, wo zum Teufel mein Büro war, und legte den Hörer auf. Die Hauptgründe, weshalb ich das Rendezvous bei mir stattfinden lassen wollte, hatte ich ihm nicht genannt, und da gab es drei. Ad eins ist es ein seltenes Vergnügen, wenn die Bullen auf Pfiff bei einem antanzen müssen, anstatt andersherum. Ad zwei ist es ein seltenes Vergnügen, wenn mächtige Cheftypen auf Pfiff bei einem antanzen müssen. Und ad drei bin ich ziemlich faul.

Zwanzigstes Kapitel

> Manches Bier hat mir der dicke Barman hingestellt,
> Und mal gibt er einen aus, und mal zahl ich.

Montagmorgen, neun Uhr sechsundfünfzig. Ich stand vor dem Badezimmerspiegel meines Büros und überprüfte die Elastizität meiner Haut; aus irgendeinem Grund war sie so trocken, daß die Schuppen noch die gute Nachricht waren. Dann trafen meine Gäste alle auf einem Haufen ein, fünf an der Zahl – zwei Bullen, zwei Anwälte und ein Manager. Die Bullen hießen Sergeant Brav und Lieutenant Roth vom Betrugsdezernat, der in Zivil erschien, die Anwälte waren die Herren Galanti und Mouton, der Manager Mr. Howieson, und den Vorsitz führte V. (für Victor) Daniel. In Wahrnehmung seiner Interessen war ebenfalls K. Daniel zugegen. Nachdem sich alle vorgestellt und wir alle Platz genommen hatten (drei der Anwesenden auf Stühlen, die ich mir von der Chop-Suey-Bude der Nus nebenan geliehen hatte) und der Smalltalk vorbei war, schlug ich den Hefter auf, der meine Notizen enthielt, räusperte mich, und eröffnete die Sitzung.

»Meine Herren, ich danke Ihnen, daß Sie so kurzfristig erschienen sind«, sagte ich. Mouton, der kleine schwammige Anwalt mit Perücke, öffnete seine Aktentasche und entnahm ihr einen Spiralblock, dann seiner Brusttasche einen teuer aussehenden Füllfederhalter, woraufhin er beides in Habachtstellung zückte. Sergeant Brav fläzte sich in seinem Stuhl und starrte seine Füße an. Roth vom Betrugsdezernat schaltete seinen Mini-Kassettenrecorder ein. Galanti rückte seine bereits perfekt sitzende Krawatte zurecht. Howieson saß nur da und sah müde aus. »Natürlich können Sie sich soviel Notizen machen, wie

Sie möchten«, sagte ich, »aber ich habe für den Fall, daß es hilfreich sein könnte, von alledem Kopien angefertigt« (hier klopfte ich auf den Hefter), »die ich später verteilen werde. Ich denke mal, daß sich dieses Treffen in zwei Hälften teilt, wobei sich die eine mit der betrügerischen Unterschlagung von etwa fünf Millionen Dollar bei der Firma IMM durch Mrs. Mary Jones beschäftigen wird und die andere mit dem Totschlag, den ein Mitglied der Jones-Familie möglicherweise gegenüber einem Mitglied der IMM-Familie begangen hat, den ich vielleicht lieber nachher mit Sergeant Brav besprechen werde, nachdem die anderen gegangen sind, um sich zu beraten und die Haare zu raufen und Haftbefehle auszustellen und Pressemitteilungen vorzubereiten und Gott weiß, was sonst noch.«

»Und nach Rio abzuhauen«, sagte Mr. Howieson finster. »Meine Frau ist schon am Packen. Ich hoffe, sie vergißt die Sonnencreme nicht.« Sergeant Brav grinste. Mouton wirkte schockiert, K. Daniel stand auf, drehte sich ein paarmal im Kreis und legte sich wieder hin. Ich frage mich, warum Hunde das tun? Ich weiß, warum Katzen es tun, sie imitieren Hunde, von denen sie wissen, daß sie schlauer sind, darum meinen sie, daß diese vielleicht einen guten Grund dafür haben.

Ich benötigte nicht viel Zeit, vor meinem extrem aufmerksamen Publikum die Details von Marys Schwindel auszubreiten, ähnlich, wie ich sie bereits vor Ihnen ausgebreitet habe, liebe Freunde, wenn auch nur in Häppchen und Portiönchen, in Form von Puzzlesteinchen. Ich unterließ es jedoch, sie darauf hinzuweisen, wie sehr das angewandte zellulare System Mary bei der Sache geholfen hatte; das war so offensichtlich, daß ich mir nicht noch die Mühe machen mußte, ihnen vorzuschlagen, eine leichte Abwandlung in ein oder zwei Computerprogrammen sei eventuell nicht ganz verkehrt.

Abgesehen von ein oder zwei Fragen von Roth, Betrugsdezernat, und selbstzerstörerischen Zwischenrufen von Ralph Howieson hörten sie mir schweigend zu. Dann verteilte ich Kopien einiger Unterlagen, wie der Liste der Siebenundzwanzig und des detaillierten Berichts, den ich von unserem samstäglichen Abenteuer mit dem Postwesen der USA erstellt hatte und so weiter, die mit einem kurzen Blick quittiert wurden und dann in diversen Taschen und Aktenkoffern verschwanden.

»Ende von Teil eins«, sagte ich. »Es sei denn, es gäbe noch Fragen?« Mr. Howieson schaute mit hochgezogenen Augenbrauen in die Richtung seiner Rechtsabteilung.

»Nicht von mir«, sagte Galanti.

»Von mir auch nicht«, sagte Mouton.

»Falls mir noch was einfällt, setze ich mich mit Ihnen in Verbindung«, sagte Roth. Mr. Howieson erhob sich. Ebenfalls Galanti, Mouton und Roth. Händeschütteln folgte reihum. Dann begleitete ich sie höflich zur Tür. Ralph Howieson blieb kurz stehen und ließ die anderen vortreten, dann schaute er den Hund an, dann wieder zu mir herauf.

»Was ist das wert?« fragte er.

»Was ist was wert?«

»Was Sie getan haben.«

»Vergessen Sie's«, sagte ich. »Außerdem hab ich schon einen Klienten, Sie werden nie erraten, wer das ist.«

»Ich bezweifle zutiefst, daß ich die vergangenen drei Tage je vergessen werde«, sagte er. »Genausowenig wie ich vergessen werde, daß Sie uns vielleicht vor dem Verlust von unzähligen weiteren Millionen bewahrt haben.« Er gab mir einen Klaps auf den Arm und verabschiedete sich. Und tatsächlich hat mich doch dieser wackere Gentleman nicht vergessen; zwei Tage später traf per Spezialzustellung ein Hammer von einem Scheck der guten alten IMM bei mir ein. Meine Schüchternheit verbietet mir zu enthüllen, um welche Summe es dabei ging, aber in dem Umschlag lag ein kleines Begleitschreiben, das besagte, Zitat: »Für besondere Leistungen, eine einmalige Zahlung über $ 25 000 – Mit Dank.«

Nachdem der Rest gegangen war, wechselte Sergeant Brav auf meinen Ersatzstuhl, der etwas bequemer war als die Klappdinger der Nus, aber nicht sehr viel. »Also was haben Sie, was mich interessieren könnte, Daniel?« fragte er in einem neutralen Tonfall.

»Erstmal danke, daß Sie gekommen sind«, sagte ich. »Aber Debby Flint hat gesagt, daß Sie ein netter, zuvorkommender Mann seien, darum habe ich gehofft, daß ich alles, was ich über den Tod ihres Gatten herausgefunden habe, an Sie weiterleiten kann, ohne daß Sie gleich denken, ich wollte Sie bloßstellen.«

»Hat sie gesagt, ja?« sagte er. »Na ja, sie ist ja auch ne nette Frau. Okay, Daniel, ich bin ganz Ohr.«

»Außerdem«, sagte ich, »weiß ich nicht, was ich mit den ganzen Infos sonst noch anfangen könnte; wenn sich zu diesem späten Zeitpunkt überhaupt noch irgendwas beweisen läßt, dann bezweifle ich, daß ich der Richtige dafür wäre, da ich allein arbeite und keine Durchsuchungsrechte habe, selbst, wenn ich es wollte. Ihr Jungs könnt das vielleicht.«

»Vielleicht«, sagte er. »Also, was haben Sie in der Hand?«

»Zunächst einmal hab ich was, was Sie nicht hatten, weshalb sich Ihr Augenmerk auf andere Dinge richtete«, sagte ich. »Nämlich fünf Millionen Piepen als Motiv und, wie Mr. Howieson gerade gesagt hat, soviel nur bis heute.«

»Ja«, sagte der Sergeant. »Könnte man wahrscheinlich schon ein Motiv nennen.« Er strich sich seinen Schnurrbart, auf jeder Seite einmal.

»Damit sind wir bei ›ihrem‹ und ›seinem‹ angelangt«,

sagte ich. Ich blätterte den Hefter durch und holte noch mehr Papierkram heraus, vielmehr Kopien desselben, und schob sie ihm über den Schreibtisch zu. »Und dann wäre da noch ›deren‹.«

»Interessant«, sagte er, nachdem er sich einen Augenblick in das Material vertieft hatte. »Und Sie verfügen auch über sämtliche Original-Polizeiprotokolle, wie mir auffällt. Frage mich, wie.«

Ich hüstelte bescheiden. »Ein wohlmeinender Bürger war so freundlich, sie mir zuzuschicken, anonym, natürlich.«

»Natürlich.«

»Rein zufällig«, sagte ich, »habe ich aber einen Bruder, Anthony alias Tony, der im Archiv von Downtown arbeitet.«

»Haben Sie, ja?« sagte er. »Vielleicht werd ich eines Tages ein Wörtchen mit ihm reden müssen.«

»Vorsicht, Sergeant«, sagte ich. »Er hat einen höheren Dienstgrad als Sie.«

»Dann wird vielleicht einer meiner Captains eines Tages ein Wörtchen über die Schweigepflicht mit ihm reden müssen«, sagte er.

»Au Mist«, sagte ich. »Ich und mein loses Mundwerk.« Nimm dies, Tony, dachte ich befriedigt. All die Jahre, in denen mir doch mein eigener Bruder, mein einziger Bruder, mein kleiner Bruder, nie einen Gefallen getan hat, so daß ich statt dessen ein Vermögen an Sneezy abzwacken durfte; geschieht dir ganz recht.

Es verstrichen ungefähr zehn Schweigeminuten, während wir unsere Blicke auf »ihrs«, »seins« und »deren« hefteten:

SEINS
Tolles Haus (Hörensagen)
Sammelt frühe Schallplatten (Hörensagen)

Hat angeblich Öl-Geld – wahr oder unwahr?
Auto stand in der fraglichen Nacht (FN) in der Werkstatt – warum? Als Teil eines eventuell notwendigen Alibis – d. h., damit er ohne eigenes Transportmittel war?
Im Werkraum des Studios steht bewiesenermaßen regelmäßig ein Motorrad, das der jugendliche Bote dort unterstellt. Läßt er es manchmal auch über Nacht da? Kann Tex motorradfahren? Wie wild und heiß war seine Jugendzeit? Halbstarkenbanden? Ist er ein Pistolen-Freak?

Schraubstock, Zange, Metallfeile, Lötkolben etc. zur Herstellung von Waffe komplett in seiner Werkstatt im Versandraum des Studios vorhanden.

IHRS
Trägt scheinbar immer Rüschenblusen – warum? Wer trägt in LA Rüschenblusen? Doch nur Kerle. Selbstzugefügte Gang-Tätowierungen entfernt?
Wenn Mary ins Theater geht, zieht sie gewöhnlich Handschuhe an?

HISTORISCHE TATSACHE: Die Weibchen dieser Spezies können echt Schwierigkeiten machen; fragen Sie mal, was von einem Spinnen-Männchen übriggeblieben ist, nachdem es seine Süße im großen Stil zu Speis und Trank ausgeführt und dann sein Bestes gegeben hat.

Wieso sind sie mit ihrem Auto gefahren? Holt der Mann nicht normalerweise die Frau in seinem Wagen ab, selbst heutzutage? Und er war ein guter Fahrer – laut Aussage Mrs. Flint – und liebte sein neues Auto – laut Aussage Mrs. Flint.

Mary behauptete, daß das Beifahrerfenster auf war, was dem Dieb ermöglichte, seine Knarre gegen Flints Kopf zu richten. Warum? Es hat in Strömen geregnet (Wetterbericht FN). Flint war Nichtraucher; rauchte sie und sagte dann, sie wolle den Qualm rauslassen? Wie weit öffnet man zu diesem Zweck das Fenster, wenn überhaupt; weit genug, damit ein Typ in einer Lederjacke seinen Arm reinstekken kann? Und, laut Marys Version, muß das Fenster offen gewesen sein; denn wenn es geschlossen gewesen wäre und ein großer schwarzer Kerl auf einer Chopper anfangen würde, spät nachts auf einer menschenleeren Straße gegen die Scheibe zu pochen, dann würde ich zusehen, daß ich Gas gebe und mich schleunigst aus dem Staub machen.

Es sei denn: daß der Kerl auf dem Motorrad ihr Männe war. Gucken Sie mal! Da ist ja Tex! Was der wohl will! Bssst. Sie macht das Beifahrerfenster auf, das kann bei ihrem Wagentyp auch der Fahrer (s. Polizeiprotokoll). Schwups! Uhren, Ringe, Brieftasche etc., Knarre, Handschuhe etc., ab in die Handtasche. Marys Gesicht mit passendem Kratzer zerkratzen. Düüs! Tex verpflümt sich.

Oder: Einsame Kreuzung, schlecht beleuchtet (Zeuge – ich). Sie hält vor Stoppschild, oder kurz davor. Jonathan, würden Sie mir bitte diese Unterlagen vom Rücksitz reichen. Er beugt sich nach hinten links, macht somit die rechte Seite von Gesicht und Hals frei, wo die Kugel eindrang (s. ballistischen Bericht). Schwups! Uhren, Ringe, Brieftasche etc., Knarre & Handschuhe ab in die Handtasche. Kratzwunde mit passendem Kratzer selbst beigefügt. Fenster wird aufgemacht. Mary wankt hinaus, fällt/bricht zusammen, neben einem großen Gulli in der Nähe der Ecke (Zeuge – ich). Dann, wie oben, wandert Handtasche in Gulli, mitsamt der Originalliste der Siebenundzwanzig, und vermutlich auch die damenhaften Handschuhe, die sie anhatte, um den Bullen einen Strich durch die Rechnung zu machen, für den unwahrscheinlichen Fall, daß sie einen Paraffin-Test an ihren Fingerchen machen wollen, um zu sehen, ob sie kürzlich eine Waffe abgefeuert hat. Dann sitzt sie da und jammert, bis Hilfe eintrifft.

DEREN

Besaß einer von beiden legal eine registrierte Waffe? Falls ja, würden sie sie bestimmt nicht bei Flint anwenden. Wenn also nicht, wo bekamen sie eine her? Ganz einfach, man kann sich heute überall eine besorgen, aber wo genau? Und was ist mit der Möglichkeit, daß der Typ sich erinnert, bei dem man sie gekauft hat, wenn er ihre Visage ein paar Tage später in der Zeitung sieht?

Da war's doch leichter, sich eine zu basteln, wenn man weiß, wie es geht, vielleicht sogar im Verpackungsraum, man hatte ja zwei volle Tage Zeit, nicht wahr, und .22er-Munition bekommt man überall. Außerdem sind Eigenbau-Knarren leiser, viel leiser. Natürlich könnte man sagen, ein Schalldämpfer hätte es auch gebracht, aber wo kriegt man innerhalb von zwei Tagen einen her, zusammen mit einer passenden Feuerwaffe?

Sie hat keine Kreditkarten als gestohlen gemeldet. Niemand trägt Bargeld mit sich herum, um Dinge wie Theaterkarten zu bezahlen, die sie an der Kasse erstehen mußte (Zeuge – ich); wenn sie andererseits in bar zahlt, um sich den Streß mit dem Melden gestohlener Kreditkarten und deren Neubeschaffung zu ersparen, wäre das doch nicht ein klitzekleines bißchen verdächtig gewesen? Keine von Mr. Flints Karten wurde nach der FN benutzt. Wären sie rechtmäßig gestohlen worden, sozusagen, hätte der Dieb sie nicht benutzt oder an jemanden weiterverkauft, der es getan hätte? (Aussage – Debby).

Die praktische kleine Bar um die Ecke: Wahrscheinlich als plausible Erklärung von Mary in der Hinterhand behalten (meine Vermutung), falls sie je gefragt würde, was sie an dieser einsamen Ecke zu suchen hatte, anstatt die direkte und gut beleuchtete Route zum Studio zu nehmen? War sie überhaupt in der Kneipe gewesen? Flint hatte zwei Drinks gekippt; sie einen. Wo? Diese Spur hier führt uns insgesamt ein bißchen in eine Sackgasse.

Nachdem er alles gelesen hatte, lehnte sich Sergeant Brav in seinem Stuhl zurück, glättete wieder seinen Schnurrbart und sagte: »Wissen Sie was?«

»Was?«

»Sie sollten der Bulle sein.«

»Aber Sarge«, sagte ich. »Das ist das Reizendste, was ich heute den ganzen Tag gehört habe.«

»Wissen Sie noch was?«

»Was?«

»Wenn die beiden nicht das Maul aufmachen, glaube ich nicht, daß wir es ihnen oder einem von beiden je anhängen können; wie lange ist das jetzt her, ein halbes Jahr?«

»Sieht nicht gut aus«, sagte ich.

»Er oder sie«, sagte er. »Was glauben Sie, wer's war?«

»Ich glaube, sie«, sagte ich. »Wieso hat mich wohl Tex überhaupt engagiert? Er hätte den Jungs genausogut selbst beweisen können, daß er koscher ist, ohne mich noch ins Spiel zu bringen, aber laut Rick hat er sich förmlich darum gerissen. So seltsam, wie es bei jemandem aus der Musikbranche klingen mag, aber man kann nur vermuten, daß er nicht nur ein Gewissen hatte, sondern daß es auch anfing, ihm zuzusetzen. Aber so sehr, daß er riskieren wollte, wegen schweren Mordes lebenslänglich eingelocht zu werden? Eher nicht. Er hat mir gegenüber auch ein paar Anspielungen über sie gemacht, fällt mir gerade ein; das erste, was er überhaupt zu mir sagte, war, daß es die kleine Frau sei, die den Grips in der Familie hat, und dann ließ er ein paar Minuten später anklingen, daß sie Buchhalterin ist. Ich bin mir sicher, daß er nebenbei noch ein paar andere Hinweise fallengelassen hätte. Ich glaube, er hat Angst, Sarge, und bekommt immer mehr Angst; wie würden Sie sich fühlen, wenn Sie jeden Abend nach der Arbeit zu einer Mörderin nach Hause gehen?«

»Nein, danke«, sagte der Sarge. »Es ist schon so schlimm genug.« Ich grinste ihn an. Er stand auf und streckte sich.

»Ah. Das ist besser. Verdammter Rücken.«

»Sie auch, was?«

»Kommt davon, daß man den ganzen Tag in dem verdammten Wagen sitzt«, sagte er. »Na ja, was soll man machen. Das Zeugs hier«, sagte er und wedelte mir seinen Papierkram zu, »ich werd's dem Lieutenant zeigen, aber wie gesagt, erwarten Sie keine Wunder. Andererseits, wer weiß, vielleicht haben wir ja Glück, ist alles schon mal dagewesen.« King stand auch auf, streckte sich ebenfalls, und ging dann zum Sergeant, um kurz an seinen Hosenbeinen zu schnüffeln.

»Netter Köter«, sagte der Sarge und beugte sich hinunter, um ihn hinter den Ohren zu kraulen.

»Erste Klasse«, sagte ich. »Und schlau. Ich hab schon überlegt, ob ich ihn nicht in der Hundeschule der Polizei ausbilden lasse. Natürlich könnte er nur in Zivil arbeiten.«

Der Sarge sah mich komisch an, winkte mir noch mal zu und ging dann zur Tür hinaus. Ich suchte Tom und

Jerrys Telefonnummer von dem piekfeinen Hotel oben auf der Fountain heraus und läutete bei ihnen an. Tom war derjenige, der am anderen Ende abhob.

»Berühmtes Sängerduo«, sagte er. »Der Kurze am Apparat.«

»Tom, hier ist Vic«, sagte ich. »Hab ich vielleicht Neuigkeiten. Sitzt du schon?«

»Ich liege«, sagte er. »Und warte, daß der Roomservice meinen Porridge raufbringt.«

»Gut«, sagte ich. »Auf diese Weise kannst du nicht so tief fallen, wenn ich dich gleich aufkläre.«

Ich klärte ihn knapp auf, aber nur bezüglich des Pensions-Betrugs.

»Eigentlich ist es zum Lachen«, sagte er.

»Behaltet es noch ein paar Tage für euch, mein Junge«, sagte ich. »Weil die Bobbies immer noch dabei sind, Beweismaterial zu sammeln.«

»Ha, ha, ha«, sagte er. »Hast du das gehört? Das bin ich, wie ich mich gerade totlache.«

»Ich hab nur folgendes gedacht«, sagte ich, »falls ihr noch irgendwelche Instrumente oder Verstärker oder Gitarrenstäbchen im Studio rumliegen habt, also wenn ich ihr wäre, dann würde ich sie da rausschaffen, und zwar pronto.«

»Masterbänder«, sagte er. »Und es heißt ›Plättchen‹, nicht ›Stäbchen‹, wie du ganz genau weißt.«

»Oh«, sagte ich.

»Und der Knall, den du eben gehört hast«, sagte er, »das war ich, wie ich auf dem Weg nach draußen die Tür hinter mir zugeschlagen habe. Danke, Kumpel. Ich meld mich später.«

Ich hatte kaum mein Aufklärungsgespräch mit Tom beendet, als ich einen Anruf von Mr. Galls Sekretärin erhielt. Sie wollte wissen, ob ich und Elroy bitte um Punkt zwei am selben Nachmittag in meinem Büro anwesend und bereit sein könnten, mit Ms. Garrison abzuschließen. Ich sagte ihr, daß ich entzückt sein würde, mit Ms. Garrison am selben Nachmittag abzuschließen; aber hallo, je früher desto besser. Ich leitete die Nachricht an Elroy weiter, der, als ich nach dem Mittagessen wieder ins Büro zurückgekehrt war, kurz darauf angejoggt kam und nicht mal richtig außer Atem geraten war. Da er sich offenbar so wahnsinnig fit fühlte, ließ ich ihn gleich die Ersatzstühle zu den Nus zurücktragen.

»Eh, Elroy«, fragte ich ihn, während wir über dies und jenes plauderten und die Ankunft von Ms. Garrison erwarteten, »was hast du eigentlich mit dem Grundstück vor, das ich dir zu einem, wie ich zweifellos annehme, so attraktiven Preis vermitteln konnte?«

»Sei unbesorgt, mein Freund«, sagte er und ließ munter die Beine baumeln. »Verabschiede dich von Vorstellungen über geschmacklose Unterfangen wie einem Klub mit Live-Sexshows dreimal die Woche und Schlammringen zwischendurch, oder einer Disco, die die ganze Nacht geöffnet hat, oder eine Yamaha-Agentur, die alle Reparaturarbeiten an Ort und Stelle ausführt.«

»Ausgesprochen gern, Elroy«, sagte ich. »In welche Richtung sollte ich meine Vorstellungen lenken?«

»Hin zu geschmackvoller Lebensart in einer ruhigen, familiengerechten Nachbarschaft«, sagte er, »mit allem Komfort, durchgehenden Teppichböden, neuen Tapeten, Mülltonnenbereichen, Haustiere erlaubt. Mit anderen Worten, halt dich fest, mit anderen Worten, wirf mal deinen Blick auf das hier.« Er fummelte die Gummis von dem zusammengerollten Bauplan, den er mitgebracht hatte, und breitete ihn über meinem Schreibtisch aus, wobei er das Telefon benutzte, um die eine Ecke festzuhalten, und den Becher mit den Kulis und Bleistiften für die andere. »Ist das nicht ein Kunstwerk? Kann es sich nicht mit Frank Lloyd Wright in seiner inspiriertesten Phase messen?«

»Kann es in der Tat«, sagte ich. »Hast für das Ganze schon eine Baugenehmigung?«

»Hab ich in der Tat«, sagte er. Die Pläne sahen ein neues erstes Stockwerk von Apartments vor, das über unserer kleinen Ladenzeile errichtet werden sollte. Ein dreistöckiges Mietshaus sollte dort entstehen, wo das leere Grundstück gewesen war, und ein kleineres, zweigeschossiges Apartment über Mr. Amoyans Geschäft. Ich betrachtete die Grundrisse und nickte weise. Dann schaute ich genauer hin und hörte auf zu nicken.

»Elroy«, sagte ich, »was ist mit meinem Büro passiert?«

»Ah«, sagte er. »Gut, daß du es ansprichst. So wie es aussieht, werden wir ein Treppenhaus daraus machen.«

»Du verwandelst mein Büro in ein Treppenhaus?«

»Mußte ich, Mann«, sagte er. »Das Hauptgebäude braucht einen Hinterausgang, und es gab keine andere Stelle, wo wir ihn einbauen konnten.«

Das Telefon klingelte. »Vom Pausengong gerettet«, sagte ich verbittert. »Hallo, wer ist dran und was wollen Sie?«

»Mein Name ist Evonne Louise Shirley«, sagte eine Stimme, die ich nur zu gut kannte, »und ich dachte, ich könnte mal vorbeikommen und guten Tag sagen, falls du nicht zu beschäftigt bist.«

»Was für eine geniale Idee«, sagte ich. »Beschäftigt? Ganz und gar nicht. Frei wie ein Vogel trifft es eher. Elroy ist gerade bei mir, aber er wird jeden Augenblick wieder abdampfen, in einem Leichenwagen, und dann bin ich für dich da, Babe, ganz für dich allein.«

»Bis bald, mein Liebling«, sagte sie.

»Ähm, was ist aus Colombia-Joe geworden, dem König des Cappucino, falls ich mir die dreiste Frage erlauben darf?«

»Er hat sich als absolut trübe Tasse herausgestellt«, sagte sie. »Er mußte sich sogar eine Schürze umbinden, wenn er Zimt-Toast gemacht hat.«

»Das glaub ich ja nicht!« sagte ich.

»Und was immer du glaubst, Victor«, sagte sie, »und du glaubst so manches, wovon ich nicht unbedingt rasend begeistert bin, aber eine trübe Tasse bist du weiß Gott nicht.«

»Ich hatte auch mal eine Schürze«, sagte ich, »die mir meine Schwägerin irgendwann zu Weihnachten geschenkt hat. Sie war für Grillparties gedacht. Sie hatte eine Menge Taschen und trug die Aufschrift: ›Manche mögen's heiß!‹ Ich frage mich, wo ich sie hingetan habe?« Ich schnalzte ihr einen Kuß zu und legte auf. »Evonne«, sagte ich zu Elroy.

»Hab ich mir fast gedacht«, sagte er.

»Sie kommt wieder angekrochen, genau, wie ich es die ganze Zeit gewußt habe«, sagte ich. »So. Wo waren wir stehengeblieben? Ach ja, ich war gerade dabei, dich zu erwürgen.«

»*Calme, calme, compadre*«, sagte er. »Schau mal richtig hin.« Er tippte mit dem Finger auf Mr. Amoyans Laden. »Mr. Amoyan geht in Ruhestand, um das zu tun, was armenische Rentner so tun, und ich schaudere, wenn ich daran denke, weil dies vermutlich irgendeine Kombination von Pistazien und Schafen beinhaltet. Sein Laden wird dein neues Büro, er ist haargenau so groß wie dein altes. Privat residieren wirst du, falls dir danach ist, in dem zweigeschossigen Apartment darüber, denn hattest du mir gegenüber nicht nebenbei erwähnt, daß du demnächst aus deiner alten Bude rausfliegst?«

»Hab ich«, sagte ich. »Hab ich, hab ich. Und Schande über mich, daß ich so schlecht von dir gedacht habe.«

»Unter den Extras, die für deine Behausung geplant sind«, sagte er, »ist auch ein spezialverstärktes Dach auf dem Obergeschoß, mit einem zusätzlichem Drainagesystem, und somit wie geschaffen für einen schmucken Stadtgarten, falls jemals Bedarf besteht.« An dieser Stelle schaute er mich unschuldig an; er wußte ganz genau, daß Evonne eine leidenschaftliche Gärtnerin war. »Als Zeichen meiner Dankbarkeit«, fuhr er fort, »beträgt die Miete für die gesamte Einheit, monatlich –« und hier nannte er eine so günstige Summe, daß ich fast versucht war, zu protestieren. Tatsächlich wollte ich dies gerade tun, als ein Taxi der Firma Celebrity Cab Co. vor dem Büro vorfuhr und ihm eine langbeinige und hochgradig einnehmende Ms. Garrison entstieg, die einen grünen Papphefter in der Hand hielt. An jenem Nachmittag war sie – nun ja – bekleidet mit roten Shorts, die aus irgendeinem schillernden dehnbaren Material waren und bis runter zu ihrem Beinansatz reichten, fast, sowie mit gelben Nylonstrümpfen, Stiefeln, die zu den roten Shorts paßten, und wer machte sich noch die Mühe, auf den Rest zu achten.

Sie kam ins Büro gerauscht. Elroy rollte geschwind wieder die Baupläne zusammen, um den Schreibtisch freizumachen, auf dem Ms. Garrison zierlich ihren Hefter deponierte.

»Zuerst genannte Vertragspartei, darf ich Sie mit der an zweiter Stelle genannten Vertragspartei bekanntmachen?« sagte ich zu ihr.

»Nein danke«, sagte sie. »Außerdem sind wir uns schon mal begegnet, wissen Sie noch?«

»Wie könnte ich das je vergessen?« sagte Elroy galant.

»Sparen Sie sich den Schmus«, sagte sie. Sie schlug den Hefter auf und fing an, ihm die Dokumente auszuhändigen. »Unser Vertrag mit Corsault Realty. Der Vertrag über den Verkauf. Deren Zustimmung zum Verkauf.« Elroy fing an, sie durchzusehen.

Ich nahm meine Brille ab, die ich benötigt hatte, um die Baupläne anzusehen, und sagte: »Nehmen Sie doch Platz, Ms. Garrison.«

Sie warf meinem Ersatzstuhl einen frostigen Blick zu und sagte: »Nein danke, ich hab die hier gerade erst aus der Reinigung geholt.« Und schnipste ein imaginäres Stäubchen von ihren Shorts.

»Möchte ja nur freundlich sein«, sagte ich.

»Ich nicht«, sagte sie und lächelte mich süß an.

Dann folgten fünf Minuten absoluter Stille, als Elroy sich methodisch durch die Dokumente arbeitete. Schließlich sagte er: »Sie scheinen in Ordnung zu sein. Ihr Füller oder meiner?«

»Wie wär's mit meinem?« sagte ich, bevor sie die Handtasche öffnen konnte, die sie über eine Schulter geworfen hatte. Ich wählte aufs Geratewohl einen Stift aus dem Kaffeebecher – wie sich herausstellte, handelte es sich um ein Souvenir von einem Motel in Vernon, in dem ich noch nie gewesen war –, und sie unterschrieb, dann unterschrieb er, dann unterschrieb sie, dann unterschrieb er, und dann unterschrieb sie und dann unterschrieb er.

»Vielen Dank«, sagte Elroy. Er rollte seine Durchschläge mit seinen Bauplänen zusammen, sagte, daß er sich bald wieder melden würde, und zog ab. Ms. Garrison nahm den Hefter, der ihre Kopien enthielt, und machte Anstalten, ebenfalls zu gehen.

»Diese beiden Elefanten«, sagte ich zu ihrem (überwiegend) bloßen Rücken, »die Froschhüpfen spielen, wissen Sie noch? Hoffentlich haben sie Ihnen gefallen.«

»Apropos Tiere«, sagte sie und blieb neben Kings leerer Decke und dem vollen Wassernapf stehen, »wo steckt er denn heute?«

»Ich hab ihn nach Hause gebracht«, sagte ich, »nur für alle Fälle. Dachte, Sie könnten diesmal vielleicht ein bißchen Zyankali dabei haben. Nicht nett, was Sie da gemacht haben, Ms. Garrison. Und den armen Indianer-Joe zu verdreschen und seine Freundin fast zu Tode zu erschrecken, das war auch nicht nett; was Sie brauchen, ist eine ordentliche Tracht Prügel, nur würden Sie's wahrscheinlich noch genießen.«

Sie drehte sich um und fegte zu mir herüber, bis wir uns fast berührten. Sie schaute zu mir auf, ließ die fantastischen Augen klimpern und sagte kokett: »Sie würden doch nicht eine Dame schlagen, großer Junge?«

»Kommt drauf an, schätze ich«, und zwinkerte beherzt zurück. »Aber was immer du auch bist, Schwester, eine Dame bestimmt nicht. Hier. Ein Gruß von King.« Ich verlagerte das Gewicht auf mein Standbein, um ihr ein ausgewachsenes Vergißmeinnicht auf ihr perfektes Kinn zu verpassen. Da schoß ihre rechte Hand aus der Tasche ihrer Shorts und schwang einen durchaus passenden Kratzer – eine feingeschliffene Nagelfeile –, und bevor ich's mich versah, hatte ich eine klaffende Wunde, die über die ganze Seite meiner Wange verlief. Dann verlagerte sie das Gewicht nach hinten und rammte mir einen elegant bestiefelten Fuß in eine Stelle, wo ein Kerl einen Stiefel am wenigsten mag. Okay, ein Kerl, der es bei einem Kerl macht, so wie ich bei dem Strandhasen, das ist was ganz anderes. Da kämpfte ich immerhin um mein Leben, aber um was kämpfte sie eigentlich? Zu Boden ging der große Junge, schmerzverzerrt eine gewisse Stelle umklammernd. Sie verstaute ihre Nagelfeile, vergewisserte sich überflüssigerweise, ob ihre Frisur auch nicht durcheinandergeraten war, und schaute dann, die Hände in ihre wohlgeformten Hüften gestemmt, zu mir herab.

»Zu schade«, sagte sie. »Du hast die Größe, du hast einen gewissen Stil, und du hast letzte Woche ein paar ziemlich gute Coups gelandet. Die Mäuse fand ich übrigens besonders gut. Zu schade, daß du im Grunde deines Herzens nur eine Miezekatze bist wie alle anderen.«

»Meine Freundin ist da ganz anderer Meinung«, sagte ich durch mühsam zusammengebissene Zähne. »Außerdem bin ich nicht voll auf dem Damm. Komm wieder vorbei, wenn ich wieder gesund bin, wenn du mal eine richtige Abreibung brauchst.«

Sie lachte und kniete sich dann auf meine Höhe herab, die niedrig war. Als ich ihr über die Schulter guckte, sah ich, wie ein zerbeulter, zwei Jahre alter Celica neben dem Taxi hielt, das immer noch wartete. Evonnes anbetungswürdiges Gesicht lugte aus dem Autofenster zu uns herüber. Ich schloß die Augen und stöhnte. Ms. Garrison tätschelte mir die Wange – die, aus der nicht Sturzbäche roter Soße flossen –, beugte sich vor und preßte ihre rubinroten Lippen gegen meine, und ließ sie da. Irgendwo knallte eine Wagentür. Irgendwo wirbelten Zigeuner in einem furiosen Fandango um ein glühendes Lagerfeuer herum. Irgendwo hob der letzte goldene Adler seine Schwingen und flog in einen Navajo-Sonnenuntergang hinein. Irgendwo wimmerte ein einsames Saxophon. Und irgendwo, irgendwo in gar nicht weiter Ferne, wimmerte auch eine übergroße Miezekatze von einem Privatdetektiv.

Kurz darauf richtete sich Ms. Garrison graziös auf, segelte zur Tür hinaus, warf der herannahenden Evonne ein umwerfend strahlendes Lächeln zu, kletterte ins Taxi, und weg war sie.

Evonne kam herein und machte die Tür hinter sich zu. Sie starrte zu mir herunter. Ich starrte zu ihr hinauf. Blut rann immer noch an meiner Wange herab und besudelte den Teppich.

»Mauselchen, ich kann alles erklären«, sagte ich. »Fast.«

»Victor«, sagte sie, »›fast‹ ist einfach alles, was sich eine Frau von dir erhoffen kann.«

Was für ein hübsches Kompliment, dachte ich.

»Und mach dir nicht die Mühe aufzustehen«, fuhr sie fort. »Ich weiß, wo du deinen Verbandskasten hast, sollte ich auch allmählich.« Sie ging nach hinten in Richtung Küche. Aus einer gewissen Resolutheit in ihrem Gang rechnete ich mir aus, daß die Chancen Jod gegen mich mindestens drei zu eins standen.

Hier folgen die vollständigen und ungekürzten Verse des Meisterwerks, das ich für Tom und Jerry zu Papier gebracht habe. Sie gerieten darüber weder aus dem Häuschen, noch nahmen sie es auf. Deren Pech, kann ich da nur sagen, oder heißt es denen ihr Pech, aber Pech allemal.

Lob der Treue
Von Victor Daniel

Ich sitz und schwitz in einer Bar am Rand der Welt,
Ein kaltes Carta Blanca für die Erinn'rung und für mich.
Manches Bier hat mir der dicke Barmann hingestellt,
Und mal gibt er einen aus, und mal zahl ich.

Weiß nicht, worauf er wartet, vielleicht nur auf mañana
Und den besoffnen Millionär im Flossenheck –
Caddie, und eine blonde Gringa hört im Radio Sha Na Na,
Sagt »¡Vamos, amigos!«, und sie fahren alle weg.

Ich brauche keinen Traum; mit Traum ist man verratzt.
Ich brauch 200 Dollar von meinem Kumpel Samuel D.,
Und ich kann füglich davon ausgehn, daß sein Scheck nicht vorher platzt,
Denn seit '63 kennen wir uns eh.

Wir jobbten nahe Tucson am Highway 104.
Da zapften wir Benzin aus einem Schlauch.
Jetzt hat er schon zwei LKWs, eine Cherokee namens Running Deer,
Und wenn er weiß, ich brauch Dinero, schickt er's auch.

Tampa (Florida) – Nogales; man wollte, daß ich liefer
Bei Monterrey einem Señor ... Na egal.
Heutzutage hängt man halt die Latte etwas tiefer.
Und was ist heutzutage schon legal?

Aber jemand hat gequatscht, jemand hat geschnackt;
Offenbar war jemand sauer, daß ich lebte.
Die Federales sagten: »¡Alto!«, haben den DeSoto abgewrackt,
Wo's zwei Stunden dann mas tarde unterm Trittbrett klebte.

Man einigte sich gütlich, wie man das so in der Baja
California eben macht, denn das Ordnungshüten muß sich schließlich lohnen.
Mit einem stash im Stiefel geht's mit Acha und Kracha
So weiter und mit Bier und wiederaufgewärmten Bohnen.

So bleibt mir nur das Warten, hurra, in Treue fest,
Denn ich weiß, daß mein Freund und Amigo Sammy D.
Mit O-Bein und Hängeohr mich niemals hängen läßt,
Viejo compadre stets von hier bis Santa Fé.

Und nun sitz ich hier und schwitz in einer Bar am Rand der Welt,
Ein kaltes Carta Blanca für die Erinn'rung und für mich.
Manches Bier hat mir der dicke Barmann hingestellt,
Und mal gibt er einen aus, und mal zahl ich.

Copyright © Sept. 1990. Alle Rechte vorbehalten

Hier folgen die vollständigen und leider ungekürzten Verse, die Sara Strohkopf Silvetti geschrieben und Jerry im Bar-Bee-Q zugesteckt hat, erinnern Sie sich? Die Jungs gerieten darüber völlig aus dem Häuschen und haben gesagt, daß sie ihr Machwerk bei der ersten Gelegenheit aufnehmen wollen. Ich übernehme keinerlei Verantwortung – und habe sogar, nach Rücksprache mit meinem Rechtsbeistand, Anzeigen in mehreren Publikationen geschaltet, die dies klarstellen –, ich übernehme keine Verantwortung für mein Verhalten, sollte ich jemals zufällig besagtes »Lied« in meinem Autoradio hören.

Sommerlied
Von Schmalzsuse Sara Silvetti*

Sommerlieder
Schönster Sang
Wenn Eisblumen Muster am Fenster zieh'n
Und die Weide ihre Knie beugt
Unter der Last von flockenweißen Trasseln.

Sommerlieder
Schönster Klang
Vorm behaglich knisternden Kamin
Wenn das dösende Kätzchen träumt
Und hört nicht das Sandelholz prasseln.

Sommerlieder
Abgesang
Wenn ein grimmiger Herbst
Bettelt an der Küchentür.
»Ich bin nicht schuld!« schreit er
»Ich wollt euch das Jahr nicht vermasseln!«

**Kein Copyright nirgendwo. Keine Rechte vorbehalten.*

Peinlich lautet das Wort, das einem unmittelbar in den Sinn kommt, Amigos; ich mache mir nicht mal die Mühe zu fragen, welches Lied Sie aufnehmen würden, wenn Sie die Möglichkeit dazu hätten.